KB265829

21세기 사랑

21세기 사랑가

초판 1쇄 찍은 날 | 2011년 9월 2일
초판 1쇄 펴낸 날 | 2011년 9월 9일

지은이 | 홍윤정
펴낸이 | 서경석

편집장 | 권태완
편집책임 | 유경화
편집 | 이수민

펴낸곳 | 도서출판 청어람
등록번호 | 제1081-1-89호
등록일자 | 1999. 5. 31
어람번호 | 제5-0289호

주소 | 경기도 부천시 원미구 심곡2동 163-2 서경B/D 3F (우) 420-822
전화 | 032-656-4452 팩스 | 032-656-4453
http://www.chungeoram.com
E-mail | chungeoram@chungeoram.com

ⓒ 홍윤정, 2011

ISBN 978-89-251-2612-8 03810

Chungeoram romance novel
홍윤정 장편 소설
21세기 사랑가
청어람

☆ 목차

세상을 살아가기 위해서는 사람들에게 꼭 필요한 것이 있다. 혹자는 그것을 '기술과 지식'이라 하고, 혹자는 '사랑과 정의'라고 한다. '긍정적인 마인드'가 필수라는 사람도 있고, '돈'이라고 역설하는 사람도 있다. 그리고 여기, 세상을 살아가는 데 가장 필요한 것은 '융통성'이라고 말하는 한 사람이 있다. 정의도 좋지만, 자신에게 피해가 되는 일이라면 융통성을 발휘해 적당히 눈도 감을 줄 알아야 한다는 것. 그것이 前교육청 부교육감이자 現대학교수인 이종훈의 철학이었다.

"아직도 모르겠냐? 그 자리에 네가 있었다는 것 자체가 문제인 거다. 도대체 왜 그런 일에 끼어든 거냐? 왜 하필 너야?"

"그럼 친구가 아무 이유 없이 맞고 있는데 가만히 두고 보란 말입니까?"

"말은 바로 해. 그 녀석이 네 친구는 아니잖아. 조사해 보니 너희 학교 학생도 아니던데. 근처 편의점에서 알바하는 학생 아니야?"

"아는 아이였어요. 자주 다니는 가게에서 일했고, 친하진 않더라도 눈인사 정도는 하는 사이였다고요. 아니, 전혀 모르는 사이였다고 해도 곤경에 빠져 있는 사람 도와주는 건 당연한 거 아니에요? 여러 명이 한 사람을 때리고 있는 광경을 봤는데, 맞고 있는 앨 보고도 못 본 척, 그냥 지나갔어야 됐다는 말입니까?"

"그래서, 넌 지금 네가 잘했다는 거냐?"

이종훈이 살짝 고개를 틀자 천장의 밝은 조명이 그의 가느다란 안경테 위로 부서졌다. 번쩍거리며 눈을 찔러오는 은빛 조명에 규신은 반사적으로 눈살을 찌푸렸다. 잔뜩 부어오른 광대뼈 부근이 욱신거렸다. 커다란 살점이 덧대어진 듯 무거운 눈두덩이도 덩달아 아파왔다. 규신은 찢어진 입술을 윗니로 긁으며 아버지, 이종훈을 반항적으로 찔러보았다.

"어려운 일이 닥쳤을 때 소신껏 정의를 행하라고 절 가르치신 분은 아버지십니다. 제 소신은 곤경에 처한 동료를 보고 그냥 지나치지 않는 것이에요. 전 아버지 가르침대로 소신껏 행동했을 뿐이라고요."

"네가 네 소신대로 행동했다는 것을 나무라는 게 아니야. 그 상황에, 꼭 그렇게까지 나서야 됐는지를 묻고 있는 거다. 정의를 행하는 것도 때와 장소를 가려가면서 하는 거야. 지금이 어떤 상황인데, 얼마나 예민하고 조심스러운 상황인데 이런 일을 벌여? 팽팽한 긴장감 속에서 하루하루 살얼음판 걷는 기분으로 일하는 애비는 안중에도 없는 거냐, 넌?"

"정의를 때와 장소 가려가면서 행하라고요?"

"……."

"그게 前부교육감이자 現교육감 선거 후보의 입에서 나올 말이라고 생각하십니까?"

"뭐? 네 이 녀석, 너 지금 이 애빌 가르치려는 거냐?"

규신의 입에서 비난임이 틀림없는 날카로운 말들이 쏟아져 나오자, 종훈이 벌떡 자리에서 일어났다.

좁다면 좁은 서재의 공기가 장대한 두 남자의 기(氣)로 가득 차 뜨겁고 불편한 기류를 형성했다. 180㎝를 넘는 훤칠하고 남성적인 이미지의 종훈이었지만, 아버지의 골격을 그대로 이어받은 규신 또한 이에 못지않은 포스가 있었다. 186㎝ 현재진행형의 키에 어느 누가 보아도 잘생겼다 말할 정도의 빛나는 외모를 가지고 있는 규신은 겉보기와는 달리 무뚝뚝한 성격에 앞뒤 꽉 막힌 원칙주의자였으며 학교에서는 늘 전교 톱을 놓치지 않는 우등생이었다. 그 흔한 여자친구도 없이 공부만 하는 녀석에다 단 한 번도 문제를 일으킨 적도, 부모님을 걱정시킨 적도 없는 천생 '범생'이자 뭘해도 믿음직스런 큰아들.

그런 이규신이 집단 패싸움이라니, 그것도 두 번씩이나 연속
으로. 이쯤 되면 걱정이 되지 않을 수 없는 게 대한민국 부모 입
장 아니겠는가? 부교육감이 아니라 교육감 할아비가 와도 이 경
운 절대 어찌할 수 없을 것이다.

"지금은 전쟁 상황이다. 사방에 적이 도사리고 있어. 기자며
상대 후보며, 내 약점을 파고들고 나를 공격하기 위해 혈안이
되어 있다. 본격적으로 선거운동이 시작되면 이보다도 더한 상
황이 될 거야. 이런 시기에는 최대한 몸을 사리고 남의 입에 오
르내리지 않는 게 상책이다. 상대가 날 비방할 빌미를 제공해선
안 되는 법이란 말이야."

"제가 아버지의 선거에 방해가 된단 말씀이십니까?"

"자꾸 이런 일에 엮이는 게 결코 도움은 되지 않지. 너도 생각
이란 걸 해보면 알 게 아니냐?"

"그거, 유감이군요."

규신이 차갑고 냉정하게 잘라 말했다. 도움이 되지 못한다 해
도 어쩔 수 없다는 듯. 또다시 이런 일이 닥치더라도 딱히 아버
지의 입장을 고려할 것 같진 않다는 입장을 확실하게 표한 것이
었다.

발칙하기 짝이 없는 아들이라 생각했지만, 종훈은 아까보단
한층 누그러진 눈매로 아들을 바라보았다. 말 한마디 지지 않고
대꾸하고 있는 버릇없는 아들이 괘씸한 건 여전했으나, 한편으

론 제 뜻을 쉬이 굽히지 않은 꿋꿋함이 마음에 들기도 했다.

"너 역시 마찬가지. 자꾸 불량한 아이들과 섞여 싸움질이나 하는 것이 결코 바람직한 일은 아니다. 아무리 좋은 의미였다지만 폭력은 폭력이야. 네가 그 친구를 도와주고 싶었다면, 같이 싸우는 것이 아닌 다른 방법으로 도와줬어야 했어."

"개처럼 두들겨 맞고 있었어요. 너무나 급박한 상황이었고, 그 상황에선 말리는 길밖에 없었다고요. 힘없는 아이 하나를 단체로 이지메하는 녀석들을 이성적으로, 말로 멈추게 하는 게 얼마나 힘든 일인지 아세요?"

"그렇다고 해도 폭력으로 대응해선 안 되는 거다. 그건, 너도 그쪽 아이들과 하등 다를 게 없는 인간이란 걸 증명하는 것밖에 안 돼."

"아버진 그러니까, 절 그저 불량한 아이들과 섞어 싸움질이나 하는 녀석이라고 생각하시는군요. 그래서 아버지의 선거에 악영향을 미칠 것이라 여기시는 거고요."

"네 일이 수면 위로 드러나면 좋을 게 없다. 선거에도 물론 좋지 못한 영향을 미치겠지만, 너에게도 큰 상처가 될 거야."

"상처라고요?"

풋. 규신이 어처구니없다는 듯 고개를 흔들며 웃음을 터뜨렸다.

"저 때문이셨습니까? 제가 상처받을까 봐, 제가 걱정되어서 그런 결정을 내리신 거라고요?"

"어쩔 수 없는 일이다."

"……."

착 가라앉은 음성으로 묵직하게 대답하는 아버지를 맹렬히 노려보며 규신은 두 주먹을 불끈 쥐었다. 화가 치밀어 올라 숨이 저절로 가빠졌다. 어쩔 수 없다는 말은 결국 결정을 번복할 생각이 없다는 것이고, 그 말은 규신이 지방 촌구석으로 쫓겨가 교육감 선거가 끝날 때까지 쥐 죽은 듯 지내야 한다는 뜻이었다.

"당분간만이야. 두어 개월만 있다가 와. 그럼 방학이 될 테니 다음 학기부터는 다시 지금의 학교로 돌아와 공부할 수 있을 게야. 짧다면 짧은 시간이겠지만, 널 표적 삼아 자꾸 약한 애를 괴롭히는 그 불량학생 무리들에겐 긴 시간일 거다. 네가 보이지 않으면 그 아일 괴롭히는 횟수도 줄어들 게 분명해. 처음엔 그 아이를 괴롭힐 목적이었겠지만 지금은 너와 기싸움하느라 그 아일 이용하는 것처럼 보이니까 말이다. 그 아이는 내가 특별히 보호될 수 있도록 조치를 하마. 걱정하지 말고 푹 쉰다 생각하고 내려갔다 와."

"……."

"쫓겨간다고는 생각지 마라. 개구리도 멀리 뛰기 위해선 몸을 움츠리는 법이야. 큰일을 앞두고 몸 사리는 건 너무나도 당연한 일이다. 우리 서로 간에 영리해지자꾸나. 내 말, 무슨 말인지 알아듣겠냐?"

무슨 뜻인지 모르는 바는 아니다. 제대로 알아들었다. 너무나 잘 숙지하고 말았다. 하지만 얘기를 알아듣는 것과 이해하는 것 사이에는 이성으로선 메울 수 없는 엄청난 너비의 간극이 존재하고 있다. 옳은 일을 하고도 몸을 움츠려야만 하는 이 상황을 당장 받아들이라 함은, 열일곱의 남자아이에게는 너무 가혹한 일이었다.

"너도 알다시피 그분들, 아버지가 믿고 의지하는 분들이다. 일 때문에 자주 찾아뵙지는 못하지만 광주 갈 때마다 뵙고 인사를 드리고 오는 분들이야. 내가 믿고 널 맡길 수 있는 유일한 분들이시니, 가서 아비 얼굴에 먹칠할 생각은 하지도 마."

"기어이 저더러 내려가라는 말입니까?"

"이번 주 내로 전학 절차 밟을 것이니 그리 알고 있어라. 조금 급한 건 아닌가 걱정은 되지만, 어차피 내려갈 바에야 일찍 가서 빨리 적응하는 것이 낫지 싶었다. 그쪽 어르신께서도 그게 나을 거라고 하셨고."

헛웃음밖에 안 나온다. 이렇게 집에서 쫓겨나야 하다니. 이건 흡사 귀양살이를 위해 유배를 떠나는 대역 죄인의 모습이 아닌가. 도대체 왜 자신이 가족과 떨어져 낯선 사람들과 낯선 곳에서 적응하며 살아야 하는지 규신은 납득이 안 되었다. 왜 멀쩡히 잘 다니는 학교를 떠나야 하고 친구들과 헤어져야 하는지 이해가 안 됐다.

그는 자신이 잘못한 게 전혀 없다고 생각했다. 피할 이유도 없고 그럴 생각도 전혀 없었다. 오히려 이번 일을 계기로 그 패거리들과 정면으로 다시 한 번 붙고 싶어졌다.

떼로 덤벼들어도 상관없었다. 그 녀석들은 불의이고 악이니까. 싸울 것이고 이길 것이다. 승부욕이 활활 타올라 눈에 뵈는 게 없는 지금인데, 그런데 이렇게 쫓기듯 지방으로 내려가야 한다는 게 말이 되는가?

미치도록 분했다. 마치 패배를 강요당하는 기분이어서 분기가 머리끝까지 지글지글 타올라 당장에라도 커다란 그의 몸뚱이는 폭발해 산화할 것만 같았다.

"결국 지고 만 거야?"

규신이 무표정의 얼굴로 아버지의 서재를 막 나올 때였다. 동생 녀석이 깐죽거리며 물어왔다. 규신보다 겨우 한 살 어릴 뿐인 현신은 형이 처한 상황이 너무나도 흥미진진하고 즐거운 모양이었다. 얼굴에 '즐겁다'는 기분을 한껏 드러낸 채 싱글벙글 웃는 것이 당장에라도 한 대 쥐어박아 주고 싶을 만큼 얄밉다. 규신은 초등학교 2학년 이후로는 단 한 번도 손대지 않은 동생의 턱주가리를 노려보며 성큼성큼 녀석을 지나쳐 갔다.

"시끄러워."

"왜? 조금 더 고집부려 보지. 안 간다고 버텨보지 그랬어. 혹시 알아? 내 생각이 짧았구나, 아들아~ 하시면서 결정을 철회하실지."

"내가 너냐? 결과가 빤히 보이는 일에 에너지 낭비하게. 아버진 한 번 결정한 일엔 번복 따위 하지 않아."

"워워워. 난 형님 편이야. 왜 아군한테 날을 세워? 연합군 필요하지 않아? 나 꼬셔서 전세를 뒤엎을 생각 없어? 도와줄 생각도 있다고."

"날 도와주겠다고?"

"어!"

"그럼 그만 나불거리고 꺼져. 시끄러워서 머리가 깨질 것 같으니까."

시크하게 중얼거리고 규신이 힘차게 방문을 열었다. 터프한 손놀림에 쿵, 제법 큰 소리가 집 안을 쩌렁쩌렁 울렸다. 그의 기분이 바닥까지 다운되어 있다는 신호. 형이 당장에라도 폭발할 듯 뿔이 단단히 나 있다는 걸 알면서도 현신은 히죽히죽 웃으며, 방 안으로 들어서는 규신의 뒤를 따라 들어갔다. 항상 느끼는 거지만 규신을 놀려먹는 일은 세상의 그 어떤 재미보다도 더 쏠쏠한 것 같았다.

"내가 방금 엄마한테서 엄청 귀중한 정보를 얻어왔는데."

털썩. 침대 위에 몸을 던진 규신이 근처에 있는 스테레오를 켜고 있었다. 깐죽거리는 동생 따위 신경도 쓰지 않는 모습이다. 커다란 헤드폰을 집어 드는 걸로 보아 동생의 말은 이제부터 무시하겠다는 뜻. 현신의 들으나 마나 한 잔소리를 듣느니 차라리 시끄러운 메탈음악을 듣는 게 낫다고 생각하는 것 같았

다. 현신은 조급해지는 것을 느끼며 서둘러 가벼운 입술을 놀렸
다.

"형이 앞으로 머무르게 될 그 집에 대한 거야. 광주에 사신다
는, 그 아버지 은사님 댁 말이야. 광주에서도 완전 골짜기던데?
시골도 그런 시골이 없다더라고."

"……?"

헤드폰을 막 귀에 씌우려던 규신이 동작을 멈추고 힐끗 현신
을 찔러봤다. 다른 건 몰라도 앞으로 자신이 몇 개월간 기거할
'그 집'에 대해선 규신도 궁금한 모양이었다. 시골이란 말이 거
슬렸는지 표정은 당장에라도 썩을 것처럼 구겨져 있었다. 약간
뻥을 친 거라 살짝 뜨끔했지만, 뭐 아주 틀린 말은 아니니까.

서울 강남 토박이인 현신의 눈엔 인터넷으로 본 그 동네의 정
경들이 아무리 봐도 시골처럼 보였다. 이게 진정 광역시의 모습
이란 말인가, 싶달까. 딱 70년대 서울을 보는 듯한 모습이었다.
왜 그런지는 정보의 바다, 인터넷을 통해 이미 알고 있었다. 그
곳은 광주 근대문화 시발점으로, 기독교문화 유적과 전통문화
보존을 위해 개발이 중단된 곳이라 하였다.

"거미줄같이 엮여 있는 좁은 골목길에, 다닥다닥 붙어 있는
담장 낮은 집들, 아주 가관이 아니더라. 요즘이 어떤 세상인데
그런 곳이 아직도 있냐. 내가 깜놀했다. 겉으로만 보면 화장실
도 재래식이 아닌가 싶다니까. 샤워 시설도 제대로 안 되어 있
으면 형은 어쩔 거야? 그런 곳에서 살 수 있겠어? 난 찝찝해서

도저히 못 견딜 것 같은데. 답답해서 하루도 못 살 것 같아.”

“우리 집만큼 답답하겠냐.”

“아, 부모님 간섭으로부터는 해방될 테니 그것만으로도 남는 장사겠네? 그거 나쁘지 않은데? 적어도 아버지 잔소리는 안 들을 수 있잖아. 세 시간 반이나 떨어져 있는 곳에 있으니, 당장 쫓아 내려오실 리도 없고.”

“너도 따라 내려갈 기세다?”

“됐네요. 난 욕실 딸려 있는 개인 공간 없는 곳은 절대로 사양이야. 아! 그리고 한 가지 더. 그 집, 삼대가 모여 산다는데? 요즘 세상에 삼대라니. 갑자기 머리가 지끈거리는 것 같지 않아?”

“아니.”

“안 놀라워? 삼대라니까? 삼대 몰라? 할아버지, 아버지, 아들이 한 집에 산다고.”

“자, 이제 놀라운 소식을 전해줘. 뭐가 그리 놀랄 만한 소식인데?”

“아이, 뭐야? 왜 안 놀래?”

깜짝 놀랐다는 듯 두 눈을 휘둥그레 뜨는 동생을 규신은 한심스럽다는 듯 바라보았다. 어차피 늘 하던 실없는 소리 늘어놓을 게 뻔하다고 생각하고 있긴 했지만, 이 상황에 이런 뺄소리라니. 아무리 너그럽게 봐주려야 봐줄 수가 없는 상황이다. 이건 어떻게 봐도 딱, 형님 약 올리기 대작전이었다. 규신은 융통성이라곤 약에 쓸래도 찾아볼 수 없는 사람답게 얄짤없는 시선으로 동생을 주시하며 딱딱하게 중얼거렸다.

"놀라운 소식이 아니니까 안 놀라지."

"이상하다. 난 충분히 놀라운데. 혹시 엄마한테서 미리 들은 거 아니야?"

"더 할 말 없으면 그만 가라. 귀찮다."

"말해봐. 맞지? 미리 스포 들은 거지? 아, 엄마는. 내가 말하지 말라니까."

"아니라고, 글쎄. 시끄럽게 하지 말고 나가. 나 좀 혼자 있게 내버려 두라고."

규신은 싸늘하게 중얼거리곤 신경질적인 동작으로 잠시 내려놓았던 헤드폰을 집어 올렸다. 녀석의 쓸데없는 수다를 듣지 않기 위해선 시끄러운 음악을 듣는 수밖에 없었다. 생각하면 할수록 짜증나는 현실로부터 도피할 수 있는 길 또한 이것뿐.

"잠깐만, 형! 아직 내 말 안 끝났어."

"네 말 듣고 싶지 않아. 들어도 달라질 거 하나도 없잖아."

"달라질지 안 달라질지 그건 모르는 거지. 왜 사람 말을 끝까지 들어보지도 않고 미리 판단을 해? 내가 장담하건대 이건 엄청나게 놀라운 반전이야. 형도 아마 듣자마자 까무러쳐 버릴걸? 절대로 갈 수 없다고, 노발대발 난리법석 칠 거란 말이야. 뭐, 나도 도와줄게. 나도 형이 그런 불편함을 감수하면서까지 도망갈 필요는 없다고 생각하거든. 형이 도대체 뭘 잘못했는데? 난 솔직히 아버지 결정이 마음에 안 들어. 형이 그때 그 나쁜 자식

들한테 제대로 죽빵 한 방 날려준 건 완전 캡짱 잘한 일이라고
생각해.”

“할 말 있음 그만 뜸들이고 해라.”

당최 이 녀석은 무슨 생각인 건지. 남자 녀석이 잔소리하고
는. 마음에 안 드는 동생을 신랄한 눈으로 노려보고는 규신은
거의 자포자기의 심정으로 풀썩 머리를 푹신한 베개에 떨어뜨
렸다. 귀에 걸려던 헤드폰은 잠시 내려놓은 후이다. 현신을 쫓
아내는 것보다 녀석 얘기 들어주고 내보내는 게 더 빠를 것 같
아 내린 결정이었다.

“그러니까 형, 아버지 은사님이 살고 계신다는 그 집 말이야.
개발이 중단된 아주~ 낙후된 구질구질한 동네란 말이지. 마치
70년대에서 멈춰 버린 듯한 옛날 양옥집이 즐비한 동네. 굉장히
살기 불편하겠지?”

“시골 동네라곤 아까 말한 것 같은데.”

“근데 거기에 삼대가 살고 있어. 할아버지, 아들, 손자. 진짜
많이 불편하겠지?”

“이미 다 한 얘기들을 줄줄 다시 읊는 이유가 뭔데?”

“근데 그 두 가지보다 더! 더더더 형을 불편하게 만드는 진실
이 있다, 이 말이야. 궁금하지?”

“너, 지금 내 인내심 테스트해? 할 얘기 있으면 빨리 하고 끝
내. 귀찮으니까.”

“아이~ 형은. 이런 중차대한 문제를 쉽게 얘기할 순 없지. 원

래 중요한 얘긴 질질 끌어가면서 하는 거야. 알지? 연말 시상식 대상 발표하는 거, 형도 봤잖아.”

보기 싫을 정도로 환한 얼굴로 현신이 연신 히죽거렸다. 뭐 대단한 얘길 하겠다고 저러는 것인지, 규신은 짜증이 잔뜩 몰려오는 것을 느꼈다. 들어보나 마나 별거 아닌 게 분명한 얘길 가만히 앉아서 들어주고 있는 자신이 한심스럽게 느껴지니 인상이 절로 확 구겨졌다. 잠시 멀쩡했던 머릿골이 또다시 지끈거리기 시작하자 규신은 신경질적으로 중얼거렸다.

“됐어. 얘기하지 마. 나가.”

“어어, 아냐. 말할게. 지금 말할게!”

일이 불리하게 돌아간다고 판단했는지 현신은 훌쩍 놀라 두 눈을 크게 뜨고는 냉큼 규신의 팔을 붙들고 저지했다. 막 헤드폰을 집어 들어 머리에 쓰려던 규신은 짜증 섞인 제스처로 휙 동생을 돌아보았다. 골치 아파 죽겠는데, 왜 이 녀석은 꺼지지 않고 계속 들러붙어 날 귀찮게 하고 있는가. 그는 한숨을 푹 내쉬었다.

“뭐야.”

“그러니까 그게…….”

“쓸데없이 뜸들이지 말고 똑바로 말해. 지금도 충분히 참고 있는 거니까.”

“아, 형. 엄청 화났구나. 미안.”

“됐고, 빨리 말하기나 해. 뭐가 놀랄 만한 소식이라는 거야?”

"그게 말이야, 그 집 손자가……."

"빨리빨리. 말.해."

규신이 얄밉도록 잘생긴 얼굴을 들어 현신을 노려보며 딱딱하게 중얼거렸다. 당장 알고 있는 사실을 털어놓지 않는다면 목이라도 조를 태세.

너무나도 매서운 눈빛에 흠칫 놀라면서도 현신은 낮낮이 빙글 미소를 지어 보였다. 사실, 규신이 알면 엄청나게 짜증을 낼 그 '소식'이 현신에겐 꽤나 흥미진진했었기 때문이다. 없던 호기심이 샘솟고 하루라도 빨리 형을 아버지 은사님 댁으로 떠밀어 보내고 싶은 마음이 불끈거렸다. 여자라면 질색팔색하는 규신이 이 사태를 어떻게 극복해 나갈지 너무나도 궁금했다. 뭐, 그래 봤자 아버지로부터 받아낼 수 있는 조치란 기껏해야 '자취' 정도 되려나. 아버진 규신의 말마따나 절대 번복 따위 하지 않으시는 분이니.

현신은 불쌍한 비렁뱅이 바라보듯 규신을 바라보며 짧게 동정의 한숨을 내쉬었다. 그리곤 꿀보다도 달콤한 목소리로, 이 세상 모든 여자들의 마음을 훔칠 수 있을 만큼 상큼한 미소를 지으며 산뜻하게 말했다.

"실은 손녀래."

"나도 모르겠어. 갖고 싶은 게 너무 많아서. 핸드폰도 바꾸고 싶고, 타블릿형 컴퓨터도 갖고 싶고. 근데 또 전부터 가고 싶었던 콘서트가 있거든? 내년 봄에 20주년 콘서트를 하는 일본밴드가 있는데, 거기도 가고 싶어 죽겠단 말이지."

[너, 얼마 전에 TV에서 본 공구세트. 그것도 갖고 싶다고 하지 않았어?]

"맞다. 그것도 있었지. 아, 진짜. 미치겠네. 뭐부터 사달라고 하지?"

행복한 비명이란 게 이런 것일까. 한밤중, 자율학습을 마치고 집으로 돌아오는 중인 고등학교 2학년생 구본나는 18년 인생

중 가장 행복하고 들뜬 순간을 만끽하고 있었다. 반에서 1등만 하면 무슨 소원이든 다 들어주겠다던 부모님의 떡밥을 이제 드디어 받아먹을 수 있게 된 것이다. 곧 치르게 될 시험에서 그녀는 꼭, 반드시 1등을 하고 말 것이다. 1등 할 자신도 완전 캐 많이 있었다.

사실 부모님이 지지부진 턱걸이 중이었던 본나의 성적을 폭풍 끌어올릴 비책으로 백지수표를 날린 건 꽤 오래전이었다. 부모님 입장에서야 매번 겨우 몇 점의 점수 차이로 1등을 놓치는 본나가 안타까웠고, 그래서 좀 더 집중력과 의지를 고취시켜 보기 위해 내건 조건이었겠지만 결코 만년 2위인 본나를 1등으로 끌어올리진 못하였다. 본나가 1등을 하지 못한 데엔 다른 특별한 원인이 있었기 때문이다. 바로 입학 때부터 줄곧 전교 1등을 떡하니 차지하고 내어주지 않던 절대강자, 이소미가 같은 반에 있었기 때문.

그녀와 한 반에 있는 한 본나는 절대로 1등이 될 수 없었다. 소미는 머리도 좋은데다가 비싼 족집게 과외만 골라서 하고, 쉬는 시간이며 청소 시간에도 책을 들여다보며 공부만 하는 아이였다. 하루에 8시간 이상 자지 못하면 못 견디는 잠보, 본나로서는 도저히 따라잡을 수 없는 철옹성과도 같은 인물이었던 것이다. 한데 그렇게 '1위' & '공부벌레' & '두뇌천재'의 위엄을 두루두루 갖고 있던 소미가 지난달, 갑자기 다른 학교로 전학을 갔다.

올레! 이건 본나로선 놓칠 수 없는 기회였다. 넘을 수 없는 사차원의 벽이 와르르 무너진 격이니, 당근 이젠 해볼 만하게 된 거다.

[넌 근데, 공구세트가 왜 갖고 싶니? 다른 건 몰라도 그건 좀 에러 아니냐?]

본나와는 중학교 때부터 둘도 없이 친한 친구, 혜원이 수화기 속에서 뾰로통하니 묻는다. 혼자 신나서 제 얘기만 줄기차게 몇 분씩 해대는 본나가 얄미운 모양이다. 하지만 그녀도 지난 학기에 성적이 많이 올라 컴퓨터를 새것으로 바꾸었었다. 그래서 한 달 넘게 우려먹으며 자랑질을 해댔는걸, 뭐. 본나는 샐쭉 웃으며 더욱 신나게 조잘거렸다.

"왜 갑자기 삐딱하게 그러셔. 너, 내 첫 번째 로망이 바로 공구세트란 거 몰라? 그게 얼마나 폼 나는 물건인데. 삼촌이 마흔네 가지 자가정비용 공구세트를 풀로 구입해서 쫙, 늘어놓고 내 앞에서 침 튀기며 일장연설을 했을 때 이미 난 결심했었다고. 나도 저걸 꼭 갖고 말리라. 나도 저렇게 간지 나게 쫙 늘어놓고 사람들 앞에서 폼 좀 재보리라~ 하고 말이야."

[그러니까 그게 왜 부럽냐고. 아무리 생각해도 넌 좀 이상해. 오덕후 같아.]

"야, 진정한 오덕후는 너지. 네 방에 꽉꽉 들어찬 만화책, 어쩔 건데. 우리 엄마 같음 난리난다. 그깟 만화책을 방 안 가득 채워놨다고, 다 내다 버린다고 할걸?"

[우리 엄만 신세대라서 내 취미 생활은 확실하게 존중해 주시거든? 내가 성적만 잘 유지하면 별로 터치하지 않으셔. 가끔 만화책으로 날 협박할 때도 있어서 실은 그게 문제지. 조금이라도 성적이 떨어진다 싶으면 이게 다 만화책 때문이라며, 원인을 제거해 버리겠다며 만화책을 전부 다 불살라 버리겠다고 하시니까. 목숨 같은 내 만화책을 위해서 난 어쩔 수 없이 코피가 나도록 열심히 공부할 수밖에 없는 거지. 그럴 땐 정말 일코 해제한 걸 후회하게 된다니까.]

"뭐 좋네~ 어찌 됐든 성적을 올릴 수밖에 없는 거잖아. 덕후질도 하고 성적도 올리고, 이상적인데? 나도 오덕후나 되어볼까? 공구세트 오덕후. 어때?"

본나는 오른손으로 쥐고 있던 전화기를 왼손으로 옮겨 들며 좁고 으슥한 옛날식 골목을 벗어나 빠르게 휙 코너를 놀았다. 자율학습을 끝내고 밤늦게 귀가할 때면 늘 본나는 이렇게 혜원과 통화를 하며 걸었다. 둘 다 걸어서 통학하고 집까지 걸어가는 시간이 엇비슷한데다, 밤길 무서움 이기는 데는 전화통화가 딱이기 때문이었다.

거참, 이상한 일이지? 태권도로 무장한 강철소녀 구본나. 동네 제일가는 터프걸, 변태나 강도도 발차기 한 방으로 때려잡는 전설의 태권소녀 구본나가 하필 어둠을 무서워한다니. 요상하게 캄캄한 곳에선 기를 못 편다. 야맹증 환자도 아니고 말이지, 어둠 속에선 간담이 서늘해지고 심장이 벌렁벌렁, 다리가 오들

오들 떨려왔다. 물론 학교 최고 여걸 구본나가 찌질하게 어둠을 무서워한다는 사실은 절친인 모혜원밖에 모른다. 무림엔 절대 비밀. 거느리는 중생들이 알면 다치는 사실이다.

[넌 이미 오덕이잖아. 어디서 감히 일반인인 척? 내 입 한 번 벙긋하면 지구가 흔들리, 는 게 아니라 현대고가 흔들리는 거 알아, 몰라?]

"누가 들으면 어쩌려고. 조용히 못해?"

본나는 손으로 입을 가리며 목소리를 팍 낮추고 윽박질렀다. 무림의 절대 비밀, 중생들이 알면 다치는 또 하나의 진실. 그것은 바로 구본나가 해괴망측한 취미를 가지고 있다는 것이다. 여기서 해괴망측이란 '말할 수 없이 괴이하다' 는 뜻. 일 년 사시사철 단벌 추리닝에 삼선슬리퍼, 빗지 않은 듯한 더벅머리, 관리가 전혀 안 되어 있는 까칠한 피부의 구본나와는 절대적으로 어울리지 않는 취미라는 뜻이다. 본나가 그것을 들고 야리야리, 흐물흐물 미소 짓는 모습을 상상하는 것만큼 괴이하기 짝이 없는 일은, 세상에 없을 것이다.

[오덕이 오덕 아닌 것처럼 일반인 코스프레를 하니까 하는 말이지. 나도 입 벙긋해서 학교를 초토화할 생각은 전혀 없어. 걱정하지 마. 그나저나 넌 좋겠다. 목표가 1등이라서. 난 이번 시험도 10등이 목표야. 그놈의 수학만 아니었어도 내 성적이 이렇게 주저앉진 않았을 텐데. 너도 알지? 내가 함수까진 괜찮았다는 거. 그 뒤부터 완전 죽 쑤기 시작했지만 그전까진 진짜 수학

천재란 소리 들었다고.]

　"그때 너, 상현이 사귈 때 아니었냐? 걔랑 만나느라 공부를 좀 등한시했잖아."

　[내가 미쳤었지. 걔가 뭐가 좋다고 공부까지 뒷전으로 미루었는지. 걔가 내 인생 책임져 주는 것도 아니었는데. 그땐 진짜 걔가 내 운명의 짝인 줄 알았어. 걔만 한 남자 없을 줄 알았다니까. 근데 알고 보니 바람둥이고, 걘 여자친구 100명 사귀는 게 목표였을 뿐이고, 수없이 많은 키스를 해놓고서 나한테는 첫 키스라고 뻥쳤을 뿐이고.]

　"쯧쯧. 내 마음이 다 아프다."

　[너도 남자 조심해라. 너 사람들 앞에선 센 척 장난 아니지만, 원랜 여리디여린 보통 소녀라는 거 내가 잘 알아서 하는 말이야. 잘해준다고 아무나 쉽게 사귀지 마. 혜석이 걔, 요새 자꾸 너한테 집적거리던데. 걔도 겉은 멋있게 보이지만 그 속은 아무도 모르는 거야.]

　"야, 무슨 소리야? 누가 혜석이랑 사귄대?"

　집 앞 골목으로 들어서며 본나는 눈살을 찌푸렸다. 갑자기 뜬금없이 웬 고혜석?

　혜석은 지난주부터 본나를 쫓아다니며 사귀자고 막무가내로 들이대고 있는 옆 반 찌질이였다. 공부도 상위권이고 얼굴도 괜찮은 편인데다 집도 잘사는 것 같아 딱히 빠지는 구석은 없는데, 그럼에도 그 녀석은 본나에게 찌질이로 찍혔다. 왜냐고? 그야 그 녀석은 자기가 고백하기만 하면 상대 여자들이 전부 다 좋아라 하며 쓰러지는 줄 아는 왕대박 왕자병 환자이기 때문.

녀석은 최근 본나에게 인정도 사정도 없이 거절당해, 왕자 자존심에 엄청난 스크래치를 입었다. 그래서인지 거절해도, 해도, 해도, 끝까지 떨어지지 않고 들러붙어 억지를 쓰고 있는 실정이었다. 자기 같은 남자친구는 두 번 다시 만날 수 없을 거라나 뭐라나. 어디서 보고 들은 건 있어서 보통 여자라면 당연히 흔들릴 만한 방법들을 이용해 본나를 설득하고 있었다. 하지만 여기서 그 녀석이 범하고 있는 치명적인 오류는?

바로 구본나는 '보통 여자'가 아니라는 사실을 전혀 고려하지 않고 있다는 것.

[너 아직도 튕기고 있냐? 선머슴 같은 애가 은근히 여우 짓도 하네. 어지간히 해라, 어지간히. 밀당도 적당해야 효과가 있는 거야. 괜히 튕긴답시고 자존심만 세우다가 상대가 포기하면? 혜석이가 포기하고 나가떨어지면 너만 손해지.]

"밀당 아니거든? 나 걔 싫어. 사귈 마음 눈곱만큼도 없다고."

[아니, 왜?]

"왜라니. 싫은데 이유가 필요해?"

[당연히 필요하지. 객관적으로 보면 네가 밀리는데. 머리가 빈 것도 아니고, 적당히 놀 줄도 알고, 돈도 잘 쓰고, 대인관계도 원만하고. 뭐, 그 정도면 남자친구로선 A급 아니야? 그런 앨 이유도 없이 싫어한다는 게 말이 돼? 게다가 걔, 요새 너한테 엄

청 공들이고 있잖아. 날마다 네 집 앞에서 기다렸다가 깜짝 이벤트까지 해준다며. 왜 싫다는 거야?]

"그딴 거 하니까 싫어. 걔가 하는 모든 행동에는 '내가 이 정도 하면 상대가 넘어오겠지' 하는 심리가 깔려 있단 말이야. 그렇지 않고선 좋아한단 말 한마디 없이 줄기차게 사귀자고 졸라대기만 하는 지금 상황이 이해될 수 없지."

[사귀자는 말 속에 좋아한단 말이 들어 있는 거지. 그걸 꼭 말해야 알아?]

"성격상 그딴 말 잘 못하는 남자들도 많은 거 알아. 나도 사실 그런 타입에 속하니까. 하지만 혜석이는 그거랑은 달라. 얘기해 보면 너도 알게 될 거야, 얼마나 재수없는지."

[재수없기는 무슨. 지난주엔 너한테 목걸이까지 선물했었다며. 걔 돈도 많은 앤데, 비싸고 예쁜 거 선물해 줬을 거 이니야. 완전 대박!]

"예쁘긴 개뿔. 돈이 썩어났지. 그 돈이면 치킨이 몇 마리냐? 순대가 몇 인분이야? 목걸이, 팔찌, 반지, 그딴 게 뭔데 아까운 돈을 펑펑 쓰냐고. 예쁘면 다냐? 하등 쓸데없는 게 액세서리에 돈 쓰는 거다. 그런 거 살 돈 있으면 나한테 좀 주지. 찜해놓은 44가지 공구세트나 사게."

[야, 넌 무슨 여자애가 그렇게 공구세트에 목을 매냐? 애, 진짜 미쳤나 봐. 네가 그러니까 애들이 너한테 남자애 같다고 하지. 몸매나 볼륨감있게 나올 데 나오고 들어갈 데 들어갔으면

말을 안 해.]

"아, 하여튼! 난 고혜석 싫어. 남자친구 만들 생각도 없고, 만나도 그런 녀석은 노땡큐야. 어제 내가 딱 잘라서 말했으니까 걔도 잘 알아들었을 거야."

[꼭 그렇게까지 해야 되니? 그래도 너 좋다는 앤데. 막말로 너처럼 선머슴아 같은 애를 좋아해 준 게 어디야? 만날 남자애들이랑 쌈질에, 조금만 마음에 안 들어도 주먹질에 뒷발차기, 날라차기가 기본인 넌데. 남자애들이 얼마나 널 무서워하는 줄 알아?]

"차라리 무서워하는 게 나아. 그 녀석, 사귀자면서 말만 번드르르하게 하지, 느낌이 얼마나 더러운데. 말하는 뉘앙스가 진짜 재수없어. 암튼 날 좋아해서 사귀자고 한 것 같지도 않고, 선물에도 별 진정성 없어 보이고, 걔 태도에도 성의라곤 눈곱만큼도 느껴지지 않아. 그래서 싫다는 거고, 걔도 알았다고 했으니까 너도 이제 그만 셧더마우스 해라."

한참 수다를 떨며 골목으로 들어선 본나는 우뚝 자리에 멈춰 서곤 훅 숨을 죽였다. 집 앞 허름한 콘크리트 기둥 옆에 웬 검은 그림자가 서 있었다. 전봇대도 아닌 것이 길고 두껍고 어딘지 모르게 거대해 보이는 무언가의 그림자.

사람인가? 설마 고혜석?

키를 보니 얼추 혜석인 것도 같았다. 뭐야. 어제 그렇게나 단단히 타일렀는데 아직도 정신 못 차린 건가? 도대체 왜 이래, 얘? 동네 창피하게 진짜.

"한심하다, 한심해."

[응? 뭐라고?]

"아니야. 나, 집에 도착했어. 너는?"

[나도 거의.]

"그래, 그럼 내일 보자."

걸음을 빨리하며 본나는 서둘러 전화를 끊었다. 아무래도 오늘은 어제보다 더 강도 높은 응징을 해주어야 할 듯싶었다. 아, 귀찮고 짜증나. 다른 착하고 귀엽고 친절한 여자아이들도 많은데 왜 자꾸 내 앞에서 얼쩡거리는 거야?

녀석은 담벼락에 기댄 채 고개를 숙이고 있었다. 한쪽 주머니에 손을 집어넣고 고개는 반대쪽으로 틀어 이쪽을 외면하고 있었는데, 그건 다 담뱃불 때문이었다. 담뱃불이 안 보이게 하려고 고개를 튼 모양이었지만 그게 어디 쉽게 숨겨지는 것이더냐? 어둡고 컴컴한 골목길에 붉은 불씨와 모락모락 피어오르는 흰 연기는 진심 확 눈에 띄었다. 엄청 모범생인 척 거들먹거리더니만 담배를 다 피우고. 쯧쯧! 완전 불량청소년 문제아잖아?

본나는 휴대전화를 교복 윗주머니에 쏙 집어넣고는 잔뜩 험악하게 굳힌 얼굴로 척, 양손을 허리에 올렸다. 그리곤 씩씩한 걸음걸이로 위풍도 당당하게 저벅저벅, 혜석을 향해 걸어가 녀석의 곁에 딱 멈춰 섰다. 앞집 건물 그림자에 가려져 그의 얼굴은 정확히 확인되지 않았지만, 본나는 그가 혜석이라는 걸 전혀 의심하지 않았다. 이 시간에 자신의 집 앞에 서 있을 남자는 고혜석밖에 없다고 생각했으니까.

"야! 너, 내가 우리 집 앞에서 얼쩡거리지 말랬지."

"……."

"이럴 시간 있으면 책이나 한 자 더 들여다보라고 했잖아. 왜 말을 안 듣냐?"

"……."

"할 일이 그렇게 없어? 말귀 못 알아듣냐? 너 인기 많다며. 잘 생기고 성격 좋아서 쫓아다니는 여자들도 한 트럭이라면서. 그럼 개네들이랑 놀아. 난 너 관심없어. 너도 솔직히 툭하면 주먹 휘두르는 나 같은 애, 별로일 거 아니야."

심히 도전적이고 위협적인 본나의 태도에도 혜석(이라고 쓰고, 미확인물체라고 읽는다)은 별다른 반응을 보이지 않고 있었다. 뭔데? 찾아왔으면 용건을 말하든지, 왜 아무 말도 않고 멀뚱거리고 있는 거야? 할 말이 없어서 잠자코 있는 거라도, 고개는 돌리는 게 예의 아님? 하여간 싸가지가 바가지셔.

"너, 담배도 피우냐? 아주 별짓을 다하네. 이딴 거 피울 생각 말고 운동이나 열심히 해. 갈비씨처럼 비실대지나 말고. 너, 100m 기록 몇 초야? 팔굽혀펴기는 1분에 몇 개냐? 턱걸이는 몇 갠데?"

"……."

"할 말 없냐? 왜? 기록이 창피해? 네가 생각하기에도 어처구니없어? 야야, 그렇게 쪽팔릴 거면 운동이나 열심히 할 것이지 담배는 뭐하러 피우냐? 멋있어 보일 줄 알았냐? 네가 장국영, 이덕화, 주윤발이야? 담배가 얼마나 몸에 해로운데, 그딴 걸 막 피우고 다니냐? 나중에 니코틴, 타르에 찌들어 뇌혈관 막히고 폐가 푸석푸석 썩어봐야~ 아! 내가 제정신이 아니었구나, 엄마 말씀 잘 들을걸 겉멋 들어 인생 망쳤네, 하지. 너, 너네 엄마가 너 이러고 다니는 거 아셔?"

한참 잔소리를 퍼부어대고 있는데, 내내 가만히 서 있던 녀석이 슬쩍 고개를 꺾었다. 덕분에 검은 그림자가 어둡고 두텁게 드리워져 있었던 녀석의 얼굴 옆선이 희미하게 드러났다. 어딘지 모르게 육감적이라고 느껴지는 라인. 지금까지 한 번도 녀석을 보면서 느끼지 못했던 감탄이 절로 나와 본나는 흠칫 놀랐다. 혜석이가 원래 저렇게 잘생겼던가?

원래 그녀도 딱히 녀석이 못생겼다고 생각한 적은 없었고 주변 아이들도 죄다 녀석한텐 잘생겼다고 말하긴 하지만. 그렇긴 해도 저 턱 선과 콧날은 좀 의외다. 잘생겨도 이건 너무 잘생겼다. 아니, 잘생겼다는 말로 표현하기엔 뭔가 차원이 다른 매력이 느껴졌다. 두근. 일순 가슴이 뛰는 기분마저 느껴지자 본나는 험상궂게 얼굴을 찡그렸다.

고혜석한테 매, 매력이라니. 당치 않아, 구본나. 고혜석이 어떤 앤지는 네가 더 잘 알잖아. 방금까지 줄줄 녀석의 험담을 늘어놓았던 사람은 바로 너 아니야? 저 녀석한테 심장이 뛰었다는 건 네 일생일대 굴욕이라고!

“째려보면 어쩔 건데?”

“……”

“썩 꺼져. 다시는 우리 집 앞에 나타나지 마. 지난번에도 우리 엄마가 널 보고 식겁하셨단 말이야. 남자친구 사귀느냐고 어찌나 추궁해 대는지, 내가 아주 들볶이느라 진땀 뺐거든? 괜히 엄마한테까지 오해받으면서 네 칭얼거림 받아줄 생각 없으니까 다신 오지 마. 말했지만 난 너랑 사귈 생각 전혀 없어. 알아들었어?”

혜석은 이번에도 대답이 없었다. 왜 저래? 귀가 먹었나. 짜증난다. 어제 분명히 내 입장이 어떤지 다 밝혔는데, 왜 그땐 가만있다가 오늘 이 진상을 떠는 거야?

물론 본나가 좀 터프하게 말하긴 했다. 그렇지 않으면 또다시 알짱거릴 것 같아, 이번 기회에 확실히 떼어내자 싶어서 일부러 좀 과격하게 말했었다. 손가락을 오도독오도독, 껌을 쫙쫙 씹으면서. 당연히 그 앞에서 포기 못한다고 말 못했겠지. 하지만 그런 자신을 보고도 아직까지 포기 못하는 혜석은 더 이상하다.

“귀먹었냐? 알아들었냐고.”

“……”

“야!”

꽤 앙칼지게 소리를 쳤건만 혜석은 여전히 묵묵부답. 대체 어쩌자는 거야? 본나는 입술을 심술궂게 비틀고는 성큼 녀석의 앞으로 다가갔다. 아직도 이 태권소녀 맛을 덜 보았나 본데. 어디 한번 맛 좀 봐라. 사귀자고? 쳇. 뒷발차기 한 방이면 뒤도 돌아보지 않고 도망갈 거면서. 에라이!

"알아들었냐고 물었잖아. 왜 사람이 말하는데 못 들은 척……!"

소리를 버럭 지르며 본나는 성큼 다가가, 녀석의 웃옷을 앙칼지게 잡아챘다. 생각했던 것보다 훨씬 쉽게 녀석의 거구가 딸려왔고, 순식간에 본나는 짙은 그림자가 드리워져 있던 녀석의 얼굴을 코앞에서 맞닥뜨리고 말았다. 그리고 달빛에 드러난 그의 얼굴은……?

'누구?'

깜빡깜빡. 본나는 시야 가득 들어찬 남자의 커다란 눈동자와 눈을 맞추며 멍하게 생각했다.

눈. 코. 입술. 다 아니다. 눈은 너무 컸고, 코는 너무 높았으며, 입술은 너무 육감적이었다. 전체적으로 혜석보다 훨씬 크고 잘생긴 사람이었다.

대체 이 사람 뭐야? 뭔데 여기 서 있는 건데? 왜 가만히 서서 내가 한 애길 다 듣고 있었던 건데? 난 고혜석인 줄 알았잖아!

"누구…… 세요?"

잔뜩 긴장해 목이 졸린 듯한 목소리로 본나가 물었다. 나는 누구? 여긴 어디? 어쩌다가 생판 얼굴도 모르는 남자 앞에서 진상을 떨게 된 거지? 머릿속으로 이 거지 같은 상황에 대한 고찰을 열심히 하고 있자니, 얼굴에 절로 주름이 가고 있었다. 그런 그녀를 심히 차갑게 내려다보며 남자는 맵시있는 입술을 천천히 움직였다.

"그건 내 쪽에서 묻고 싶은 말인데. 너, 누구냐?"

"……에?"

"왜 내 멱살을 잡고 있는 거지?"

허걱. 멱살? 본나는 냉큼 눈동자를 또르르 굴려 제 손을 내려다보았다. 그녀의 뇌가 사태 파악에 힘을 쓰는 동안, 통제력을 잃은 그녀의 손은 대책없이 당당히 남자의 멱살을 틀어쥐고 있었다. 이런, 미친.

본나는 식겁한 얼굴로 단번에 남자의 멱살을 놓으며 뒤로 물러섰다. 떨어져서 보니 남자는 생각했던 것보다 훨씬, 아주아주 훨씬 더 큰 것 같았다. 완전 장신이었다!

"죄, 죄송합니다. 제가 사람을 잘못 보고……."

절로 말이 더듬어졌다. 이렇게 큰 남자와 이렇게 캄캄한 곳에서 단둘이, 그것도 손만 뻗으면 닿을 수 있는 가까운 거리에 함께 있어 본 적이 본나에겐 없었다. 꼴깍, 갑자기 긴장이 되어 침까지 삼키게 되고. 순식간에 오싹한 기운이 온몸을 감쌌다.

"사람을, 잘못 보고?"

"어, 어두워서……."

"어두워서?"

'아아, 그렇다고요?'의 얼굴로 그가 본나의 말을 배배 꼬아 따라 한다. 달빛에 비친 그의 이목구비는 날카롭고 이지적으로 보였지만, 단순한 샤프함을 뛰어넘는 묘한 살벌함이 있었다. 뱀파이어 영화를 너무 많이 봤나? 너무 잘생긴 남자의 시크한 미소를 보니, 등골이 오싹해진다. 뭔가 잔인한 느낌이랄까. 비현실적인 외모의 이 남자가 자꾸 영화 속 뱀파이어 역할을 맡았던 배우와 겹쳐 보였다. 그리고 다음 순간, 본나는 왜 자신이 남자를 뱀파이어 같다고 느꼈는지 곧바로 깨달았다.

남자의 입술이 찢어져 있었다. 자세히 보니 눈가에 멍 자국도 있는 것 같다.

이 화려한 흔적들은 모두 싸움의 결과물? 그, 그럼 이 남자는 부, 불량배? 으— 속으로 신음하며 본나는 꽉 두 주먹을 틀어쥐었다.

"죄송합니다. 정말 죄송……."

"……."

억지로 쥐어짜 겨우 미안하다고 말하는 그녀를 남자는 가만히 지켜보고 있었다. 잔뜩 긴장한 그녀와는 달리 아주 여유있는 모습으로. 그는 손에 들고 있던 담배를 천천히 입술 안으로 밀어 넣고 본나의 경직된 얼굴을, 잔뜩 구겨진 교복과 제법 무도인의 자세가 묻어나는 포즈로 꽉 쥐고 있는 주먹을 차례로 훑었다.

본나는 움찔, 뒤로 한 발자국 더 물러났다.

어찌 된 일인지, 어둠 속에서도 그의 눈동자가 움직이는 것이 너무나 잘 보였다. 늘 밤에는 시야가 어두워져 앞이 제대로 안 보이는데. 그래서 캄캄한 게 세상에서 제일 무서운 그녀인데.
오늘따라 웬일로 잘 보인다. 엄청나게 잘 보여서, 이 낯선 남자
가 자신을 뚫어져라 위아래 훑어가며 살피고 있음을 너무나도
선명하게 느끼고 있었다.

"그, 그럼 전 이만."

본나는 두 눈에 두려움이 적나라하게 떠오르기 직전 빠르게
뒤로 돌았다. 그리곤 서두르지 않고 천천히, 느릿느릿 걸음을
옮겼다. 어차피 집이 코앞이니 서두를 필요 없었다. 괜히 잰걸
음 걸어 남자를 자극하면 이쪽만 손해. 머리를 써야 했다. 이런
상황일수록 태연히, 아무렇지도 않은 척 느긋하게 움직여야 한
다. 그래야 치한도 갑작스런 공격은 하지 않을 거고, 그럼 그동
안 시간을 벌 수가…… 는, 개뿔!

저벅. 저벅.

느린 남자의 발자국 소리가 귓가를 찌르듯 울려오자 본나는
경악했다. 남자는 그녀의 뒤를 따라오고 있었다. 드디어 범행을
저지르기 위해 나선 것이 틀림없었다. 오메, 오메. 워쩐다냐. 내
가 뭐 볼 거 있다고 쫓아온다냐잉. 나 돈 없어, 이것아. 아우씨!

'그냥 한판 떠?'

그러다 당하면? 아무리 집 앞이라지만 상대는 자신보다 압도
적으로 덩치나 힘이 센 남자. 일단 키부터 너무 차이 나서 그녀
쪽이 상당히 불리했다. 남자가 긴 팔과 다리를 이용해 단번에
자신을 제압하면 방법이 없었다, 그냥 끌려가는 수밖에. 괜히

어설프게 달려들었다가 화를 재촉하는 것보다는 차라리 볼썽사납지만 주위에 도움을 요청하는 게 더 나을지도. 그렇다면 지금 당장 내가 해야 할 일은 뭐?

삼십육계.

"엄마! 엄마!"

두 번 생각지 않고 본나는 온 동네가 울리도록 고함을 지르며 냉큼 문 앞으로 달려가 문짝을 그냥 냅다 걷어찼다. 그녀의 기합 덕분이었는지, 원래부터 잠겨져 있지 않았는지 문은 거짓말처럼 활짝 열렸다. 하나님, 부처님, 알라신이시여! 감사, 땡큐, 아리가또, 그라시아스, 씨에씨에, 멸치볶음!

"너 왜 그래? 무슨 일 있냐?"

"무슨 일이야? 뭐, 뭐? 왜?"

비명을 지르며 들어오는 딸을 보고, 막 거실에서 마낭으로 나오던 박송자 여사가 손에 들고 있던 플라스틱 볼(Bowl)을 바닥에 떨어뜨리곤 맨발로 달려나왔다. 거실에서 TV를 보고 계시던 할아버지와 아버지께서도 깜짝 놀라 자리에서 벌떡 일어나며 본나를 맞았다. 본나는 방금 전 겪은 어마어마한 일을 떠올리며, 만약 자신이 기지를 발휘해 빠져나오지 못했으면 어쩔 뻔했을지 아찔한 기분으로 숨을 가쁘게 몰아쉬었다.

"무슨 일이야? 왜 그래?"

"아, 진짜. 내가 그러니까 이사 가자고 했잖아. 여긴 개발도 안 되어가지고 살기가 너무 불편해! 게다가 완전 으슥하고. 산

동네처럼 후미져서 밤중에 여자들이 돌아다니기는 완전 무서운 데잖아. 아놔……."

"무슨 일 있었어?"

"강도라도 만났냐? 아니, 무슨 일이 있었기에 우리 태권소녀가 이렇게 달달 떨고 있어? 무림고수라도 만났어?"

반쯤 혼이 나간 상태로 정신없이 조잘거리던 본나는, 조금은 느긋한 목소리의 '태권소녀'란 말을 듣자마자 번쩍, 그야말로 번쩍, 정신을 차렸다.

아차차, 나는 태권소녀였지.

아들만큼이나 듬직한 딸, 밖에 내보내도 걱정이 안 되는 아들 같은 딸. 취미는 공구세트 모으기, 아버지 따라 낚시하러 가기, 할아버지와 바둑 두기. 삼선슬리퍼 신고 등교하고, 체육시간엔 물 만난 고기처럼 파닥거리고, 액세서리 질색팔색, 웬만한 여고생들은 다 한다는 베이스화장 따위 개나 주라는 아이. 여자아이 같아서 싫다며 로션 바르기도 거부하는 바로 그 태권소녀!

"아, 아니……. 아, 글쎄 동네 여자애가 깡패를 만났지 뭐야."

"어머. 그랬어? 그래서?"

평소에 하도 '센 척'을 해놓아서인지 본나의 어색한 표정을 의심조차 하지 않고, 송자 씨는 두 눈을 휘둥그레 뜬다. 진지하게. 이건 필시 아들의, 아니, 딸의 무용담을 듣고 싶어하는 어머니의 표정. 본나는 허풍이 잔뜩 낀 표정으로 중무장한 후 숨을

크게 들이쉬었다. 그리고 '이제부턴 뻥이다!'의 심정으로 막 입
을 열려는 찰나였다.

갑자기 훌쩍 문이 열리며 사람이 들어왔다.

"허걱. 저 사람 뭐야?"

예의 그 불량배가 집 안으로 버젓이 걸어 들어오고 있었다.
뭐, 뭐야? 이 사람, 왜 여길 들어오는 건데? 집에 들어와 강도
짓하려는 건가? 서, 설마!

너무 놀라 심장마비가 일어나기 일보 직전.

"규신이 왔구나."

귓등으로 박송자 여사의 목소리가 들려왔다. 평소와는 180도
딴판인 나긋나긋하고 친절한.

소름이 오소소 돋아, 본나는 휙 뒤를 돌아 송자 여사를 바라
봤다. 어이없게도 그녀는 얼굴에 화사한 웃음마저 띠고 있었
다.

"산책은 다 마쳤니?"

"어떻게 된 거야? 완전 허약하다고 하지 않았어? 허약 체질
이 아닌데?"

음식 준비를 하는 엄마를 따라 부엌으로 들어선 본나는 할아
버지와 아버지 때문에 물어보지 못했던 질문들을 날리기 시작
했다. 오늘 서울에서 손님이 올 것이고, 그 손님이 앞으로 본나
의 집에서 3~4개월을 기거할 것이라는 사실은 이미 본나도 잘

알고 있었다. 예전부터 가끔 안부차 들렀던, 할아버지의 애제자 이자 아버지의 친구인 '종훈 아저씨'의 아들이라는데, 그 아이 에 대해선 전부터 가끔씩 얘기 들어왔던 게 있었기 때문에 본나 는 별 부담 없이 현실을 받아들였었다.

하지만 이렇게 되면 얘기는 달라진다. 어른들이 얘기하던 '허 약하지만 착하고 공부 잘하는 모범생'이 방금 전 집 앞에서 담 배를 피우던 그 불량배 양아치 녀석과 동일 인물이라는데, 절대 로 쉽게 받아들일 수 없는 노릇 아닌가?

"키는 제 부모가 다 크니 당연히 크지."

"키만 크고 몸은 허약하다고? 몸도 별로 허약해 뵈지 않은 데? 쟤가 어딜 봐서 맞고 다닐 인상이야?"

덩치가 산만 하던 그림자를 떠올리며 본나는 중얼거렸다. 그 녀에게 멱살을 잡혀놓고도 태연하던 태도하며, 시크한 말투, 날 카롭고 매서웠던 눈빛. 그 어느 것 하나 허약하단 말로 통할 수 있는 게 없었다. 허약하기는커녕 완전 기가 세 보이던걸. 저런 애가 서울에서 불량배들한테 괴롭힘당하다가 참다못해 내려왔 다니, 어느 누가 믿을 수 있겠는가. 다른 사람은 몰라도 레알 무 도인 마인드 구본나는 도저히 못 믿는다.

"키가 커서 그렇지, 애는 엄청 순한가 봐. 얘기 들어보니까 학 교에서 알아주는 우등생이라더라. 학교에서 전교 1등만 하는 애 래."

"전교 1등? 절대로 그리 안 보이는데?"

"생긴 게 너무 잘생겨서 그리 안 빼는 거지. 엄마가 미인이시 잖니. 미스코리아 출신일걸? 부모가 선남선녀이니 그 아들들도 다 미남인 게지. 지금 저렇게 보니까 듬직해 보이는 거지, 어렸을 땐 딸인 줄 알았잖니. 어찌나 예쁘게 생겼는지."

"지금도 뭐, 그건 그래."

서울에서 와서 그런지 녀석은 참 하얗다. 어찌나 하얗던지 얼굴이며 목덜미의 동맥이 훤히 들여다보인다. 선크림이 어떻게 생겼는지 구경조차 못해본 본나의 얼굴과는 차원이 달랐다. 아메리카와 아프리카의 차이쯤 되려나. 게다가 눈은 또 얼마나 큰지, 꼭 송아지 눈 같다. 남자 눈이 저렇게 커서 어디다 써? 턱 선은 또 어떻고. 얼굴은 소멸 직전, 연예인을 방불케 할 만큼 작은데다 완벽한 V 라인. 콧대는 파리가 미끄러질 만큼 곧고 높았다.

각설하고. 비주얼만 놓고 보면 이규신이라는 서울男은 여인네인 구본나보다도 더 예뻤다. 불공평한 세상 같으니라고. 하늘에 대고 하이킥하고 싶네, 에잇!

"네가 잘해줘라. 얼마나 괴로웠으면 집 떠나 타지에서 학교 다닐 생각까지 했겠니. 규신이 엄마가 아주 한탄을 하더라, 잘 좀 부탁한다고. 여기서도 적응 못하면 애가 갈 곳이 없대. 불쌍한 애니까 네가 곁에서 잘 보살펴 줘. 같은 반이니까 애들한테도 잘 말해서, 빨리 어울리게 해주고."

"잠깐만. 같은 반이라니? 쟤, 나보다 어리다며. 한 살 어리잖아."

"열일곱 살, 너보다 어린 거 맞아. 근데 생일이 조금 빠르잖니. 1년 일찍 입학했을걸? 너랑 똑같이 2학년이야."

"그럼 동급생이라고? 헐. 말도 안 돼. 이건 음모야."

"뭐가 말이 안 돼? 그럴 수도 있지."

"난 나보다 동생인 줄 알았다고. 남동생 생겼다고 좋아했더니만. 아니, 그리고 아무리 동급생이라지만 어떻게 걔를 우리 반으로 배정시켜? 불편하게스리."

"불편할 게 뭐 있니. 그냥 다른 친구들처럼 똑같이 대하면 되지."

박송자 씨, 전에 없이 상냥하게 웃으며 유난히 나긋나긋 말한다. 잘 알아듣도록 타이르겠다는 의도이겠지만, 본나의 속은 불만으로 부글부글 끓고 있었다.

왜 하필 같은 반이냐고요. 첫 만남부터가 악연이라 얼굴 마주치기도 불편하고 애매한데. 게다가 첫인상도 좋지 않아서, 거의 고혜석과 동급으로 비호감이란 말입니다. 담배까지 피우는 걸 목격해서 이미지도 딱 양아치로 굳어져 있는데 그런 녀석을 잘 챙겨주라니, 아이고 두야.

"건넛방은 다 치웠어? 아까 잠깐 보니까 아직 덜 치운 것 같던데."

건넛방 한가운데에 아직도 떡하니 재봉틀이 놓여 있던 걸 생각하며 본나는 물었다. 며칠 전 갑자기 종훈 아저씨의 아들이 몇 달 내려와 지내게 되었다는 소식을 전할 때만 해도, 손님이 지내게 될 방으로 거론되었던 곳이 바로 그 건넛방이었기 때문에. 조금 좁긴 해도 외풍이 거의 없고, 어른들이 지내는 안채인데다가 화장실과도 가까워서 귀한 손님에게 내주기에는 가장 안성맞춤이었다.

"아, 그거. 아무래도 건넛방은 너무 좁은 것 같아서 말이야. 규신이 오면서 침대도 함께 들여왔거든."

"건넛방은 침대가 들어가면 안 되지. 책상 들어갈 자리가 없잖아."

"그러니까. 그래서 삼촌이 쓰던 방을 내주기로 했어. 네 방이랑 붙어 있어서 서로 좀 불편하긴 하겠지만, 좁은 방 쓰는 것보다는 낫지 싶어서. 괜찮겠지?"

"어쩔 수 없지. 침대가 안 들어가는데 별수 있나."

"아까 혼자 짐 정리를 하는 것 같던데, 잘했나 모르겠네."

"짐 정리?"

"응. 삼촌이 쓰던 장롱은 그대로 두기로 했거든. 몇 달 지내러 온 사람 편의 봐주느라 멀쩡한 장롱을 버릴 순 없잖니. 어디다 치워놓기도 여의치 않고. 다행히 규신이도 그냥 쓰겠다고 하더라."

"자, 잠깐만! 쟤가 삼촌 장롱을 쓰게 됐다고?"

"어. 왜?"

갑자기 정신이 번쩍 들어 본나는 두 눈을 홀쩍 키웠다. 가슴이 철렁 내려앉으면서 눈앞으로 삼촌의 장롱을 열고 그 안을 헤집는 규신의 모습이 어른거렸다. 안 돼! 거기엔 아무에게도 들키고 싶지 않은, 나만의 비밀스런 보물이 있다규!

본나는 식겁한 얼굴로 겨우겨우 속삭이듯 물었다.

"이, 이미 짐 정리를 다 끝냈다고?"

"그랬을걸?"

"저 녀석이 직접 치웠단 말이야?"

"그것까진 엄마도 잘 모르겠어. 아직 삼촌 옷가지를 내놓지 않아서. 정리하다가 답답했는지, 잠깐 산책 좀 하고 오겠다면서 나가 버렸거든. 내가 들어가서 마저 정리를 할까 했는데, 애가 나중에 알면 화낼까 봐 함부로 못 들어가겠더라. 자기 물건, 누가 함부로 만지는 거 싫어하는 것 같더라고."

그, 그럼 안 치웠을 가능성도 있다는 거네? 오 마이 갓! 제발. 제발 아직 그 녀석이 발견하지 못했길.

"근데 넌 그게 왜 궁금하니?"

"아, 아니야. 내가 좀 도와줄까 해서……."

"네가?"

"미, 미우나 고우나 앞으로 몇 달간 같이 살아야 할 애잖아. 친해져야지."

방실방실 웃으며 본나는 마음에도 없는 말을 해댔다. 하지만 박 여사는 딸을 전혀 의심하지 않는 듯 고개를 끄덕이며 미소 짓는다.

"그래. 잘 지내봐. 같이 공부도 하고 등하교도 함께하고. 어머, 애! 쟤, 밤에 혼자 다니는 거 무서워하는 거 아니니? 동네 깡패들한테 맞다가 도망 온 애잖아. 같이 다녀라. 네가 같이 다니면서 보호해 줘. 얼마나 무섭겠니?"

"으. 꼭 그렇게까지 해야 하나?"

"해야지, 그럼. 여기서 적응 못하면 어디에도 갈 데가 없는 애라잖니. 여기서도 못된 녀석들한테 찍혀봐. 애 인생이 어떻게 되겠니? 네가 사람 하나 구제해 준다 생각하고, 잘 좀 보살펴 줘. 너 말고 쟤 도와줄 사람 또 누가 있니? 응?"

이후, 10여 분간 '왜 구본나가 이규신의 인생을 구제해 줘야 하느냐'에 대한 박 여사의 진지한 설교가 이어졌으나 본나의 관심은 온통 장롱에 가 있었다. 삼촌 방을 차지하게 된 이규신이 장롱을 무자비하게 헤집는 광경. 본나의 절대 비밀, 절대 보물인 '그것'을 손에 들고 으흐흐, 음습하게 웃는 이규신. 활활 타오르는 장작더미에 본나의 '그것'을 집어넣고 으하하하, 잔인하게 웃어 재끼는 이규신. 별의별 망상들이 머릿속을 지배해 가기 시작하자 본나는 부엌을 박차고 밖으로 나와 버렸다.

마침 이규신은 안방에서 어른들과 얘기 중. 지금이 기회였다.

본나는 날렵하게 두 눈을 이리저리 희번덕거리며 주위를 살폈다. 그리곤 훌쩍 몸을 구부리고 조심스럽게 옆으로 이동, 삼촌 방의 여닫이 방문에 찰싹 몸을 붙였다. 행여 부스럭거리는 소리에 엄마가 나와 볼까, 본나는 아주 조심조심, 살금살금 움직였다. 천천히 팔을 뻗어 손잡이 문을 쥐고, 또다시 천천히 돌려 문을 열자니 끼익— 하는 소리가 들려왔다. 작은 소리였지만, 혹시라도 누군가가 들었을까 염려되어 본나는 냉큼 눈동자를 이리저리 굴렸다.

다행히 아무도 없다.

휴, 안도의 한숨을 내쉬며 본나는 다시 열다 만 방문을 열어젖혔다. 천천히. 그러자 또다시 끼이이이익— 이번엔 조금 더 긴 소리가 울린다. 금방이라도 귀신이 출몰할 것 같은, 참으로 소름 돋는 소리다. 본나는 부르르 어깨를 떨며 신발을 조심스럽게 벗었다. 혼잣말로 중얼중얼 투덜거리면서.

"아, 그 자식은 왜 침대는 갖고 와가지고. 내가 진짜 우리 집에서 이게 뭐하는 짓이냐고."

그때다. 누군가가 본나의 투덜거림을 삼키며 불쑥 말을 걸어왔다.

"도둑고양이 짓 같은데."

제2장 도둑고양이, 덜미 잡는 녀석

‘헉.’

본능적으로 본나는 남자의 굵고 낮으면서도 싸가지가 뚝뚝 떨어지는 재수없는 말투를 기억해 내고야 말았다. 이규신, 그 녀석이었다. 아이 참, 아까까지 안방에 있던 녀석이 어쩐 일이야? 소리도 없이. 귀신같은 녀석 같으니라고.

“아, 안녕?”

당황한 얼굴을 재빨리 수습하고 본나는 빙그르르 뒤를 돌아 녀석을 마주했다.

“뭐하는 거야?”

어색하게 벙싯거리는 그녀를 향해 녀석이 심드렁한 어조로 물었다. 웃는 얼굴이 무색해지게 하는 참 성의없는 반응이다. 진심 밥맛이 뚝 떨어지누나. 대체 뭘 믿고 저런다니? 자기 자신도 못 지켜서 남들한테 맞고 다니는 녀석이. 하이고야— 서울에선 쩌리 인생이었으면서 잘난 척하기는. 누가 보면, 얻어맞고 도망 온 게 아니라 패고 왔다 하겠네. 생긴 건 비실비실 허여멀개가지고.

"그냥 얘기나 해볼까 하고. 앞으로 같이 지내게 됐으니까."

"무슨 얘기? 용건 있으면 말해."

"아, 뭐. 딱히 용건이 있는 건 아니고, 그냥…… 잘 지내자고 말하고 싶어서."

생각하고 또 생각해서 겨우, 지어낸 말로 대충 둘러대며 본나는 벙싯벙싯 웃었다. 물론 속으론 시베리아, 허스키, 십장생을 외치고 있었다. 진심 토 나오는 순간이 아니고 무엇인가 말이다. 아오! 아주 그냥. 이 개나리 같은 자식 앞에서, 잘생긴 남자만 보면 해롱거리는 골 빈 계집애들처럼 살랑살랑 웃고 있으려니 온몸이 좀이 쑤신다. 보물 1호, 절대 비밀, '그것' 만 아니면 당장 때려치웠는데!

"아까는 미안. 진짜 사람을 잘못 봤었어. 어두워서 얼굴이 잘 안 보였거든. 난 네가 강도인 줄 알았지."

"……."

"당분간이지만 이렇게 같이 지내게 된 거 기쁘게 생각해. 환영하고, 우리 정식으로 인사하자. 내 이름은 구본나라고 해. 잘 부탁한다!"

내친김에 손을 쭉 내밀어 터프하고 남자답게(?) 악수를 청했다. 뭉툭하니 짧게 깎여진 손톱과 검게 그을린 손등이 딱 촌놈 스타일. 어째 녀석 앞에서 약간 창피한 기분이 들어 잠깐 움찔했지만, 갖고 있는 건 오로지 뚝심 하나. 본나는 꿋꿋하게 녀석이 악수를 해올 때까지 허공에 손을 내밀고 서 있었다. 그런데 녀석, 한다는 게 고작 짧은 인사.

"이규신."

촌놈 스타일의 본나 손을 벌레 바라보듯 찡그린 눈으로 내려다보더니 툭, 손끝으로 건드는 게 전부였다. 갑자기 불쾌감이 확 올라오는 본나였다. 뭔가 여자로서 무시당했다는 기분이 들어서다. 내가 예쁘고 깜찍한 여자였더라도 이렇게 대했을까 싶은 게 짜증이 확 솟구쳤다. 보물만 아니면 확 한 대 후려갈겨 주는 건데.

"반갑다. 앞으로 친하게 지내자. 너, 우리 학교라며? 우리 반으로 배정되었다고 하던데. 너도 들었니?"

"……."

"너무 걱정하지 마. 우리 반 애들 다 착해. 너만 문제 일으키지 않는다면 별 탈 없이 잘 지낼 수 있을 거야. 그럴 리는 없겠지만 혹시라도 너 괴롭히는 애들 있으면 나한테 말해. 내가 정리해 줄게."

"남 도와줄 처지는 아닌 것 같은데."

무심한 눈으로 가만히 서 있기만 하던 녀석이 갑자기 툭 한마디를 내뱉었다. 세상사 무료해 죽겠다는 듯 심드렁한 얼굴로. 본나는 자신이 제대로 들은 것인가 싶어 눈살을 훅 찌푸리며 날카롭게 되물었다.

"너, 방금 뭐라고 했나?"

"아까 보니까 기가 허한 거 같아서. 멀쩡한 사람을 강도로 오인할 정도면, 허해도 보통 허한 게 아니지. 누굴 책임지려 하기 전에 네 자신부터 잘 건사해야 하는 거 아니냐?"

"뭐, 뭐, 뭐라고?!"

"너나 조심하라고. 밤늦게 다닐 거면 가족들한테 마중 오라고 부탁이라도 해. 멀쩡한 사람 오해해서 괜한 소동 일으키지 말고."

두 눈 부릅뜨고 벌컥거리며 묻는 그녀가 무섭지도 않은지, 녀석은 여전히 심드렁한 얼굴로 조목조목 본나의 성질을 돋우었다. 그러더니만 본나의 붉으락푸르락하는 얼굴을 슥 외면하며 방 안으로 들어가기 시작한다. 와씨, 욕 나와. 뭐 저런 자식이 다 있냐? 신경질 나서 죽겠는데, 더 화나는 건 할 말이 없다는 거다. 멀쩡한 녀석을 강도라 오인해 생쇼를 벌인 사람은 다름 아닌 자신이었으니까.

"야, 잠깐."

턱. 본나는 규신의 팔뚝을 다부지게 붙잡았다. 낭창하고 나긋한 녀석의 살결이 손바닥 가득 느껴졌다. 남자 녀석 살결이 뭐 이리 부드러워? 징그러운 자식. 속으로 중얼거리곤 본나는 녀석을 고까운 눈초리로 쏘아보았다. 이규신도 그다지 본나가 마음에 든 건 아닌지 짜증이 깃들어 있는 눈으로 이쪽을 돌아보고 있었다.

쳇, 곱둥이를 봐도 저런 표정은 안 짓겠다. 어쩜 사람 보는 눈이 저러냐? 하여간 잘생긴 녀석들은 꼭 얼굴값을 해요. 제 잘난 맛에 여자들 무시하기나 하고. 근데 아가야? 네가 제아무리 예쁘고 몸매 빵빵 늘씬하고 애교 살살 큐트한 여자가 아니면 사람 취급도 하지 않는 놈이라 해도 넌 나한테 안 돼. 나한테 절대로 벗어날 수 없어. 왜냐? 내가 안 놓아줄 거거든.

난 네가 묵는 그 방에 꼭 들어가야 해. 내 보물 1호가 거기에 있걸랑? 난 무슨 수를 써서라도 그걸 다시 내 방에 두어야 마음이 놓이겠어. 그것만 내 손에 들어오면 그때는 나도 너 필요없습니다. 이렇게 구차하게 매달리는 것도 빠이빠이라, 이 말입니다. 그러니까 아가야, 그때까진 짜증나더라도 이 시커먼 얼굴에 바가지머리, 못생긴 구본나를 상대해 줘야만 한단다. 알겠니? 우쭈쭈─

"미안한데, 나 거기 한 번만 들어갈게."

"뭐?"

"한 번만 들어갔다 나온다고. 왜? 안 돼?"

"여긴 이제 내 방이야."

"알아. 오늘부터 여기서 지낸다는 거."

“그런데도 내 방에 들어오겠다고?”

기가 막힌다는 듯 이규신이 삐딱하게 물었다. 그래, 인마. 네 기분은 이해한다. 남의 집에서 얹혀사는 것도 짜증나는 일인데 주인집 딸내미까지 집적거리니 오죽 싫겠니? 그러니까 아가야, 얼른 날 들여보내 주고 끝내자.

“안 될 이유 없잖아. 잠깐 들어갔다 나오는 건데.”

“안 될 이유, 아주 많은 것 같은데. 아무리 무식해도 남의 방에 함부로 들어가면 안 된다는 에티켓 정도는 지켜줘야 하는 거 아니야? 피차 각자의 프라이버시는 건드리지 않는 게 좋잖아.”

“너 말 참 이상하게 한다? 내가 네 방에 들어가서 네 프라이버시 망치겠다는 게 아니잖아, 지금. 잠깐 들어갔다 나올 거라니까? 확인할 게 있어서 아주 잠깐만 들어갔다 나올 거라고. 잠깐만!”

“잠깐이든 오래든. 난 내 방에 널 들이기 싫어.”

“아, 잠깐이면 되는데 뭐 이렇게 빡빡하게 구냐? 사내자식이. 확인할 게 있어서 그래. 내 눈으로 직접 보고 확인한 다음, 조치할 일이 있어서 그런다고. 그냥 잠깐 들어갔다가 나올 건데 왜 이렇게 잔말이 많아?”

“사람 말, 못 알아들어? 싫다잖아.”

“야.”

“그만 가라고.”

“너 혹시, 방 안에 뭐 숨겨놨냐?”

‘뭐 이런 자식이 다 있어?’의 얼굴로 미간을 잔뜩 찡그리더니, 갑자기 본나가 불쑥 물었다. 도무지 그거 외엔 녀석이 이렇게 방문에 금줄을 칠 이유가 없다고 생각한 것이다. 그러지 아니한가? 방에 들어가서 잠을 잔댔나, 침대 위를 뒹군댔나. 들어가서 잠깐 훑어만 보고 나온다는데 왜 자꾸 싫다는 건지 본나로선 도무지 이해가 되지 않았다. 자신의 ‘그것’처럼 비밀스러운, 그래서 절대로 발견되면 안 되는 게 있지 않고서야 이런 반응이 나올 리가 없었다.

“숨겨놨지? 뭐야?”

“……”

“야동? 아니면 잡지? 너도 그런 거 막 돌려보고 그러니?”

“뭐라고?”

“맞구니? 야, 괜찮아. 뭐 어때? 네 나이 때는 원래 참는 게 더 어려운 법이야. 다 그렇게 크는 거지 뭐. 이 누나도 잘 알고 있으니까 너무 부끄러워하지 말고 편하게 얘기해라. 이제부턴 한 집에서 살게 됐는데 뭐 어떠냐? 다 이해해. 우리 부모님도 꽉 막힌 분들 아니니까 충분히 이해해 주실 거고. 혹시 내가 여자라서 그게 불편한 거라면, 그것도 너무 신경 쓰지 마. 너도 봐서 알겠지만 내가 딱히 여자 같진 않거든? 누나란 말보단 형이란 말이 더 어울릴 거다. 그건 앞으로 지켜보면 알게 될 거야. 그러니까 그건 걱정하지 말고……”

“얘기 도중 미안한데.”

나름 열심히 얘기하고 있는데 갑자기 쌀쌀하고 무뚝뚝한 한 마디를 후둑 떨어뜨리는 이규신. 본나는 두 눈을 훌쩍 뜨고는 방긋 웃었다.

"응?"

"난 너랑 별로 친해지고 싶지 않거든. 널 누나라고 부를 생각 추호도 없어. 물론 형이라고 부를 일은 더더욱 없을 거고."

표정 하나 바뀌지 않은 무표정한 얼굴로 녀석이 중얼거렸다. 헐. 얘 뭐야? 사람이 좋게 말하면 좋게 대답해 줄 줄도 알아야지. 왜 말끝마다 공격하고 난리. 어쩌라고. 싸우자고? 한판 붙을까?

본나는 눈살 잔뜩 찌푸린 얼굴로 녀석을 노려보았다. 하지만 그녀의 날 선 시선 따위 별로 무섭지 않은 듯 이규신은 예의 표정없는 얼굴로 콕콕 가시 박힌 말을 가감없이 내뱉고 있었다.

"그리고 충고하는데. 남자다운 척하는 거, 안 어울려. 하지마."

"뭐어—?"

"네가 아무리 남자처럼 되려고 발버둥을 쳐도 넌 생물학적으로 XX염색체를 가진 여자야. 반 아이들 죄다 네 손에 쥐고 있는지 어쩐지는 모르겠지만, 밤길에 낯선 남자 만나면 무서워서 벌벌 떠는 게 너라고. 여자인 게 쪽팔리면 쪽팔린 짓을 안 하면 돼. 여자로서 당당히 서면 되는 거야. 쓸데없이 센 척하는 것보단 그게 더 현명한 것 같은데."

"니, 니가 뭔데 나한테 그딴 충고를……!"

"어쨌든 난 여자애한테 내 방을 공개할 생각 없어. 그러니까 이만 포기하고 돌아가."

"뭐야? 겨우 내가 여자라서 방에 못 들이는 거야?"

나참. 그리도 둘러 말하더니만 결국 그 얘기였군. 피식, 본나는 어처구니가 없어 웃음을 터뜨렸다.

별 시답지 않은 소릴 다 듣겠다. 아니, 어떻게 자신을 보고 그딴 망상을 펼칠 수 있는지, 본나는 규신의 머릿속을 들여다보고 싶은 심정이었다. 딱 봐도 견적 나오지 않나? 나 구본나는 남자란 오직 경쟁 상대, 뛰어넘어야 할 존재로 인식하고 있을 뿐이다. 이성? 감정? 느낌? 그딴 건 느껴본 적도, 느끼고 싶은 생각도 없는 구본나란 말이다. 하여튼 잘생긴 녀석들은 꼭 이렇게 왕자병 증세가 있어.

됐고!

나른 건 몰라도 그건 절대 걱정 말거라, 아가야잉? 제발 그런 걱정일랑 내려놓으시랑께요~

"너, 내가 무섭냐?"

본나는 흐느적거리는 미소를 입가에 띠고 가재미눈으로 슥 녀석을 올려다보며 능글맞게 중얼거렸다. 무슨 뜬금없는 소리냐는 듯 녀석이 눈살을 찌푸리며 되묻는다.

"뭐?"

표정으로 봐선 완전히 잘못 짚었다는 뜻 같았지만, 녀석의 반응을 곧이곧대로 믿을 구본나가 아니었다. 짜식, 수줍어하기는. 본나는 실눈을 요리조리 움직여 녀석을 훑어보며 쿡, 옆구리까지 찔렀다.

"여자가 무섭지? 그래서 나랑 단둘이 있기 싫은 거지? 뭐, 이해 못하는 건 아니다. 그럴 수 있지, 평소 당한 게 많으면."

"무슨 헛소리야?"

"근데 어쩌냐, 난 남자를 돌로 보는 특이체질인데. 난 보통 여자애들하곤 달라. 아무리 멋진 남자를 봐도 무덤덤하니 감흥이 없어. 그래서 다들 날 '형'이라고 부르는 거야. 여자 같지 않다고. 그러니까 그것 때문에 날 경계하는 거라면 안심해. 난 절대로 널 이성으로 보지 않으니까."

"……."

"나랑 한 방에 아무리 오래 있어도 넌 완전무결하게 안전할 거야. 세상 여자가 다~ 널 덮친다고 해도 난 절대 그런 일 없을 거니까. 그거 하나만큼은 확실하게 말할 수 있어. 그러니까 마음 푹— 놔라잉?"

"착각은 네 지병이냐?"

본나가 세상에서 가장 인자한 얼굴을 하고 규신의 어깨를 토닥거리고 있을 때였다. 이규신의 거만하기 짝이 없는 목소리가 본나의 말을 가로막았다. 미묘하게 비틀린 어조와 무뚝뚝한 말투, 상대를 깔보고 있는 게 역력한 시선이 일시에 본나에게 집중되었다. 본나는 여전히 미소 띤 얼굴로 두 눈을 깜빡거렸다.

지병? 착각이라니?

"누가 널 무서워한대?"

"……어?"

"넌 네가 무섭다고 생각하냐?"

그가 비웃듯 중얼거리더니, 갑자기 그녀를 향해 다가오기 시작했다. 어라. 본나는 저도 모르게 뒷걸음질을 쳤다. 본능적으로 느꼈던 것 같다. 녀석은 지금 뭔가 일을 저지르고도 남을 만큼 위험한 상태임을. 눈빛이 장난없었다. 잘못 걸렸다간 뼈도 못 추릴 기세. 뭐, 그렇다 해도 딱히 녀석이 무서운 건 아니지만. 어쨌든 뒤로 뒤로, 다가오는 녀석을 피해 본나는 뒷걸음질을 쳤다. 툭, 뒤꿈치가 가로막힐 때까지.

낭패감이 그녀의 얼굴에 스쳐 지나갔다. 그러자 씩, 녀석의 입가에 비웃음이 띠오른다. 본나는 녀석을 향해 호봉을 쳐줄 요량으로 두 주먹을 꽉 틀어쥐었다. 그리고 일갈을 위해 버럭 입을 여는 순간, 턱! 녀석의 손이 벽을 쳤다. 일순 눈을 찔끔 감으며 본나는 흠칫 놀랐다. 벼, 벽을 왜 쳐? 미쳤나, 이게?

"안 무섭다고, 너."

굵고 나직한 녀석의 목소리가 나른한 공기를 타고 흘러들었다. 본나는 저도 모르게 감아버렸던 눈을 번쩍 떴다. 까맣던 그녀의 시야로, 녀석의 가슴골이 훅 쳐들어왔다. 목젓, 쇄골, 근처에 깔끔하게 세워진 옷깃. 본나는 황급히 눈을 들어 녀석을 쳐다보았다.

녀석이 차갑기 짝이 없는 시선으로 그녀를 깔아보고 있었다. 녀석의 팔은 그녀의 머리 위를 가로지르고 있었고 자신은 영락없이 녀석에 의해 갇힌 꼴이 되어 있었다. 그러니까 벽을 친 게 아니라 자신을 포위하고 있었던 거였다. 으─ 본나는 떡처럼 일그러진 얼굴로 녀석을 째려보았다. 뭐라 대차게 호통쳐 줄 요량이었지만, 이후 그럴 기회는 영원히 날아가 버리고 말았다. 다음 순간 녀석의 얼굴이 훅 코앞으로 다가왔기 때문에.

"덮치고 싶으면 덮쳐 봐."

"뭐, 뭐야? 너."

호통을 치는 대신 본나는 날름 고개를 뒤로 젖히며 녀석을 피했다. 하지만 이미 녀석과 벽 사이에 갇혀 퇴로도 진로도 막혀 있는 그녀로선 깊숙이 쳐들어오는 그의 얼굴을 완벽히 피할 방법이 없었다. 그는 너무나 쉽게 본나의 코앞까지 침투해 그녀를 비웃고 있었다.

"오히려 네가 날 무서워하는 것 같은데?"

"무, 무슨 소리야? 네까짓 거, 하나도 안 무섭거든?"

"날 피하잖아. 무서워서 피하는 거 아니야?"

"아니거든? 난 안 피했거든?"

"피한 게 아니면, 덮쳐 보든지."

"미쳤냐? 내가 널 왜 덮치는데?"

"내가 널 무서워하는 거라며. 진짜 무서워하는지 안 무서워하는지는 덮쳐 봐야 아는 거 아니야?"

“됐어. 그런 할 일 없는 짓을 내가 왜 하냐? 비켜. 아, 비키라고!”

“네가 안 덮치면 내가 덮친다.”

거의 협박에 가까운 낮은 목소리. 동시에 그의 얼굴이 더 가까이 다가오자, 본나는 재빠르게 턱을 아래로 잡아당겼다. 자동 반사적으로 입술이 오므려지고 두 눈이 크게 떠졌다. 필사적으로 상대를 노려보는 그녀를, 그는 짤없는 시선으로 내려다보고 있었다.

조금만 잘못 움직여도 입술과 입술이 맞닿을 만큼, 숨 쉬는 상대의 숨결이 피부로 느껴질 만큼, 녀석에게서 생각보다 산뜻한 향기가 난다는 미친 생각까지 들 만큼 두 사람은 아주아주 가까운 거리에 있었다. 덕분에, 그럴 생각이 아니었는데도 불구하고 긴장을 하고 말았나. 본나는 꼴싹, 침을 삼켰다.

“야야, 흥분했나 본데 진정해. 정신 차려. 나 누나야, 네 누나.”

“누가 내 누나라는 거야? 너?”

“내가 너보다 석 달이나 더 빨리 태어났잖아. 몰랐냐? 편하게 누나라고…… 불러.”

“별로 그러고 싶지 않은데. 아까 말했잖아, 난 널 누나라고 부를 생각 추호도 없다고.”

“어, 어……?”

그럼 정말 어쩌라는 거냐. 진짜 덮치기라도 하란 말이야, 뭐야? 뭔가 버럭, 고함을 싸질러 줘야 할 것 같은 타이밍. 그때, 부엌 여닫이문이 드르륵 열렸다.

"어머. 너희 거기서 뭐하니?"

박송자 여사다. 헉!

본나는 당황한 얼굴로 자신의 머리 위를 가로지르고 있는 규신의 팔을 향해 두 눈을 치떴다. 그리고 곧바로 상황 파악 종료. 자신은 지금 이규신과 로맨스의 전형적인 자세를 취하고 있었다. 띠로리~ 이런 심상찮은 자세라니. 이 얼마나 오해하기 좋은 포즈인가.

이 상황이 매우 재미있는 듯, 규신의 얼굴에 야비한 미소가 떠올랐다. '자, 이제 어쩌시려고?' 하는 표정이랄까. 곤경에 처한 본나가 어떻게 대처할 것인지 매우 기대되는 얼굴이었다. 이런 저열하기 짝이 없는 놈 같으니라고. 본나는 이를 아득 갈며 녀석을 노려보며 박송자 여사를 향해 소리쳤다.

"어! 정식으로 인사 나누고 있었어!"

그리곤 이를 꽉 다물고 싱긋 웃으며, 작은 목소리로 녀석에게 경고의 말을 날렸다.

"어금니 꽉 깨물어라잉."

"어금니를, 어쩌라고……?"

"이야— 반갑다, 이규신!"

그가 채 말을 마치기도 전에 본나는 아주 과장된 몸짓과 함께 크게 소리치며 힘껏 주먹을 날렸다. 턱! 녀석의 볼따구에 그녀의 주먹이 꽂혔다.

"아."

"난 너랑 같은 반이 되어서 너~ 무 좋아."

볼을 한 손으로 쥐는 녀석을 못 본 척 외면하며 본나는 일부러 목소리를 높여 호들갑스럽게 말했다. 그리곤 이번엔 반대쪽 무릎을 꺾어 녀석의 아랫배를 강타했다. 퍽.

"지금 내 옆자리 비었는데, 네가 내 짝꿍 되면 더 좋겠다. 그럼 내가 많이 도와줄 수 있을 텐데 말이야. 하하하하하!"

"야."

"아무튼 잘 지내보자. 짜식, 근데 너 진짜 예쁘게 생겼다. 나보다 더 예쁘네~ 미스코리아 나가도 되겠네!"

규신이 험악하게 인상을 쓰며 째려보았지만, 메롱이다. 본나는 약 올리는 듯 더욱더 크게 소리치며 퍽퍽, 녀석의 옆구리를 팔꿈치로 강타하였다. 녀석의 눈빛이 심상치 않게 빛났으나 상관하지 않았다. 그래 봤자 지가 뭐 어쩔 건데. 여기서 핏대 올리며 싸울 거야 뭐야. 자기도 눈치라는 게 있으면, 우리 엄마 앞에선 사이좋게 지내는 척하는 게 예의라는 것쯤 알거 아님? 본나는 입술을 삐쭉거리며 얼굴을 뜨겁게 데우는 녀석의 시선을 더욱더 외면했다.

"너희들 벌써 그렇게 친해진 거니?"

둘 사이에 맴도는 아스트랄한 분위기를 캐치하지 못한 듯 송자 여사는 낫낫한 얼굴로 물어왔다. 송자 여사의 눈엔 본나와 규신이 주먹다짐까지 할 정도로 엄청 친해 보이는 모양이었다. 원래 본나가 어릴 때부터 남자아이들과 주먹으로 우정을 다져왔다는 것을 알기 때문에 보일 수 있는 반응. 본나는 어머니를 향해 싱긋 상큼발랄하게 웃어 긍정의 사인을 주었다.

그리고 입이 찢어지도록 웃는 얼굴 그대로 숙여 이규신의 귓가에 달콤 살벌하게 속삭였다.

"나도 너 허벌나게 싫걸랑요."

옛말에, 말이 씨가 된다고 했던가? 입이 방정이라고 했던가? 하여튼 말은 함부로 해선 안 된다는 선인들의 지혜로운 명언이 있었더랬지.

그랬어야 했는데, 아무리 급해도 그런 끔찍한 말은 입에 올리는 게 아니었는데! 그랬다면 혹시 모른다. 이런 일이 벌어지지 않았을지. 그 재수없고 허여멀건 서울촌놈과 짝꿍이 되는 최악의 시나리오는 피할 수 있었을지도 모르는 일이었다. 피휴, 암담한 작금의 현실에 한숨이 저절로 나와 본나는 더운 숨을 몰아내쉬며 고개를 뚝 떨어뜨렸다.

"야, 진짜 잘생기긴 했다. 얼굴 뽀— 오얗고, 눈썹 까맣고, 얼굴은 코딱지만 하고. 게다가 이목구비 봐라. 저 조그만 얼굴에 어쩜 저렇게 오밀조밀 모여 있니? 뚜렷하긴 또 얼마나 뚜렷하고. 서울 애들은 원래 다 저런 걸까? 아니겠지? 쟤가 특별한 거겠지?"

친구의 기분은 최악이거늘 절친이라는 것은 본나의 기분 따위 신경도 쓰지 않은 듯 열심히 재잘대고 있었다. 물론 혜원이 말하는 '얼굴 뽀얗고 눈썹 까맣고 얼굴 코딱지만 한 서울 애'는 바로 이규신. 반대편 창문 쪽에 자리한 녀석은 반 남자아이들 서넛과 무리를 지어 식사를 하는 중이었다.

사교성이 좋은 건지, 주변에 사람이 잘 따르는 편인 건지, 아니면 본나가 못 느끼는 다른 특별한 매력이 있는 건지. 전학 온 날부터 녀석의 주위에는 사람이 북적북적 들끓고 있었다. 학교에 적응할 수 있도록 잘 도와주겠다며 큰소리치던 그녀의 말이 다 무색하게.

정말 알 수가 없는 일이었다. 어떻게 저렇게 남녀 구분 없이 죄다 녀석 옆에 붙어 떠들고 있는 것일까? 아무리 봐도 녀석은 질닌 척 캡빵 잘하는 새수없는 녀석인데 말이지. 애들 눈엔 그런 게 안 보이나? 우이씨. 본나는 심술이 덕지덕지 붙은 얼굴에 덧붙여 팍 인상을 쓰곤 헬렐레 제정신이 아닌 혜원을 향해 톡 쏘아붙이듯 말하였다.

"그만 좀 해라. 어떻게 된 게 넌 입만 열었다 하면 이규신 찬양이냐?"

"잘생겼잖아. 넌 못생긴 남자가 좋냐? 난 솔직히 말하는데 못생긴 남자는 아무리 착하고 성실하고 돈이 많아도 싫어. 이규신 봐라, 얼마나 잘났는지. 주위에 죄다 오징어같이 생긴 애들뿐인데 규신이 덕분에 우리들 눈이 호강하는 거잖아. 저 정도 미모라면 백 번도 더 찬양해 줘야지. 내 눈에 비타민 같은 앤데. 아~ 좋아. 완전 좋아.”

“쟤가 뭐가 잘생겼어? 드럽게 흔해빠진 얼굴이구만.”

“얘, 저 정도면 자체 발광이지. 웬만한 연예인들은 그냥 바르겠다.”

“됐거든? 개나 소나 연예인 바른대. 말도 안 되는 헛소리 자꾸 해대지 말고 그만 책이나 봐라. 시험이 코앞이다.”

“너, 왜 그래? 왜 규신이 얘기만 나오면 신경질이야? 개랑 벌써 싸웠어?”

신경질적인 본나의 반응이 예사롭지 않다고 여겼는지 혜원이 수상쩍다는 듯 곁눈질을 하며 은밀하게 물었다. 그래, 싸우긴 싸웠지. 학교에서가 아니라 집에서. 하지만 사실대로 말해 줄 순 없는 일이다. 두 사람이 한집에서 살고 있다는 사실은 아직 아무도 모르는 비밀이었기 때문에. 괜한 오해를 사고 싶지 않아서 떠벌거리지 않았던 것인데, 그건 규신도 마찬가지인 듯 두 사람은 별다른 합의 없이도 조용히 입을 다물고 있는 중이었다.

“싸우긴 누가? 개랑 난 싸울 일도 없어.”

“하긴, 싸움도 친해야 하는 거지. 너네 아직도 말 안 텄지? 보니까 두 사람, 하루 종일 한마디도 안 하더라? 왜 그러냐? 짝꿍끼리.”

“짝꿍이면 뭐? 꼭 친해져야 하는 거야?”

"그건 아니지만 이상하잖아. 너처럼 사교성 짱인 애가 아직까지 짝꿍이랑 데면데면해한다는 게."

"이상할 거 없어. 할 얘기가 없으니까 안 하는 것뿐이니까."

"쟤도 너한테 말 안 시켜? 왜? 부끄럼 타나? 다른 애들이랑은 얘기 잘하는 거 보면 딱히 그런 것 같지 않은데. 왜 유독 짝꿍인 너하고만 얘길 안 하는 걸까? 왜지? 넌 어떻게 생각하냐?"

뭐가 그리 궁금한지 혜원은 또 호기심 가득한 눈으로 꼬치꼬치 캐물어오기 시작했다.

아, 귀찮아. 아, 피곤해. 대체 여자아이들 죄다 왜 이래?

요즘 반 여자아이들은 약속이나 한 듯 본나만 봤다 하면 붙들고 늘어져 이규신에 대해 캐묻고, 답을 요구하고, 심지어는 토론을 강요했다. 서울서 전학 온 이유에서부터, 성격 분석, 성적 분석, 여자친구 손재 여부에 관한 의견까지, 녀석에 대한 것은 죄다 궁금한 모양이었다. 아니, 궁금하면 직접 물어보면 될 걸 왜 자꾸 날 귀찮게 하는데? 사람 스트레스 팍팍 쌓이게 말이지. 안 그래도 성적 때문에 신경 예민하게 곤두서 있구만. 짜증 만땅이시다.

"그걸 꼭 말로 해야 알겠냐? 생긴 걸 봐. 딱 싸가지가 바가지잖아. 제 잘난 맛에 사는 거 안 보여?"

"별로. 잘난 척하는 것 같진 않은데? 애들이랑 위화감없이 잘 지내잖아."

"그러니까 더 재수없다는 거야. 겉으론 착한 척 잘 지내면서,

속으론 다른 사람 한껏 깔보는 거지. 남자 녀석이 허여멀거니 기생오라비처럼 생겨가지고.”

눈웃음 살살 치며 새로 사귄 친구들과 즐겁게 얘기하는 이규신을 신나게 째려보며 본나는 입술을 심술궂게 비틀었다. 왜 이렇게 꼴 뵈기가 싫은 건지. 짝이 됐는데도 알은 체 한 번 제대로 안 하는 것하며. 본나에겐 엄청 쌀쌀하게 대하면서 애들 앞에선 착한 척 웃는 모습하며. 앞뒤 다른 녀석의 행동이 너무나 싫고 짜증났다. 한마디로 구타유발자=이규신, 이란 얘기.

“츤데레인가?”

친구의 마음 따윈 안중에도 없는 듯 모혜원은 여전히 이규신에 대한 열렬한 관심을 표출하며 두 눈을 반짝였다. 당장에라도 썩을 것 같은 얼굴로 본나는 혜원을 보며 반문했다.

“츤데레가 뭐야?”

“모르냐? 츤츤(つんつん)이랑 데레데레(でれでれ)랑 합해져서 생긴 말이잖아. 처음엔 퉁명스럽고 불친절하지만 누군가를 좋아하게 되면 그 사람 앞에서 한없이 부끄러워하는 성격. 만화책에 자주 나오는 말인데 호감인 여자애한테 까칠하고 틱틱거리는 남자를 두고 주로 츤데레라고들 해.”

“별걸 다 안다, 넌.”

“나야 뭐, 당연히 그쪽 용어는 빠삭하지. 네가 인형을 좋아하는 것만큼이나 나도 만화책 광이잖아.”

힉! ‘인형’이란 말이 나오자마자 본나는 가슴에 총상이라도 입은 사람처럼 두 눈을 부릅떴다. 자신의 절대 비밀, 보물 1호인 바비들이 아직도 싸가지없는 이규신 손에 있다는 사실이 가슴을 깊이 후벼 파는 듯했다.

아— 아프다. 내 아가들, 그 나쁜 자식 방에서 얼마나 오들오들, 두려워 떨고 있니.

마음 같아선 당장에라도 아가들을 찾으러 쳐들어가고 싶으나 녀석은 아직도 요지부동. 절대로 여자를 방에 들이지 않겠다는, 웃기지도 않는 주장을 고수 중인지라 그녀는 여직 삼촌 방에 얼씬도 못하고 있었다. 덕분에 며칠이 지난 지금까지 아가들을 손에 넣지 못하고, 불안에 떨고 있는 본나였다.

“근데 너, 언제까지 비밀로 할 거야? 그냥 커밍아웃해. 사람마다 다 각자의 취향이란 게 있는 건데, 바비인형 모으는 게 무슨 큰 흠이리고 쉬쉬해? 공구세트 모으는 건 비밀 아니잖아.”

“그거랑 이건 다르지. 공구세트 모으기는 내 이미지랑 딱 어울리는 거지만, 그건 아니잖아.”

“하긴. 네 취미가 알려지면 다들 식겁하긴 할 거야? 너랑 너어어~ 무 안 어울리잖아. 나도 처음 들었을 땐 깜놀했어. 만날 태권도복 입고 남자애들이나 패고 다니던 네가 인형 머리 빗겨주고 옷 만들어서 입히고 있다 생각하니까 요절복통, 배꼽이 날아갈 뻔했다니까. 그나저나 넌 진짜 인형이 남자보다 좋아?”

“당근.”

반쯤 감긴 살벌한 눈으로 혜원을 째려보며 본나는 두말하면 잔소리라는 듯 즉각 대답했다. 동글동글 바가지머리에 '화장품 따윈 개나 줘'란 마인드를 증명하듯 푸석푸석한 피부, 정리 안 된 눈썹, 언제든 발차기 기술을 날릴 수 있게 교복 치마 아래로 껴입은 체육복 바지. 아무리 봐도 외모에 지대한 관심을 가지고 있어야 할 보통 여고생과는 거리가 멀어 보이는 본나의 외관과 딱 어울리는 답변. 하지만 내면은 여느 여자 못지않게 말랑말랑, 샤방샤방, 감수성 풍부한 여인네라는 것을 알고 있는 혜원으로선 도무지 이해가 되지 않는 사안이었다. 아니, 어떻게 남자보다 인형이 더 좋냐고!

"이야— 여러 번 들어도 적응 안 되는 말이다. 돈다, 돌아. 어떻게 그럴 수가 있어? 난 아무리 만화가 좋아도 남자보단 아니던데. 그거 진짜 병 아니냐?"

"병은 무슨. 눈에 차는 남자가 없어서 그러는 거지. 내 마음에 드는 남자만 있다면 언제든지 사귈 마음 있다고. 오픈마인드. 언더스탠드?"

"네 눈은 무슨 하늘에 달렸냐? 왜 눈에 차는 남자가 없어? 얼마나 높기에. 그러지 말고 규신이랑 잘해보는 건 어때?"

혜원이 뭔가 비밀스러운 얘기라도 하는 듯 목소리를 확 낮추고, 몸을 앞으로 기울이며 말했다. 뭐시라? 이규신? 듣는 순간 본나의 눈썹이 확 찌그러졌다.

"잘생겼잖아. 완전 만화책 찢고 나오지 않았냐? 순정만화 남

자 주인공의 현신이잖냐, 완전. 남자는 잘생긴 게 장땡인 것이
야. 한번 잘해봐. 내가 밀어줄게."

"됐거든. 난 저렇게 허여멀건 애는 딱 질색이야. 샌님처럼 저
게 뭐냐? 남자는 남자다워야 남자지. 어디 가서 피죽도 못 얻어
먹게 생겨가지고, 무슨 남자."

"야, 키도 저만 하면 크고, 덩치도 어디 가서 밀리지 않을 것
같은데. 무슨 피죽타령이냐? 너 솔직히 말해. 규신이가 네 앞길
에 방해되니까 그래서 싫어하는 거지? 이번 시험 꼭 1등 하려고
벼르고 있었잖아, 너. 실제로 네가 1등 할 확률이 제일 높았고.
근데 갑자기 이규신이 뚜아앗―! 서울에서 뚜아앗―! 전교 1등
밥 먹듯이 한다는 레알 우등생이 뚜아앗―!"

"넌 내가 그렇게 치사한 인간으로 보이냐? 겨우 그딴 것 때문
에 밀쩡한 사람 파렴치한 만들어가며 싫어한다고 생각하는 거
야?"

"엉."

발끈하는 본나에게 혜원은 단도직입적이고 단호하게 고개까
지 끄덕이며 즉각 대답했다. 그것 외엔 도무지 규신을 싫어할
이유가 없다는 듯. 아무것도 모르면서. 거의 확신하는 듯한 친
구의 얼굴을 보고 있으려니 심술이 마구 솟구치는 것 같았다.
확 녀석의 실제 모습을 다 불어버리고 싶을 만큼.

하지만 그렇게 하자면, 녀석과 현재 한집에서 살고 있다는 것
까지 다 밝혀야 한다. 다른 건 몰라도 그건 절대로 자신의 입으

로 말하고 싶지 않은 본나였다. 녀석과 한집에 살고 있다는 게 알려지면, 녀석을 흠모하는 수많은 여자애들한테 어떤 식으로 들들 볶일지는 굳이 상상해 보지 않아도 짐작 가능한 일이 아니겠는가.

"규신이 때문에 1등 못하게 되는 건 안타까운 일이지만, 그건 그거고 이건 이거지. 남자친구 사귀는 문제는 성적과 별개로 생각해야 한다, 이 말이야. 솔직히 너, 너보다 성적 달리는 남자 되게 무시하잖아. 그거 때문에 지금까지 남자친구 한 번 제대로 사귀지 못하고 이렇게 청상과부가 된 거 아니야?"

"청상과부가 뭔지나 알고 말하는 거냐, 너?"

"아, 아무튼. 이규신인 너보다 공부 잘할 게 뻔하니까 그런 면에선 일단 합격이라는 거지. 잘 생각해 봐, 이 맹꽁아. 서울에서 온 꽃미남 수재가 아무 때나 네 앞에 뚝 떨어지는 게 아니라고. 딱 봐도 군계일학이잖아. 게다가 운명의 장난인지, 큐피드의 조작질인지, 뚜아앗— 네 짝이 됐고. 넌 이 기회를 절대로 놓치면 안 된단 말이야. 너도 이제 바비들이 아닌 멋진 남자친구에 집중할 때가 되었잖아. 이규신이라면 브라이슨지, 리카짱인지, 하여튼 네가 애정한다는 그 바비인형들한테 절대로 밀리진 않는다. 내가 장담함."

"우리 아가들 모욕하는 발언은 삼가라. 응? 어디, 우리 아가들을 저딴 녀석한테 비교하는 거야?"

"네가 말한 '저딴 녀석'이 저 자체발광 꽃미남, 모델 포스에,

남자들 사이에서도 인기가 캐 많은 훈남, 이규신은 아니겠지?"

"맞는데. 쓸데없는 소리 하지 말고 밥이나 먹어."

꼴 보기 싫은 혜원을 외면하며 눈을 내리깐 채 본나는 식사에 집중하기 위해 애를 썼다. 하지만 이후에도 혜원은 쉬지 않고 규신의 칭찬을 해댔다. 아, 귀에 딱지 앉을 것 같아. 어쩜 쉴 새 없이 칭찬이냐. 피곤해 죽을 것 같다. 서울서 동네 불량배 녀석들한테 뒤지게 얻어맞고 질질 짜면서 여기로 도망쳐 온 녀석이 뭐가 좋다고. 하긴, 그걸 알면 이렇게 마냥 찬양은 안 할 테지. 흥, 시크하게 콧방귀를 끼곤 본나는 친구의 수다를 무시하며 열심히 숟가락질을 하였다.

"솔직히 말해봐, 구본나. 너도 사실은 이규신이 좋지?"

"뭐?"

혜원의 헛소리 따위 무시하자고 굳게 마음먹었건만, 뒤로 넘어가게 가당치도 않는 질문에는 본나도 반응하지 않을 수 없었다. 이건 또 무슨 개드립이신지. 본나는 상대를 잡아먹을 듯 두 눈을 훌쩍 키우고 혜원을 째려보았다. 하나, 본나의 째림 따윈 신경 쓸 필요 없다는 듯 혜원은 피식피식 웃는 얼굴로 조잘거렸다.

"솔직히 잘생긴 건 너도 인정하잖아. 게다가 공부도 잘하고. 너 샤프한 남자한테 뻑 가는 거 내가 잘 아는데, 아무 감정 안 생긴다고 말하는 건 거짓말이지. 안 그래? 자존심 때문에 솔직히 말 못하는 것 같은데, 연애는 그딴 거 다 필요없어. 솔직함과

스피드가 최고야. 마음에 드는 남자 있으면 날쌔게 낚아채야 한
다고."

"모혜원."

"그냥 쿨하게 인정해. 네가 규신일 좋아한다고 해도 널 욕할
사람 하나도 없어. 왜냐. 여자라면 누구나 규신이 같은 남자를
좋아할 수밖에 없으니까. 넌 정상이야. 오히려 저런 애를 봐도
무덤덤한 게 이상한 거지. 네가 겉으론 선머슴 같아서, 여자애
들한테 인기가 많은 타입이긴 하지만 내면적으론 전혀 아니잖
니. 공구세트를 모으는 것만큼이나 바비들도 죽자 살자 모으고
있는 게 너잖아. 당연히 이규신처럼 섹시하고 멋진 남자애를 보
면 하악거려야지. 안 그럼 문제있는 거야."

"너 정말……!"

"네가 허락만 하면 내가 다리 놔볼게. 어때? 구미 당기지?"

"됐거든? 나, 쟤 안 좋아해!"

"에이— 뭘 그렇게 식겁하냐? 겁먹었냐? 걱정하지 마. 내가
누구야? 나서기만 하면 백발백중, 커플 만들어놓는 자칭 타칭
커플메이커잖아. 뭐, 너처럼 스타일 꽝인 애랑 꽃미남 왕킹카는
처음이지만 네가 아예 매력없는 애는 아니니까 충분히 성사시
킬 수 있다고 봐."

"모혜원, 내 말 제대로 듣고 있는 거야? 나는……!"

"근데 혹시 모르니까, 일단 튜닝부터 하자."

"뭐, 뭐? 뭘해?"

"며칠 다이어트 좀 하고, 교복도 좀 깔끔하게 차려입고. 그 머리도 좀 어떻게 하고. 일단 눈썹부터 정리하자. 나한테 맡겨, 내가 그런 쪽으론 좀 타고났잖니. 걱정 마, 너도 꾸며놓으면 괜찮을 거야. 워낙 네가 외모에 신경을 안 써서 그렇지, 아주 못생긴 얼굴은 아니란 말이야. 여자애들 예쁜 거, 그거 다 별거 없어. 꾸준한 관리, 약간의 변장, 그거면 신데렐라 변신 완료라고."

"아, 그러니까 내가 그딴 걸 왜 해야 되냐고!?"

"왜냐니. 그야 물론 최고의 남자친구, 이규신을 잡기 위해……."

또 이규신 얘기. 이젠 도저히 못 참겠다. 본나는 이글이글 분노가 타오르는 두 눈으로 절친을 집어삼킬 듯이 야려보며 손에 들고 있던 숟가락을 딱! 소리 나게 탁자 위에 내려놓았다. 순간, 근빙 10m 내에 앉아 있던 모든 학생늘이 본나를 향해 고개를 꺾었다. 수많은 이들의 관심이 한꺼번에 쏠렸지만 본나는 헐크처럼 표성을 구기고 친구를 향해 불꽃 레이저빔을 쏘느라 알아채지 못하였다. 전혀.

"내가 왜 그 꼴통 자식이랑 사귀어야 하는데? 우리 집 담벼락 밑에서 담배 피우다가 나한테 들킨, 그 겁대가리 상실한 양아치 자식을 내가 왜 사귀어야 하는데?!"

"어? 뭐, 뭐라고……?"

"그 녀석이 왜 서울에서 여기까지 전학 왔는지 알아? 모르지? 동네 깡패들한테 쥐어 터져서야. 얼마나 맞았는지 학교도 무서워서 벌벌 떨다가 겨우 우리 동네로 도망쳐 온 거란 말이야. 그런 주제에 내 앞에선 얼마나 남자다운 척하는지 알아? 그런 찌질한 녀석이 최고의 남자친구? 최고가 다 얼어 죽었냐?!"

"보, 보, 보……."

"웃기시네. 됐거든? 이규신 같은 자식은 한 트럭을 갖다 안겨 줘도 싫어. 그 자식이랑 사귀느니 차라리 호호백발 할머니가 될 때까지 모태솔로로 남는 게 낫겠다. 안 가져. 거저 줘도 노땡큐야. 너나 가지세요잉?!"

"구, 구, 구본나!"

너무나 놀란 나머지 혜원은 말까지 더듬었다. 두 눈을 휘둥그레 뜨고는 이리저리 굴리는 폼이 꽤나 충격받았나 보다. 본나는 말문이 막혀 숨만 쌕쌕 쉬고 있는 혜원을 보고 나서야 분노를 가라앉힐 수가 있었다. 앞으론 더 이상 이규신과 사귀라는 시답지 않은 권유는 안 하겠다 싶으니 속이 다 후련해졌다.

본나는 뿌듯한 마음에 짝짝, 두 손바닥을 털며 의기양양한 얼굴로 내려놓았던 숟가락을 다시 들었다. 그리고 마저 하던 식사를 계속하려 하는 순간.

"본나야……."

혜원의 앓는 듯한 목소리가 들려옴과 동시에 머리 위로 어두운 그늘이 드리워졌다. 싸한 공기가 피부를 뚫고 전달되었고, 주변이 너무 조용하다는 생각까지 퍼뜩 들자 본나는 온몸에 소름이 쫙 끼치는 것을 느꼈다. 설마. 설마 지금 머릿속을 강타하고 있는 이 불길한 예감이 현실화되는 일은 없겠지? 없을 거야. 없어야 돼!

"점수가 바닥이네."

그토록 열심히 되뇌며 기원했건만, 불길한 예감은 여지없이 맞아떨어져 본나의 심장을 바닥으로 내동댕이쳤다.

"나에 대한 네 평가가 그 정도로 형편없는 줄은 몰랐는데. 너, 내가 마음에 안 들었구나?"

짜식. 귀도 밝아. 어떻게 내가 한 말을 모조리 다 듣고 여기까지 행차하셨대. 본나는 절로 찌그러지는 인상을 억지로 펴며 천천히 고개를 들었다.

"드, 들었냐?"

"들었지 그럼. 들으라고 그렇게 큰 소리로 말한 거 아니야?"

"그, 그건 아니고⋯⋯."

이규신은 딱히 기분이 나빠 보이지도, 좋아 보이지도 않는 평온한 얼굴로 본나를 내려다보고 있었다. 화를 내지 않는 것만으로도 안도해야 하는 건가. 본나는 잔뜩 경직되어 있는 입가의 근육을 꿈틀꿈틀 움직여 억지미소를 지어 올렸다. '이, 이건 실수야. 네 쪽팔린 행실을 만천하에 고하려던 의도는 전혀 없었어. 이건 진짜야!' 의 뜻을 담은 미소. 하지만 그녀의 혼신을 다해 지어 올린 평화의 미소는 다음 순간 파삭 깨져 버리고 말았다.

"그런데 이를 어쩌지? 난 네가 아주 마음에 드는데."

“뭐?”

본나는 한쪽 귀를 손가락으로 후벼 파고 싶은 충동을 느끼며 뾰족한 어조로 반문했다. 이게 뭔 소리냐고, 글쎄. 마음에 든다니, 누가? 내가? 내가 좋다고? 얘 지금 제정신이니? 무슨 소리를 하는 거야?

본나는 예상치 못한 대답에 크게 당황해 확 눈살을 찌푸렸다. 하지만 그런 그녀를 빤히 바라보며 규신은 느긋하게 회심의 미소인 양 피식, 잘난 웃음 한 방 흘리더니 세상에서 가장 다정하고 달콤한 목소리로 속삭이기 시작했다.

“옥수수수염 같은 뻣뻣한 머릿결에, 바가지를 둘러쓴 채 자른 것 같은 초딩머리, 레이저 시술이 시급해 보이는 주근깨, 반쯤 사라져 가는 쌍꺼풀, 송충이눈썹.”

“소, 송충이?”

“센스없이 헐렁한 교복 차림, 종아리 긁느라 한쪽 걷어 올린 체육복 바지, 열공할 때마다 끼는 두터운 하버드안경, 다리 꼬고 떨 때마다 발등에서 미끄러지는 삼선슬리퍼, 그리고 앞판 뒤판 구분 안 되는 일자형 몸매까지. 뭐 하나라도 마음에 안 드는 게 없는데.”

부드러운 솜사탕을 입에 문 듯 달달하기 짝이 없는 목소리로 이규신이 읊어대는 것은 다름 아닌 구본나의 모습. 저도 모르게 본나는 머리부터 발끝까지 제 손으로 되짚으며 녀석의 평가를 곱씹고 있었다. 내 머릿결이 옥수수수염이라고? 아침저녁으로 비싼 한방샴푸로 열심히 감아대는데? 내 머리스타일이 초딩이라고? 이 바가지머린 유명연예인 따라서 한 머리라고! 주, 주근깨는 어쩔 수 없고, 구영탄을 연상케 하는 반쯤 풀린 쌍꺼풀도 타고난 거라 뭐라 할 말이 없지만. 눈썹이 송충이란 말은 너무한 거 아니야? 그, 그리고 앞판 뒤판 구분 안 되는 몸매는…….

키키키키킥, 상황이 이쯤 되니 주변에는 미친 듯이 웃기 시작하는 무리들이 생기기 시작했다. 누가 봐도 이건 이규신이 대놓고 본나를 저격한 것이었다. 부글부글. 본나는 속에서 용암 한 그릇이 용틀임하는 것을 느끼며 두 주먹을 불끈 쥐었다. 좋아, 이렇게 나오시겠다면 나도 달리 방법이 없지. 이에는 이. 눈에는 눈.

"오호라, 너 나랑 사귀고 싶어서 아주 안달이 났구나? 안 사귀어 주면 비관해서 자살이라도 할 기세네. 근데 미안하지만 이렇게 불쌍하게 굴면 곤란해. 내가 좀 마음이 약해서 누가 매달리면 홀랑 넘어가거든?"

"얼마나 매달리면 넘어오는데?"

"하, 왜? 한 번 도전해 보시려고? 야야— 조심해, 그러다 나중에 크게 후회하는 수가 있어. 난 한 번 손에 들어온 물건은 절대로 놓지 않거들랑? 쥐어 패서라도 옆에 붙들어놓는 미저리 스타일이야."

방실방실 웃으며 본나는 이를 아드득 갈았다. 하지만 이규신은 본나가 같잖다는 듯 표정 하나 안 바꾸고 평온한 얼굴 그대로 서 있었다. 그 모습이 어찌나 얄미운지, 마음 같아선 턱주가리에 주먹 한 방 제대로 날려 통쾌한 복수와 더불어 구본나의 위엄을 만방에 알리고 싶었으나!

지금은 먼저 욱하는 사람이 지는 상황. 싸가지 바가지인 이규신도 상황 파악은 제대로 한 듯 여전히 멀쩡한 얼굴로 싱긋 웃기까지 하며 대꾸해 왔다.

"딱 내 취향이네. 난 지구가 두 쪽 나도 변하지 않는 여자가 좋거든."

이 녀석. 협박이 안 통한다. 대체 어쩌자는 거지? 진짜 진심으로 사귀겠다는 거야, 뭐야?

'에이, 설마.'

그럴 리 없다. 엊그제 본나에게 '친해지고 싶지 않다' 고 또릿또릿 씹어뱉듯 말한 사람이 누구였나. 바로 이규신 아니었던가. 며칠 동안 겪어본 이규신은 절대로 싫은 여자 억지로 만날 녀석이 아니었다. 그럴 수 있을 정도로 비위가 좋아 보이지도, 유들유들한 것 같지도 않은걸 뭐. 녀석은 지금 이쪽에서 먼저 이성을 잃길 바라고 일부러 자극하고 있는 거다. 거기에 넘어가 먼저 발끈하고 화를 내면 게임은 끝.

"그렇담 도전해 보시든지. 안 말려. 대신 후일은 나도 장담 못해. 아까도 말했지만, 난 한 번 손에 넣은 물건은 쉽게 놓지 않거든?"

여유만만, '배 째라' 의 얼굴로 당당하게 말하고 본나는 이규신의 잘생긴 얼굴을 똑바로 바라봐 주었다. 주변은 벌써 술렁거리기 시작했고, 다들 이규신이 뭐라 대답할지 궁금한 듯 두 귀를 쫑긋 세우고 있었다. 승리를 자신한 본나는 만족스런 웃음을 히쭉 입가에 머금었다. 여기서 이규신이 달리 뭐라 대답할 수 있겠는가. 빤하지.

본나는 제 입으로 여자다운 구석 하나 없고 초딩 같은 외모에 앞판 뒤판 구분 절대 안 가는 일자 몸매라며 신나게 깔아뭉갠 여자인데, 녀석이 그런 본나에게 매달릴 위인인가? 노우! 절대로 아닙니다. 왜냐고요? 이규신은 '놈'이니까요. 남자라는 애니멀이니까요. 예쁜 여자 좋아하고, 여성적이고 순종적인 여자한테 혹하는 반면 자기보다 머리 좋고 똑똑한 여잔 질색하는 '남자'라는 족속이니까요!

"왜? 망설여지니?"

"⋯⋯."

"못하겠지? 뭐, 이해해. 내가 원래 좀 그래. 남자애들이 죄다 날 무서워해서 내 근처에는 오지도 못해. 너도 좀 식겁한 모양인데⋯⋯."

본나가 승리감에 취해 오만해진 얼굴로 이규신의 어깨를 툭툭, 세차게 두들기며 재잘거리고 있을 때였다. 규신의 차가운 손이 그녀의 귓불을 스쳤다. 본나는 흠칫 놀라지 않을 수 없었다. 뼛속까지 얼려 버릴 듯 찬 기운이 귓불을 지나 볼, 광대뼈를 타고 올라오더니, 다시 스르륵 내려와 그녀의 볼 한가운데를 감싸고 자연스럽게 자리를 잡았기 때문에.

그가…… 손으로 본나의 볼을 감싸고 있었다.

너무 놀라 아무 말도 못한 채 그녀는 그를 멍하게 올려다보았다. 숨도 제대로 쉴 수 없을 만큼 본나의 가슴은 쿵쾅쿵쾅, 두방망이질치기 시작했다. 맥박수가 미친 듯이 올라가고, 심장이 전속력으로 뛰었다. 온몸 세포가 비상시국을 맞은 듯 맹렬히 움직이고 있는 반면 그녀의 입술은 얼어붙어 움쭉달싹도 못한 채였다.

"도전."

그녀의 입술을 지그시 내려다보며 이규신이 속삭인 말이었다.

제3장 전생에 무슨 원수가 져서

발 없는 말이 천 리를 간다고 했던가.

2학년 3반 구본나와 새로 온 전학생, 이규신이 사귈 거라는 소문은 채 한나절이 지나지 않아 학교 안에 파다하게 퍼지고 말았다. 이게 말이나 되나? 민머리 화학, 강 쌤이 짝궁둥이라는 충격적인 사실도 전교로 퍼지기까지 삼 주나 걸렸는데. 아무리 내 존재감이 커도 그렇지, 어떻게 미천한 전학생 한 명의 객기 어린 도전이 그토록 화제가 될 수 있는 거냐고요.

아, 물론 급식실에서 일어난 사건이 꽤나 흥미진진했던 건 사실이다. 방정맞은 것들이 입방아 찧기 좋은 소재였을 테지. 하지만 그건 어디까지나 쇼 아닌가? 애초 본나나 규신은 서로 사컬 마음이 없었다. 단지 그 문제를 가운데에 두고 줄다리기하며 기싸움을 벌였던 것뿐. 구경하던 아이들도 그건 알고 있었을 것이다. 하지만 소문은 결국 '두 사람이 사귄다더라' 라는 말도 안 되는 스캔들로 이어지고 말았다. 공부만 해야 하는 대한민국 고등학생들의 폐해라고나 할까. 무료하고 지루한 일상을 보내며 뭔가 짜릿하고 흥미진진한 사건을 경험하고 싶어 안달 난 녀석들이 아무것도 아니었던 규신과 본나의 사소한 파이트를 로맨틱한 러브 액셜리로 만들고 만 것이다.

한마디로, 구본나와 이규신은 스캔들에 배고픈 하이에나들에게 훌륭한 간식거리를 제공하게 된 셈.

덕분에 본나는 때 아닌 질문의 홍수 속에서 반나절을 보내야 했다. 지긋지긋한 여인네들의 관심을 옴팡 다 짊어져야 할 상황. 이전엔 '보이시해서 멋진 여자' 로서의 인기였다면 현재론 '새롭게 등장한 킹카의 도전 상대' 로서의 호기심과 관심이었다.

아, 귀찮아. 아, 짜증나. 아!!! 미치겠네!!!

"소문이 사실인지 아닌지 그것만 말해. 그리고 사실이라면 어떻게 된 건지도. 난 네 해명을 꼭 들어야겠으니까."

하지만 이규신과의 불미스런 소문보다도 더 귀찮고 짜증나고 미치겠는 일이 여기 있다. 바로 가당치도 않은 요구를 당당히도 하고 있는 이 고혜석이라는 애니멀.

녀석은 붉으락푸르락한 얼굴로 석식 시간이 되자마자 찾아와 저녁 공부를 위해 열심히 영양분을 섭취하고 있던 본나를 들들

볶아 잡아 잡수기 일보 직전까지 몰고 갔었다. 처음엔 싹 무시하고 녀석의 말도 함께 씹어 먹었으면서 쿨하게 응대했던 본나도 시간이 갈수록 같은 말을 반복하며 막무가내로 나오는 녀석의 행태에 슬슬 화가 치밀어 오르기 시작했다.

아니, 제가 뭔데? 제가 무슨 권리로 날 바람난 마누라 닦달하듯 하는 거냐고. 결국 본나는 식사를 포기하고 콧김 팍팍 뿜어내며 이곳 옥상까지 올라오고야 말았다.

"너 미친 거 아니냐? 도대체 내가 너한테 왜 해명 따위를 해줘야 하는 건데? 내가 누구랑 뭘하든, 무슨 소문에 휩싸이든 너랑은 상관없잖아. 안 그래?"

"몰라서 물어? 내가 왜 이러는지 몰라?"

"모르겠는데요. 절대로 모르겠어요. 도대체 왜 이러세요, 고객님'?"

"너, 나 거절할 때 뭐라고 했었냐? 남자한테 관심없다고 했지? 내가 마음에 안 들고 싫은 것도 있지만, 기본적으로 남자친구를 만들 생각이 전혀 없다고 했잖아."

"맞아. 그게 뭐? 거짓말한 것도 아닌데, 그게 왜 이제 와서 따질 문제가 된 건데?"

"그럼 남자한테 관심없다는 핑계로 날 차놓고서, 일주일도 안 돼 이규신이랑 사귀는 건 말이 된다고 생각해? 날 바보로 아는 거야, 뭐야?"

"누가 들으면 우리가 열렬히 사귀다가 내가 일방적으로 널 걸어찬 줄 알겠다. 미안하지만, 우린 시작도 안 했었거든요? 네가 나 좋다고 잠깐 쫓아다녔었고, 난 처음부터 끝까지 네가 싫다고 확실히 말했었어. 널 받아준 적도 없고 네가 오해하게 만든 적도 없다고. 근데 왜 내가 너한테 해명이란 걸 해야 하는데?"

"난 지난 며칠 동안 네 마음 얻는답시고 꽃 갖다 바치고, 선물 갖다 바치고, 심지어 네 집 앞에서 쇼까지 했어. 그런데도 아무 이유 없이 거절당했으니 당연한 거 아니야? 너무 억울하잖아."

"너 웃긴다. 누가 나더러 꽃 갖다 바치래? 선물 갖다 바치래? 난 그러라고 말한 적 전혀 없거든. 그리고 그 꽃이랑 선물은 받지도 않았잖아. 자꾸 네가 헤어진 구 남친이라도 되는 것처럼 말하는데, 착각하지 마. 우린 아무 사이도 아니었어. 네가 나한테 해명이고 뭐고 요구할 권리는 전혀 없다고. 알겠냐?"

"좋아, 그럼 한 가지만 말해. 이규신인가 이순신인가. 그 전학생이랑 사귈 거야, 말 거야?"

"너 진짜 끈질기다. 그게 그렇게 알고 싶냐? 대체 그게 뭐가 중요한데? 걔랑 우리 사이는 아무 상관도 없어. 내가 이규신 때문에 널 찼다고 생각하지 마. 그건 그야말로 피해의식이니까."

"나한테는 심히 아주 매우 많이 중요한 문제니까, 얼른 대답이나 해."

시건방짐이 뚝뚝 묻어나는 말투로 혜석이 명령하듯 말한다. 하여튼 마음에 드는 구석이 하나도 없는 녀석이다. 어느 날 불쑥 나타나 사귀자고 요구할 때부터 건방지고 오만하게 굴더니

끝까지 이러고 있다. 이리 찾아와서 찌질하게 해명하라 요구할 정도로 본나를 좋아한다는 뜻인 건가. 대체 왜? 본나는 아무리 생각해도 이해가 안 되었다.

혜석은 외모도 준수하고 성적도 높은 편인데다 운동도 농구며 검도며 야구까지 두루두루 잘해서 학교 내에서도 인기가 높은 편이었다. 사귀어 달라고 구걸할 만큼 주변에 여자가 없는 애는 절대로 아니란 뜻이다. 게다가 자기 인기 있는 건 아주 잘 알아서, 엄청나게 자존심 세고 거만한 녀석이다. 손만 뻗어도 여자들이 제 뒤를 따른다며 허세를 떠는 위인이니, 가히 왕자병 말기 환자라 할 정도.

그런 녀석이란 걸 알고 있으니, 더욱 이해 안 되는 것이다. 대체 왜 인기도 많은 고혜석이 자신처럼 선머슴 같고 남자엔 도통 관심없는 무매력에게 집착하는 건지 알 수가 없었다. 오죽하면 '그냥 한 번 찔러봤는데 거절당하니까 자존심이 상해서?'라고 의심해 보기까지 했을까. 뭐, 대충 그 의심이 맞는 것도 같다. 이규신과 사귈지도 모른다는 생각에 이렇듯 쪼르르 달려와 항의하는 걸 보면.

"그거만 대답해 주면 끝인 거냐? 그렇담 좋아, 대답해 줄게."

"……."

"사귈지 안 사귈지, 아직 결정 안 했어. 됐지?"

"너, 그 녀석 좋아해?"

"더 이상은 질문하지 않기로 했잖아."

"좋아하는구나? 그럼 조만간 사귀겠네."

빈정거리듯 결론을 내리는 혜석의 눈매는 어느새 가늘게 좁혀 떠져 있었다. 날카롭게 이쪽을 노려보는 그의 눈빛은 왠지 모르게 살벌했다. 삐딱하게 고개까지 한쪽으로 꺾인 녀석을 마주하고 있으려니 등골로 추르르, 한기가 몰려오는 것 같았다. 본나는 인상을 찡그리며 저도 모르게 한 걸음 뒤로 물러섰다. 이, 이 녀석 왜 이래?

"그래. 얘기 들어보니까, 잘난 녀석이긴 하더라. 뭐 하나 빠지는 구석 없이 완벽하던데? 사실 나도 좀 놀라긴 했어. 네가 그런 애한테 찍힐 만큼 대단한 매력이 있었던 건가 싶어서. 새삼 널 다시 보게 됐다. 내 매력에 꿈쩍도 하지 않는 네가 난 좀 우스웠거든? 동성 취향인가 하고."

"뭐, 뭐라고? 무슨 취향?"

"너 여자애한테만 친절하잖아. 인기도 많은 걸로 아는데. 밸런타인데이 때 초콜릿 선물받는 여자애는 우리 학교에서 너밖에 없을걸? 두루두루 친구들끼리 우정 명목으로 주고받는 그런 거 말고 진지하게 말이야. 너 좋다고 쫓아다니는 여자애들도 꽤 되잖아. 너도 알지? 체육 시간에 너 운동장에 나타나면, 창문 밖으로 여자애들 얼굴이 주르륵 나오는 거."

"지금 그 얘기가 왜 나와? 그거랑 내 취향이랑 무슨 상관인데?"

"정상적인 여자라면, 그런 상황을 불편해해야 한다는 거지.

여자애들한테 초콜릿 받는 것보다 남자애들한테 주는 걸 더 즐겨야 하는 거고, 나 같은 킹카가 좋아한다고 들이대면 가슴 뛰며 좋아해야 하는 거고. 근데 넌 날 딱 잘라 거절했잖아. 몇 번이고 여자애들이 좋아하는 선물이나 꽃을 줬는데도, 넌 눈썹 하나 까딱 안 했어. 당연히 널 의심할 수밖에 없는 거 아니야? 나 말고도 우리 학교 대부분의 남학생들이 다 널 그렇게 오해하고 있을걸?"

"기가 막혀. 어이가 없어서 말이 안 나오네."

"그래, 오해해서 미안. 오늘 소문을 들어보니 모든 건 내 오판이었던 것 같다. 넌 확실히 남자 취향이었어. 다만 내가 공략했던 것처럼 로맨틱하고 감성적인 취향이 아니었을 뿐이었지. 너, 네가 쉬운 애라고 했다며?"

"뭐, 뭐라고?"

"난 몰랐지. 남자 한 번 사귄 적 없다기에 되게 어려운 앤 줄 알았지. 그래서 꽃이며 선물이며 열심히 공을 들였는데, 아니라고? 몇 번 들이대면 받아주는 애라고? 그럼 애초 왜 나한텐 그렇게 까다롭게 굴었나?"

어딘지 모르게 비열한 기운이 물씬 드러나는 미소를 슬쩍 비틀어 올리며 혜석이 비아냥거렸다. 천천히 걸어와 그녀와의 거리를 좁히기까지 하자 본나는 한 번 더 등골이 오싹해지는 걸 느꼈다. 아무래도 소문 때문에 자존심이 크게 상했던 모양이다. 그래, 뭐. 그럴 만도 하다. 녀석이 온갖 설레발을 다 쳐댔던 터라, 학교에서 녀석이 본나에게 구애하고 있던 사실을 모르는 이가 없었으니까. 이대로라면 자신이 못해낸 일을 전학생이 해내게 되는 것이니, 학교 최고 킹카라는 타이틀이 우스워지게 생기지 않았나. 사실 혜석이 본나에게 걷어차인 직후였기 때문에 더더욱 이번 이규신 사건이 화제가 되었던 것도 있다.

그러게 누가 제 입으로 소문내고 다니랬나. 내가 자기 전리품이라도 되는 양 사귈 거라고 떠벌거리고 다녔던 주제에 잔소리는.

"그건 이규신이랑 다투다가 얼결에 나온 말이거든? 넌 진짜 내가 아무 남자애나 사귀는 것 같냐? 그랬으면 지금까지 연애 한 번 안 해봤겠냐고. 넌 어쩜 애가 그렇게 머리가 안 돌아가냐?"

"그게 정말이야?"

"제발 피곤하게 좀 하지 마라. 네가 보태주지 않아도 나 지금 충분히 갑갑하고 골치 아파. 알겠냐? 다시 한 번 말하지만 이규신 일은 너랑 아무 상관 없는 일이야. 그러니까 이렇게 찾아오는 것도 이제 그만해. 포기했으면서 왜 구질구질하게 구냐? 남자가 밸도 없이."

"나랑 사겨."

"뭐?"

"이규신인지 이순신인지, 그 녀석하고 사귀지 말고 나랑 사귀자고. 나랑 사귀면 그 녀석도 널 포기하겠지. 그럼 모든 게 다 잘 해결되는 거 아니야?"

애 진짜 미쳤나 봐. 왜 이래? 뭐가 억울해서 이렇게 구질구질 끝까지 매달리는 거야? 갖다 바친 꽃이나 선물이 아까워서? 그동안 나한테 들인 정성과 시간이 아까워서? 선물이며 꽃이며 하나도 받지 않고 되돌려주었는데 뭐가 아까운 건데? 물론 집 앞에서 노래까지 하며 그녀의 마음을 얻으려고 노력 많이 했다는 것은 인정해 줄 수 있지만, 이건 수우미양가 매기는 게 아니지 않나. 노력이 가상하다고 싫은 애를 받아줄 순 없다는 말이다. 오메, 열 뻗친당께.

"뭐가 해결되는데? 너, 뭔가 단단히 착각하고 있는 거 아니냐?"

"착각?"

"그래, 착각!"

본나는 훅, 숨을 격하게 들이쉬며 소리치고는 검지를 뻗어 녀석을 콕 찍어 가리키곤 딱 부러지게 선언했다. 그리고,

"난 네가 싫거든? 그냥 싫은 게 아니라 엄~ 청 싫다고, 엄청. 알았냐? 너랑 사귀면 더 골치 아파진단 말이야."

하고 막 녀석을 향해 엄한 설교와 경고를 날리는 순간이었다. 내내 삐딱한 시선으로 본나를 찔러보고 있던 혜석이 갑자기 움직여 본나의 손목을 거칠게 휘어잡았다. 악, 비명도 내지르기 전에 본나는 혜석의 품 안으로 단박에 딸려 들어갔다.

배려라곤 손톱만큼도 느껴지지 않는 이기적인 힘이 그녀의

손목을, 어깨를 압박하기 시작했다. 본나는 당황하면서도 그에게 빠져나오기 위해 버텼다. 손목을 비틀고 녀석의 가슴을 힘껏 밀어냈다.

하지만 놀랍게도 그는 꿈쩍도 하지 않았다. 고혜석이 원래 이렇게 힘이 센 녀석이었나? 아무리 운동을 잘한다고 해도, 호리호리 날렵한 몸매의 보통 체구여서 늘 만만하게 보아왔던 녀석이었는데, 세다. 악력에서 느껴지는 힘이 장난 아니다. 절대로 얕잡아봐선 안 되는 수준이다. 본나는 당황스러운 감정을 가까스로 숨기며 거칠게 소리쳤다.

"뭐하는 거야?"

"너, 남자가 적극적으로 대시하는 거 좋아한다며. 소문 들어보니까 급식실에서 장난 아니었다던데. 그 녀석이 애들 보는 앞에서 네 얼굴까지 만졌다며? 네 얼굴이 빨개졌었다고 소문이 파다하게 났더라. 그런 거 좋아하는지 난 몰랐지. 여자애들은 보통 낭만적이고 서프라이즈한 이벤트 따위를 좋아하니까, 너도 그럴 줄 알았지. 남자친구도 한 번 안 사귀어본 애가 스킨십에 무너질 줄 누가 상상이라도 했겠어?"

"스, 스킨십에 무너졌다고? 내가? 누가 그딴 말도 안 되는 소릴?!"

참 별의별 신소문이 퍼져서 사람 곤란하게 만든다. 누가 들으면 만인이 지켜보는 가운데 뭔 짓이라도 한 줄 알겠네. 아주 소설들을 쓰셨어. 아니, 소설 쓰는 애들은 원래 살 붙여서 말 퍼뜨리는 걸 즐기는 애들이니까 그러려니 하지만. 얜 또 뭐야? 그 웃기지도 않는 소문을 곧이곧대로 믿고 이런 짓을 벌이다니. 너 진짜 미쳤냐?

"지금은 싫어도 나랑 키스 한 번 하면 좋아지게 될 거야. 조금만 참아라, 구본나."

"미, 미친! 저리 안 가?!"

"야, 가만 좀 있어. 기집애가 되게 나대네."

웃음기 깔린 목소리가 들리는가 싶더니 녀석이 눈을 감는다. 억! 토 나올 것 같다. 본나는 더욱더 격렬하게 녀석의 손목을 털어냈다. 하지만 기분 탓일까. 움직이면 움직일수록 녀석의 손은 더욱 꽉 견고하게 비틀어 죄는 것 같다. 마치 빠져나오려 발버둥 칠 때마다 조금씩 더 깊이 빠져드는 늪처럼. 살짝 놀라긴 했어도, 내내 담담하고 침착하던 본나의 심장도 이제는 점점 더 빨리 뛰기 시작했다. 처음으로 느끼는 위기감에 본나는 쉿소리를 내며 고개를 내저었다.

"저리 비켜. 비키라고! 이 나쁜 자식아!"

하지만 어느새 엄청난 힘에 의해 턱이 고정되고, 본나는 질끈 두 눈을 감고 미친 듯 소리를 질렀다. 녀석의 뱀 같은 혓바닥이 쳐들어올 걸 생각하니 8옥타브를 넘나드는 생고음 비명이 절로 터진 것이다.

그리고 녀석의 입술이 들러붙을 것이 예상되던 시점, 극도로 신경질적이 된 본나가 무릎을 들어 녀석의 하복부를 찌르려던 때였다. 지금껏 팔목을 꽉 죄며 절대로 떨어지지 않을 것 같던 녀석의 손이 너무나 쉽게 떨어져 나가더니 무슨 일이 일어나고 있는지 감을 잡기도 전에 누군가에 의해 그녀의 몸이 빙그르르, 반 바퀴 뒤로 돌려졌다.

"너 싫다잖아."

남자의 굵은 목소리가 들려옴과 동시에 자신의 허리를 감고 있는 팔이 눈에 들어왔다.

빌어먹을.

본나는 퍼뜩 고개를 들어 그를 올려다봤다. 어디선가 날아든 바람결에 앞머리가 훅 흩날리고 있는 이는, 다름 아닌 이규신이었다.

"넌 왜 남의 애기 엿듣고 난리야?"

본나는 미간을 잔뜩 찡그린 채 심술이 물씬 떠오른 표정으로 규신을 노려보았다.

이규신은 본나보다도 서너 계단 위에서 걸음을 멈춘 채 이쪽을 내려다보고 있었다. 원래도 장신인 녀석이 훨씬 위쪽에 서서 내려다보니, 왠지 지배당하는 느낌이 들어 본나는 심히 불편해지고 있었다. 물론 적시에 나타나 상황을 반전시켜 준 건 고맙다. 어찌 됐든 도와준 거긴 하니까. 그 순간 이규신이 고혜석을 퍽, 발로 차주지 않았다면 지금쯤 본나는 제 입속에 락스를 풀었을지도 모를 일이었다. 덕분에 바닥으로 나뒹군 고혜석은 엄청 쪽팔렸는지 뒤도 돌아보지 않고 줄행랑을 쳤고 그 우습지도 않은 도둑키스 사건은 일단락되었다. 하지만……

고맙단 말은 절대로 하고 싶지 않다. 기분 완전 구림. 일단 이규신한테 그런 모습을 보였다는 게 너무 짜증나고, 녀석이 자신을 구해줬다는 사실도 너무너무, 정말 너무너무 짜증났다. 아니, 왜 하필 이 녀석이야? 다른 사람이었다면 이렇게까지 수치스럽진 않았을 거 아니냐고. 안 그래도 날 깔보고 무시하는 녀석인데. 그런 녀석 앞에서 이런 꼴을 보였으니, 앞으로 더 얼마나 날 무시하겠느냐고. 아, 짱나. 대박 짱나!

본나는 불만이 그득그득한 발걸음으로 탁탁탁, 힘주어 꾹꾹 밟아 계단을 올라갔다. 그리곤 녀석 앞에 우뚝 서, 핏발마저 선 눈으로 녀석을 잔뜩 야려보며 물었다.

"못 들었냐? 귀 먹었어? 다시 한 번 물어줄까? 왜 남의 애길 엿듣느냐고요, 고객님!"

"엿듣는다는 건 '어떤 의도가 있어서 일부러 몰래'라는 의미가 내포되어 있는 거 아닌가? 난 그런 의도 따위 없었어. 그냥 쉬고 싶어서 옥상에 올라왔고, 자리에 가만히 있었을 뿐이었는데 두 사람이 나타난 것뿐이라고."

"뭐야, 그럼 다 들었다는 거네? 이씨, 진짜. 다른 사람들이 비밀 얘길 하면 조용히 자리를 뜨던가 귀를 막아야 정상 아니냐? 어떻게 투명인간처럼 가만히 앉아서 다 듣고 앉아 있냐?

양심없냐?"

"넌 내가 도와줬는데도 하나도 안 고맙냐?"

본나가 틱틱대는데도 별로 기분이 안 나쁜 듯 규신은 비스듬히 알쏭달쏭한 미소를 입가에 띤 채였다. 웃으니까 뭐, 좀……잘생겨 보이긴 하네.

평소의 무표정한 얼굴만으로도 충분히 연예인 뺨치게 잘생긴 꽃미남이었지만, 확실히 웃으면 인상이 확 펴면서 더 잘생겨 보이는 게 사실이었다. 개인적인 감정과 관계없이 여자라면 누구나 잘생긴 남자의 저런 미소를 보고 가슴 떨리는 게 당연. 본나도 살짝 마음이 동하긴 했지만, 그렇다고 녀석에 대한 생각을 바꾼 건 절대 아니었다.

"고맙긴 무슨. 나 혼자서도 처치할 수 있었거든?"

"내가 잘못 봤나? 고혜석한테 붙잡혀서 꼼짝 못하던 애는 그럼 누구지? 내가 나서지 않았다면 그 입술에 무슨 일이 일어났을지 너도 잘 알 텐데."

"웃기지 마. 내가 가만있었을 것 같아? 날 뭘로 보고. 나 태권소녀야. 방송까지 탄 무등산 태권소녀."

두 눈을 부라리며 본나는 몸을 커다랗게 부풀리기 위해 숨을 크게 들이쉬었다. 본나의 키가 여자치곤 큰 편이기도 했고, 눈빛이 하 수상해 크게 뜨면 레이저광선이 뿜어져 나오기도 해서 이렇게 헐크처럼 숨을 크게 들이쉬고 험악하게 인상을 쓰면 상대방은 십중팔구 기가 죽게 되어 있었다. 특히 얼마 전 학교 내에 몰래 들어와 물의를 일으켰던 바바리맨을 뒷발차기로 넉다운시킨 사건으로 유명해진 후에는 눈썹 하나 까딱할 필요도 없어졌다. 그냥 웃으면서 말 한마디만 건네도 알아서 점잖게 물러나 버렸으니까.

한데 서울에서 온 이 허여멀건 녀석은 분위기 파악이 전혀 안 되는 모양이다. 이렇게 말하는 걸 보면.

"그 태권도 실력, 아까 보니까 무용지물이던데. 제대로 써먹어본 적은 있는 거냐?"

"당연하지! 아깐 내가 잠깐 당황해서 대응이 늦었던 거였다고."

"그래, 당황했겠지. 그런 상황에선 어떤 여자라도……."

"겁먹지 않았어! 그깟 녀석한테 겁먹어서 당황했던 거 아니야. 그냥 갑작스러웠어. 처음 겪는 상황이라 당연히 멈칫하게 되었던 거고, 그래서 반응이 늦어졌던 것뿐이야. 절대로 그 녀석한테 겁먹어서 얼어버렸던 게 아니라고."

다부진 시선으로 말을 마치는 본나의 눈망울은 총총했다. 똑 부러져서, 너무나도 똑 부러져서 순간 규신은 그녀의 말을 믿을 뻔했다. 빤히 바라보는 그의 시선에 지지 않기 위해 애쓰며 두 번, 세 번 연속으로 두 눈에 힘을 주는 것을 캐치하지 못했다면 아마도 그녀의 말에 혹해 버렸을지도 모를 일이었다. 하지만 그는 꿀벌의 날갯짓처럼 바삐 꿈틀거리는, 그래서 꽤 귀엽게 느껴지는 그녀의 미간을 발견하고 말았다. 아쉽게도.

규신은 두 손을 교복 바지 주머니 속에 푹 찔러 넣은 채로, 슥 허리를 굽혀 본나와 눈높이를 맞추었다. 갑작스런 그의 태도에 역시 놀랐는지 그녀의 상체가 절로 뒤로 젖혀졌다. 그와 동시에 그녀의 눈동자는 흠칫 커졌고, 이내 또르르 굴러 코앞까지 다가온 규신의 입술에 초점을 맞췄다. 놀람에 푹 절여진 그녀의 눈망울이 한가운데로 몰렸다.

눈과 눈, 시선과 시선이 아주 가까운 곳에서 만났고, 규신은 본나의 맑고 새까만 눈동자를 시야 가득 담을 수 있었다. 햇빛에 그을려 까맣고 푸석푸석한 피부며, 모양 안 나는 바가지머리, 정리 하나 안 된 송충이눈썹 따위가 배제된 본나의 얼굴은 생각보다 훨씬 귀엽고 앳돼 보였다.

어쩌면 구본나의 진짜 모습은 '타도! 남자'를 외치는 어설픈 페미니스트가 아닌, 누군가가 자신의 진짜 모습을 알아봐 주길 바라는 보통의 여리고 가냘픈 여자인지도 모른다는 생각이 규신의 머릿속을 스쳤다. 상처받지 않기 위해, 혹은 상처를 최소화하기 위해 스스로를 갑옷 속에 감추고 사는 것인지도 모른다는 생각도.

"너 그러다 벌받는다."

그가 바람결처럼 다정하고 부드럽게, 마치 동생 타이르듯 조용히 속삭였다.

욱. 순간 본나는 숨이 콱 막히는 기분을 느꼈다. 왜 이러는 거지? 숨을 쉴 수가 없다. 공기 부족으로 죽을 것 같은 착각마저 든다. 입을 뻐끔거려 봤지만 소용이 없다. 그의 몸에서 풍겨지는 상큼하면서도 뭔가 오묘한 향기 때문에 뭉클뭉클 뱃속이 요동을 쳐대고 있었다. 본나는 멀쩡한 폐를 손으로 꾹꾹 누르며 겨우 입을 떼 반문했다.

"뭐, 뭐라고?"

"거짓말하면 벌받는다고. 겁먹었던 거 맞잖아."

"아닌데."

"맞을걸?"

"아니라니까?"

"고혜석 잘생겼잖아. 떨렸겠지. 당연해, 너무나도. 넌 여자니까. 여자가 잘생긴 남자에게 흔들리는 건 아주 일반적이고 상식적인 일이지. 절대로 그건 네 실수도, 잘못도 아니니까 너무 그렇게 기를 쓰고 부정하진 마라."

"아씨. 아니라고, 이 멍청아!"

갑갑증은 손쉽게 떨어져 나갔다. 불편할 정도로 가까이 붙어 있는 녀석의 상체를 본나가 손으로 거칠게 밀어낸 것이다. 다행히 이규신은 별다른 저항 없이 쉽게 멀어져 갔다. 본나의 이성을 야금야금 갉아먹던 녀석 특유의 향도 함께.

향수인가? 비누 냄새? 뭐지?

"너, 아직도 날 모르나 본데. 난 아무리 잘생긴 남자를 봐도 설레지도, 두근거리지도 않아. 말했잖아, 내가 좀 특이하다고. 아까 고혜석이 그러더라. 내가 여자 취향인 줄 알았다고. 그런 줄 알고 있는 애들 엄청 많다고. 맞아. 내가 좀 그래. 남자라는 족속들을 별로 안 좋아하거든.”

“스스로 그래야 한다고 자신을 옭아매는 건 아니고?”

“미안한데, 아니다. 난 너희 남자들 자체에 관심이 없어. 아예 안 좋아하고 관심이 없는데, 나 자신을 옭아맬 필요가 어디 있냐?”

“네가 선머슴 같은 이미지로 굳혀져 있으니까. 친구들도 널 그렇게 인식하고, 주변 사람들도 그런 걸 기대하니까. 선머슴이란 게 별거 있나? 솔직하고 털털하고, 내숭 못 떠는 거지. 거기에 넌 태권소녀라는 별명에 운동 잘하는 선배 이미지까지 겹쳤잖아. 그러니 꼼짝없이 보이시하고 터프한 중성적 이미지가 된 거 아니야? 그러다 보니 사람들은 너한테 끊임없이 남성적인 모습을 기대하고 요구했을 테고. 안 그래?”

“……..”

구본나의 미간에 깊은 주름이 생긴다. 험상궂은 표정만 보면 그의 말이 엄청나게 마음에 안 든 것 같지만, 그럼에도 그녀는 달리 이견을 달지 않았다. 일견 맞는 말이라는 뜻. 규신은 피식, 한쪽 입술 꼬리를 끌어 올렸다.

첫날 만났을 땐 마냥 괴팍하고 이해불가라고 생각했던 구본나가 이젠 슬슬 귀여워지고 있었다. 그녀가 무얼 기를 쓰고 숨기려고 하는지, 뭣 때문에 죽을 만큼 센 척하는 건지 다 알게 되어버렸기 때문이다.

구본나는 장가간 삼촌의 장롱 속에 자신의 비밀을 묻어놓고 있었다. 남들이 전혀 모르는 진정한 자기 자신의 모습을. 가족도 친구도 모르게 꽁꽁 숨겨놓았던 자신의 비밀을 낯선 이방인에게 들킬까 봐, 그녀는 그리도 미친 듯이 규신의 방으로 들어가려 했던 것이었다. 그리고 규신은 바로 이틀 전쯤, 미뤄두었던 장롱 정리를 하다 그녀의 귀여운 핑크 상자를 발견했던 것이고. 그 안엔 송충이눈썹과 체육복, 바가지머리, 선머슴처럼 무뚝뚝하고 껄렁껄렁한 구본나의 평소 이미지와는 정반대의 핑크 여인들이(?) 그득 들어 있었다.

"하지만 넌 XX염색체를 가진, 유전자적으로 전혀 결함이 없는 완벽한 '여성'이지. 예쁘고 아름다운 것에 마음을 빼앗기고 멋진 남자에 흔들리는. 넌 남자 자체에 관심이 없다고 말했지만 난 안 믿어. 넌 그냥 마음에 드는 남자를 아직 만나지 못했을 뿐이야."

규신은 모든 걸 다 꿰뚫고 있는 현자의 눈빛으로 본나의 눈동자를 가만히 들여다보며 말했다. 덜컹덜컹. 갈비뼈 사이에 자리한 심장이 풍랑 만난 돛단배처럼 격렬하게 흔들린다. 당장에라도 속이 뒤집어질 것만 같아 본나는 불편하기 짝이 없는 규신의 눈빛을 슬쩍 피하며 인상을 찌푸렸다.

"무, 무슨 소릴 하는 거야?"

"어쩌면 네가 가진 여성성이 평균을 훨씬 웃도는 수준일 수도 있겠지. 그걸 숨기고 싶어서 일부러 더 강한 척하는 건지도."

“뭐?! 내, 내가 뭘 어쨌다고?”

“솔직히 우습긴 하지. 너처럼 어디 한 군데 여성스러운 구석이 없는 애가 핑크색을 좋아한다거나, 레이스 달린 옷을 입고 잔다거나, 인형을 모으는 취미가 있다거나 한다면. 충분히 쇼킹한 일일 거다, 애들한텐.”

“뭐…… 라고?”

흔들리던 가슴을 간신히 지탱하고 있던 끈이 떨어졌다. 쿠쿵, 충격에 휩싸인 심장도 함께. 헐. 인형이라니. 설마 이 자식, 내 바비들을 본 건 아니겠지?

본나는 핏발이 빠직 선 두 눈을 휘둥그레 뜨고 녀석을 째려보았다. 이규신은 여느 때와 마찬가지, 표정 변화 전혀 없이 여유로운 얼굴로 이쪽을 깔아보고 계시는 중. 아따, 바퀴벌레가 된 기분이랑께.

“너도 주변 사람들의 유별난 반응이 싫은 거지? 그래서 그냥 남들이 기대하고 당연시 여기는 짓들을 하고 다니는 거 아닌가? 하지만 실은 여자이고 싶은 거고. 다른 보통 여자애들처럼 눈치 안 보고 여자다운 짓 마음껏 해보고 싶을 것 같은데. 그런 취미 한 가지쯤 갖고 있지 않아?”

뭐, 뭐야? 진짜 내가 숨어서 인형놀이 하는 거 다 알고 있는 거 아니야?

“우, 웃기지 마! 내가 그딴 짓을 왜 해? 아— 유치해.”

“아니야?”

"아니거든? 너 무슨 심리학 박사님처럼 이러쿵저러쿵 남에 대해서 분석하면 엄청 멋있어 보일 줄 알고 이러는 모양인데, 전혀 안 그렇거든? 완전 짜증이야. 왜 남에 대해서 함부로 이러쿵저러쿵하는 거야? 네가 뭔데? 네가 나에 대해서 알면 얼마나 안다고?"

당황한 걸 숨기느라 일부러 더 큰 목소리로 소리치는 구본나.

규신은 풋, 웃음이 터지는 걸 꾹 눌러 참느라 입술을 비틀어야 했다. 아무래도 구본나는 규신이 자신의 바비인형을 손에 넣었을 거란 가능성은 아예 배제하고 있는 모양이었다. 아니면 눈치챘으면서도 모르쇠로 일관하는 것이거나. 규신은 짜증과 당황스러움이 섞여 괴상하게 일그러진 구본나의 얼굴을 빙긋 웃는 얼굴로 내려다보며 중얼거렸다.

"알아야 할 건 다 알고 있는 것 같은데, 네가 여자라는 걸 모르는 사람은."

그리고 험상궂은 표정으로 자신을 노려보는 본나를 향해 규신은 상체를 숙여 그녀의 귓가에 입술을 갖다 붙였다.

"너밖에 없어."

소름 끼치도록 다정한 그의 속삭임에 본나는 몸을 떨었다.

✱

"살다 살다, 내가 별짓을 다한다. 못살아, 못살아."

짜증 섞인 혼잣말을 중얼거리며 본나는 슬그머니 문을 열었다. 삐걱. 소리가 났지만 다행히 이규신의 방문은 아무 저항 없이 열렸다. 프라이버시를 지키고 싶다면서도 문은 잠가두지 않은 모양. 녀석의 까칠한 성격 정도면 충분히 잠가두고 다닐 법도 하겠다, 조심스레 추측해 보았던 본나는 휴우— 한숨을 내쉬며 안도했다. 그리곤 미션 임파서블을 방불케 하는 민첩한 동작으로 슥슥 주변을 훑어본 후, 신발을 벗고 슬그머니 방 안으로 들어갔다.

불은 켜지 않았다. 아직 이규신이 귀가하지 않았다는 걸 온 가족이 다 알고 있으니, 불을 켜봐야 도움될 게 하나 없었다. 어쨌든 이 방에 들어온 목적은 아무도 몰래 자신의 물건을 챙겨 나가는 것이니까. 본나는 잠입이라는 무리수를 두면서까지 인형사수작전에 돌입하게 된 직접적인 계기를—아까 전 석식 시간에 규신에게 들었던 충격적인 발언—조심스럽게 떠올렸다.

"솔직히 우습긴 하지. 너처럼 어디 한 군데 여성스러운 구석이 없는 애가 인형을 모으는 취미가 있다거나 한다면."

찌르르— 다시 떠올려 봐도 소름이 돋는다. 어떻게 그렇게 콕 꼬집어서 '인형'이라고 말할 수 있었을까. 마치 그녀의 사정을 다 알고 있는 사람처럼. 게다가 자꾸 여자 어쩌구, 이상한 소리를 늘어놓는 것도 수상했다. 방에서 그녀의 인형들을 발견하지 않고서야 어디 그의 입에서 그딴 얘기가 나올 수 있겠는가 말이다. 아, 물론 녀석이 말한 '인형'이 단순한 봉제인형을 말하는 것일 수도 있다. 얘기의 흐름상 끼워 맞춰도 틀린 말도 아니니까. 하지만 아무리 거르고 걸러서 들어도 찝찝한 기분이 드는 것은 어쩔 수가 없었다.

결국 본나는 위험을 감수하고서라도 녀석의 방에 침투, 자신의 보물들을 거둬가야겠다는 결심을 했다. 그리고 이렇게 조퇴까지 해가며 실행에 옮기는 중. 본나는 천천히 발끝을 세우고 어두운 방 안을 가로질러 갔다. 어둠에 익숙지 않아 앞이 새까맸지만 방의 구조를 너무도 잘 알고 있는지라 장롱이 세워져 있는 지점으로 가는 데엔 아무 문제가 없었다.

본나는 너무나 자연스레 어둠을 뚫고 목표 지점에 다가가 섰다. 그리고 조심조심 팔을 뻗어 장롱 문을 열려는 순간이었다.

"야, 도둑고양이."

이젠 듣자마자 구분이 가능한, 참으로 귀에 익은 목소리가 뒤통수를 후려갈겨 왔다. 너무나 놀란 나머지 본나는 그 자리에 얼어붙고 말았다. 아니, 이 녀석이 웬일로 여기에 있는 거야? 지금 학교에서 자율학습하고 있어야 하는 거 아니야? 분명히 학교에서 공부하고 있는 걸 두 눈으로 똑똑히 확인하고 왔는데. 이게 어떻게 된 일이야?!

"넌 너희 집도 터냐?"

속으로 절규하는 그녀를 향해 녀석이 조롱했다. 꼴깍 침을 삼키며 본나는 천천히 고개를 돌려 뒤를 보았다. 놀람과 충격으로 그득한 그녀의 시야로, 반짝이는 한 쌍의 눈동자가 들어왔다. 이규신. 역시 짐작한 바대로 그다.

재 뭐야, 진짜?

그는 달빛이 희미하게 비치는 침대 한가운데에 팔베개를 하고 누워 있었다. 누워서 이쪽을 바라보느라 눈꺼풀이 반쯤 내려앉은 채인 그의 시선은 본나를 심드렁하니 바라보고 있었다. 마치 예상하고 있었던 일을 목도한 사람처럼 태연하기만 한 그의 모습에 본나는 더욱 초조해졌다. 재, 정말 인형의 존재를 눈치챈 게 아닐까? 아니야. 발견했으면 아무 말 안 했을 리 없잖아. 말했겠지, 엄마한테라도. 하, 하지만 귀찮아서 그냥 뒀을 수도…….

'아아— 몰라, 몰라.'

어떻게 되겠지. 무조건 모른다고 오리발 내밀면 됨. 절대로 인형 때문에 여기 들어왔다는 걸 들키지만 않으면 다 해결 아님? 아니라고 박박 우기는데 이규신이 별수있겠어? 없지, 암.

"아, 안녕?"

최대한 이성적으로 본나는 살그머니 미소까지 띠고 손을 흔들어 보였다. 목소리 오케이, 표정 오케이, 제스처 오케이. 삼박자가 골고루 오케이이니 자신의 이 떨림을 이규신이 알아채는 일은 절대로 없을 것이라고 본나는 생각했다. 일단 주위가 어둡잖아. 지가 슈퍼맨이 아니고서야 이 어두운 곳에서 내 표정 따위 알아챌 수 있을 리가 없지.

본나는 의기양양한 얼굴로 더 깊이 미소를 지어 올렸다. 하지만 그건 그야말로 찰나의 행복. 갑자기 그가 몸을 일으키자 본나의 미소는 굳어버렸다.

"이, 이규……."

어둠 속에서 그의 전신은 유난히도 커보였다. 빛을 등지고 일어나는 그는 마치 거대한 산처럼 본나의 시야를 압박했다. 본나는 저도 모르게 숨을 멈추고 두 눈을 부릅떴다. 그리곤 어둠 속에서 찌릿, 그를 노려보며 쏘아 말했다.

"너, 뭐야? 왜 여기 있어?"

"나한테 뭔가를 묻기 전에 네가 먼저 해명해야 할 것 같은데? 여긴 내 방이야."

"네 방이란 거 강조 안 해도 다 알고 있거든? 지금 그게 문제가 아니잖아. 넌 학교에서 신나게 공부해야 하는 거 아니야? 난 아파서 조퇴한 거지만 넌 왜 여기 이러고 있어? 왔으면 어른들한테 인사라도 하든지. 왜 혼자 짱박혀 있는 건데? 아무도 모르게. 이씨, 완전 깜짝 놀랐잖아."

"그래, 놀란 것 같긴 하더라."

"야자는 왜 꺾었는데? 너도 어디 아파?"

"신경 좀 꺼주지? 난 이런저런 설명하는 거 딱 질색인 사람이야."

"뭐래. 걱정해 주는 거 고마워하기는커녕. 하여간 서울 애들

은 참 내차요. 어찌나 정이 없는지. 내가 이래서 집에 들이는 거
반대했었는데, 우리 정 많으신 할아버지랑 엄마, 아빠가 끝까지
우기셔서……."

"대답 안 해? 내 방엔 왜 들어왔냐고 물었잖아."

한창 썰을 풀려는데 이규신, 똑 중간에서 말을 잘라 자신다.
덕분에 빠직, 절로 파이야가 되고 마는 구본나. 아니, 뭐가 이리
잘났냐고. 왜 남의 집에 빌붙어 사는 주제에 저리 당당한 거냐
고. 도대체 왜 집주인 딸인 자신이 객식구인 이규신 앞에서, 이
방에 들어온 이유를 대야 하는 건지 본나는 화가 나 죽을 것 같
았다. 하지만 딱히 녀석의 말이 틀린 게 아니니 뭐라 할 말도 없
고, 아— 미쳐 돌아가시겠다. 승질이 나니 본나의 인상은 절로
헐크처럼 찌그러졌다.

"설마, 진짜 내 방을 털 생각이었던 거냐?"

"뭐라고?"

"그런 것 같은데? 밤중에 아무도 몰래 살금살금 움직인 걸 보
면."

"너 진짜 웃긴다. 내가 뭐가 부족해서 네 방을 털어? 내가 도
둑이냐? 네 말대로, 자기 집을 자기가 터는 도둑이 어디 있는
데? 여기 우리 집이야. 내가 태어나면서부터 지금까지 쭉 살아
온 내 집, 우리 집. 넌 우리 집에 들어온 객식구고, 난 이 집 주
인 딸이라고. 내가 이 방에 들어온 게 뭐가 잘못인데? 내가 이
방에서 뭐, 잠을 자겠다는 것도 아니고 그냥 한 번 둘러보겠다

는데. 그걸 못하게 하는 네가 웃긴 거지. 내가 진짜 탐나는 물
건 눈에 띄면 슬쩍할까 봐 그러냐? 쳇. 그럼 뭐라도 좀 놔놓고
그런 말을 하든지. 딱 보니, 도둑질해 갈 물건도 없는 것 같구
만.”

어두운 방 안을 휘 둘러보며 본나가 톡 쏘아붙였다. 어둠 속
에서도 방 구조는 훤히 눈에 들어와, 그가 방금까지 누워 있던
침대와 작은 컴퓨터 책상이 보였다. 갑자기 내려온 탓인지, 확
실히 챙겨온 이삿짐이 단출하긴 했다. 단 삼 개월만 지낼 계획
이니 꼭 필요한 물건들만 챙겨왔을 테지. 이 정도의 세간이라면
딱히 공들여 정리를 할 필요조차 없을 듯. 그렇다면 아직 삼촌
의 장롱엔 손을 안 댔을 수도…….

“슬쩍할 게 딱 눈에 보이는 곳에 없나 보지.”

“뭐?”

“예를 들면 장롱 속이라든지.”

뚜앗!

‘장롱’ 소리에 본나의 얼굴은 단번에 사색이 되어버렸다. 철
렁, 가슴이 내려앉더니 또다시 격렬하게 덜컹거리기 시작했다.
지, 지금 이 말은 그, 그러니까 이규신이 다 알고 있다는 뜻이잖
아! 이 내가, 천하의 태권소녀 구본나가 바비인형이나 갖고 노
는 평범한 계집애였다는 사실을 이 녀석은 진작부터 알고 있었
다는 뜻이잖아!

본나는 너무 놀라 숨을 쉬는 것마저 잊은 채 입이며 눈, 콧구

멍까지 구멍이란 구멍은 모조리 다 오픈한 흉측한 포즈로 이규신을 바라보았다. 설마 바비들을 버리거나 하진 않았겠지? 복수한답시고 불에 태우거나 쓰레기통에 갖다 버리진 않았겠지? 아, 아니야. 엄마한테 갖다줬을 수도…….

"아주머니, 방에서 이게 나왔는데."
"어머, 이게 뭐야? 인형이잖아? 이런 게 어디서 나왔어?"
"장롱 속에 깊숙이 숨겨져 있던데요. 혹시 본나 것이 아닌가 해서요."
"그럴 리가 없어. 우리 본나는 이런 거 취미없는 애야. 어릴 때부터 사내애처럼 자랐는걸. 우리도 아들이라 생각하며 키웠고."
"아무리 그래도 자기 속에 있는 여성성은 어쩔 수 없는 거죠. 설마 삼촌이 인형 주인일 리는 없잖아요?"

안 돼. 그런 일은 절대로 일어나면 안 된다. 박송자 여사는 아들을 낳지 못한 콤플렉스와 스트레스가 좀 심한 편이었고, 그 스트레스를 남자 못지않게 듬직하고 씩씩한 본나를 보며 풀어왔었다. 늘 본나에게 '아들 같다'며 뿌듯해하는 그녀란 말이다. 한데 그런 그녀가, 아들 같은 딸이 실은 인형 모으는 취미에 핑크색 중독자, 레이스만 보면 반미치광이가 되고 혼자 자기 이름을 '데이지'라 칭하며 여자놀이나 하는 영락 계집아이라는 걸 알면?

안 돼. 엄마가 알면 안 돼. 절대로 안 된다고!

"옜다."

소리없는 절규를 온갖 얼굴 근육으로 표현하고 있는 그녀를 어둠 속에서 한참이나 가만히 바라보던 이규신이 불쑥 한마디 내뱉었다. 그리곤 발로 뭔가를 밀어내니 슥, 정체 모를 물건이 끌리며 그녀의 앞으로 모습을 드러냈다. 본나는 바닥을 멀뚱멀뚱 내려다보았다. 내내 책상 안쪽에 있었던 모양으로 녀석의 발길질 한 방에 끌려 나온 상자는 분명히, 본나가 애용하는 바비 인형 사이트 이름이 커다랗게 찍힌, 문제의 그 상자였다.

"이, 이건……."

"슬쩍하려던 게 이거지?"

"너, 이거 언제 발견했어?"

훌쩍 고개를 들고 규신을 바라보며 본나가 물었다. 눈동자가 이미 미러볼처럼 커져 있었다. 깜깜한 곳에서 흰자만 두둥실 떠 있는 그 모습이 하도 우스꽝스러워 규신은 그만 피식, 웃고 말았다.

"며칠 됐어."

"그럼 발견하고서도 내내 갖고 있었던 거야? 버리거나 우리 엄마한테 주지 않고?"

"버릴 물건이었으면 그렇게 깊숙이 잘 넣어두진 않았겠지. 주인이 누구든, 소중히 보관하고 싶었을 거란 생각이 들었어. 그리고 내용물로 보아 아주머니 물건으론 뵈지 않았고."

"그럼 그거, 내 거라는 거 알고 있었던 거야?"

"뭐, 대충은."

"알고 있었다고? 정말? 정말 다 알고 있었단 말이야?!"

"알면 안 되나?"

"너, 너, 지금 그걸 말이라고 해?!"

승질이 무럭무럭 자라나니 목청이 절로 커졌다. 점점 커지는 목소리가 결국은 방 밖으로 튀어 나갈 만큼 쩌렁쩌렁 커지자, 규신은 빠르게 다가와 본나의 입술을 틀어막았다. 그리곤 본나의 얼굴 가까이에 입술을 대고 자그맣게 속삭였다.

"쉿. 목소리가 너무 크다."

본나는 인질마냥 사로잡힌 채 분노에 찬 시선을 녀석에게 날렸다. 씩씩거리는 황소 숨결을 내뿜으며.

"나쁜 자식. 어떻게 그래? 어떻게 그렇게 시치미를 뚝 떼고 있을 수 있어? 내가 얼마나 끙끙 앓았는데. 이거 찾고 싶어서 얼마나 애가 탔었는데. 찾았으면, 내 건 줄 알고 있었으면, 그럼 곧바로 나한테 알려줬어야 하는 거 아니야? 근데 뭐라고? XX염색체를 가진 어쩔 수 없는 여자라고? 내 여성성이 평균을 훨씬 웃도는 수준이라고? 사람 속여먹으니까 기분 좋디? 재밌었어? 다 알고서 날 놀려먹으니까 좋았냐? 나쁜 놈. 넌 나쁜 자식이야. 어떻게 사람이 그러냐? 내가 그렇게 우스워 보였냐? 만만했어?"

손바닥에 입술을 짓눌린 상태인데도 불구하고 종알종알 잘도 조잘거리는 구본나 되시겠다. 인형 콜렉터라는 자신의 정체가 밝혀진 게 엄청나게 쪽팔린 모양이다. 제 악다구니가 웅얼거림으로밖에 들리지 않는다는 것을 알면서도 결코 굴하지 않는 불굴의 정신으로, 그녀는 미러볼처럼 휘둥그레 뜬 눈으로 규신을 노려보며 열심히 입술을 놀려대고 있었다. 희한하게도 그 웅얼거림을 다 알아먹겠어서 규신은 저도 모르게 풉, 웃음이 터뜨렸다. 신기하다. 입이 막힌 중에도 술술 잘도 말하는 구본나도, 그런 그녀의 웅얼거림을 잘도 알아듣는 자신도.

인정하기 싫지만, 지금 이 순간만큼은 구본나가 조금, 아주 조금 귀여워 보였다. 물론 센 척하느라 과하게 전투적으로 구는 태도는 여전히 눈에 거슬리지만.

그이 눈에 구본나는 후하게 쳐줘도, 동네 골목대장 수준밖에 안 되어 보였다. 덩치가 크길 하나 힘이 세길 하나. 아무리 태권도 유단자라도 신체 자체가 건강한 또래 남자들과 비교가 안 되는데 뭐가 그리 자신만만한지, 규신은 그저 한심스러울 따름. 그녀는 그저, 좋은 집안 분위기에서 험한 꼴 본 적 없이 곱게 자란 보통 소녀 같았다. 사내아이처럼 좀 털털해서 그렇지 나름 온실 속 화초나 다름없는 것이다. 비록 본인은 전혀 그리 생각하지 않는 것 같지만 말이다.

"입 다물고 그만 조용히 해라. 시끄러워져 봤자 피차 좋을 거 없다."

"너 진짜 양심없다? 적반하장도 유분수지, 지금 누가 누구한

테 셧업이래? 속인 사람은 너야. 죄인은 너라고. 그럼 당근 나한
테 잘못했다고 빌 사람은 너 아니야? 셧업할 사람은 내가 아니
라 너란 말이야.”

“내 말을 못 알아듣는 모양인데, 지금은 너나 나나 조용히 해
야 한다고.”

“내가 왜? 내가 왜 그래야 하는데. 잘못은 네가 했잖아!”

“더 떠들어서 너희 어머니한테 들키고 싶은 거냐? 설마 우리
두 사람, 지금 깜깜한 곳에 단둘이, 것도 딱 붙어 있는 중이라는
걸 어른들한테 알리고 싶은 건 아니겠지?”

“뭐, 뭐라고? 그게 무슨 소리야? 내가 왜……?”

느물거리며 묻는 그의 얼굴을 험상궂은 얼굴로 째려보며 본
나가 발끈 소리칠 무렵이었다. 갑자기 드르륵, 본채 여닫이문이
열리는 소리가 들리는가 싶더니 아버지의 목소리가 쩌렁쩌렁
들려왔다. 부엌에 계신 어머니에게 묻느라 목소리를 높인 것 같
았다.

“여보! 규신이는 아직 안 왔지?”

“네. 왜요?”

대답하는 박 여사의 목소리가 생각보다 가깝게 들려왔다. 그
건 그녀가 이 방 가까운 곳 어디께에 있다는 뜻! 본나는 흐흑,
숨을 들이켰다. 규신도 긴장한 듯 본나의 입술을 틀어막고 있던
손에 더욱 힘을 주었다.

“방금 종훈이가 전화해서. 규신이랑 연락이 안 된다고, 혹시

집에 있냐고 묻네. 자율학습하고 있을 거라고 말은 했지만 혹시나 해서 말이야. 같은 반인데 본나는 왔잖아."

"배가 아프다고 오늘은 그냥 왔다더라고요. 그거 있잖아요. 한 달에 한 번 하는 거. 통증이 심해서 선생님한테 허락받고 왔대요."

"음. 그래? 본나는 그럼 쉬고 있나? 아까 거실에서 TV 보고 있는 것 같더니만, 화장실 갔다 와보니 없네."

"제 방에 들어가서 쉬나 보죠. 곧 시험인데 컨디션 관리해야 하잖아요. 어머나, 근데 이게 뭐야? 본나 신발이 왜 여기에……?"

크헉!

순간 본나의 대뇌에서 삐뽀삐뽀 비상벨이 울리기 시작했다. 멍청하게도 신발을 방 앞에 고대로 두고 들어왔지 뭔가! 이런 치밀하지 못한 것 같으니라고. 그걸 그대로 놔두고 오면 어떡하냐고. 이젠 정말 끝장이시다. 박 여사는 당연히 딸의 신발이 왜 규신의 방 앞에 놓여 있는지 궁금해할 거고, 그럼 방문도 열어볼 게 아닌가. 그럼 띠로리~ 두 사람은 '깜깜한 곳에 단둘이 꼭 붙어 서 있는' 꼴을 들키고 말겠지. 본나는 긴박감과 두려움이 동시에 밀려드는 것을 느끼며, 안쪽으로 급히 몸을 틀었다.

"신발에 발이 달렸나……."

말끝을 흐리며 박 여사가 방문을 슬쩍 민다. 숨소리도 들리지 않는 어둡고 고요한 방 안으로 끼이익— 소리가 음산하게 울리자 본나는 본능적으로 더욱더 규신에게 달라붙었다. 박 여사에게 들키고 싶지 않은 마음이 커질수록 그녀가 느끼는 긴박감도 커졌고, 긴장감이 증폭될수록 그녀는 더더욱 규신에게 매달렸다. 촘촘히, 틈 하나 없이 그와 꼭 붙은 부동자세로 얼마나 있었을까. 마치 영원처럼 길게 느껴지는 몇 초가 지나고, 이윽고 쿵, 문이 닫혔다.

박 여사는 '거참, 이상하네'를 연신 중얼거리며 본나의 신발을 수습하는 것으로 사건을 일단락 짓는 것 같았다.

휴. 하마터면 들킬 뻔했네.

안도의 한숨을 길게 내쉬며 긴장했던 몸을 이완시키는 본나는 문득, 모든 동작을 멈추고 현실을 파악했다. 자신이 안겨 있는 이곳은 누구의 품? 자신이 끌어안고 있는 사람은 누구? 뱃살을 압박하고 있는 하체는 누구의 것? 내, 내가 지금 무슨 짓을 하고 있는 것임? 아아악—!

"이쯤 되면, 네가 내 방에 들어온 목적이 심히 의심스러워진다."

허러러러러—

"달리 할 말 없냐? 변명하고 싶으면 지금 해도 되는데."

"그, 그, 그게……."

"지난번에 덮치려다 못 덮친 게 아쉬워서 온 거냐? 그렇게 덮치고 싶으면 말을 하지. 난 언제든지 도전을 받아줄 용의가 있는데."

“아, 아니거든?!”

버럭 소리를 지르며 본나는 녀석에게서 떨어지려고 했다. 하지만 웬걸. 녀석은 쉽게 놓아줄 생각이 없는 듯 본나의 허리를 꼭 붙든 채 놓아주지 않았다. 덕분에 본나는 ‘바람과 함께 사라지다’의 오하라처럼 허리를 뒤로 제끼고 가슴을 내미는 민망한 포즈를 짓게 되어버렸다.

“너도 여자긴 여자구나.”

불룩 소담하게 솟아오른 그녀의 가슴을 덤덤하니 내려다보며 그가 중얼거렸다. 헉, 놀란 본나는 재빨리 두 손을 가슴에 얹고 도끼눈을 치켜뜬다.

“이 변태 자식. 어딜 보는 거야?”

“딱히 보려고 본 건 아닌데. 그냥 보여서 본 것뿐. 보라고 들이민 거 아니냐?”

“뭐, 뭐라고?”

뭣 때문에 욱한 건지 모르겠다. 순간 엄청나게 화가 나 본나는 기운 센 무쇠팔뚝을 휘둘러 녀석의 뺨을 때리고 말았다. 짝! 소리는 꽤나 둔탁하게 들렸다. 녀석의 고개는 시원스레 90도 각도로 꺾여 돌아갔고, 본나의 손바닥은 얼얼한 기운이 남아 승리를 자축하고 있었다. 하지만 순간의 희열감은 그야말로 순식간에 사라졌고, 본나는 그의 앞에서 이성을 잃었다는 사실 하나로 더 큰 모멸감과 당황스러움을 느껴야 했다.

본나는 뒤도 돌아보지 않고 내뺐다. 박 여사가 눈치를 채든 말든, 추궁이 날아오든 말든. 뒤에 일어날 일 따위 생각해 볼 틈도 없었다. 그저 그 자리를 모면해야만 할 것 같은 급박함 때문에 방문 여닫는 소리가 벼락처럼 울리는 것도 아랑곳 않고 방을 뛰쳐나갔다. 물론 그 와중에도 보물 상자는 꼭꼭 챙겨서.

"아니, 본나야. 너 왜 거기서 나오니?"

예상했던 대로 박 여사의 목소리가 들리자, 방 안에 있던 규신은 피식 웃어버렸다. 한쪽 뺨이 얼얼한데 왜 웃음이 나오는 건지. 손이 꽤 맵다. 풀스윙으로 때렸다면 아마 턱이 날아가 버렸을지도.

아주 허풍쟁이는 아니었군. 규신은 그녀의 손자국이 선명하게 남겨진 볼을 손으로 가만히 매만지며 빙긋 입가에 미소를 지었다.

갑자기 광주 생활이 흥미로워지기 시작했다.

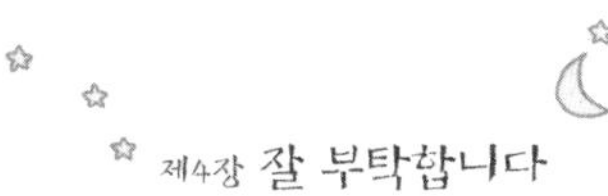

“나, 이규신한테 관심있어.”

아침 등굣길에 자신을 건물 뒤로 불러들여 밑도 끝도 없이 이규신을 들먹이고 있는 이 여자아이는 같은 학년의 오지윤. 본나와는 친하지도 않을뿐더러 일면식도 없었다. 다만 슈퍼모델 대회 본선까지 진출하는 등 학교 내 얼짱으로 유명한 아이라 지당하게 학년과 이름 정도는 알고 있는 수준. 그건 오지윤 쪽도 마찬가지일 것이다. 본나가 워낙 여자아이들 사이에서 멋진 선배, 혹은 꽃미남(?) 동급생 정도로 소문이 나 있어서 그녀도 본나를 익히 알고 있을 게 틀림없었다.

이렇듯 다른 의미로 가장 인기있는 두 사람이 대면한 장소는 바로 건물 뒤 소각장 근처. 얼짱 오지윤의 뒤에는 그녀와 단짝으로 항상 붙어 다니는 몇몇 무리가 서 있었다. 펑크스타일로 부스스하게 부풀린 머리가 아무리 봐도 날라리로밖에 안 보이는 서너 명의 여자아이는 쩍쩍, 껌까지 씹어대며 불길한 분위기를 조장하고 있었다.

"그걸 왜 나한테 말해? 본인한테 직접 말하지."

본나는 퉁명하게 물으며 상대방을 빤히 바라보았다. 보아하니 숫자로 밀어붙이려는 모양인데, 별로 이런 식으로는 밀리고 싶지 않았다. 밀릴 이유도 없고.

"그거야 이규신 관심이 온통 너한테 쏠려 있으니까."

오지윤은 태연한 얼굴로 턱을 치켜든 특유의 포즈로 날카롭게 대답했다. 목소리에서 뾰족한 가시가 느껴져 본나는 살짝 놀랐다. 얼굴 예쁜 애들은 다들 얌전한 줄 알았더니만 의외로 거칠다. 왜 이렇게 세게 나오는 거야? 내가 이규신이랑 뭘 했다고. 견제할 만큼 대단한 관계 아니거든요? 쳇.

"그건 내 탓 아닌데. 내가 이규신더러 관심 좀 가져달라고 부탁한 게 아니잖아. 저 혼자 좋아서 도전하네 마네 그러는 애를 난들 어쩌라고."

"그 말은, 넌 관심없다는 뜻?"

"뭐 딱히 내 취향은 아니니까."

"그럼 네가 먼저 거절하면 되겠네. 괜히 입 다물고 규신이 혼자 삽질하게 하지 말고, 빠른 시일 내에 확실히 입장 표명해 줬으면 좋겠다. 그게 쿨하고 산뜻하지 않겠어?"

"싫은데. 내가 그런 걸 왜 해야 해? 난 개가 삽질하든 말든 상관 안 해. 하라지 뭐. 그거, 지가 자초한 거거든? 괜히 나 골탕 먹이려고 까불다가 얼결에 그런 말까지 하게 된 거지. 책임지지 못하고 나가떨어지든, 오기로 붙어서 내 앞에서 얼쩡거리든 그건 내 알 바 아니야."

"뭐야. 소문과는 달리 두 사람, 서로 내기한 모양이네. 창과 방패, 뭐 그런 싸움인가 봐? 유혹당하느냐 마느냐. 유혹하느냐 못하느냐. 서로 기싸움 중?"

"그건 네 마음대로 생각하시고, 아무튼 난 이규신과는 전혀 무관하니까 너도 제발 나한테서 신경 꺼줬으면 좋겠다. 그럼 이만."

일부러 상냥상냥, 친절친절 얼굴로 방긋방긋 웃어주며 말을 마친 본나는 신경질적으로 얼굴을 구기며 휙 뒤로 돌았다. 그리고 막 걸음을 내딛는 순간이었다. 턱! 누군가가 본나의 가방을 틀어쥐고 잡아당겼다. 갑작스럽게 당한 일이라 아무런 대비도 못한 본나는 속수무책으로 질질 뒤로 끌려가 휙, 몸까지 돌려지는 굴욕을 맛보아야 했다.

"야, 구본나. 갈 때 가더라도 얘기는 마치고 가야지잉. 여기까지 온 사람 힘 빠지게 그냥 가면 쓰것냐?"

껄렁껄렁한 억양으로 정확히 본나의 이름을 호명하는 계집애는 오지윤 뒤에 서서 쫙쫙 쥬시후레쉬를 열심히 씹어대던 세 명

의 오지윤 수호대(?) 중 한 명. 덩치도 힘도 셋 중 최고인 듯, 그
녀는 비교적 가는 몸매의 본나의 몸을 이리저리 잘도 흔들어대
고 있었다. 흠메, 이 잡것은 또 뭐시다냥.

"얘기 다 끝난 거 아니야? 난 이규신한테 관심없고 니들이 좋
아하든 말든 상관 안 해. 그거면 됐지 무슨 할 얘기가 더 있다는
거야?"

"이규신이 너랑 사귀고 싶어하잖아."

덩치 크고 험상궂은 계집아이는 당장에라도 한 대 칠 것처럼
주먹을 올려대며 인상을 팍팍 썼다. 어째 느낌이 이상 야릇. 머
릿속으로 TV 속 어디선가 한 번쯤 듣거나 보았을 법한 이름들
이 촤르르 지나갔다. 흑장미, 칠공주, 조폭마누라, 기타 등등.
설마 얘네들 폭력서클 아이들? 우리 학교엔 없는 걸로 아는데.
살짝 긴장이 아니 될 수 없는 상황에 본나는 정신을 바짝 차렸
다.

"니들이 무슨 말을 어떤 식으로 들었는지 모르겠지만, 이규신
이 나랑 사귀고 싶어한다고 해서 우리 두 사람이 사귀게 되는
건 아니야. 난 싫다니까. 난 걔랑 엮이기도 싫어."

"그러니까 네가 제대로 정리를 잘하란 말이지, 지윤이 말은.
넌 언어 점수 빵점이냐? 왜 이렇게 못 알아들어?"

"그러니까 내가 왜 이규신을 정리해야 하느냐고. 난 걔랑 엮
인 적도 없어. 좋아하지도 않아."

"네가 안 좋아해도 이규신이가 널 좋아하잖아. 너랑 사귀고

싶다잖아. 네가 오케이할 때까지 계속 도전할 거라고 애들 앞에
서 선언했잖아. 전교생이 다 들었어. 근데 넌 거기서 뭐랬냐? 도
전해 볼 테면 해보라고 했지? 언제든지 받아준다고 이규신 부추
겼냐, 안 부추겼냐? 생각을 해봐라, 이 멍청아. 네가 그렇게 반
응하면, 이규신이가 더욱 승부욕 불타서 덤벼들 거 아니야. 이
러고도 네 책임이 아니야? 아니야?!"

"이게 누구더러 멍청이래? 걔가 승부욕에 불타서 덤벼들든
말든, 난 어차피 이규신이랑 사귈 생각 없다니까. 걔가 뭘하든
난 요지부동, 입장 정리 끝이라고. 그런데 이제 와서 뭘 정리하
라는 거야? 난 정리할 게 없어. 멍청한 건 너희들이야."

"아니, 이게……!"

"됐어. 한 가지만 확실하게 약속해 줘. 그럼 나도 물러날게."

본나와 깡패 기질 다분한 뚱땡이가 서로 두 눈 맞대고 열심히
설전을 벌이고 있을 때였다. 오지윤이 대화를 막고 끼어들었다.
본나는 뚱땡이한테 쏟아붓던 레이저빔을 지윤에게 돌려 그녀를
노려보았다. 이것들이 아주 쌍으로 시간차 공격을 하네.

"이규신한테 앞으로도 쭉, 관심 갖지 마."

"그게 다야?"

"좋아하지도 마. 사귀는 건 더더욱 안 돼. 그것만 내게 약속해
주면 나도 더 이상 널 귀찮게 할 일 없어. 뭐, 이규신한테 털끝
만큼도 관심없는 너니까 어려운 일 아니겠지?"

"이규신이 어지간히 좋은 모양이다?"

"아직은 좋다기보다 욕심난다는 말이 더 맞겠지. 내 미모와 시간을 투자할 가치가 충분해 보여. 내가 남자 보는 눈이 좀 있거든."

"아, 그래?"

본나는 찌푸려지는 눈살을 억지로 펴며 떨떠름하니 웃어 보였다. 고등학생 주제에 남자 보는 눈 있다며 뻐기듯 말하는 오지윤이 어찌나 한심스러운지, 쯧쯧 소리가 절로 나왔다. 게다가 남자한테 자신의 미모와 시간을 '투자한다' 는 표현은 또 뭐람. 한창 공부할 나이에 얼굴 가꾸고 몸매 가꿔서 겨우 한다는 게, 미래가 보장된 '될 성싶은 떡잎' 고르기란 건가? 남자 하나 잘 만나 팔자 고쳐 보려는 한심한 여자들이랑 하나 다를 게 없는 발언인 것 같아 엄청 삐딱해지는 본나였다.

"어때? 해줄 거지?"

"소원인가 본데 좋아. 약속할게."

"정말이니?"

"당연하지. 아까도 말했다시피 난 이규신한테 관심없어. 지금도 그렇고 앞으로도 쭉 그럴 거야. 걱정 마. 약속할게, 절대로 좋아하지 않기로. 됐지? 그럼 난 이만."

한시라도 빨리 이 자리를 떠야겠다는 생각만 열심히 머릿속으로 되뇌며, 막 말을 마칠 무렵이었다. 갑자기 소름 끼치도록 낮고 굵직한 목소리가 등 뒤에서 들려왔다.

"아무리 언니들이 무서워도 거짓말은 하면 안 되지."

헉. 이 목소리는? 귀신같은 이규신. 여긴 대체 어떻게 알고 나타난 거지? 아깐 분명 멀찌감치 떨어져서 뒤따라오고 있었는데.

본나는 고개를 꺾어 뒤를 돌아보았다. 신출귀몰, 난데없이 나타나 사람 놀라게 하고는 어느새 저벅저벅 걸어와 그녀의 등 뒤에 우뚝 멈춰 선 이규신은 턱, 너무나도 자연스럽게 본나의 어깨에 손을 얹고는 씩 웃으며 말했다.

"칭찬받는 모범생이라면 당연히 사실대로 말해야지. 교장 선생님께서 아시면 굉장히 실망하시겠다. 안 그러냐, 구본나?"

"거짓말이라니?"

오지윤이 규신을 빤히 바라보며 천천히 물었다. 그가 무슨 말을 하려는지 자못 궁금하면서도 흥미가 동하는 모양이었다. 이규신이 좋아 죽겠어서 그와 관련있는 여자아이들은 죄다 찾아다니며 협박까지 일삼는 아이이니 오죽하겠냐만, 어째 속이 뒤틀리는 것 같다. 쌍꺼풀도 큼직하고 눈망울은 또 어찌나 반짝반짝 예쁜지. 현대고의 김희선이란 말이 괜히 생긴 게 아니라, 확실히 미인 중에서도 미인인 오지윤의 시선이 규신한테 꽂혀 있는 모습은 아무리 봐도 배알 꼴리는 장면이었다. 본나는 부글거리는 속내를 꾹 가라앉히며 규신을 돌아보았다. 그리곤 대체 무슨 소리냐고 잔뜩 쏘아붙이려는 찰나!

"우리 둘, 동거해."

그의 입술이 꿈틀거리는가 싶더니 충격적인 선언이 흘러나왔다. 허러러러러럴, 이게 다 뭔 소리래여잉? 왐마, 뒷골 땡겨. 눈알 튀어나오게 번쩍 두 눈을 치켜뜬 구본나 입에서 방언이 쏟아져 나왔다.

"같은 집에서 산다고. 그러니까…… 원래부터 알고 있는 사이라는 뜻. 가족이 친해. 부모님들끼리 서로 잘 아는 지인이라 내가 본나네 집에서 묵게 됐어. 그러다가 서로 좋아져서 지금은 사귀는 중이고."

"뭐라고?"

"야! 너 미쳤어?"

본나는 거짓말을 서슴없이 술술, 읊고 있는 이규신의 멱살을 쥐며 고함을 쳤다. 그리곤 아니라고, 말도 안 된다고 웃으며 해명하기 위해 오지윤을 돌아보았다. 하지만 오지윤과 그 친구들은 이미 규신의 말을 백 퍼센트 믿어버린 듯 표정을 굳히고 본나를 째려보고 있었다. 본격 서스펜스 스릴러 영화 속에 들어와 버린 느낌. 본나는 등골이 오싹해짐을 느끼며 부르르 몸을 떨었다. 저도 모르게 슬쩍 한 발자국 뒤로 물러서기까지.

그때, 본나의 어깨에 올려놓은 이규신의 손에 꾹 힘이 들어갔다.

"본의 아니게 미안하게 됐다. 본나가 너희들 보고 좀 쫀 것 같아. 보기엔 터프해 보여도 실은 속이 아주 여린 천생 여자거든. 아깐 겁에 질려서 저도 모르게 거짓말을 한 모양인데, 다음에 본나한테 뭐 물어볼 땐 좀 더 부드럽게 대해줄래? 아니면 사람들이 더 많은 곳에서 만나든지. 다짜고짜 건물 뒤로 애를 끌고 오면 괜히 오해하게 되잖아?"

"……."

"그럼 이만, 우린 실례."

처키 못지않은 살벌함을 풀풀 풍기며 서 있는 오윤지에게 그는 너무나도 태평스런 얼굴로 인사를 했다. 그리곤 본나를 옆구리에 꼭 낀 채 유유자적, 건물 구석을 빠져나왔다. 얼떨결에 끌려 나온 본나는 녀석의 팔을 자신의 어깨에서 휙, 거칠게 걷어내며 신경질을 부렸다.

"너 미쳤어? 제정신이야? 그딴 거짓말을 왜 해?"

"지극히 정상이니까 걱정은 사양한다."

"걱정 안 하게 생겼니? 너 때문에 나까지 오해받잖아. 동거가 뭐냐, 동거가? 다른 표현도 많은데 굳이 '동거'라는 직설적이고 자극적이며, 오해의 소지가 다분한 표현을 쓴 거. 나 완전 의심스럽거든? 너 지금 나, 쟤들 먹잇감으로 던진 거지? 나 테러하라고 일부러 그딴 소스 던져 준 거지? 내가 그렇게 싫으니? 내가 저 주먹언니들한테 단체로 두들겨 맞아서 병원에 실려 가야 속이 시원하겠어?"

"세상에 비밀은 없어. 우리가 한집에 살고 있는 건 시간이 지나면 금세 밝혀질 일이야. 너와 내 사이가 단순치만은 않다는 거, 애들이 눈치채는 건 시간문제라고. 만약 우리가 함께 살고 있다는 사실이 밝혀지고 나면? 그럼 어떤 일이 벌어질 것 같아?”

“……..”

“동거란 말이 중요한 게 아니야. 우리가 애들을 속이면 속인 만큼 의심받게 되어 있어. 오히려 먼저 밝히는 게 덜 의심받는 길이라고.”

“그럼 같은 집에서 산다는 것만 밝히면 되지, 왜 쓸데없이 사귄다는 거짓말은 하고 난리……?”

발끈하며 소리치는 그녀에게 그가 불쑥 상체를 굽혀 얼굴을 기울였다. 훅, 문제의 향기가 강하게 후각을 자극하자 본나는 움찔했다. 그리곤 자동반사적인 반응으로 냉큼 몸을 뒤로 젖혔지만 어깨를 쥐고 있던 그의 손아귀는 오히려 더 바짝 그녀를 끌어당겨 안았다. 젠장. 비누 냄새인지, 향수 냄새인지, 아무튼 정신이 아찔해질 만큼 좋은 녀석의 향기는 본나의 가슴을 더욱 꽉 조이고 있었다. 심장이 벌떡벌떡 뛰기 시작하자 본나는 두 주먹을 꽉 쥐었다.

“지켜준다며.”

“뭐, 뭐라고?”

“지켜준다면서, 네가. 동네 불량배들한테 맞고나 다니는, 허약하고 싸움도 잘 못하는 날 태권소녀 구본나가 지켜준다고 하지 않았었나?”

“……..”

아무 대답도 하지 않은 채 본나는 생각했다. 무슨 남자애가 땀 냄새도 안 나? 아침이건 낮이건 상쾌한 향기뿐이잖아. 진하지도 않고 자극적이지도 않고, 은은하게 날 듯 말 듯 희미한, 그래서 더 궁금하게 만드는. 판도라 상자를 앞에 둔 소녀처럼 호기심에 시달리고 고문당하게 만드는. 차라리 입 냄새라도 나버리지. 그럼 녀석을 혐오하게 될 텐데. 이렇게 괜스레 쿵쾅쿵쾅 가슴 뛰는 일은 없을 텐데.

"난 오지윤이 무서워. 얼굴은 네가 모으는 인형들처럼 예뻐서 좋은데 학교 일진이잖아. 난 허약하고 공부만 하는 허여멀건 서울 애라 싸움 잘하는 여자 깡패는 싫거든. 무서워서."

"그, 그러니까 뭐야. 오지윤이 무서워서 내 남자친구라고 거짓말한 거란 말이야?"

"어쩔 수 없잖아. 기만히 있으면 꼼짝없이 쟤랑 사귀어야 하는데."

"말이 안 되잖아, 여자랑 사귀기 싫어서 다른 여자를 사귄다는 게. 너, 진짜 바보냐? 입 없어? 아니, 왜 싫다는 말을 못해? 난 너 싫다, 너랑 사귀기 싫으니까 딴 데 알아봐라! 당당하게 말하란 말이야!"

"말했잖아. 난 오지윤이 무섭다니까. 무서운 여자 일진이랑 강제로 사귀느니, 송충이눈썹에 바가지머리 구본나랑 사귀는 게 낫다고 생각하는 사람이라고."

"난 안 무서운가 보지?"

"지켜주겠다고 하셔서."

썩을 것 같은 얼굴로 째려보려니 이규신이 해사한 얼굴로 천연덕스럽게 말한다. 영악한 놈. 내가 약한 사람 보면 절대로 그냥 못 지나치는 건 어떻게 알고. 짜증난다. 완전 와방 짜증난다. 아, 어쩌라고! 학교 생활 잘하도록 도와준댔지, 내가 언제 여자 친구 해준다고 했냐고. 일진한테 찍힌 건 낯바닥 번드르르한 제 탓인데 왜 내가 대신 독박을 써야 하느냐고. 싫어, 싫다고. 이 녀석이랑 사귄다는 소문이 학교에 쫙— 퍼질 것을 생각하면 죽고 싶을 만큼 싫다고!

본나는 미친 듯이 머리카락을 헤집으며 인상을 있는 대로 쓰고는 맹렬히 터벅터벅 앞을 향해 걸어갔다. 아무리 녀석의 부탁이라지만, 이건 좀 생각해 봐야 할 문제였다. 약한 애 지켜주는 것도 좋고 남의 부탁 들어주는 것도 좋지만, 일단 이건 단순히 도움을 주는 차원이 아니지 않은가.

"여어— 두 사람 같이 오네……?"

머리 터지게 생각하며 한 발 한 발 힘을 꾹꾹 줘가며 걸어가고 있는데, 누군가가 빠르게 말을 걸어온다. 같은 반 친구, 호진이었다. 녀석은 이상야릇한 어조로 뒷말을 흐리며 규신과 본나를 느릿느릿 번갈아보았다. 표정이 딱 '수상한데?' 였다. 쳇, 함께 등교할 수도 있는 거지, 그게 뭐 이상하다고? 본나는 뚱한 얼굴로 손을 들어 보였다.

"안녕."

"좋은 아침이다."

"어. 좋은 아침."

본나와 규신의 인사를 차례로 받으며 호진은 슬그머니 자리를 피하는 것 같더니 이내 줄달음질을 치며 저만치 뛰어갔다. 뭐야? 기분 나쁘게. 뭔가 이상한데 정확히 무엇 때문인지는 알 수가 없고. 본나는 찜찜한 마음으로 호진의 뒷모습을 짜증스런 시선으로 노려보았다. 아니나 다를까. 녀석은 열심히 뛰어가더니 저만치 몰려서 가고 있는 친구들에게 호들갑스럽게 까불며 뭔가를 떠들어대기 시작했다.

"이규신! 구본나!"

잔뜩 찜찜한 얼굴로 호진을 째려보며 걷고 있는데, 뒤에서 한 무리의 친구들이 왁자지껄 떠들며 소리쳤다. 역시나 이번에도 반 아이들. 오늘따라 이상도 하지. 왜 별로 친하지도 않은 아이들까지 일일이 빠짐없이 인사를 건네오는 거지?

본나는 두 눈을 빛내며 이쪽으로 다가오고 있는 세 명의 남자 녀석을 바라보며 심드렁하니 답례했다.

"어, 안녕……."

"너희 뭐야? 어떻게 둘이 같이 와?"

"어떻게는 무슨 어떻게야. 시간 맞춰 만난 거겠지."

"우우우— 이제 아예 대놓고 같이 다니는 거야? 보기 좋은데?"

"킥킥. 야, 아무리 사귀는 사이여도 그렇지. 어깨에 손까지 올리고, 좀 심한 닭살 아니냐?"

"인마, 사귀는 사이인데 뭐 어때. 이보다 더한 것도 했겠구만. 그나저나 두 사람 은근히 그림이 된다. 뒤에서 보니까 완전~"

이런 미친.

셋이 연달아 한마디씩 해대며 키득거릴 때에야 본나는 규신과 자신이 필요 이상으로 가까이 붙어 있다는 사실을 깨달았다. 더불어 호진이 왜 그렇게 시시덕거리며 힐끗거렸는지도. 어깨동무가 뭐 그리 대단한 거라고 이런 호들갑스러운 반응인지 본나로선 도무지 이해가 안 되었지만, 어떡하나. 그림이 다르다는데. 구본나와 이규신이 나란히 걸어가는 뒷모습이 마치 한 쌍의 바퀴벌레처럼 다정해 보인다는데. 열이 확 뻗치는 것을 느끼며 본나는 전광석화와 같은 동작으로 눈에 띄는 녀석 한 놈의 목덜미를 부여잡고 조르기 시작했다.

"야! 어깨동무하는 거 처음 보냐? 뭐 이딴 게 웃을 일이라고 계집애들처럼 킥킥거리고 있어? 덜떨어져 보이게스리. 어깨동무해 줄까? 이리 와, 해줄게. 이리 오라고, 짜샤들아! 내가 다 해줄게!"

"아악! 켁켁, 살려줘! 살려줘, 구본나!"

"왜왜. 어깨동무하면 연애하는 거라며. 너랑은 끌어안기도 했으니까 결혼해야 되겠네. 네가 책임져야 되겠어. 어때? 좋지?"

"아야야— 무슨 말을 그렇게 험악하게 하냐. 이러지 말고 이거 풀고 말로 하자, 말로. 폭력 쓰지 말고 말로 하자고, 좀!"

"그니까 왜 그딴 소릴 해? 어깨동무하면 사귀는 거냐? 연애하는 거야? 엉? 엉?!"

"구본나."

한 놈만 잡아 족치겠다는 작전으로 열심히 녀석의 목을 조르며 화풀이를 하고 있는데. 툭, 본나의 어깨에 이규신의 손이 떨어졌다. 뒤통수가 싸해지는 불길한 예감이 들어 본나의 온몸에는 절로 힘이 쭉 빠져 버렸다. 느슨해진 그녀의 손아귀에서 친구 놈이 재빨리 빠져나갔다. 본나는 미꾸라지처럼 빠져나가는 녀석을 노려보면서도 속수무책 어쩔 못하고, 씩씩거리며 뒤를 돌아보았다.

"왜!"

버럭 고함을 지르는 그녀를 향해 규신은 아론카터와 저스틴 비버를 합쳐 놓은 것보다도 더 상큼한 미소를 날렸다. 이, 이 자식 뭐야? 왜 이래? 본나는 험악한 얼굴로 녀석을 노려보며 두 눈을 미친 듯이 퍼드득거렸다. 불길하다. 너무너무 불길하다. 대체 무슨 말을 하려고……?

"난 네가 다른 남자랑 어깨동무하는 거 싫은데."

헐. 미쳤다. 이규신, 미쳤다. 미친 거다. 그러지 않고서야 이런 미친 소릴 지껄일 리가 없어!

"너, 나 좀 보자."

본나는 이를 악물고 짐승처럼 으르렁거리듯 중얼거렸다.

*

─도대체 이유가 뭐야? 나한테 이러는 이유가 뭐냐고.

─말했잖아. 일진한테 찍힌 게 무서워서라고.

─남자 놈이 줏대도 없이, 그깟 계집애한테 찍힌 게 무서워서 좋아하지도 않는 나랑 사귀겠다는 게 말이 돼? 그걸 지금 나더러 믿으라는 거야?

─못 믿을 건 또 뭔데.

─이해 안 된다고, 아무리 생각해도 이해할 수가 없다고. 도대체 너랑 나랑 사귀어서 너한테 득될 게 뭔데? 너 나 싫어하잖아.

─별로. 싫진 않은데. 아, 오해하지는 마. 싫지 않다는 말이 곧 좋아한다는 말은 아니니까. NOT HATE ≠ LOVE. 오케이?

─너, 지금 나 놀려? 그게 뭐야? 기면 기다 아니면 아니다, 확실하게 말해. 사내놈이 되어가지고 왜 말 한마디 똑바로 못하고 빙빙 돌리고만 있어?

─말끝마다 그놈의 놈놈. 너, 남자한테 열등감있는 거 다 아니까 너무 그렇게 티내지 마.

─뭐? 이게 그냥 확!

─됐고, 일종의 전략적 유닛이라고 해두자. 어차피 지금 상태론 우리 둘 다, 앞으로 쭉 주변 사람들로부터 자유로울 수는 없을 것 같은데. 넌 너대로 난 나대로, 조금이라도 더 편해질 수 있다면 좋아하지 않은 상대라도 참아줄 수 있지 않겠냐?

―전략적 유닛이라니? 그건 또 뭐야?

―계약 연애 같은 거. 계약 연애라는 말은 들어봤겠지?

―계, 계약 연애? 미친 거 아니야? 그딴 걸 내가 왜 해야 하는데?

―설명하기 귀찮다. 머리는 너도 있으니 잘 생각해 봐라.

―야!

―쪽지 그만 보내. 귀찮으니까. 끝.

―너 죽을래? 빨리 말해. 설명해 주라고! 야!

오늘 오전 수업 도중 주고받은 메시지들이 깨알같이 적힌 수첩을 다시 한 번 정독하며 본나는 찌릿, 책상에 엎드려 자고 있는 이규신을 째려보았다. 설명해 달라면 설명해 주면 될 것을. 뭐가 그리 귀찮다고 메시지를 씹고 난리. 하여간 정이 안 가는 녀석이야. 어쩜 저렇게 얄미운 짓만 골라서 할까. 다 싫다. 하다 못해 수업 시간에 집중 안 하고 창밖만 내다보고 있는 것, 자율 학습 시간에 잠만 쿨쿨 자는 것까지도 다 꼴 뵈기 싫다. 아우, 저걸 그냥.

"야, 쉬는 시간이야. 일어나 봐."

본나는 불끈 쥔 주먹으로 퍽, 규신의 어깨를 찌르며 퉁명스럽게 말을 걸었다. 언뜻 근처에 놓여 있는 핸드폰 액정이 번쩍이는 것으로 보아 전화가 온 듯한데, 녀석은 본나가 흔들어 깨워도 도통 일어날 기미가 없었다.

"나참. 핸드폰을 무음으로 해놓았으면 잘 지켜보든지, 아니면

아예 꺼놓든지. 켜놓고 안 받는 건 무슨 심보냐? 일어나서 전화
나 받아."

"몇 시냐."

짱알거리는 그녀의 목소리가 도저히 못 참겠는지 규신이 인
상을 쓰며 눈을 떴다. 실눈 뜨고 고작 묻는 거하곤. 못마땅한 얼
굴로 녀석을 쏘아보며 본나는 손을 쭉 뻗어 씽씽 울리고 있는
핸드폰을 쥐고 녀석의 코앞에 슥 내밀었다.

"아직 끝나려면 1시간 더 남았어. 시험이 코앞인데 넌 잠이
오냐? 아직 9시밖에 안 됐는데. 선생님한테 들키면 어쩌려고.
전화나 받아. 아까부터 계속 울리는 것 같던데."

"내버려 둬. 혼자 울리다 꺼지게."

"누군지 안 궁금해?"

"별로."

"내가 받아버린다."

"그러든지."

어처구니없는 대답을 해놓고 고개를 반대편으로 뒤집어 버리
는 이규신. 자기 전화를 왜 남이 받아도 상관없다는 거야? 상대
가 누군지도 모르는 마당에. 하긴, 아무하고나 사귀어도 상관없
다는 녀석에게 뭘 바라겠나. 이래도 흥, 저래도 흥. 인생무상,
공수래공수거. 한량이 따로 없구나. 뭐 이런 녀석이 다 있지? 하
란 공부는 안 하고.

"아, 빨리 받아! 난 원래 사소한 데에 예민해서 이런 게 자꾸

울리면 공부가 안 된단 말이야.”

“알아서 하라고, 그러니까.”

“진짜 내가 받아도 상관없단 말이지? 너, 내가 안 받을 줄 알고 그러는 모양인데. 나 한다면 하는 여자야.”

정말 상관없나 보다. 아니면 본나를 큰소리만 잘 치고 실천력 따윈 전혀 없는 허당으로 생각하든지. 흥. 하지만 이런다고 물러설 내가 아니지. 살짝 승부욕이 발동한 본나는 녀석의 핸드폰을 척 꺼내 들었다. 잘산다고 유세 떠는 건지 뭔지, 녀석의 핸드폰은 그녀가 정말로 갖고 싶었던 바로 그 최신형 스마트폰이었다. 그것도 너무 비싸 보편화되지 못했다던 명품브랜드. 아주, 돈 많은 집 도련님이라고 광고를 하고 다니는구나.

“여보세요.”

핸드폰 액정에는 아무런 이름도 뜨지 않았었다. 가족이나 친구는 아니겠거니 싶어 본나는 미련없이 전화를 받았다.

[⋯⋯.]

“여보세요? 이규신 핸드폰인데요. 누구시죠?”

[그러는⋯⋯ 그쪽은 뉘신지?]

느리고 굵은 목소리가 전파를 타고 들려왔다. 거만하면서도 엄격하고 매서운 기운이 느껴지는 말투에 순간 본나는 오금이 저리는 것을 느꼈다. 엄마야, 이 아저씨는 누구야? 설마⋯⋯?

“규신이 친군데요.”

[친구, 누구?]

"그러는 아저씬 누구신지……?"

[아, 내 소개를 안 했군. 난 규신이 아버지 되는 사람인데.]

컥. 역시 종훈 아저씨!

"아, 안녕하세요."

당황하니 저절로 말이 더듬어진다. 넙죽 허공에 대고 절까지 하는 것은 물론이고. 쌀쌀하니 도도하던 그녀의 말투가 싹 달라지자 뭔가 이상하다 싶었는지, 내내 꿈쩍도 않고 누워 있던 규신이 꿈틀거리며 고개를 들었다. 본나는 당장에라도 전화기를 주인장에게 내던져 버리고 싶은 걸 꾹 참아야 했다.

[학생은 누군데 우리 규신이 전화를 대신 받는 거지?]

"지금 규신이가…… 화장실 갔거든요. 저는 짝꿍이고요."

[짝꿍이라고? 그럼 혹시……?]

여기까지 얘기가 되자 본나는 본능적으로 알 수 있었다. 종훈 아저씨는 아들의 짝꿍이 누구인지 알고 있다는 걸.

"예. 본나예요, 아저씨."

[아아, 역시 그렇군. 얘기는 들었다. 네가 우리 규신이 짝이 되었다는 거. 그래, 잘 지내고는 있고? 우리 규신이가 귀찮게 하진 않니?]

"아하하하…… 귀찮게 하긴요. 뭐든 척척, 제 할 일 잘하고 있는데요, 뭘. 잘하고 있어요. 걱정 마세요."

[다행이구나. 거기서도 문제 생기면 어쩌나 노상 걱정인데. 그래, 그럼 지금 학교인 거니?]

"네. 저희 학교는 거의 의무적으로 10시까지 자율학습해야
하거든요."

[음. 알고는 있었지만 규신인 강제적으로 붙잡아놓고 공부시
키는 걸 무척 싫어하거든. 그런 방식에는 알레르기 반응을 일으
키던 녀석이라 잘하고 있는지 걱정이 되어서 말이다. 요 며칠
전화를 걸어도 받질 않아서 걱정이 두 배였어.]

"그, 그러셨어요?"

어쩐지. 자율학습 시간만 되면 저렇게 잠만 들입다 자더라니.

[네 보기엔 어떻더냐? 짝꿍이니 누구보다 더 잘 알 게 아니
냐? 규신이 녀석, 잘 적응하고 있는 것 같더냐? 공부는 잘하고
있어? 학급 아이들과는 어떻더냐?]

"그, 그게……."

뭐라고 말해야 되지? 사실대로, 공부는 전혀 하지 않는 것 같
고 짝꿍 괴롭히는 맛에 학교를 다니는 듯하며, 친구들과는 무리
없이 지내는 것 같지만 여자애들의 쏟아지는 관심을 피하기 위
해 짝꿍을 희생시키려는 잔인한 짓을 계획하고 있다고 말해야
하는 건가? 수업 시간엔 항상 딴생각에 빠져 있고 자율학습 시
간엔 늘 부족한 잠을 보충한다고 말하면, 이규신은 끝장이겠지?
애 공부하는 걸 보면 도대체 어떻게 서울서 1등을 밥 먹듯이 했
는지 이해불가라고 말하면 당장 불호령이 떨어질 거야. 흐흐흐,
쌤통이겠다. 하지만…….

"그럭저럭 잘 적응해 나가고 있어요. 생각보다 잘해 나가서

제가 다 놀랐는걸요?”

비겁하게 이르진 않을 거다. 난 누구처럼 남의 약점 갖고 놀려대고, 꼬투리 잡아 협박하는 소인배가 아니니까. 본나는 그 어느 때보다도 더 활기차고 씩씩하게 말을 이어 나갔다.

“제가 규신이한테 많이 배우고 있어요. 공부를 어찌나 열심히 하는지, 건강이 다 걱정될 정도라니까요. 애들하고도 되게 잘 지내요. 벌써 학교에 소문이 자자하게 나서 인기도 굉장하거든요? 여자애들한테 인기 캡 많고요. 물론 남자애들 사이에서도 평판 좋아요. 학교 적응은 거의 다 마친 것 같아요.”

이 대목에서 쿡, 규신이 코웃음을 흘렸다. 도무지 웃음이 나와서 못 참겠다는 듯 녀석은 고개를 책상에 박고 어깨까지 들썩이며 웃었다. 그러더니 땅이 꺼져라 한숨을 푹— 내쉬고는 털썩 다시 꼬꾸라지고 만다. 또 자려는 건가. 저놈의 잠, 저러다가 이번 시험 망치지. 망치면 종훈 아저씨한테 된통 혼날 거면서 무슨 배짱으로 저래?

[그거 의외구나. 그 녀석, 전학 가지 않겠다고 꽤 강경하게 버텼었는데. 그래서 나나 제 어미나 얼마나 걱정했는지 몰라. 간혹 학교 밖에서 문제를 일으켜서 그렇지, 여기 학교에선 별다른 트러블이 없었거든. 잘 다니는 학교를 괜히 옮기게 해서 공부하는 데 방해만 된 건 아닐까 우려가 많았단다. 그런데 아무 문제가 없다니, 이제야 마음이 놓이는구나. 고맙다. 이게 다 규신일 받아준 은사님과 가족들, 그리고 네 덕분이야.]

"아니에요. 전 별로 한 것도 없는데요, 뭘."

[한 게 왜 없어? 옆에 있어준 것만도 얼마나 도움이 되었을 텐데. 앞으로 석 달간만 더 우리 규신이 부탁한다. 너도 공부하느라 힘들고 지치겠지만, 규신이한테도 많이 신경 써주고 도와줬으면 좋겠다. 그래 줄 수 있겠지?]

"그럼요. 제가 힘닿는 데까지 도울게요. 아저씬 너무 걱정하지 마세요."

[그래, 네가 규신이 옆에 있어서 마음이 놓이는구나. 든든해. 이래서 인연이란 말도 있는 건가 싶어.]

"인연…… 이라니요?"

[아, 아니다. 주책없이 내가 별소릴 다하는구나. 그래, 그럼 계속 공부해라.]

"잠깐만요. 아, 아저씨……!"

석연찮은 구석이 있다 싶어 뭔가를 물어보려는 찰나, 통화가 뚜뚜― 끊겨 버렸다. 본나는 미간을 찌푸리며 손에 들고 있던 휴대폰을 내려다보았다. 인연이라니, 대체 그게 무슨 소리람? 그냥 말실수인가? 아니면 특별한 뜻이 담긴 말? 특별한 뜻이라 함은……?

'설마…….'

그런 뜻은 아니겠지? 물론 인연이란 말이 주로 연분을 뜻하는 말로 쓰이긴 하지만 꼭 남녀 관계의 경우에만 쓰이는 단어는 아니잖은가. 사람 대 사람으로 참 좋은 인연이다, 라는 뜻으로 쓴 것일 수도 있지. 딱히 규신과 본나를 엮으려는 뜻으로 하신 말은 아닐 것이다. 암, 그럼.

본나는 송충이눈썹을 꿈틀꿈틀 휘날리며 고개를 힘차게 끄덕거렸다. 그리곤 냉큼 불결한 물건이라도 되는 양손에 쥐고 있던 핸드폰을 책상 위로 내려놓는데, 갑자기 불쑥 까맣게 꺼져 있던 액정에 불이 들어왔다. 일순 본나는 빠르게 긴장했다. 혹 종훈 아저씨로부터 다시 전화가 온 건가 싶어 자동반사적으로 철렁 심장이 내려앉았다. 하나, 다행히도 액정에는 메시지 알림이 떠 있었다.

"야, 문자 왔어."

"……."

귀찮은 건가? 자고 있지도 않으면서, 이규신은 꿈쩍도 하지 않고 엎드려 있었다. 도대체 왜 저래? 신경 쓰여 죽겠네. 녀석이 못마땅해 잔뜩 노려보면서도 본나는 또다시 전화기를 집어 들었다. 어쩌겠나? 목마른 사람이 우물 판다고, 신경 거슬리는 쪽이 확인하는 수밖에. 우, 짜증나. 본나는 속으로 녀석의 욕을 한 바가지 해대며 액정에 떠 있는 메시지버튼을 꾹 눌렀다.

〈방금 아빠랑 통화한 애 누구냐? 형 아니지?〉

〈혹시 그 열라 토 나오게 생겼다는, 하숙집 딸 구봉서?〉

〈ㅋㅋㅋㅋㅋㅋㅋㅋㅋㅋ.〉

〈벌써 친해졌어? 어떻게 친해진 건데? 구봉서는 구봉서처럼 생겼</sup>

다면서? 대체 어떻게 된 건지 말 좀 해줘봐.〉

〈뽕.〉

자음 남발의 문장에서 풍기는 비릿한 웃음의 진한 향기. 이현신이란 발신자가 연타로 다섯 개나 보낸 메시지의 소스가 누구인지는, 굳이 스스로를 대입해 보지 않아도 본나는 알 수 있었다. 구봉서는 본나의 유치원과 초등학교 시절 별명이었으니까. 어이가 없어서. 뭐? 열라 토 나오게 못생겼어? 하숙집 딸 구봉서? 구봉서는 구봉서처럼 생겼다고? 내 이 자식을 그냥!

본나는 주먹을 쥐고 허공에 휘두르며 부르르, 분노에 떨었다. 마음 같아선 녀석의 뒤통수를 사정없이 후려갈겨 주고 싶었지만 그딴 걸로 이 울분이 풀릴 리는 없었다. 좀 더 완벽하게, 좀 더 화끈하게, 좀 더 통쾌하게 복수를 해줘야 했다. 본나는 입술을 옴팡지게 꽉 앙다물고 눈에 불끈 힘을 준 다음, 비장한 마음으로 손가락을 빠르게 놀리기 시작했다.

〈나, 걔랑 사귀기로 했어. 열라 토 나오게 못생긴 건 맞는데, 그게 또 은근히 매력적이더라고. 사랑하면 눈에 콩깍지가 쓰인다잖아. 다 예쁘게만 보이고, 다른 여자들은 눈에 안 들어오는 거 있지. 전지현, 한예슬보다도 더 예뻐 보이는 걸 보면 내가 진짜 푹 빠졌나 봐. 이게 다 사랑 때문이지. 너도 사랑을 하게 되면 내 마음 알게 될 거야♥ 사랑의 콩깍지 씌어 버렸어~ 나는 나는 어쩌면 좋아~ 뽕.〉

"흥. 이 정도면 되겠지."

"뭘 혼자 그렇게 중얼거리는 거냐."

열심히 버튼을 조작하고 막 전송버튼을 누르는 그녀의 귓등으로 규신의 무심한 듯 시크한 목소리가 쏙 들어왔다. 흠칫 놀라 두 눈을 크게 뜨고 보니 어느새 몸을 일으킨 규신이 한 팔로 턱을 괸 채 빤히 그녀를 바라보고 있었다. 딱 '남의 휴대폰으로 뭐하는 중이냐?' 하는 눈빛으로. 본나는 어색한 웃음을 느리게 지어 올렸다.

"아, 뭐…… 그냥……."

뭔가 적당한 변명을 둘러대려는 순간이었다. 이때다 싶게 득달같이 전화기 액정에 불이 들어왔다. 규신과 본나의 시선이 동시에, 발신자 정보가 떠 있는 전화기 액정으로 뚝 떨어졌다. 이현신. 헉, 저도 모르게 놀라 본나가 격하게 숨을 들이쉬었다.

"너, 무슨 짓을 한 거냐?"

규신이 본나를 빤히 바라보며 물어왔다. 마치 사고뭉치를 바라보듯 한심해하는 녀석에게 사실대로 말할 수 있을 리 만무. 본나는 입만 슬쩍 벌리곤 아무 말도 못하고 굳어버렸다. 규신은 한심해 죽겠단 얼굴로 훅 긴 숨을 내쉬었다. 그리곤 긴 팔을 쑥 뻗어와 핸드폰을 잽싸게 집어가더니 통화버튼을 스륵 문질렀다.

"왜."

규신이 보통 남자 형제들이 그러하듯 무뚝뚝하게 전화를 받자 본나는 슬그머니 엉덩이를 들어 올렸다. 딱히 도망가는 건 아니다. 절대로, 절대로 아니다. 단지 그냥 녀석이 통화를 마음껏 자유롭게 하도록 배려키 위한…… 것이라 애써 변명하며 본나는 녀석이 절대로 눈치채지 못하도록 천천히, 그리고 조용히 일어났다.

"꼼짝 마."

하나, 본나의 탈출 시도는 채 1초도 지나지 않아 저지당하고 말았다.

"한 발자국이라도 움직이면, 네가 세상에서 가장 아끼는 게 뭔지, 남들 모르게 혼자 뭘 수집하고 있는지 이 자리에서 밝히고 말 테니까."

그의 선전포고에 본나는 한 발자국도 움직일 수가 없었다.

"너, 진짜 유치하다. 그딴 거 갖고 사람 협박이나 하고, 무슨 남자애가 그러냐? 옹졸하고 비열해. 밴댕이 소갈딱지에 치사빤스야. 허우대는 멀쩡해 가지고 계집애들마냥 그게 뭐냐? 하긴, 생긴 게 계집애처럼 이쁘장하게 생겼지. 기생오라비. 계집애한테 얻어맞을까 봐 무서워서 좋아하지도 않은 여자랑 사귀겠다고 하는 좀생이."

10시 땡, 치자마자 쏟아져 나오는 학생들 틈에 끼어 신나게 학교 건물을 빠져나오며 본나는 앞서 걷고 있는 규신의 뒤통수에 대고 종알거렸다. 주변 아이들의 시선이 자신 쪽으로 쏠리고 있었지만 개의치 않았다. 사실 이런 주의집중 현상은 이규신과

세트로 묶인 급식실 사건 이후 줄곧 겪어오고 있었던 터라 이젠 뭐, 제법 익숙해져 버린 상태였다. 규신도 그건 마찬가지인 듯 주변 시선 따위 쿨하게 무시하며 걷는 중이었다.

"하고 싶은 말, 다 했냐?"

"아니! 다 못했어. 남자가 뭐 그러냐? 그건 그거고 이건 이건데. 왜 다른 일에 내 애기들을 걸고 넘어지냐고."

"그건 네가 더 잘 알잖아. 내가 옹졸하고 비열하다며. 밴댕이 소갈딱지에 치사빤스, 기생오라비처럼 생긴 좀생이니까 그런 협박도 서슴지 않는 게 아니겠어?"

"너, 지금 삐친 거야? 기가 막힌다. 남자애가 뭐 그런 거 가지고 꽁해 있어? 좁쌀영감도 이런 영감이 없네."

"밴댕이 소갈딱지에 치사빤스, 기생오라비, 좀생이, 좁쌀영감. 수식어 한번 화려하네. 고맙다, 별명 많이 지어줘서. 하지만 알지? 구봉서 하나로 올킬인 거."

"참 유치뽕짝이다. 열일곱 살이나 잡수신 고등학생께서 겨우 한다는 짓이, 사람 이름 갖고 놀려먹는 거냐? 왜? 구 자로 시작하는 말은 아예 다 붙여보지. 구두쇠, 구미호, 구공탄, 구로구! 아오, 진짜 오그라들겠네. 요즘 유치원생도 이딴 짓은 안 하겠다."

"놀려먹는 거 아닌데. 애칭이야."

속사포로 다다다 쏘아붙이는 본나의 말끝에 그가 심드렁하게 토를 단다. 뒤도 돌아보지 않은 채 툭 내뱉는 게 어지간히도 배알 뒤틀리게 한다. 사람이 말을 하면 쳐다보기라도 하지. 싸움도 제대로 못하는 게. 확 그냥 한 대 날려 버릴까 보다.

"뜬금없이 그게 무슨 소리야? 애칭이라니."

"난 여자친구는 귀여운 애칭을 붙여서 부르거든. 구봉서, 귀엽잖아. 동글동글, 둥근 바가지머리에 송충이눈썹인 너랑 아주 딱 어울리는 애칭이라고 생각하는데."

"장난해? 내가 어떻게 네 여자친구야? 난 네가 말한 그 전략적 유닛인지 계약 연애인지, 아직 하겠다고 승낙하지 않았거든? 착각하지 마셔. 네가 말한 대로 순순히 내가 다 해줄 거라고 생각한다면 그건 아주 큰 오산이라고. 절대로 난 너랑 사귀는 짓은 안 해."

"그 얘긴 이미 끝난 거 아니야? 사랑의 콩깍지가 씌어 버렸다며."

"뭐?"

예상치 못한 말이 날아들자 본나는 맹렬히 걷던 걸음을 우뚝 멈추었다. 사, 사랑의 콩깍지. 이 익숙한 단어는……?

그녀가 멈춰 선 것을 느꼈는지 규신도 따라 걸음을 멈추고 고개를 꺾어 뒤를 돌아보았다. 그의 입가엔 통쾌한 것인지 비웃는 것인지, 그 의미를 알 수 없는 야릇한 미소가 걸려 있었다.

"우리가 사귄다고 네가 먼저 인증한 거잖아."

"아, 그, 그건 네 동생이 이상한 문자를 보내서……."

"현신이가 그 얘기 듣고 흥분해서 당장 전화 걸어 물어온 건 알고 있지? 확인차 이번 주에 내려오겠다는 거 내가 겨우 말려놓은 것도, 이미 들어서 알고 있잖아?”

“알긴 알지만…… 그건 그냥 장난이었지! 너도 알고 있잖아, 내가 진지하게 말한 게 아니란 거.”

“이제 와서 장난이라고 말하면 안 되지. 현신인 사실로 받아들였는데. 모르긴 몰라도, 우리 가족들은 이미 다 기정사실로 받아들였을걸? 내 동생이 좀 입이 가벼운 편이거든. 아마 벌써 다 말했을 거야.”

“버, 벌써?”

“우리 가족들의 최대 관심사가 바로, 내 사생활이거든. 누구와 뭘하는지 사사건건 다 알고 싶어하지. 특히 여자친구에 대해서라면 더더욱. 아마 현신이든 어머니든 둘 중 한 명은 분명히 이 일을 캐려고 들 거야. 왜 갑자기 너와 내가 사귄다는 말이 나왔는지, 우리 둘 사이에 무슨 일이 일어나고 있는 건지 전화해서 추궁하겠지. 그럼 뭐, 나도 꾹 입 다물고만 있을 수 없지 않겠어? 독립운동가도 아닌데 필요없는 의심까지 받아가며 남의 비밀 지켜주고 싶은 생각도 없고.”

“야! 너, 내가 진짜 치사해서 말 안 하려고 했는데. 너 네 동생한테 뭐라고 했어? 내가 못생겼다고 했지? 열라 토 나오게 못생긴 하숙집 딸 구봉서라고 했어, 안 했어? 내가 진짜 어이가 없어 가지고. 그냥 못생겼다고만 했어도 내가 그딴 장난은 안 했어. 열라. 응? ‘열라 토 나오게’라는 말에 내가 눈이 뒤집힌 거라고. 너 같음 빡이 치지 않겠냐? 열라 화딱지 나는 거, 꾹꾹 참고 입

다물고 있었더니만. 뭐? 비밀을 폭로할 수도 있어? 이 의리라고
는 개미 눈곱만큼도 없는 자식 같으니라고.”

“못생긴 건 맞잖아.”

버럭 고함을 지르며 맹공을 퍼붓는 그녀를 향해 규신은 덤덤
하기 그지없는 목소리로 대꾸했다. 과장 하나 섞이지 않은 담백
한 어투가 마치 진실만을 설명하는 다큐멘터리 내레이션 같아
순간적으로 본나는 멍해져 버렸다. 이 자식, 진짜 강적이네. 아
무리 못생겼다고 생각해도 그렇지, 이렇게 적나라하게 대놓고
말하다니. 콧김이 절로 뜨거워진다. 눈빛이 저절로 전투 모드가
되어 본나는 휙 치켜뜬 눈으로 녀석을 노려보며 아드득 이를 갈
았다.

“그러는 너는 뭐 얼마나 잘생겼는데? 다들 너보고 꽃미남, 꽃
미남 하니까 넌 네가 엄청 잘난 줄 아는 모양인데. 웃기지 마시
지. 넌 잘생긴 게 아니라 그냥 예쁘장한 거야. 남자가 남자답게
생겨야 잘생긴 거지. 너처럼 허여멀개가지고 무슨 남자? 키만
전봇대처럼 크면 뭐해? 오지윤이 무서워서 도망 다니는 주제에.
그래가지고 어디 여자친구나 지킬 수 있겠냐? 넌 그냥 오지윤
같은 애한테 걸려서 된통 혼나봐야……!”

“그렇게 걱정되면 네가 지켜주면 되잖아.”

“뭐? 내, 내가 언제 네 걱정을 했다는 거야? 착각도 유분수지.
아니거든? 난 네가 오지윤이랑 무슨 짓을 하든 전혀 관심없어.”

“학교 생활 힘들면 말하라고, 도와주겠다고 먼저 손을 내민

건 너야. 누나라고 편히 생각하라던 태권소녀 구본나, 어디 갔
냐?”

　“그건 네가 내 편이 될 가능성이 있을 때의 말이고. 지금은 아
니잖아! 이제나저제나 날 물 먹일 기회만 엿보고 있으면서.”

　“아닌데. 내가 왜 그런 생각을 해? 난 언제든지 네 편이 되어
줄 수 있어. 아니, 지금도 네 편이야.”

　“뭐?”

　“누군가 내게 고혜석과 구본나 중 누구의 편이냐고 묻는다면,
난 서슴없이 구본나 편이라고 말할 거야. 오지윤과 구본나 중
누구의 편을 들 거냐고 묻는다면 당연히 구본나라고 할 거고.
그 정도면 네 편이라고 말할 수 있지 않아?”

　연신 버럭거리는 본나와는 달리 규신은 아주 편안해 보였다.
너무 거리낌없이 단정한 표정 덕택에 잔뜩 성을 내던 본나도 주
춤하게 될 정도. 표정이나 어투만 보면 절대로 거짓말 같아 보
이진 않는데. 정말 진심으로 하는 말일까? 살짝, 아주 살짝, 개
미 코딱지만큼 흔들리는 본나다.

　“잘 생각해 봐. 우리가 사귀는 건 여러 모로 서로에게 이익이
되는 일이야. 넌 고혜석을 거절할 구실이 생기는 거고, 난 오지
윤을 피할 핑계가 생기는 거지. 넌 여자 취향이라는 이상한 소
문과 꼬리표를 떼어내는 대신 서울에서 온 킹카계의 신성, 잘생
기고 인기 많은 이규신의 여자친구라는 프리미엄까지 챙길 수
있어. 그리고 난 귀찮은 여자애들의 관심으로부터 조금은 자유

로워지겠지. 덤으로 오지윤의 부담스러운 대시도 이젠 안 받아
도 될 테고."

"대신 넌 바가지머리에 송충이눈썹을 한, 열라 못생긴 구본나
랑 사귄다는 꼬리표를 얻게 되겠지. 자존심 안 상하겠냐? 나처
럼 '못' 생긴 애랑 사귄다는 거."

"못생겼다는 말이 그렇게 기분 나빴냐?"

"당연한 거 아니야? 너 같으면 기분 좋겠냐? 기막혀, 진짜.
사람이 상품이야? 어떻게 얼굴 가지고 사람을 평가하냐? 하여
간 남자들은 무식해. 얼굴 예쁘고 몸매 빵빵하면 그저 헬렐레해
서는."

"다른 건 몰라도 그 부분은 해당 사항 없는 것 같은데. 난 얼
굴 예쁜 오지윤보다 못생긴 구본나를 더 좋아하니까."

"뭐?"

조, 좋아한다고? 이건 또 무슨 망발이야? 본나는 인상을 팍
쓰고 녀석을 돌아봤다. 녀석은 어느새 가까이 다가와 털썩, 본
나의 어깨에 제 팔을 얹었다. 몇 번 해봤다고 이젠 어깨동무가
아주아주 자연스럽다. 어찌나 거리낌없는지 본나는 잠시 자신
의 어깨가 소파 팔걸이로 대변신한 줄 알았다.

"내 취향이 좀 독특하거든. 난 너처럼 못생긴 애들을 보면 귀
여워해 주고 싶어져."

"너 미쳤냐? 지금 누가 누구더러 귀엽다는 거야?"

본나는 귓구멍을 후벼 파고 싶은 심정으로 상대를 잡아먹을

듯 두 눈을 크게 떴다. 규신은 유리알처럼 투명하게 반짝거리는 그녀의 눈동자 안에서 뜻 모를 미소를 짓고 있었다.

"누구긴 누구. 핑크 중독자, 바비 콜렉터, 레이스 변태, 구본 나지."

"야! 이게 어디서 막말을. 누가 들으면 어쩌려고!"

"좋아해, 널. 적어도 오지윤보다는. 예쁜 여자도 좋지만 난 내 자신이 더 중요하거든."

"아, 예. 어련하시겠어요. 아주아주 그냥, 고맙네. 학교 일진보다 날 더 좋아해 줘서. 서울서 온 허여멀건 겁쟁이 킹카께서 나를 더 좋아해 준다니 황송해 죽을 지경이네."

"대부분의 남자들도 나처럼 생각할 거다. 예쁜 여자를 더 좋아하는 건 어쩌면 당연한 이치겠지만, 더 당연한 건 사람은 누구나 압박당하는 걸 싫어한다는 사실이야. 물리적으로 강요받으면서까지 여자를 만나고 싶은 남자는 어디에도 없어. 거기에 난 묘한 반항심 같은 게 있어서 귀찮게 쫓아다니는 여자들한텐 흥미를 못 느끼는 편이지. 또…… 난 잘 다듬어진 눈썹이나 머리보단 송충이처럼 뻗쳐 있어도 자연스런 눈썹, 바가지머리지만 순수하고 학생다운 스타일이 더 좋아."

"……뭐?"

묘한 일이다. 결국 자기 취향 아닌 오지윤한테서 벗어나기 위해, 오지윤보다는 좀 더 참아줄 수 있는 차선, 즉 나를 선택하겠다는 뜻인데. 재수없는 이규신의 재수없는 말이 웬일로 지금은 촉촉하게 들린다. 발끈해야 하는데 오히려 화가 누그러지고 있었다. 절대로 예쁜 여자를 좋아한다는 기본 전제를 부인하는 게 아닌데. 나처럼 못생긴 여자는 선호하지 않는다고 딱 못 박아 얘기하고 있는 건데. 그럼에도 왠지 모르게 가슴 한구석이 말랑말랑해지는 것 같았다. 이, 이러면 안 된단 말이지. 괜히 녀석과 엮여서 좋을 거 하나도 없다고. 그런데도 철옹성처럼 떡하고 버티고 있던 저항심이 느물느물 녹아내리는 듯한 이 기분. 어쩔 거야?

이, 이거 좀 위험한데…….

"게다가 결정적으로 넌 내 마음대로 할 수가 있으니까."

"그게 무슨 말이야?"

"무슨 말이냐 하면……."

본나가 멍하게 그를 쳐다보며 묻는 순간이었다. 그가 천천히 그녀 쪽으로 몸을 숙여왔다. 귀에 뭔가를 속삭이려는 모양이었으나, 그 순간 본나는 머리가 띵해지는 것을 느껴야 했다. 익숙한 비누 향. 늘 그에게서 풍기는 기분 좋은 냄새가 매우 가까이에서, 폐 속 깊이 스며들어 왔다.

본나는 바짝 긴장했다. 두근두근, 팔딱팔딱. 심박수가 빨라지고 숨이 가빠왔다. 벌써 그의 은은하고 상쾌한 향기에 중독된 듯, 그녀는 얘기에 집중 못하고 맹하게 심장이, 머리가 노글노글 후물거리고 있었다. 그런 그녀의 귓가에 그는 기분 좋은 속삭임을 나직이 밀어 넣었다.

"난 네 비밀을 알고 있는 유일한 사람이라는 뜻."

"비밀이라니? 무슨 비밀?"

"네가 레이스에 집착하는 핑크공주라는 사실."

"핑크…… 뭐어?!"

멍하게 그의 말을 따라 하던 본나가 갑자기 버럭 고함을 내질렀다. 그가 무슨 뜻으로 이런 얘길 했는지 뒤늦게 알아챈 거였다. 하지만 늘 그렇듯 그녀의 고함 소린 그의 커다란 손바닥 안에 즉각 갇혀 버렸다. 흡!

"쉿! 문제가 커지기 전에 입단속하자, 우리. 난 결코 일을 크게 벌이고 싶지 않거든. 너만 협조해 준다면 너와 나 윈윈할 수 있는 상황이잖아? 나도 굳이 남의 비밀 끄집어내 애들의 관심 대상이 되고 싶진 않다고. 자라나는 파릇파릇한 새싹들의 우상인 네 이미지 깨고 싶지도 않고, 네가 구축해 놓은 '의젓한 아들' 이미지도 건들 생각 없어."

"이건 명백히 협박이야."

"음음― 난 절대로 강요하지 않아. 그냥 순리대로 하는 게 편하다는 말을 하는 것뿐이라고. 이건 나뿐만 아니라 너에게도 이익이 되는 일이라고 장담해."

"아무리 업어치고 메쳐도 결국은 그게 그거잖아. 넌 너 편하자고 날 이용하려는 것뿐이란 말이야."

"정 싫으면 거절하든지."

핫, 차. 기가 막혀서 말이 안 나온다. 절대로 거절할 수 없게 협박까지 해놓고서 거절하고 싶음 하라니. 대놓고 협박하는 것보다 더 무섭네. 싫다고 거절하면 그는 분명 보복 행위를 할 거다. 어떻게? '남자답고 듬직한 이미지의 멋진 선배 구본나, 사실은 여자다워지고 싶어서 밤마다 몸부림치는 핑크색 중독자, 바비인형 덕후라네~' 라는 소문을 퍼뜨려서.

소문은 빠르게 온 학교 내에 파다하게 퍼질 것이다. 여자아이들 사이에서 중성적인 매력으로 꽤나 인기있고, 남자아이들 사이에선 함부로 범접할 수 없는 무서운 여자라는 인식이 깔려 있는 본나이기에 파장은 결코 작지 않을 터. 본나는 싫었다. 그런 식으로 사람들의 비웃음거리가 되는 게.

하지만 그게 싫다고, 좋아하지도 않는 남자랑 사귄다는 건 온당치 못한 일이었다. 지금까지 남자친구 한 명 제대로 못 사귀고 여기까지 온 건, 엄연히 제대로 괜찮은 남자 만날 때까지 나름의 순결을 지키고 싶은 마음 때문이었는데. 그렇게 오랫동안 자신이 고수해 온 하나의 원칙을 아무것도 아닌 걸로 무참히 깨 버릴 수는 없었다. 결국 이러지도 못하고, 저러지도 못하는 애매한 상황에 끼이고 만 그녀. 도대체 이 일을 어떻게 해결해야 하지?

"지금 후방 100m 12시 방향에 남자 사람 포착됐다."

어려운 수학 문제를 앞에 둔 사람처럼 오만상을 찌푸리며 두 눈만 미친 듯이 깜빡거리는 사이, 그가 또다시 입술을 대고 귓등을 간질였다.

"아무래도 고혜석은 널 쉽게 포기할 생각이 없는 것 같은데.

어떡할 거냐?”

“고혜석이?”

“우릴 미행하고 있어.”

“뭐? 제가 뭔데 우릴 미행해?”

“믿기지 않는 모양이지, 우리 둘이 사귄다는 게. 네가 나한테 틱틱거리는 걸 본 사람이면 누구라도 의심할 수밖에 없지 않겠냐? 전혀 연인 사이로 안 뵐 테니까.”

“당연한 거 아니야? 연인 사이가 아니니까 연인 사이로 안 뵈지.”

“그러니까 빨리 결정을 내려. 사귈지 말지. 그래야 확실히 노선을 정하지.”

“나야……!”

당빠 너랑 안 사겨, 라고 말하고 싶었지만 차마 입을 열 수 없는 게 현실. 잔뜩 일그러진 얼굴로 본나는 씩씩거리는 것 이외에 아무 말도 할 수가 없었다. 뭐라 할 수 있겠는가. 사귈 수도, 사귀지 않을 수도 없는데. 이런 진퇴양난의 길로 인도한 이규신이 나쁜 놈이었다.

왜 하필 이규신한테 치부를 들켜서는. 아가들을 삼촌 방에 숨겨놓지 말았어야 했어. 아니, 녀석이 삼촌 방을 쓰지 않게 했어야 했어. 아니아니, 이 녀석이 우리 집에 오지 못하게 했어야 했어!

“그래서 네 결정은?”

본나가 속으로 처절하게 절규하고 있는 사이, 이규신은 느긋한 얼굴로 물었다. 어찌나 얄미운지. 본나는 녀석을 최대한 사납게 노려보며 이를 아드득 갈았다. 그리곤 지금까지 자신의 입술을 가볍게 덮고 있던 녀석의 손을 세차게 뜯어냈다.

"좀 더 생각해 보고."

이를 앙다물고 살벌하게 중얼거린 본나는 휙, 녀석을 외면하며 앞으로 걸어가기 시작했다. 씩씩거리는 그녀의 등 뒤에서는 소름 끼치도록 다정한 이규신의 목소리가 들려왔다.

"시간이 없다. 빨리 결정해, 빨리."

"얘기 좀 하자."

며칠 후. 학교를 마치고 집으로 돌아오는 도중, 대문 앞에서 본나는 고혜석과 마주치고 말았다. 근 며칠 동안 계속해서 줄기차게 얘기 좀 하자며 따라다니더만, 본나가 응대해 주지 않으니 결국엔 또다시 집 앞에서 기다리고 있었던 모양. 짜증난다. 대체 할 얘기 없다는데 왜 자꾸 이래? 본나는 깊게 주름진 미간을 신경질적으로 문지르며 천천히 녀석에게로 다가갔다.

"난 할 얘기 없다고 말했을 텐데."

"넌 말하지 않아도 돼. 그냥 듣고만 있어. 내 얘기만 들어주면 돼, 넌."

"내가 왜 그래야 하는데? 난 할 얘기도 없고, 네 얘기 듣고 싶지도 않아.”

“알아. 네가 그때의 일로 나한테 많이 실망한 거. 근데 나도 그땐 어쩔 수가 없었어.”

“실망 안 했거든? 난 애초 너한테 일말의 기대도 없었기 때문에 실망할 건더기도 없어. 그러니까 변명 같은 거 할 생각이라면 그냥 가.”

“변명 안 해. 난 그냥 미, 미안…… 하다고 말하고 싶, 싶어서…….”

꺼내기 힘든 말을 억지로 한 듯, 혜석은 더 이상 말을 잇지 못하였다. 어쩌나 두고 보자는 마음에 빤히 바라보고 있으니, 녀석은 아랫입술을 잘근잘근 깨물거나 주먹을 쥐었다 폈다 하며 평소의 느긋함과는 비교되는 초조함을 보였다. 붉게 물든 얼굴하며 바르르 떨리는 손끝으로 보아 자신이 뭘 잘못한 건지는 알고 있는 듯. 기고만장하던 예전 기세가 한풀 꺾인 모습이라 그런지 어느새 살짝 기분이 풀어지는 본나였다.

“그래, 할 말이 뭐야? 빨리 말하고 가.”

“화…… 풀렸어?”

매우매우 조심스럽게 혜석이 물어왔다. 눈치가 엄청 보이는 듯했다. 대체 그때 왜 그딴 짓을 해서 이렇게 쩔쩔매며 사과까지 하는지 한심스럽기도 하고, 찌질해 뵈기도 해서 본나는 쯧쯧 속으로 혀를 찼다.

“풀렸겠냐? 당연히 안 풀렸지. 난 그날 일 아직도 용서 안 돼.

내가 제일 싫어하는 사람이 힘자랑하는 남자거든.”

“미, 미안. 그 부분에 대해선 나도 할 말이 없어.”

“당연히 없겠지, 잘한 게 없는데. 너 앞으론 절대로 그러지 마라. 여자든 남자든 억지로 밀어붙이는 거 좋아하는 사람 없어. 남자들, 대단히 크게 착각하는 게 하나 있는데, 여자들의 ‘싫다’는 무조건 ‘좋다’로 해석하려는 경향이 있더라? 그거 아주 위험한 발상이야. 좋아도 싫다고 말하는 사람도 있겠지만, 아닌 경우도 분명 있잖아.”

“미안해.”

정말 미안한가 보다. 천하의 고혜석이 진지하고 덤덤하게 고개까지 수그리고 용서를 빈다. 의외의 모습에 본나는 입술을 삐쭉 비틀었다. 마음 같아선 절대로 용서해 주고 싶지 않지만 이렇게까지 잘못했다고 비는데 별수있나. 못 이기는 척 받아줘야지. 꼴에 저도 남자라고 욱해서 그런 흉악한 짓을 저지른 모양인데 앞으론 절대로 그딴 짓하지 말길 바랄 뿐. 뭐, 어쨌든 누군가를 좋아하는 감정이 사람 마음대로 조절되는 게 아니니까. 혈기왕성한 녀석이니 좋아하는 마음 주체 못하고 기습키스 감행하는 것 정도야 애교로 봐줄 수도 있겠다 싶었다. 물론 두 번은 용서 못하지만.

“좋아, 이번 한 번은 눈감아줄게. 없었던 일로 해줄 테니까 다음부턴 그러지 마라.”

“고마…… 워.”

“아무리 좋아하는 사람이라도, 그 사람과 강제로 키스하려는 행위는 범죄야. 그 키스가 성공했다면 넌 범죄자가 됐을 거라고, 성범죄자. 키스 한 번에 너무 가혹한 죄목 아니냐 싶겠지만 그게 현실이야. 강제적으로 하는 건 연인 사이였더라도 범죄니까. 알겠냐, 이 무식한 놈아?”

“…….”

“넌 이규신한테 고맙다고 해야 해. 미수에 그친 건 다 그 녀석 덕분이니까. 진짜로 키스했더라면 넌 내가 가만 안 뒀어. 뽀사 버리지, 그냥.”

“너, 이규신이랑 진짜 사귀는 거야?”

범죄자 소릴 듣고도 입 꾹 다물고 가만히 있던 혜석이 갑자기 눈을 번뜩이며 날카롭게 물어왔다. 이규신 얘기가 어지간히도 불쾌한 듯 인상까지 험악하게 굳히고. 갑작스런 반응에 한창 훈계하는 재미에 빠져 재잘거리고 있던 본나는 멈칫, 하던 말을 멈추었다.

“무슨 소리야, 그게?”

“학교에 소문이 파다해. 이규신한테 네가 넘어갔다고. 이규신 인기있는 거야 두말하면 잔소리고, 넌 학교에서 남자 거들떠보지 않기로 유명하잖아. 다른 여자애들이 아무리 이규신이 좋다고 난리를 쳐도 넌 꼼짝 안 할 줄 알았어. 남자한텐 도통 관심이 없고 자기 좋다는 여자 후배들이나 챙겨주고 있는 너, 당연히 작정하고 꼬드기는 이규신 뻥 걷어차 줄 거라 생각했다고. 그런데 뭐? 진짜 사귄다고?"

"야, 어디서 무슨 소문을 들었는지 모르겠지만……."

"분명히 너, 지난번에 나한텐 사귀는 거 아니라고 했어. 일방적으로 이규신이 따라붙은 거라고. 근데 며칠 만에 어떻게 사귀는 사이가 되냐? 내가 말했지? 걔랑 사귈 거면 나랑 사귀자고. 내가 먼저 너한테 대시했잖아. 그럼 우선순위도 내게 있는 거 아니야? 내가 어디가 어때서 거절인 건데? 솔직히 내가 이규신한테 밀리는 건 키밖에 없잖아. 그것도 걔가 너무 비정상적으로 큰 거지 내가 작은 건 아니고."

"우선순위?"

이, 이게 무슨 헛소리냐? 우선순위라니. 자기가 먼저 대시했으니까 사귀는 것도 먼저다, 뭐 이런 소리는 아니겠지? 바보도 아니고. 사귀는 거에 우선순위가 어디 있어? 더 많이 좋아하는 사람이랑 사귀는 거지.

"이규신, 공부도 무진장 안 한다던데? 소문으론 공부 잘하기로 유명한 서울 고등학교에서 전교 1등을 밥 먹듯이 하던 애라더니만, 그거 다 뻥 같다고 애들이 수군거리더라. 아, 네가 걔 짝꿍이니까 알겠네. 수업 시간엔 창문 밖만 쳐다보고 있고 자율학습 시간엔 만날 잔다며? 낼모레가 시험인데 그래 가지고 성적 제대로 나오겠냐?"

"그, 그거야!"

맞는 말. 100퍼센트 맞는 말이시다. 이규신 공부 안 하는 건 전교생이 다 아는구만. 진짜 이러다가 전교 꼴찌하는 거 아니야? 안 되는데. 종훈 아저씨한테 공부 잘하고 있다고, 적응 완전 잘해서 탈이라고 말했는데. 이러다 성적표 엉망으로 나오면 그 책임이 고스란히 자신에게로 오는 게 아닐까, 덜컥 겁이 나는 본나이시다. 생각하니 소름이 오소소.

본나는 신경질적으로 눈썹을 비틀며 후, 입으로 거칠게 바람을 불어 앞머리를 허공에 날렸다.

"원래 공부 잘하는 애들은 평소 실력으로 보는 거거든?"

"평소 실력이 어느 정도인지 모르겠지만 난 좀 짜증나. 재수 없어, 그 자식. 거기선 빡세게 공부했으면서 여기선 놀면서 대충대충. 그거 우리 학교 만만하게 보는 거 아니냐? 지방이라고 우습게 알고 공부 안 하는 거지. 우리 학교가 얼마나 센 곳인데."

"네가 이규신이냐? 이규신 속에 들어갔다 와봤어? 왜 네 마음대로 넘겨짚고 확신하고 지랄?"

"딱 보면 견적 나오지. 생긴 걸 봐. 얍실얍실한 게 계집애처럼 생겨가지고 재수없게 보이잖아. 여자애들은 하여간 희한해. 그런 얼굴이 뭐 볼 게 있다고 좋아 죽냐? 요번에 여자애들끼리 하는 인기 투표에서 이규신이 1등 했더라? 아주 이규신한테 몰빵했더만. 희한하게, 너랑 사귄다는 소문이 돌면서 더 인기 폭등이라 하더라고. 기가 막혀서. 뼉이 간다, 뼉이 가."

"기가 왜 막히는데? 솔직히 이규신이 잘생기긴 잘생겼잖아. 딱히 걜 두둔하려는 게 아니라 객관적으로 봐도 돋보이는 외모야. 단순히 좀 괜찮다, 이런 느낌이 아니라 이목구비 완전 뚜렷하고 컴퓨터처럼 정확히 대칭을 이루는 비율에, 백옥 같은 피부, 뭐 하나 빠지는 구석이 없잖아. 넌 키도 비정상적으로 크다고 말하지만, 솔직히 186㎝가 비정상적인 건 아니지. 비정상적으로 크단 말은 최홍만이라든지, 최홍만, 혹은 최홍만 같은 검증된 대한민국 대표거인한테나 쓰는 말 아니냐? 키 작은 네가 루저야.”

“네가 그 녀석 대변인이야? 내 앞에서 편드는 거냐고, 지금.”

“내가 무슨 편을 들었다고⋯⋯?”

들었네, 편. 생각해 보니 자신은 줄기차게 이규신의 대변인을 자처, 옹호하고 있는 꼴. 미쳤나 봐, 나. 본나는 살짝 당황한 나머지 어색하게 스르르 웃음을 지어 보였다. 그리곤 아무것도 아니라는 듯 가볍게 고개를 살랑살랑 내저으며 어깨를 으쓱했다.

“아무튼 난 유치한 편 가르기 같은 거 안 해. 난 그딴 건 상관없이, 상식적이고 객관적인 말만 하고 있거든? 이규신 편만 드는 것처럼 보이는 건 너의 이규신을 향한 비난들이 전부 다 내 귀엔 비상식적으로 들리기 때문이라고. 내 보기엔, 너 이규신한테 열등감 느끼는 것 같다. 심각하게 걱정돼. 이렇게 쓸데없이 남 비난할 시간에 차라리 공부를 해라. 그래서 이겨. 그럼 되는 거 아니야?”

“공부해서 이기면? 그럼 나랑 사귈 거냐?”

“엥?”

이건 또 뭔 소리. 지가 공부해서 이규신 이기면 이기는 거지. 그게 왜 또 사귀는 문제로 넘어가? 도무지 이해가 안 되는 사고 패턴이다. 얘, 대체 왜 이러니? 진짜 이규신한테 열등감 느끼나? 경쟁심 느껴서 뭐든 이규신 이기지 못하면 자존심 상해 죽을 것 같나?

"좋네, 그거. 이번 시험에서 이규신보다 내 성적이 더 좋으면, 나랑 사겨."

"미치겠네. 고혜석! 내가 전에 애기했지? 내가 널 거절한 건 이규신과 아무 상관 없다고. 네가 아무리 공부를 잘해도 난 너랑 사귀지 않아. 왜냐? 난 네가 공부를 못해서 싫은 게 아니니까."

"상관이 없다고 믿고 싶은 거겠지. 정말 아무 관계가 없을까? 이규신이 너 좋다고 쫓아다니지 않았더라도 네가 날 찰 수 있었을까?"

"너, 진짜 이규신 때문에 네가 차였다고 생각하는 거냐? 너 기억상실증이야? 왜 다 잊은 척 딴소리야? 너, 이규신 전학 오기 전에 이미 나한테 까였어."

"너희, 같이 산다며. 집안끼리 잘 안다던데. 그럼 그 녀석이 하숙하러 올 거란 걸 네가 이미 알고 있었다는 뜻이잖아."

"이미 알고는 있었지만, 이규신 때문에 널 걷어찬 건 아니라니까. 억지 부리지 좀 마. 난 이규신이랑 상관없이 그냥 네가 싫었을 뿐이야. 가끔 마초처럼 구는 네가 싫었어. 너무 잘난 척해서 싫었고, 자기 잘난 걸 너무나 잘 파악하고 있는 것도 싫었어.

게다가 나와 이규신의 교제설은……!"

사실이 아니야, 라고 말하려는 순간이었다. 일순 퍼뜩, 머릿속으로 이규신의 목소리가 스쳐 지나간다.

"잘 생각해 봐. 우리가 사귀는 건 여러 모로 서로에게 이익이 되는 일이야. 넌 고혜석을 거절할 구실이 생기는 거고, 난 오지윤을 피할 핑계가 생기는 거야."

진저리나고 짜증스런 말이지만 결코 헛소리라 치부할 수는 없는 말이었다. 어쨌든 이규신과 사귄다는 소문이 난 이후 지금까지 고혜석은 단 한 차례도 본나를 귀찮게 굴지 않았으니까. 이규신과 매일 등하교를 같이 해서이기도 했겠지만 두 사람이 사귄다는 소문이 주요했을 것이다. 녀석이 얼씬거리지 않았던 요 며칠을 생각하면 이규신의 제안이 무척이나 달게 느껴지는 게 사실이었지만. 딱히 마음에 드는 거 하나 없는 이규신이랑 사귀는 것도 결코 쉬운 일은 아니라는 것을 알기에 본나는 초침이 똑딱, 옆 칸으로 지나가는 짧은 순간 동안 치열하게 고민하고 있었다.

"교제…… 설? 너, 이규신이랑 사귀는 거 아니야?"

"어?"

미친 듯이 머리를 굴리는 사이 불쑥 생각을 방해하며 쳐들어온 질문. 본나는 퍼뜩 집중을 풀고 혜석을 바라봤다. 혜석은 무

작정 떼를 쓰던 아까와는 달리 뭔가 상대방의 약점을 잡은 사람처럼 비열하고 기회주의자적인 눈빛으로 본나를 관찰하고 있었다. 문득 요전 날 학교 옥상에서 기습 키스하려던 그 눈빛이 떠올라 본나는 흠칫 놀랐다.

"진짜 교제할 땐 보통 說이라 하지 않잖아."

"아, 뭐…… 그런가?"

"사귀는 사이에 굳이 그런 말 붙일 이유 없지."

"뭐, 그럴 수도 있겠지만……."

"아니지?"

"어?"

"아닌 것 같은데. 너희 둘, 정식으로 사귀는 사이 아니지?"

"무, 무슨 소리야? 아니야. 우리 사귀는 거 맞아."

얼씨구. 얼떨결에 사귄다고 거짓말까지 해버린 본나. 결단코 이럴 생각은 없었는데, 뭔가 궁지에 몰리는 기분이 드니 자신도 모르게 거짓말이 튀어나와 버린 것이었다. 왠지 이렇게 말하지 않으면 이 녀석한테 발목 잡히게 될 것 같아서 말이다. 고혜석이 또다시 자기랑 사귀어달라고 졸라댈 걸 생각하니 머리가 다 아찔해, 어떻게든 이 상황을 피하고만 싶었다. 거짓말을 해서라도.

"생각해 보니 딱히 가까워 보인 적도 없는 것 같긴 하네. 같이 등하교하는 것 이외엔 별로 붙어 다니는 것 같지도 않고. 가끔 보면 땍땍거리면서 싸우기 일쑤. 단순히 네 성격이 괄괄해서 보

통 커플과는 다른 느낌이 드는 것뿐이라고 치부했었는데, 이제
와 생각해 보니 아닐 수도 있다는 생각이 들어.”

“웃기지 마. 이규신이랑 내가 얼마나 서로 조, 조…… 좋아하
는데!”

“말도 더듬네. 좋아하지도 않는 녀석한테 좋아한다고 말하려
니까 아주 죽겠나 보지?”

“…….”

혜석이 비릿하게 웃으며 천천히 다가오기 시작했다. 턱을 끌
어당기고 두 눈을 치뜬 채 히죽거리고 있는 녀석은 어딘지 모르
게 음침하고 섬뜩한 느낌이었다. 대낮이고, 특별히 녀석으로부
터 위협을 느끼지도 않는데도 불구하고 기분이 몹시 나빠졌다.
이런 ‘감’은 늘 유쾌하지 않은 사건을 불러일으키는데. 본나는
혹시 모를 녀석의 기습적인 행동에 대비하며 두 주먹을 꼭 쥐었
다. 오늘은 절대 녀석에게 당하지 않으리.

그날 규신에겐 ‘네까짓 것 아니었어도 충분히 해치울 수 있었
다’며 큰소리 뻥뻥 쳤지만 실은 그녀가 가장 잘 알고 있었다. 그
가 그때 나타나지 않았다면 100퍼센트 고혜석에게 키스당했을
거라는 것을. 이규신이 아니었다면 더러운 고혜석의 입술이 비
벼져 순결한 자신의 첫 키스를 더럽혔을 거라는 걸. 인정하고
싶진 않지만 확실히 그땐 놀라고 당황했었다. 전혀 예상 못했던
일이었기 때문에. 누가 알았겠나? 고혜석이 키스하겠다고 덤빌
줄.

"너, 실수하지 말고 거기서 멈춰."

"실수? 무슨 실수? 네가 이규신과 아무 사이도 아닌데, 내가 실수할 게 뭐가 있어?"

"아무 사이도 아닌 게 아니니까. 너 혼자 착각해서 삽질하는 거야 뭐라 할 순 없지만, 이렇게 찾아오는 건 엄연히 민폐 아니니? 난 이규신 여자친구야. 여자치곤 내가 좀 무뚝뚝해서, 우리가 사귀는 것처럼 안 보이는 모양인데. 그건 좀 유감이다. 하지만 어쩔 수 없잖니? 그게 내 스타일인데. 이규신은 내 그런 점이 좋다더라. 다른 여자애들은 자길 너무너무 귀찮게 하는데 난 안 그렇다나? 새로운 매력이라 더 끌린대."

"아, 그래서 서로 익스큐즈하게 된 거구나? 이규신은 귀찮게 구는 여자들에게서 해방될 수 있는 방패막이로 네가 필요했던 거고, 넌…… 왜 이규신이랑 사귀는 척하게 된 거냐? 그건 도무지 이해 안 되네."

"좋아해서 그런다니까. 익스큐즈된 사이가 아니라 우린 그저 서로 좋아해서 사귀기로 한 거뿐이라고. 너 왜 이렇게 말귀를 못 알아듣냐?"

"거짓말하지 마!"

갑자기 혜석이 버럭 고함을 질렀다. 기분이 더러워 도저히 못 참겠다는 듯 녀석은 살벌하게 눈을 빛내며 이쪽을 노려보고 있었다. 본나는 아랫입술을 핥으며 꿀꺽 마른침을 삼켰다. 아무리 남자를 우습게 아는 구본나라도, 분노한 고혜석은 충분히 경계

대상이고 위험 인물이었다. 녀석은 꽤 힘이 세다는 걸 기억하고 있으니까.

긴장됐다. 쥐고 있던 주먹에 힘이 더 많이 들어갔다. 여차하면 돌려차기로 녀석을 제압해야겠다, 각오하곤 눈에 바짝 힘을 주며 그녀는 녀석의 눈빛을 맞받아쳤다. 그리고 녀석이 한 발자국 더 다가온다 싶을 때 한쪽 발을 슬쩍 들이밀며 준비 자세로 돌입했다.

하지만 바로 그때,

"그 누나, 이규신 애인 맞는데."

뒤에서 심히 밝고 가벼운 남자의 목소리가 날아들었다. 그 누나, 뭐……?

"뭐야? 누군데 남의 일에 끼어들어?"

혜석이 눈썹을 찌푸리며 뒤쪽을 노려보자, 본나도 휙 고개를 돌려 뒤를 돌아보았다. 골목 저쪽 끝에 생전 처음 보는 남자가 서서 방긋 웃고 있었다. 본나는 멍하게 남자를 바라보며 중얼거렸다.

"뉘신지……?"

"구봉서 누나, 맞죠?"

순간 본나는 상대가 누구인지 알아챌 수 있었다. 자신을 구봉서라 부르는 이는 이규신 외에 딱 한 명뿐일 테니까.

"실제로 보니까 미인이시네요, 누나. 열라 못생겼다더니 전혀 아니네요?"

"여, 열라 못……."

"아무래도 형이 저한테 기짓말을 한 것 같아요. 제가 좀 호기심이 많거든요. 특히 여자 문제에 대해서는."

"아, 예……."

"키는 생각보다 크다. 168㎝ 정도 되어 보이는데 맞죠? 형이 누나에 대해서 엄청 귀엽게 묘사했거든요? 그래서 전 누나가 조그만 체격인 줄 알았어요. 그 왜, 포켓사이즈 인형 같은 느낌? 근데 뭐 키가 커도 누난 귀엽네요. 생긴 거 자체가…… 크큭."

이걸 좋아해야 해 말아야 해. 귀엽다니. 인형 같다니. 이런 소름 돋는 말은 생전 처음 듣는다. 당장 발차기로 녀석을 지구 밖으로 날려 버리고 싶을 정도로. 내 손발 붙여내, 이 자식아! 아, 오그라들어.

하지만 속으로 구시렁구시렁 투덜거리면서도 본나는 억지웃음을 지으며 대충 맞장구를 쳐주었다. 어쩌겠나. 아무것도 모르는 어린 이규신 동생에게 사실대로 말할 수는 없는 거 아닌가. 이규신도 없는데, 괜히 먼저 나서서 '사실은 네 형과 계약 연애를 할까 말까, 고민 중이야'라고 말할 수는 없었다. 혼자 그런 결정을 내려 동생에게까지 밝히면 빈정 상한 이규신이 무슨 폭탄을 터뜨릴지 안 봐도 뻔하니까. 게다가 현신의 등장 당시엔 고혜석까지 자신을 지켜보고 있었다. 그 앞에서는 절대 그런 말 못하지, 암. 하여튼 입 꾹 다물고 이규신 연인 코스프레를 밀고 나간 덕분에 고혜석이 순순히 물러나지 않았던가. 다시 생각해 봐도 확실히, 브레이크 걸어놓고 이규신과 상의해서 결정하기로 한 건, 잘한 결정이었다.

"우리 형, 솔직히 좀 까칠하죠? 속마음은 안 그런데 말하는 거나 행동하는 거 보면, 조금 섬세하지 못하다 싶을 때가 있을 거예요. 그래서 여자친구 입장에선 많이 서운할걸요. 지금까지 형을 만난 여자들을 보면 하나같이 그런 반응이었어요."

"아하, 네……."

여자들? 뭐니, 이 말은. 지금까지 사귀었던 여자가 적어도 한

명 이상이라는 뜻이잖아. 공부만 죽어라 하는 샌님인 척하더니만 바람둥이 과였네. 그럼 그렇지. 그 얼굴로 여자친구 한 번 안 사귀었다는 게 말이 안 되지. 당연한 건데, 은근 화딱지가 난다. 누군 남자친구 '들' 은커녕 남자친구 한 명 제대로 사귀지 못하고 이 좋은 청춘 날려먹고 있는데, 누군 여자 사귀는 게 귀찮아질 정도로 많이 사귀어보았다니. 이렇게 세상이 불공평해서야 어디 살겠나. 아, 밸 꼬여.

"말 편하게 놓으세요, 누나. 난 누나가 굉장히 마음에 들어요. 일단 우리 형의 돌처럼 굳은 마음을 풀어준 장본인이잖아요. 우리 형, 진지하게 여자친구를 사귄 게 거의 4년 만이거든요. 그사이 여러 여자들이 거쳐 갔지만 그건 뭐, 상대방이 일방적으로 형을 따라다닌 거고. 아! 내가 너무 주책없이 말했나? 혹시 이런 말, 기분 나쁘세요?"

"에?"

"형의 여자 이야기 말이에요. 쿨하지 못하게 질투하는 건 아니죠? 이미 다 지나간 과건데."

미안, 쿨하지 못해서. 하지만 네가 생각하는 그런 질투는 아니심.

"질투는 무슨 질투. 괜찮아요. 다 아는 이야긴데요, 뭐."

"역시 알고 계시는구나. 형이 말했을 거라 예상은 했어요. 원래 그런 쪽으론 좀 개방적이어서 숨기거나 거짓말할 타입이 아니거든요. 아, 그리고 진짜 말 놓으세요. 전 누나라고 부를 테니까 누난 그냥 절 편하게 남동생처럼 대해주시면 돼요. 어차피 나이도 더 어린데요 뭘."

"아, 알았어……."

"근데 형은 아직인가요? 같은 반 아니에요? 같이 오지 왜 누나만 먼저 왔어요? 함께 오긴 좀 그런가? 두 사람 사귀는 거 사람들이 아직 몰라요? 이상하다. 우리 형은 그런 거 숨기는 타입 아닌데. 남들이 뭐라 하든지 자기만 좋으면 신경 안 쓰는 스타일이잖아요. 누나도 아시죠?"

"으, 응. 규신인 학교에 볼일이 좀 남아 있어서……."

"아. 형이 볼일이 생겨서 누나 먼저 오셨구나. 앞으론 누나가 좀 기다리셨다가 형이랑 함께 오세요. 오늘처럼 이상한 일 겪는 것보단 그게 더 낫겠어요. 근데 아까 그 녀석, 뭐하는 놈이에요?"

"어?"

쉴 새 없이 몰아치는 현신의 질문에 어안이 벙벙해 있는 사이, 어느새 본나는 혜석의 존재에 대한 추궁과 맞닥뜨리고 있었다. 그것도 몇 년 알고 지낸 사이처럼 자연스럽게. 어쩌면 이렇게 성격이 붙임성있고 싹싹한지. 형과 동생 사이인데 그 갭이 상당하다.

"아까 그 녀석 말이에요. 보아하니 누나 좋다고 쫓아다니는 녀석인 것 같던데. 형이 누나 남자친구인 거 왜 안 믿어요?"

"어, 글쎄…… 나도 그걸 모르겠어……."

"앞으론 형이랑 꼭 같이 다니세요. 따로 떨어져 다니면 그런 녀석들이 더 꼬이니까요. 알았죠? 약속."

약속? 오그라들게 무슨 이딴 걸 약속해? 아니, 약속할 이유가 없잖아. 난 아직 이규신과 사귀는 게 아니라규! 속으로 발끈하면서도 본나가 내놓은 대답은…….

"어, 그래."

"아까 그 사건은 형한테 비밀로 해드릴게요. 아마 알면 형이 좋아하진 않을 거예요. 형, 그런 문젠 또 은근히 까다롭거든요. 과거 문제에는 쿨한데, 현재진행형인 문제에는 전혀 딴판이 돼요. '내 것'이라는 개념이 너무 철저해서 무서울 정도랄까요. 가끔은 고지식해 보이기까지 해요. 게다가 자기가 세워놓은 그 높은 기준에 여자친구가 미달이면 절대로 가만두지 않아요. 용납 못하고 처절하게 응징하죠."

"으, 응징?"

"칼처럼 잘라낸다는 뜻이에요. 난 내 마음 다 바쳐 충실했으니까 너도 그래야 해, 뭐 이런 마인드라죠. 의외죠? 겉모습은 완전 날라리 바람둥이 같은데, 은근히 지고지순한 면이 있다니까요."

"그, 그러네……."

"그렇다고 너무 그렇게 쫄 필욘 없으세요. 복잡하고 어려울 것 같지만 실은 아주 간단하니까요. 형이 여자친구에게 요구하는 기준, 딱 한 가지만 지키시면 돼요."

"그게…… 뭔데?"

멍청이. 그딴 걸 왜 물어? 이규신이 여자친구에게 어떤 것을 요구하는지 네가 알게 뭐냐고. 네가 이규신 여자친구야? 이규신을 좋아해? 사귈 거야? 아니잖아! 근데 왜 그걸 궁금해해?

"믿음이죠."

"믿음? 진짜?"

머릿속으론 그딴 거 전혀 궁금하지 않으니 녀석의 입을 틀어막아야 한다고 생각하면서도 본나는 되묻고 있었다. 너무나도 생뚱맞은 단어라. 믿음이라니, 전혀 이규신과 어울리지 않는 단어가 아닌가. 어디 하나 흠 잡을 수 없을 만큼 완벽한 외모의 이규신이라면 당연히 여자친구 조건에 '얼굴', 혹은 '몸매'가 들어가는 게 정상이었다. 한데 믿음이라니?

뭐래.

"엄청 놀라시네요."

"어, 좀…… 의외라서. 우리 나이에 여자친구한테 믿음을 기대하는 건 좀 그렇잖아. 애늙은이 같고. 근데 규신이가 직접 제 입으로 그렇게 말했어? 진짜로?"

"더 자세한 건 형한테 직접 들으시고."

두 눈을 똥그랗게 뜨고 물어오는 본나를 향해 씩 웃으며, 현신은 갑자기 덥석 본나의 손을 붙들었다.

"누나, 지금 저랑 어디 좀 가요."

"어? 어딜?"

"제가 시험을 막 끝내고 내려온 거거든요. 이렇게 혼자 여행 온 건 처음이에요. 비엔날레 보러 부모님과 함께 왔던 거 빼고는 광주에 온 것도 처음이고요. 다 형 덕분이죠. 형 보러 오겠다고 하니까 부모님도 흔쾌히 승낙해 주시더라고요. 그래서 부탁 드리는 건데, 광주 구경 좀 시켜줘요."

"구경? 그, 그걸 왜 나한테 부탁하는 건데?"

"누나가 좋아서요. 실은 형에게 안내해 달라고 말할 셈이었는데, 마음이 바뀌었어요. 누난 여기 토박이니까 형보다 당연히 잘 알겠죠? 부탁해요, 누나. 시험과 공부에 찌든 이 불쌍한 영혼을 구원해 주세요. 하루라도 좀 마음 편하게 놀아보고 싶어요. 그러려고 여기 온 거고요. 아, 물론 누나가 어떤 사람인지 무지 궁금해서 온 게 더 큰 이유이긴 해요. 그때 누나가 보낸 문자 메시지가 열라 재미있었거든요."

"내가 보낸 메시지라니?"

"사랑의 콩깍지, 그거 누나가 보낸 거잖아요."

"어? 그걸 어, 어떻게……?"

"형은 그렇게 문자를 길게 써서 보내는 스타일이 아니거든요. 단문이에요. 짧게, 예와 아니오."

"그, 그랬구나."

이런 젠장. 역시 그놈의 문자 메시지 때문에 일이 여기까지 꼬이게 된 거야. 아이씨. 괜히 쓸데없이 그딴 걸 보내가지고. 이게 다 뭐야? 얼떨결에 이규신의 여자친구가 되어서는.

시험이 내일모레인데 얜 또 어딜 놀러 가자는 건지. 나 죽기 살기로 공부해서 1등해야 한다고! 내 스마트폰! 내 태블릿컴퓨터! 내 공구세트! 현신인 자기가 정녕 상대방에게 민폐를 끼치고 있다는 걸 모르는 걸까?

"제 부탁 들어주실 거죠?"

그래, 모르는 것 같다. 알고 있다면 저렇게 순진무구한 미소를 지을 수는 없겠지.

본나는 방그르르 티없이 맑은 눈웃음을 지은 채 자신을 바라보고 있는 현신을 물끄러미 살폈다. 그는 상대가 당연히 부탁을 들어줄 거라 믿는 듯 밝은 표정이었다. 속은 부글부글, 버럭버럭 '안 돼'를 외치고 있었지만 안구정화되는 잘생긴 미소년의 밝고 맑고 천진한 얼굴을 보고 있자니 차마 NO라고 단호히 거절할 수가 없는 게 당연.

"에라, 모르겠다."

"네?"

"가자."

본나는 현신을 손을 잡고 자리에서 벌떡 일어났다.

"까짓것 하루 논다고 지구가 멸망하겠니, 고공행진하던 성적이 지하로 곤두박질치겠니. 그동안 너무 피곤하고 힘들었는데, 오늘 하루 신나게 놀고 스트레스 몽땅 날려 버리고 오지 뭐."

"정말 가주시는 거예요?"

얼떨결에 뒤따라 일어나며 현신은 두 눈을 휘둥그레 떴다. 함께 놀러 가달라고 한 건, 되면 되고 안 되면 말고, 말 그대로 복불복이라고 생각했기 때문에. 형네 학교는 시험이 코앞이라는

것도 알고 있었고, 본나와 규신이 성적 톱 자리를 놓고 경합을
벌이고 있다는 것도 어머니에게 들어 알고 있는 현신으로선 당
연히 본나가 거절해 올 거라고 생각했었던 거다.

'정말 두 사람이 사귀나?'

내내 아닐 거라고 거의 확정 짓듯 생각하고 있던 현신은 살짝
의심스러워지기 시작했다. 사실 현신은 형이 구본나와 사귄다
고 했을 때 콧방귀까지 뀐 사람이다. 믿지 않았던 거다. 그럴 수
밖에 없었다. 이규신은 결코 2주 만에 급하게 여자를 사귈 위인
이 아니니까. 규신이 겉보기엔 꽃미남, 냉미남, 바람둥이 같아
도 은근히 순정파에, 4년 전 양다리 걸치던 여자친구에게서 받
은 상처가 채 회복되지 않은 터라 절대로, 결단코 누군가를 이
렇듯 쉽게 받아들일 리 없었다. 분명 뻥. 장난으로 자신을 속이
려는 거라 빌어 의심치 않았고, 자신의 추측이 틀리지 않음을
이렇게 내려와 직접 확인하려 했던 현신이었는데. 이게 무슨 상
황? 진짜 사귀는 건가 싶은 게 도무지 납득이 안 갔다.

뭐, 약간 촌스러워 보이긴 해도 착하고 성격 좋아 보이긴 하
지만…… 어째 이규신 스타일은 아닌 것 같단 말씀이지.

"이현신."

현신이 남녀노소, 주위 모든 여성들의 마음을 설레게 만들고
도 남을 살인미소를 지으며 본나를 내려다보며 곰곰이 생각에
잠겨 있을 때였다. 언제 다가왔는지 규신이 서서 믿을 수 없다
는 듯 현신을 노려보고 있었다.

"너, 여기서 뭐하는 거야?"

"어? 형. 왔어?"

"여긴 어쩐 일이야? 그건 또 뭐고."

서늘하기 짝이 없는 규신의 시선이 아래로 뚝 떨어졌다. 본나에게 잡혀 있는 현신의 손으로.

질투하는 건가? 진짜 사귀나 보네. 현신은 슬그머니 놀라곤 씩 웃었다.

이렇게 되면 얘기가 아주 재미있어진다. 천하의 이규신이 여자를 사귄다니, 이건 '세상에 이런 일이!' 에 나와야 할 대사건이질 않은가. 서울에도 오매불망 규신만 돌아오길 기다리는 순정녀들이 얼마나 많은데, 꿋꿋이 지켜온 순정을 머나먼 타지에서 이렇게 어처구니없게 빼앗기다니. 집 앞에 줄 서서 기다리고 있던 순정녀들이 대성통곡할 일이었다.

"아, 이거? 우리 지금 데이트하러 가는 길이거든."

"데이트?"

"데이트?"

현신이 대수롭지 않게 대답한 말에, 이규신과 구본나가 동시에 묻는다. 그리곤 찾아든 정적. 규신과 본나가 서로를 빤히 바라보며 꾹 입을 다물었다. 이 어색함은 또 뭐지. 현신은 입술을 삐쭉거리곤 규신과 본나를 차례로 번갈아 바라보았다. 확실히 분위기가 특이했다. 사귄다고 공인된 사이라면 절대로 나올 수 없는 분위기였다.

둘이 싸웠나?

"내가 광주 구경 좀 시켜달라고 했어."

"지금?"

"어. 광주에 대해서 내가 잘 모르잖아. 누나더러 안내해 달라고 했더니 해주겠대."

"선선히 수락했단 말이야? 구본나가?"

"그랬다니까."

"정말이냐?"

현신의 말은 도무지 믿을 수 없다는 듯 규신이 본나에게 물었다. 그와 시선이 마주치자 본나는 흠칫 떨었다. 잘못한 것도 없는데 심장이 콩닥콩닥 뛰기 시작했고 현신의 손을 쥔 오른 손바닥에 바늘이 돋는 듯 심히 어색해졌다. 당장에라도 현신의 손을 놓아버리고 싶은 충동을 꾹 참이내며 본나는 억지웃음을 쥐어짜 냈다.

"응. 모처럼 광주에 왔는데 그냥 집에만 있으라고 할 수 없잖아. 뭐, 딱히 이렇다 할 명소는 없지만 이곳저곳 데리고 다니면서 즐거운 시간 보내고 오려고."

"……그래?"

매우 싸한 빈정거림이 날아왔다. 심장이 오그라들 것 같아 본나는 크게 숨을 들이쉬어야 했다. 왐마, 왜 이렇게 오금이 저린다냐. 꼭 남친 몰래 바람피우다가 들킨 기분이다. 물론 그건 말도 안 된다. 이규신은 자신의 남친이 아니니까. 현신이랑 손을 잡든 뽀뽀를 하든, 규신의 눈치를 볼 필요가 전혀 없다. 하지만 현실은…… 가슴이 콩닥콩닥, 두 다리가 후들후들.

"그럼 잠깐 기다려. 나도 같이 갈 테니까."

초조함이 그대로 드러난 본나의 얼굴을 뚫어져라 응시하며 규신이 말했다. 그러자 본나와 현신이 놀라 차례로 물어왔다.

"그게 무슨 소리야?"

"형도 가려고?"

묘하게 빈정이 상하고 배알이 뒤틀리는 것 같아 규신은 냉소적으로 입술을 비틀며 차갑게 비웃었다. 그리곤 전혀 예상치 못했다는 듯 두 눈을 크게 뜨고 자신을 바라보고 있는 본나를 똑바로 마주 보며 가볍게 속삭여 주었다.

"당연하지. 구봉서는 내 여자친구잖아."

"너 솔직히 말해. 구봉서 할아버지가 뉘신지 알고는 있는 거냐?"

"왜? 모를까 봐?"

"나보다도 더 어리잖아, 너. H.O.T.가 TV에 나오는 것도 못 봤을 거면서 무슨 수로 구봉서 할아버지를 기억해, 나도 기억 못하는데. 그나마 난 우리 할아버지한테 전해 들은 게 있어서 어지간한 건 알거든?"

"아, 그러서?"

"들어나 봤냐? 우리나라 최초의 랩. 인천 앞바다에 사이다가 떠도 고뿌 없으면 못 마십니다~ 붐빠라빠빠, 붐빠빠."

풋. 규신의 입에서 요상한 웃음소리가 터져 나왔다. 필시 박장대소하고 싶은 걸 꾹 참는 게지. 비웃음당했다는 생각에 본나는 배알이 꼬깃꼬깃해지는 기분으로 인상을 구겼다.

"왜 웃어?"

"너, 그걸 개그라고 한 거냐?"

"안 웃기면 웃질 말던가. 왜 웃고 나서 시비?"

"뭐, 아주 심각한 정도는 아니다. 노력하면 더 웃길 수도 있겠어. 별점 둘 반."

"네가 뭔데 날 평가해? 됐거든? 그딴 소리 집어치우고 약속이나 해, 얼른!"

"무슨 약속?"

"딴청은. 아까 말했잖아! 구봉서라고 부르지 말라고. 그새 까먹었냐?"

버럭 고함을 지르며 본나는 더욱더 인상을 팍 썼다. 도무지 이규신을 알다가도 모르겠다. 도대체 왜 동행하지 않아도 되는 자릴 굳이 따라와서 사람 성미를 이렇게나 지속적으로 박박 긁어대는 건지 이해가 되지 않았다. 대체 시험이 코앞인데 공부할 생각은 안 하고, 왜 하필 자신의 뒤를 졸졸 따라다니면서 사람 기분을 잡치게 하는 걸까. 지금이 아니고도 얼마든지 앞으로 기회가 많은데 왜 하필 오늘? 뭐, 그러고 보니 답은 이미 나왔구나.

'내 기분을 잡치게 하려고.'

딩동댕~

"애칭인데, 왜?"

"그딴 말도 안 되는 핑계 집어치워. 우리가 서로 애칭 부를 사이냐? 일이 어찌어찌 꼬여서 사귀는 것처럼 말하게 됐지만, 실제로 사귀는 것도 아닌데 굳이 그딴 애칭 만들어 부를 필요 뭐 있는데? 오버하기는."

"실제가 아니니까 더 그래야 하는 거 아닌가? 사귀는 척이라도 해야 하잖아. 없는 애칭도 만들어 불러야 될 판국에, 왜 있는 애칭도 못 부르게 하는 거야?"

"몰라서 묻냐? 구봉서는 일부러 날 놀러먹으려고 만든 말이잖아! 내가 우스워서 깔보느라고 그런 거 아니야? 남들 앞에서 웃음거리 만들려고 일부러 우스꽝스러운 이름 붙인 거면서, 어디서 애칭드립이야?"

"깔본 거 아닌데."

"우씨, 웃기고 있어. 아니면 왜, 어째서, 굳이 그 이름을 붙여 부르는 건지 제발 좀 말해줄래? 내가 납득할 수 있게끔 잘— 좀. 응?"

"말했잖아, 애칭이라고. 애칭이 뭔지 몰라? 사랑하는 사람들끼리 애정을 듬뿍 담아 부르는 호칭."

"설마, 구봉서가 애정이 듬뿍 담긴 호칭이란 말은 아니겠지?"

"더 듬뿍 넣어줘? 더 달달하게, 더 닭살스럽게?"

"지금 그런 말이 아니잖아!"

본나는 두 눈에 잔뜩 힘을 주고 부릅뜬 채로 목소리를 높였다. 자신이 서 있는 곳이 유동 인구가 많은 버스정류장이란 사실도 까맣게 잊은 채로, 그녀는 오직 이규신의 너무 멀쩡해서 확 한 대 때려주고 싶은 잘난 면상에만 집중집중, 초집중하여 노려보고 있었다.

솔직히 지금 머리꼭지까지 열이 받아 당장에라도 뚜껑이 열릴 것 같은 상태인데, 깐죽깐죽 말 따먹기나 하고 있는 규신이 어떻게 예뻐 보이겠는가. 현신이라도 어떻게 처리해 준다면 또 모를까. 겨우 내놓은 해결책이 달랑 '그냥 밀고 나가지' 이면서 히죽히죽 불성실한 태도하고는.

"어쩔 수 없잖아. 이미 고혜석에게도 들켰다면서. 연인 사이로 알려지는 게 싫었다면 얘기가 나왔을 때 바로 고쳤어야지."

"다 너 때문이었거든. 너랑 상의해서 결정하려고 잠깐 사실대로 말 않고 미뤄둔 상황이었단 말이야. 내 멋대로 사실을 말했었다면, 너 가만 안 있었을 거 아니야. 노발대발 난리쳤을 거면서."

"그건 그래."

"아, 뭐야. 그럼 나더러 어쩌라고."

"어쩌긴, 나랑 사귀는 거지. 이미 학교에도 소문 파다하고, 고혜석이며 현신이까지 다 알게 되었으니까 그냥 이대로 사귀면 돼. 쭉. 전에도 말했지만 우리가 사귀는 게 모든 일이 다 원만히 해결되는 길이야. 고혜석 문제도, 오지윤 문제도, 현신이 문제도.
제일 중요한 네 '애기들' 문제까지."

본나가 울분을 토하는 대목은 바로 이 지점. 어처구니없게도
이규신은 이 상황에서까지 본나의 소중한 애기들을 빌미로 협
박을 일삼았다. 나쁜 자식. 사람 약점 잡고 제 마음대로 흔드는
비열한 놈. 사내 녀석들이란 게 다 그렇지. 제 놈도 별수없는 수
컷이란 거지. 나쁜 놈. 빌어먹을 놈. 난장 맞을 놈!

결국 본나는 규신의 제안을 받아들였다, 어쩔 수 없이. 정말
다른 방도가 전혀 없으니까. 장담컨대 다른 수가 있었다면 절대
로 녀석의 뜻대로 해주지 않았을 것이다.

"듣기 싫어도 들어라. 내 보기엔 너한테 가장 잘 어울리는 호
칭이니까. 처음엔 네 이름이랑 어감이 비슷해서 쓰기 시작했던
건데, 지금은 너랑 아주 딱 어울린다고 생각해. '구봉서=구본
나' 야. 인천 앞바다 사이다도 잘하고, 나이도 나보다 많아서 지
긋하잖아. 무려 H.O.T.도 아시고 말이야?"

"이게 진짜. 너, 지금 나 놀려?"

"더 달달하고 닭살스런 호칭을 원해? 그렇다면 바꿔줄 수도
있어. 예를 들면, 꿀봉서 같은 거. 꿀봉서, 어때? 달달하지?
응?"

"야!"

"그만들 하시지. 누가 보면 진짜로 싸우는 줄 알겠네."

눈싸움하듯 서로를 쉼없이 찔러보고 있는데, 어느새 다가온 현신이 넉살 좋은 말투로 끼어들었다. 양손에는 차가운 캔 음료수를 들고 있었다. 딴엔 두 사람 사이에 기묘한 긴장감이 흐르는 걸 감지하고 눈치 빠르게 음료수 사 오겠다며 잠시 자리를 피해주었던 것이었는데. 아무래도 그의 행동은 오히려 독이 되어버린 것 같았다. 치고 박고 싸우지만 않았지 분위기가 아주 살벌한 것이.

"자자, 다 같이 잘 놀다가 왜 집에 갈 때 싸우고 난리? 집에 가기 싫다는 거야? 좀 더 놀다가 가야 하나? 난 콜! 좋아. 근데 두 사람, 다음 주에 시험이라지 않았어? 너무 늦게까지 놀면 안 되잖아. 어른들께서도 걱정하실 테고. 게다가 난 아직 할아버님께도 인사 여쭙지 못했단 말이야. 어때요, 누나? 일찍 귀가하는 게 낫지 않겠이요?"

"그거야 뭐……."

"그렇지 않아, 형?"

"……."

이규신의 눈매가 싸늘하게, 혹은 날카롭게 좁혀 떠졌다. 아무리 봐도 심기가 매우 불편한 모습이다. 설마 이 살벌한 기운이 모두 질투심 때문은 아니겠지?

'그럴 리가.'

이규신이 얼마나 냉정하고 무뚝뚝한 사람인데. 지금까지 현신은 규신이 질투라는 걸 하는 걸 본 적이 없었다. 심지어 4년이나 사귀었던 예전 여자친구한테도 규신은 질투하지 않았었다. 여자친구가 양다리를 걸쳤다는 걸 알고 나서 제일 먼저 그가 보인 반응은 분노였고, 이후엔 단칼에 정리, 헤어졌으며, 그걸로 모든 상황이 종료되어 버렸었다. 어찌나 간단하고 명료하게 끝을 내던지, 옆에서 지켜보던 현신이 다 치를 떨었을 정도. 형한테 감정이란 게 있을까, 잠시 의심까지 했던 그였다. 그랬던 규신이 질투를?

에이— 설마. 아닐 거야. 아닐 거다.

현신은 또다시 고개를 쳐드는 의구심을 떨쳐 내며 열심히 잡설을 주절거리기 시작했다.

"버스 온다. 저거 타야 돼."

현신이 열심히 분위기를 띠우며 수다를 떠는 와중, 버스가 오는 쪽을 계속 주시하고 있던 본나가 손을 쭉 뻗으며 외쳤다. 멀리서 익숙한 번호표를 단 버스가 달려오고 있었다. 곧 터질 것처럼 사람들을 엄청 태운 채로.

"근데 사람이 너무 많네. 다음 버스 타야겠다."

"그냥 저거 타요. 어차피 밀릴 시간대잖아요. 다음 버스도 사람이 많을 것 같은데."

"그래도 이번 것보단 더 낫겠지. 저 버슨 완전 콩나물시루 같잖아."

"별 차이 없지 않을까요? 서울도 그러거든요. 한 번 만원이면 몇 차례 계속 같은 상태."

"하긴. 어차피 몇 코스 넘어가면 덜 복잡하긴 해. G대 사거리에서 많이들 내리거든. 토요일이라 아마 거기서 약속 잡은 사람들 많을 거야."

"그럼 됐네요, 뭐. 우리 그냥 저거 타요. 저 오늘 좀 피곤해서 일찍 들어가고 싶어요."

"근데 아무래도 저건 안 되겠어. 너무 복잡해. 완전 짓눌리겠는데 괜찮겠어?"

나름 걱정이 돼 괜찮겠냐고 물었지만 현신의 대답은 들을 수 없었다. 차분히 대답하는 대신 녀석은 신나게 버스를 향해 뛰어갔기 때문에. 그러더니 말도 없이 어느새 정차해 서 있는 버스에 탑승해 버렸다.

"뭐해, 안 타고."

멍하니 서서 황당해하는 본나의 등을 규신이 떠밀며 말했다. 하는 수 없이 본나는 가방을 챙겨 메고 버스에 올라탔다. 그녀의 뒤로 규신까지 올라타자 버스 도어는 느리게 닫혔고, 승객이 너무 많아 아슬아슬 뒤뚱거리기까지 하는 만원버스는 천천히 출발하기 시작했다.

처음엔 뭐, 그럭저럭 참을 만했다. 출입문 쪽으로 사람들이 몰려 있어서 많아 보였던 것뿐, 실상 안쪽은 생각보다 비어 있어서 자리를 잘 잡으면 나름 안정감있게 서 있을 수 있었으니까. 또 두어 코스 지나치니 점차 사람들도 빠져나갔고 그에 따라 여유 공간도 더 많이 확보할 수 있어서 이대로라면 이 버스

타길 잘했다고 결론 내려도 무방했을 것이었다. 한데…….

"……!"

느껴 버렸다. 엉덩이 근처로 무언가 딱딱한 물체의 감촉을. 그녀가 잠시 느꼈던 안락함은 순식간에 날아가 버렸다.

솔직히 당황스러웠다. 이런 일은 처음이어서. 학교까지 들어와 하의 실종한 아랫도리를 드러내는 변태 바바리맨까진 봤어도, 이렇게 직접적인 터치의 희생양이 된 적은 정말로, 진실로 처음이었다. 친구들한테 말만 들었지 자신이 이런 경우를 당할 거라곤 전혀 생각 못했었기 때문에, 아무리 본나라도 당황하지 않을 수가 없었다. 게다가 뒤에서 일어난 일이라, 이게 진짜 문제의 '그것'인지, 아니면 다른 물건이 우연히 부딪쳐 오는 것인지 확인할 수가 없었다. 의심스러울 정도로 불쾌한 감촉이긴 하지만, 간혹 복잡한 버스 내에선 오해를 불러일으키는 경우도 있으니까. 어쩌지? 확인해 볼까?

미치도록 고민하다가 본나는 슬쩍 자리를 이동해 보았다. 비록 의자와 손잡이 등으로 앞뒤가 꽉 막힌 상태라 멀리 움직이진 못했지만, 뒷사람의 가방이나 다른 물건이 우연히 부딪쳐 오는 경우라면 상황은 달라질 거라고 생각했다. 한데 어처구니없게도 불쾌한 감촉은 그녀의 움직임을 따라 이동되어 왔다. 그것뿐만 아니라 더 깊고 세차게 비벼오기 시작했다. 더 대담하게 움직이는 그 느낌에 본나는 피가 거꾸로 솟는 것을 느꼈다. 이 변태 자식이!

"야, 이 변……!"

버스 안임에도 불구하고 버럭 고함을 치며 뒤를 돌아본 순간이었다. 얼굴에 '나 변태다'라 써진 시커멓고 음침한 남자를 예상한 그녀의 눈에, 매우 앳된 소년의 얼굴이 들어왔다. 너무 의외라서 일순 본나는 말문이 막혀 버렸다. 이 아이가, 방금 전 기분 나쁜 느낌의 주인공?

'아닌 것 같은데.'

키가 너무 작아서 언뜻 초등학생처럼 보였지만 얼굴로 봐선 적어도 중학생은 되어 보이는 소년이었다. 놀란 눈을 휘둥그레 뜨고 딱 얼어붙어 있는 소년은 아무리 봐도 그런 짓을 할 변태로 보이지 않았다. 오히려 무언가에 겁을 먹은 듯한데. 도무지 뭐가 뭔지 알 수가 없다고 생각하는 순간이었다. 갑자기 커다란 손이 튀어나와 소년의 덜미를 꽉 잡아 비틀어 올리기 시작했다. 그와 동시에 머리 위에서 차갑고 쌀쌀하기 그지없는, 그러나 귀에 익은 남자의 목소리가 날아왔다.

"현행범은 누구든 영장없이 체포할 수 있다."

"이규신!"

멀리 떨어져 있다고 생각했던 이규신이 어느새 옆까지 와 무자비할 정도로 차가운 시선과 험악한 표정으로 소년을 겁박하고 있었다. 마치 딴사람처럼 무서운 모습.

본나는 또다시 당황했다. 규신이 화내는 모습을 한 번도 본 적이 없는 터라 무척 놀라웠다. 아무리 봐도 저 표정은 동네 깡패들한테 두들겨 맞고 광주까지 피해 내려온 공부벌레, 약골의 것이 아니지 말입니다. 맞는 쪽보단 때리는 쪽의 표정에 더 가깝달까. 소년도 그리 느낀 듯, 새하얗게 질린 얼굴로 바들바들 떨기 시작했다. 저러다 버스에서 실례라도 하는 거 아닌지 걱정이 될 정도.

아니, 대체 무슨 증거로 얘가 범인이라는 거야? 아무리 세상이 요지경이라도 이렇게 어린 애가 대담하게 버스 안에서 여자를 추행할 리가!

"잘못했다고 빌어. 지금 당장."

"어, 저…… 전 그냥……."

소년은 새빨개진 얼굴로 쩔쩔매며 웅얼거렸다. 때마침 버스가 정차해 출입문이 열리고, 소년은 당장에라도 하차하고 싶은 듯 두 눈을 이리저리 굴리며 안절부절, 불안한 기색을 숨기지 못했지만 규신은 별로 풀어줄 생각이 없는 듯 더욱 단단히 소년의 덜미를 옭아맸다. 줄을 지어 천천히 빠져나가는 승객들을 둘러보며 소년은 더욱더 울상을 지었다. 보기가 안쓰러울 정도가 되자 본나가 나섰다.

"야, 얜 아니야. 잘못 짚은 것 같아. 너무 어리잖아."

"……."

"이규신, 얜 아닌 것 같다니까!"

"조용히 해, 이 멍청아."

헐. 대답하는 본새 좀 봐라. 멍청이라니.

너무나도 황당해 본나는 입을 떡 벌리고 녀석을 쳐다보았다. 하지만 규신은 별로 정정할 생각이 없는 듯 뻔뻔하리만치 당당한 눈으로 본나를 똑바로 내려다보더니, 불쑥 갑자기 아래쪽에서 소년의 손목을 잡아채 끌어 올렸다.

"아앗!"

소년이 아파 소리를 질렀다. 안 그래도 규신한테 잔뜩 겁먹은 소년은 이제 숫제 팔다리를 달달 떨기 시작했다. 말 그대로 쓰러지기 일보 직전. 너무하다 싶어 본나는 한소리 해줄 생각으로 발끈 고개를 돌렸다. 하지만 그 순간, 본나의 시야에 딱 걸려들어 오는 물건이 있었으니, 그것은 소년이 손에 들고 있는 작은 삼단우산이었다.

"이게 뭐야?"

"뭐긴 뭐야, 이 멍청아. 범행 도구지."

"버, 범행 도구?"

규신의 말에 본나의 머릿속엔 자동으로 아까 전의 느낌이 스멀스멀 재생되어졌다. 딱딱한 물건. 하체로 느껴졌던 불쾌했던 느낌. 집요하게, 살살, 은밀하게 밀고 들어왔던 그 무엇.

세상에! 그런 짓을, 이 어린 꼬맹이가 했단 말이야? 너무나도 어리고 순진해 보이는데. 이렇게 순수하고 착한 얼굴의 꼬마가 그런 짓을 했다고?

말도 안 돼. 믿어지지 않아.

"잘못했어요!"

머리를 망치로 맞은 듯 충격에 휩싸인 그녀에게 소년이 큰 소리로 말했다.

"저, 정말이에요. 진짜, 진짜 잘못했어요. 다신 안 그럴게요. 가게…… 해주세요……."

"정말, 네가 했니?"

본나가 미심쩍은 눈으로 소년을 바라보며 슬그머니 물었다.

"쳇."

코웃음을 치며 규신은 그녀를 쏘아보았다. 본나는 제 앞에 떡하니 증거물이 있는데도 불구하고 도무지 믿어지지 않는 모양이었다. 하지만 소년은 엄연히 범죄를 저질렀고, 바로 자신이 그 목격자였다. 쾌감에 신난 웃음을 달고 있던 녀석을 두 눈으로 똑똑히 본 사람으로서, 그는 절대로 소년을 쉽게 풀어주어선 안 된다고 생각했다. 본나도 물론 그럴 거라 확신하고 있었고.

"잘못했어요. 진짜 다시는 그런 짓 안 할게요. 용서해 주세요……."

"얘……."

"진짜예요. 안 할게요. 잘못했어요."

"……."

"우리 엄마 알면 나 죽어요……. 용서해 주세요, 제발! 네? 누나!"

소년은 땀을 비 오듯 흘리며 손발을 파드득파드득 떨었다. 눈빛은 이미 총기를 잃고 글썽글썽 눈물을 흘리기 직전이었고, 규신에게서 벗어나기 위해 애를 쓰고 있었다. 열린 출입문으로 둘셋, 대기해 있던 손님들이 빠져나가고, 녀석이 내릴 수 있는 시간은 거의 바닥나고 있는 시점. 녀석은 거의 절망적인 눈으로 본나에게 하소연했다. 믿을 구석이라곤 구본나의 동정심뿐이라 생각한 게 틀림없었다.

교활한 녀석. 규신은 속으로 중얼거리며 세차게 녀석의 덜미를 그러쥐고 쑥 위로 끌어당기며 뇌까렸다.

"입 닥쳐. 어디서 수를 써? 네 수법, 모를 줄 알아?"

"혀, 형…… 진짜 전, 실수로…… 그런 건데……."

"실수건 고의건 잘못했으면 죗값을 치러야지."

"자, 잘못했어요. 진짜…… 진짜 잘못했어요. 안 그럴게요, 절대로 안 그럴게요! 누나, 형! 제발요. 한 번만 용서해 주세요. 다시는 이런 짓 안 할게요. 제가 잘못했어요! 혀엉—!"

녀석은 우와앙— 울음을 터뜨리며 손이 발이 되게 빌기 시작했다. 사람들이 정황을 대충 파악한 듯 쑥떡거리기 시작했고, 그럴수록 녀석의 얼굴은 점점 더 시꺼멓게 물들어갔다. 하지만 규신은 일말의 동정심도 느낄 수 없었다. 녀석이 우산 손잡이로 본나에게 한 행동을 직접 목격한 사람이라면 그 누구라도, 용서해 줄 마음 따위 생기지 않을 것이다. 오히려 가증스럽게 불쌍한 척하며 빠져나가려 하는 소년을 보고, 규신은 더욱 확고하게 결심을 굳혔다. 이 꼬마를 현행범으로 경찰서에 넘기기로.

"아저씨, 잠깐만요!"

사람들이 모두 내리고 자동문이 닫히려는 순간이었다. 갑자기 본나가 큰 소리로 고함을 쳤다. 그러더니 규신을 돌아보며 말한다.

"그 손, 놔줘."

"뭐?"

"놔주라고, 그 애. 잘못했다잖아. 용서해 주자."

규신은 그녀의 결정이 믿어지지 않는 듯 그녀를 말없이 노려보았다. 한줄기 시선에 압사당할 수도 있겠다 싶을 정도로 그의 눈빛은 사나웠다. 괜스레 간이 쪼그라드는 기분에 본나는 꿀꺽 침을 삼키곤 목소리를 높여 재차 말했다.

"얼른 놔줘. 애 내리게."

그녀의 재촉에 규신은 녀석의 덜미를 던지듯 내려놓았다. 소년은 이때다 싶은 듯 미친 듯이 빠른 속도로 버스를 빠져나갔다. 헐레벌떡 빠져나가 길가에 서서 안도의 한숨을 내쉬는 소년을 죽일 듯이 바라보다가, 차가 출발하자 규신은 천천히 본나를 돌아보았다. 그녀는 아무 일도 없었다는 듯 무덤덤한 얼굴로 앞만 바라보고 서 있었다. 규신은 픽, 가소로운 듯 웃고 말았다. 그리곤 순식간에 싸늘해진 얼굴로 그는 본나의 귓가에 속삭였다.

"너 참 너그럽다."

훅, 그의 향기가 코끝을 침투해 오자 본나는 흠칫 놀랐다. 폐를 괴롭히는 그의 향은 너무나도 향기로워서 온몸이 다 노글노글 녹아 없어질 것 같은데, 귓가를 감아 도는 그의 음성은 차갑고 날카로워 맘이 베일 것 같았다. 그 표현할 수 없을 만큼 강력한 갭이 적응되지 않아 본나는 한순간 꼼짝하지 못했다.

"나한텐 별명 하나 만들어서 불렀다고 까칠하게 태클 거는 애가 어떻게 저런 곱등이, 쓰레기 종자들에겐 한없이 너그러울 수가 있는 거냐?"

"개, 개는…….."

"입 다물어. 한마디만 더 하면, 나도 가만있지 않을 테니까."

소름이 쫙 끼쳤다. 무슨 의미로 한 말인지, '가만있지 않겠다'는 게 무슨 뜻인지는 모르겠으나 일단은 그가 아주 많이 화가 났다는 것만은 확실했다. 이럴 땐 누구든 가만두는 게 상책이란 걸 본나는 알았다.

본나는 꾹 입을 다문 채 앞만 보았다. 침묵 속에서 버스는 섰다 출발했다를 무한반복하며 끊임없이 이동했다. 그사이 본나는 밀려드는 승객들에 떠밀려 쓰러질 뻔하기도, 급정차해 심하게 흔들리기도, 큰 각도 커브를 돌아 몸이 뒤로 기울어지기도 하였다. 그때마다 느껴지는 건 당황스럽게도 규신의 몸이었다.

그는 본나의 몸을 단단히 받쳐 주고 있었다. 마치 방금 전과 같은 일을 다시는 겪지 않게 하려는 듯.

"여기서 뭐해?"

그날 밤. 밤 10시가 넘은 시각, 갑작스럽게 찾아온 '빨갱이의 습격' 때문에 주섬주섬 옷가지를 챙겨 입고 밖으로 나온 본나는 집 앞 구석에 서 있는 규신을 발견하고 냉큼 다가가 말을 걸었다. 늦은 시간도 시간이지만, 왜 멀쩡한 방을 놔두고 밖에 나와서 이 청승을 떨고 있는지 궁금했다. 달빛과 어두운 조명 아래에 서 있는 녀석은 입에 길쭉한 뭔가를 물고 있는 것 같았다.

"너, 담배 피우니?"

뾰족한 말투로 본나는 재차 물었다. 이해할 수도, 하고 싶지도 않은 문제라 목소리에 절로 가시가 돋친 것. 아무리 생각해 봐도 본나는 담배를 대수롭게 보아 넘길 수가 없었다. 학생인데, 학생이 왜 담배를 피워? 이유 불문, 절대적으로 이건 잘못이었다.

"현신이 때문에 나와서 피우는 거야? 그래도 양심은 있나 보네. 현신인 뭐해? 자?"

"밤중에 뭐하러 나왔어?"

본나가 비꼬인 말투로 묻는 질문을 모조리 씹던 그가 불쑥 대꾸했다. 물론 질문과는 전혀 관계없는 말이었다. 고개조차 이쪽으론 돌리지 않고 담배 피우는 일에 열중해 있는 그의 모습은 도저히 방금 본나에게 질문을 던진 사람으로는 뵈지 않았다. 마치 그녀를 투명인간쯤으로 생각하는 것 같은 태도에 본나는 기분이 상하지 않을 수가 없었다.

"뭐 좀 사러. 근데 너 지난번에도 여기서 숨어 피우지 않았냐? 넌 꼭 이렇게 담배를 피워야겠니? 떳떳하게 피우지도 못하면서 그딴 걸 왜 피우는 건데? 벌써 중독된 거야? 학교에선 안 피우는 것 같더니만, 그럼 충분히 끊을 수 있는 거 아니야? 피우지 마. 왜 피워?"

"넌 개념을 어디로 팔아먹었냐?"

"뭐?"

"오밤중에 사긴 뭘 사겠다고 집을 나서? 밤중엔 웬만하면 혼자 나다니지 말아야지. 간덩이가 부었냐?"

라고 말하는 그의 목소리는 유난히 착 가라앉아 있었다. 잠깐

이지만 등골이 오싹해지는 기분이 느껴져 본나는 잠시 당황했다. 말하는 걸 보니 이 녀석, 아직도 삐쳐 있는 건가 보다. 밴댕이 소갈딱지 같으니라고. 그게 뭐 이리 화낼 일이라고.

규신은 집으로 돌아오는 버스에서 단 한마디도 하지 않았다. 뿐만 아니라 집에 돌아와서도 입도 벙긋하지 않았다. 식사만 달랑 하고는 방으로 들어가서 나오지도 않았다. 곰살궂고 살갑게 굴지 않았을 뿐, 나름 가족들과 위화감없이 잘 어울려왔던 평소 모습과는 아주 많이 동떨어진 모습. 오죽하면 어머니께서 살그머니 물어왔을까. '규신이랑 무슨 일 있었니?' 하고.

일은 무슨 일. 아무리 이쪽에서 쪼고 소리치고 닦달을 해도 늘 무덤덤한 얼굴, 피식거리기만 하던 녀석이 이렇게까지 나올 만한 일이라곤 달랑 버스에서의 일뿐이지. 녀석은 자신이 잡은 범인을 그대로 놓아줬다고 서운해하고 있는 게 틀림없었다. 나름 도와준 건데, 무시당했다고 생각한 게다.

하지만 그건 완전히 오해다. 절대로 그를 무시하려던 게 아니었단 말이다. 그가 범인을 잡아주고 편까지 들어준 건 정말로 감사하다. 누가 안 감사하댔나. 감사하다고, 글쎄! 하나, 그 소년은 아직 많이 어린 것 같았고 겁에 잔뜩 질려 있었다. 눈물 뚝뚝 흘리면서 잘못했다고, 엄마가 알면 큰일 난다고, 다시는 안 그러겠다고도 했다. 그런 아이를 용서해 줘야지, 그럼 어쩌라고. 비정하게 경찰서에 넣기라도 해야 했을까? 추행범이니까 처리해 달라고 신고라도 해야 했단 말인가?

"10시밖에 안 됐는데 무슨 오밤중이야? 평소에도 학교에서 이 시간까지 공부하고 오는데 새삼스레."

곱지 않은 시선으로 녀석을 째려보며 본나는 툭 내던지듯 말했다. 그러자 뻑, 담배 연기 한 모금 소리 나게 빨더니 그가 삐딱하게 비웃음을 날렸다.

"아, 그러셔? 그럼 안 무섭겠네. 하긴. 태권소녀 구본나가 뭘 들 무서워하겠어. 천하무적, 해결사신데."

후, 하며 담배 연기를 내뿜으며 그가 중얼거렸다. 캄캄한 밤인데다 벌레 소리 하나 들리지 않을 정도로 주위가 고요해서인지 그의 덤덤한 목소리는 소름이 끼칠 정도로 오싹하게 들렸다. 캄캄한 허공을 향해 날아가는 연기를 보며 본나는 슬그머니 아랫입술을 깨물었다.

"할 말 있으면 해. 그렇게 담배만 뻑뻑 피워대지 말고."

"……."

"내내 안 피웠었잖아. 처음 우리 집 왔던 날 이후론 담배 피우는 거 본 적도 없는데. 근데 왜 갑자기 피우는 건데? 나한테 불만있어서 이러는 거 아니야?"

대답 안 하려고 작정을 한 건가. 규신은 이제 아예 입을 다물고 말을 하지 않았다. 본나는 점점 화딱지가 나는 것을 느끼며 푹, 신경질적으로 숨을 내뱉었다. 딱 신경 끄고 외면하고 싶은데 그게 잘 안 되니 부아가 치미는 것이었다.

생각하지 않으려고 해도 생각이 나버린다. 버스 안에서 소년을 붙잡아 자신 앞에 대령시켜 놓고 사과를 명령하던 규신이.
화가 나서 말도 안 하는 와중에도 만원버스의 붐비는 인파 속에
서 자신을 방어해 주던 규신이.

솔직히 그녀는 한 번도 자신이 약한 여자라고 생각해 본 적이
없었다. 웬만한 남자들보다도 체력 좋고 씩씩하다고 늘 자부했
었고, 복잡한 버스 안에서도 힘들어하기는커녕 노인이나 임산
부들을 위해 짐을 들어주거나 자리를 양보하는 정의파였다. 친
구들이나 주위 사람들도 마찬가지. 본나를 보통의 여자들처럼
연약하고 보호해 줘야 하는 존재가 아니라 보통의 남자아이들
처럼 자신들을 보호해 주는 존재로 인식하고 있었다. 또래 남자
아이들도 본나를 자신들과 다를 바 없이 대했고, 본나도 그것을
나름 긍정적으로 받아들이고 있었다.

한마디로 이번 일은, 규신이 도와주지 않았더라도 그녀 스스
로 잘 처리했을 거란 뜻이다. 충분히 어린 변태자식쯤 처치할
수 있었고, 복잡한 버스 안에서도 잘 견뎠을 것이다. 하지만 그
렇다고 고맙지 않았던 건 아니다. 말주변도 변변찮고 닭살스런
말도 잘 못하는 성격이라 고맙단 말을 못했을 뿐. 말없이 등 뒤
에 와 서서, 밀려드는 인파를 혼자 다 감당하던 규신의 행동에
감동을 받은 건 사실이다.

그 순간만큼은 공주가 된 기분이었다. 늘 마음속에 깊숙이 숨
겨놓은 채 절대로 고개 들지 못하도록 꾹꾹 밟고 눌러댔던 것이
서서히 고개를 드는 것 같았달까. 여자라면 본능적으로 가지고

있는 욕구들이 피부 속에서 열렬히 꿈틀대며 가슴을 뜨겁게 했었다. 우습게 들릴지도 모르지만 그때 그 순간엔 진짜 그런 감정이었다. 물론 순간의 마법은 버스에서 내리자마자 풀리고 말았지만.

'역시 고맙다고 말해야 하나?'

생각하니 것도 아주 갑갑한 일이다. 성격상 도저히 그딴 간지러운 말은 못하겠으니. 그런 걸 꼭 말로 해야 알아듣나? 말하지 않아도 그런 것쯤 척척 알아먹을 수 있잖아. 굳이 오버스럽게 별거 아닌 걸로 고맙다, 어쩐다, 구구절절 늘어놓아야 하는 거냐고. '말하지 않아도 알아~' 모르나? 말 안 해도 딱딱 알아들어야지. 남자 녀석이 그딴 것에 팩 토라져서는. 에잇!

"고마웠어!"

"……."

"못 들었냐? 고마웠다고. 아까…… 그 일."

어색해서 오그라들 것 같은 기분을 겨우 참고 본나는 툭 내뱉듯 말했다. 하지만 무슨 생각인지 녀석은 아무 대답도 하지 않았다. 담벼락에 몸을 기대고 고개를 푹 숙인 채 공기 중의 어느 한 점만 가만히 응시하며 서 있기만 했다. 아무 말도 못 들은 사람처럼. 본나는 미간에 힘을 빡 주고 입술을 비틀었다.

"고맙다니까!"

"……."

"고맙다고! 고마워! 고맙습니다! 감사합니다!!"

한마디 한마디 할 때마다 목소리가 점점 더 커졌다. 끝으로 갔을 땐 골목을 쩌렁쩌렁 울리게 큰 소리였으나 여전히 녀석은 묵묵부답. 이쯤 되면 이 녀석은 못 들은 게 아니라 못 들은 척하는 것이 확실했다. 어이상실. 아무리 삐쳤어도 사람 말에는 대꾸를 해야지, 지금 사람 무시하는 거야? 왜 못 들은 척을 해? 왜 투명인간 취급인데? 내가 뭘 그리 잘못해서!

"야, 이규신!"

본나는 도전적으로 그를 부르며 두 손을 허리 위에 척 올렸다. 하지만 여전히 귀머거리 흉내에 여념이 없는 이규신, 축 늘어뜨리고 있던 팔을 들어 담배를 입술 새로 밀어 넣었다. 순간 간당간당 붙어 있던 구본나의 뚜껑은 휘리릭, 우주 밖으로 날아가 버렸다. 매너고 뭐고 다 집어치우고, 신경질적이고 거친 동작으로 녀석의 담배를 휙 잡아 빼버렸다.

"귀가 먹었냐? 내 말 못 들었어? 고맙다고. 고맙단 말이야! 고맙다고 말하는데 왜 딴청이야!"

"뭐가?"

인상 쓰며 버럭질하는 그녀를 향해 처음으로 그가 입을 열었다. 그리곤 슥, 눈동자를 굴려 본나를 바라보았다. 그와 두 눈이 마주치자 본나는 흠칫 몸을 떨었다. 그의 시선이 너무나…… 너무나 우울해서.

"뭐가 고마운데?"

마치 큰 상처를 받은 사람처럼 그의 눈빛은 어둡고 깊었으며 분노하고 있었다.

"……그, 그야…… 네가 날 도와준 거…….."

의외의 눈동자와 마주하고 보니 이상하게 말이 잘 안 나왔다. 말꼬리가 죄다 사라지고 목소리는 점점 더 기어들어 갔다. 한 번도 이규신 앞에서는 이런 적이 없었는데. 늘 큰소리치고 당당했었는데. 이상하게도 지금은 이 녀석의 눈빛 한 방에 심장이 쪼그라드는 것 같았다. 말까지 더듬는 건 말이 안 되는데, 왜 이런담?

"지, 진짜야. 그 꼬마를 풀어주라고 말한 건 후회하는 것 같아서였어. 잘못을 크게 뉘우치는 것 같아서 그냥 가게 해준 거야. 아직 어렸고 실수였다잖아. 엄마 찾는 거 보니까 진짜 무서워하는 것 같더라. 불쌍해서 놓아주라고 말했던 거야. 네 말, 무시하려던 게 아니고…….."

"그래?"

"어……. 오해, 하고 있었다면 풀어."

"알았다."

아무런 감흥도 느끼지 못한 듯 무미건조한 목소리로 그가 대답했다. 그러더니 본나의 손에 들려 있는, 아직도 고요히 스스로를 태우고 있는 담배에 손을 뻗었다. 아무 일도 없었다는 듯이 행동하는 그의 모습에 본나는 당황했다. 고맙다고 인사했는데 왜 이런 반응? 다른 불만이 있었던 건가? 딱히 다른 건 잘못한 게 없는 것 같은데? 뭔데. 뭐야?

뭣 때문에 화났는지 얘길 해! 왜 말을 못해? 말을 하란 말이야!

"안 돼!"

본나는 냉큼 그의 담배를 뒤춤으로 빼돌렸다. 그리곤 담배꽁초를 바닥에 확 패대기치듯 내팽개쳐 버렸다. 담배를 가져가기 위해 손을 뻗었던 규신이 두 눈을 날카롭게 치떴다.

"무슨 짓이야?"

"무슨 짓이긴. 보면 몰라? 너, 담배 못 피우게 관리하는 거다. 왜?"

"네가 무슨 권리로 날 관리해?"

"네 짝으로서, 네 여자친구로서."

"여자친구?"

잘생긴 입술이 시니컬하게 비틀렸다. 가소롭다는 듯이 실룩이는 그의 입가를 보니 괜스레 무안해졌다. 아, 뭐. 그래. 맞아. 난 네 여자친구 아니야. 하지만 어쩔 수 없이 사귀는 척이라도 잘, 아주 성심성의껏 사실적으로다가 잘, 해보자고 서로 합의했잖아. 전략적 유닛 관계를 주창하던 사람은 내가 아니라 너라고. 불만있으면 지금이라도 끝내던가.

"아니란 말은 하지 말지. 아까 분명히 잘해보기로 합의했잖아. 싫다는데도 억지로 해야 한다고 우겨대던 사람은 너야, 내가 아니라."

"그래, 그랬었지."

"난 내 남자친구가 이렇게 으슥한 곳에 숨어서 담배나 뻐끔뻐끔 피우는 꼴, 못 봐. 도대체 이게 뭐냐? 볼썽사납게. 뭣 때문에 담배를 피우는 건데? 고민있으면 말로 하든지. 어디 풀 데 없으면 나한테 말해. 전에 말했잖아, 네 고민 다 들어준다고. 우리 집에서 살고 있는 한 넌 우리 가족이고 내 책임이야. 알아?"

"잔소리 좀 그만하시지."

"얘길 해야 도와줄 수도 있는 거지. 혼자 꽁하니, 이게 뭐냐? 담배 피우고 있으면 고민이 저절로 해결되니? 너 골초냐? 공부 스트레스를 이쪽에다 풀고 있는 거야? 말로만 모범생이지 순— 양아치였네. 이딴 거 누가 피래?"

"그만하라고 했다."

"그만 못하겠다. 종훈 아저씨한테, 너 잘 부탁한다는 말까지 들었으니까 의무감에서라도 내가 좀 관리해야겠어. 도대체 왜 이러는 건데? 이유가 뭐야? 아까 일 때문이라면 해명했잖아. 고의로 무시한 거 아니라고. 그 꼬마가 불쌍해서, 안쓰러워서 그냥 가게 됐던 거야. 너한텐 고맙고 미안해."

"……."

"미안하다고 사과까지 했는데도 아무 반응이 없네. 더 뭘 어떻게 하라는 건데? 설마 다른 것 때문에 화난 거야? 뭔데? 뭣 때문이야? 혹시 진짜 고민있는 거니? 힘든 일이 있으면 어른들이나 친구들과 상의해서 풀어. 담배 따위로는 아무것도 해결 안 되니까."

"잘난 척하지 마. 내가 지금 누구 때문에 담배를 피우고 있는데.”

규신이 무뚝뚝하게 불쑥 내뱉듯 중얼거리며 본나의 말을 가로막았다. 하던 말을 우뚝 멈춘 본나는 일순 미간을 끌어모았다. 이 말은 그러니까…….

“나 때문이란 말이야?”

“…….”

“나 때문이라고?”

두 눈을 부릅뜨며 재차 물어오는 본나를 바라보다, 규신은 그만 한숨을 푹 내쉬고 말았다. 꼴사납게, 이게 대체 뭐하는 짓인지. 스스로가 바보멍청이가 된 기분에 규신은 벽에 기댔던 몸을 거칠게 일으켜 세웠다.

“됐다. 그만두자.”

“아, 뭘 그만둬? 왜 그만둬?”

“귀찮아. 저리 비켜.”

규신은 자신의 앞을 가로막고 있고 길을 내주지 않는 본나를 향해 눈살을 찌푸렸다. 대화 따위 하고 싶지 않다는 듯 신경질적인 그의 태도에 본나는 욱하고 말았다. 문제가 있으면 말을 해야지 왜 답답하게 피하려고만 하는데? 나 때문이라며. 그럼 왜 나 때문에 화가 났는지 말을 해야 할 거 아니야. 말하라고 멍석을 깔아줘도 싫다고 내빼는 건 또 뭔데? 워메, 화딱지 나서 못 살긋네.

“못 비켜. 가려거든 다 말하고 가. 내가 뭘 어째서 화났는지,

내가 뭘 잘못한 건지, 다 말할 때까지 절대로 안 비켜줄 거야. 나도 이대로는 두 발 뻗고 잠 못 잘 것 같으니까 알아서 해.”

“정말 모르겠냐?”

“버스에서의 일은 내가 말했잖아, 미안하다고. 일부러 네 성의 무시한 거 아니라고. 도움받고도 고맙단 말 한마디 못한 것도 미안해. 말하려고 했는데 자꾸 오글거려서 말 못하겠더라.”

“넌 정말, 내가 그깟 걸로 화낸다고 생각해?”

“그럼 뭔데?”

“…….”

“아, 뭐냐고! 말을 해야 알 거 아니야!”

말할 듯 안 할 듯 자꾸만 뜸을 들이는 이규신. 본나는 참다 참다 못 참고 있는 힘껏 소리치고 말았다. 족히 100데시빌은 거뜬히 넘을 법한 우렁찬 고함 소리에 놀라 규신은 얼른 손을 뻗어 그녀의 입을 봉쇄해 버렸다. 본나는 입술을 세차게 틀어 막힌 채로 그를 째려보았다. 도전적이고 반항적인 그녀의 눈빛을 짜증스럽게 내려다보며 그는 낮은 목소리로 뇌까렸다.

“너, 왜 자꾸 귀찮게 굴어? 됐다잖아. 다 그만두자고. 난 널 탓할 생각 없고, 사과받을 생각도 없어. 그러니까 그만해. 네 갈 길 가란 말이야.”

어떻게 가? 이렇게 사람 속을 다 헤집어놓고서 네 갈 길 가라면 단가? 속으로 중얼거리며 본나는 입술을 틀어막고 있는 규신의 손을 냅다 떨궈냈다. 그리곤 앙금 잔뜩 남은 표정으로 받아쳐 줬다.

"싫어. 네가 뭣 때문에 화났는지 말할 때까지 네 옆에 붙어 꼼짝하지 않을 거야."

"구본나."

"내가 가면, 너 또 담배 피울 거잖아. 아까도 말했지만 난 내 남자친구가 담배 피우는 거 정말정말 싫거든? 적어도 왜 이렇게 담배까지 피우면서 화를 삭여야 하는지 정도는 알아야겠어."

"귀찮게 굴지 말고 가던 길 가라. 그래 봤자 네가 원하는 답, 못 얻어. 내가 말할 생각이 없으니까."

"너, 진짜……!"

"뭐 사러 나가는 중이라지 않았냐? 안 가?"

"……."

"안 가냐고."

"같이 가."

"뭐?"

"같이 가자고. 나, 요 앞 사거리 편의점 가는 길이니까 따라와."

"내가 왜?"

말도 안 되는 소리라 생각했는지 규신이 눈살을 찌푸리며 반문했다. 난데없이 따라오라니 그럴 수밖에. 멋대로 지껄인 본나도 내심 당황해 흠칫했다. 하지만 별로, 이미 내뱉은 말을 거둘 생각은 없다. 이렇게 된 거 갈 데까지 가보는 거지 뭐. 이유가 뭔지, 뭣 때문에 이렇게 답답하게 구는 건지 알아낼 때까진 결단코 녀석한테서 떨어지지 않을 거다. 누가 이기는지 두고 보자고, 이규신.

"넌 내 남자친구니까. 잊었냐? 오늘 낮에 합의본 거. 넌 내 소녀 취향 입 딱 다물어주고, 난 널 귀찮게 하는 여자아이들 정리해 주고. 누이 좋고 매부 좋고, 도랑 치고 가재 잡고, 일석이조의 효과 누리자고 굳게 약속했잖아. 남자친구는 야밤에 여자친구가 편의점 갈 때도 에스코트해 주는 법이야. 혹시 알아? 밤이니까 아까 버스에서처럼 이상한 변태 녀석들이 나타나서 날 위협할지. 네가 보호해 줘야지. '남.자.친.구' 이니까. 나 좀 무서우니까, 네가 같이 가줘야겠어."

"10시에 나다니는 건 전혀 위험한 일이 아니라고 말하던 사람, 너 아니었냐?"

"간덩이가 부었다며. 오밤중엔 웬만하면 나다니지 마라며. 개념 말아먹었다고 잔뜩 구박했던 사람은 너 아니었어?"

"진짜 같이 가주길 원하는 거냐?"

"그럼 장난으로 한 말인 줄 알아? 잔말 말고 빨리 따라와."

밤이 무서운 사람답지 않게 카리스마 가득한 얼굴로 본나가 명령했다. 그러더니 휙 뒤를 돌아 저벅저벅 어둑한 골목길을 앞장서 걷기 시작한다. 어처구니가 없어 규신은 가만히 선 채로 헛웃음을 흘리며 본나의 뒷모습을 노려보았다. 순순히 원하는 대로 같이 가줄 것 같아? 오늘 하루 종일 누구 때문에 속 썩었는

데. 눈에 잔뜩 힘주고 버텼지만, 본나가 저만치 어둠이 웅덩이
진 곳으로 사라지자 결국 규신은 움직일 수밖에 없었다.

"기다려, 구봉서."

"야, 너. 구봉서라고 부르지 말랬지? 구봉서는 아무리 들어도
애칭 같지 않거든? 이러다가 우리 짜고 치는 거 애들한테 들키
면 네가 책임질 거야?"

어둠 저편에서 본나가 신경질적으로 소리쳤다. 여느 때와 다
름없이 터프하고 우렁찬 본나의 목소리에 규신은 슬그머니 입
술을 끌어 올리며 미소했다. 꽤나 마음이 혼란스러운 상태여서
그런지 변함없이 씩씩한 본나가 마음에 들었다. 인형이나 가지
고 노는 주제에 하여간 터프한 척은 잘해요. 속으로 중얼거리며
그는 저벅저벅, 가로등이 깨져 캄캄한 골목길 안쪽으로 걸어 들
어갔다.

"그럼 못난이는 어때?"

"못난이는 또 뭐야? 창의력이 겨우 그것밖에 안 돼? 공부 잘
한다더니, 다 필요없네. 애정이 느껴지는 말을 생각해 내란 말
이야, 애정이!"

건너편에서 그녀가 발끈댔다. 저벅저벅 계속 멈추지 않고 걸
으며 그는 느긋하게 대꾸했다.

"난 애정이 느껴지는데. 못난이 인형 생각나고, 얼마나 귀엽
냐?"

"차라리 그냥 이름을 불러. 어설프게 애칭이랍시고 별명 만들

어서 사람 바보 만들지 말고. 반어법 애칭이란 건 원래 말투에서부터 애정 국물이 뚝뚝 떨어져야 되는 거야. 근데 넌 못하잖아. 너처럼 부르면 못난이가 예쁜이로 들리지 않고 진짜 못난이처럼 들린단 말이야. 어느 누가 우리 둘이 사귄다고 생각하겠냐? 들키고 싶지 않으면 그냥 입 다무는 상책이야. 알았어?”

그녀가 말을 마칠 때쯤 규신은 어둠 속에 완전히 묻혀 들어와 있었다. 구본나는 가로등 전구가 깨져 캄캄해진 구석에 서서 규신을 기다리고 있었다. 천천히 다가오는 규신을 빤히 바라보고 있는 그녀의 눈동자는 유난히도 반짝거렸다.

두려움없는 눈빛. 감성과 느낌이 풍부하게 자리한 눈동자.

규신은 자신도 모르는 사이 그녀의 까만 눈망울에 빠져들었다. 마법처럼 자신을 끌어당기는 눈에 시선을 맞춘 채 가만히 서 있었다. 한참 동안이나.

얼마나 서로를 마주하고 서 있었을까.

알 수 없는 느낌의 시선 교환과 그 사이에 일렁이는 묘한 유대감을 먼저 깨뜨린 이는 본나였다. 그녀는 꽤나 세찬 손길로 규신의 어깨를 주먹으로 퍽 치며 씩씩하게 말했다.

“가자, 남자친구.”

“남자친구를 부르는 말투가 너무 억세다고 생각지 않냐? 좀 애정이 묻어나는 목소리로 살강살강 부르는 게 어때?”

인상을 쓰며 규신이 말했다. 평소처럼 불퉁하게 툭 내뱉은 말이었지만, 말끝이 전과는 달리 말랑말랑했다. 비록 말하는 규신도, 듣는 본나도 전혀 느끼지 못하고 있었지만. 본나는 통박을 맞았음에도 별 신경 쓰지 않는 듯 또다시 규신의 어깨를 세차게 주먹으로 내려쳤다.

"야. 넌 왜 그렇게 생각하는 게 저차원이냐? 우등생, 천재 소리 듣던 모범생 맞냐? 평소 나답지 않게 알랑방귀 뀌는 게 더 어색하지! 연기하고 있다는 거 들통 나고 싶어? 오버해 봤자 다 필요없어. 애들이 이상하다고 느끼면 그때부턴 우리 계획은 좆나는 거라고. 뭐 알지도 못하면서."

"들키면 뭐, 실제로 사귀면 되지. 그럼 연기할 필요도 없어지잖아."

"너, 약 먹었냐? 무슨 헛소리를 하냐? 술 취했어?"

"술 아니고 담배지."

"담배도 취하니? 혹시……?"

본나가 두 눈을 동그랗게 뜨고 규신을 올려다보며 말끝을 흐린다. 어두운 곳에서 마주하는 그녀의 눈동자는 치명적으로 말갛다. 달빛이 가득 담긴 눈망울은 바라볼수록 아늑하고 포근하다. 그 눈 속을 헤매는 사이 그는 저도 모르게 입가에 부드러운 미소를 짓고 있었다.

"그런 거 아니니까 쓸데없는 상상 하지 좀 마. 제발 부탁이니까 내 걱정은 붙들어 매시고. 내 건강은 내가 알아서 챙겨."

"쳇. 건강 챙긴다는 애가 담배를 피우냐?"

"누가 내 속을 확 뒤집어놓아서. 화나는 일이 있으면 가끔 피우거든."

"너 또 내 탓이라고 말하려는 거야? 뭔데? 내가 뭐 어쨌는데 그렇게 꽁해 있어? 그냥 다 말해, 이 자리에서. 혼자 속상하다고 뻐끔뻐끔, 그러지 말고."

"몰라도 돼, 지금은 괜찮아졌으니까."

"괜찮아져? 내가 뭘 어쨌는데 다시 괜찮아져?"

"말해줘?"

"어!"

진짜 말해주려나? 본나는 혹하는 마음에 녀석의 어깨에 찰싹 붙어 고개를 쭉 밀어 올렸다. 뭣 때문인지는 모르겠지만 일단 마음이 풀렸다니까 말해줄 수도 있지 싶다. 사실 아까 왜 그리 화가 났었는지 정말정말 궁금하거든. 말해주지 않으니까 더 궁금하고, 궁금한데 알 수 없으니까 답답해 죽겠고. 본나는 평소 본나답지 않게 방긋 미소까지 활짝 띤 채 두 눈을 깜빡거리며 물었다.

"뭣 때문인데?"

"됐다. 말 안 하련다."

"어? 아, 왜!"

"네가 닭살애교 떠니까 말할 맛이 뚝 떨어졌어."

"이씨, 내가 언제 애교를 떨었다고 그래?"

"방금 귀여운 척했잖아. 방긋방긋 웃으면서."

"아니거든? 그게 무슨 애교야? 그냥 난……!"

"그냥 입 다물어. 괜히 궁색하게 변명하지 말고."

"변명 아니라고! 내가 미쳤냐? 너 같은 것한테 애교를 피우게?"

열심히 발끈하고 항의했지만 그는 별로 믿지 않는 듯 쭉쭉 앞으로 걸어 나아갔다. 키가 크니 다리도 길쭉길쭉, 보폭도 성큼성큼이다. 본나는 열심히 녀석의 뒤를 따르며 종알종알 잔소리를 해댔다. 누군가에게 애교를 피워본 적이 10년도 더 넘었다는 주장부터 시작해서, 애교라곤 바비인형 '리차드' 한테 피우는 게 유일하다는 말도 안 되는 소리까지. 고래고래 고함까지 질러가며 소리쳐 댔지만 녀석은 무슨 생각에선지 빙그레 웃으며 걷기만 할 뿐, 별다른 반응이 없었다. 가타부타, 통박을 놓든 화를 내든 짜증을 부리든, 것도 아니면 수긍을 하든 무슨 반응이 있어야지. 대체 무슨 생각이야? 궁금할 때쯤,

"다 왔다. 뭐 살 거야?"

한밤중 환하게 불을 밝히고 있는 편의점 앞에 서서 그가 물어왔다. 헥헥거리며 열심히 뒤쫓아온 본나는 순간 움찔, 숨이 차 콧구멍을 벌렁거리면서 땀이 찬 바가지머리를 손으로 쓸어 올렸다.

"그, 그런 게 있어."

"그런 게 뭔데? 남자친구잖아. 내가 사줄게."

"어? 그, 그럴 필욘 없는데. 안 사줘도 돼……."

응응. 그딴 거 안 사주는 남자친구가 훨씬 많음.

"사준다고 할 때 받아. 나중에 남자친구로서 해준 게 뭐냐고 바락바락 따지지 말고."

"안 따질…… 건데."

"뭔데 그렇게 말을 못해? 너 설마, 너도 담……."

"담배 아니거든?"

녀석의 밑도 끝도 없는 드립에 본나는 순간적으로 버럭거리고 말았다. 짜증나게 왜 자꾸 물어봐? 대답 못해주는 거 보면 뭔지 감이 안 와? 민망해서 말 못하는 건데 자꾸 캐물으면 나더러 어쩌라고.

"그러니까 뭐냐고. 대답 안 하니까 더 궁금하잖아. 빨리 말해."

"……."

"말 안 할 거냐? 어차피 너 살 때 딱 붙어서 네가 뭐 사는지 볼 건데?"

이렇게까지 말하는데 말 안 할 수가 있나. 상황이 급박해 다음으로 사는 걸 미룰 수도 없고, 사긴 사야겠는데 이 녀석한테 비밀로 하고 살 수도 없는 처지. 본나는 뚱한 얼굴로 옹알거렸다.

"……대."

"뭐?"

"……대라고."

"안 들려. 똑똑히 말해."

"생리대라고!"

결국 또 버럭 고함을 지르며 토설한 본나는 살짝 놀라 두 눈을 치뜨는 규신을 잔뜩 째려보며 터벅터벅 녀석의 앞을 가로질렀다.

에잇, 눈치없는 자식.

쪽팔려 죽겠네.

그날의 엽기적인 일은 다행히도 규신의 침묵 속에서 얌전히 묻혔다.

바비인형 건도 그러했듯 요번 일도 약점 하나 잡았다 신나하며 틈만 나면 언급해, 사람 약 빡빡 올릴 줄 알았던 이규신은 신기하게도 그날 이후 한 번도 그 일에 대해 말하지 않았다. 그녀가 물건을 집어 값을 치를 때도, 까만 비닐봉지에 담을 때도, 집에 돌아오는 길에서도 그는 꾹 입을 다물고 있었다. 본나도 나름 무안하던 차여서 덩달아 침묵했고, 두 사람은 집으로 돌아오는 내내 하늘에 총총 박힌 별들만 세어야 했다. 그리고 다음날부터 두 사람 사이는 묘하게 달라졌다.

우선 사귀는 사이라는 걸 공식적으로 인정하고 함께 붙어 다니기 시작했다. 친구들은 놀라고 황당해하긴 했지만 다들 축하해 주는 분위기였다. 몇몇 여자 후배들이 찾아와 징징거리기도 하고, 규신에게 본나를 잘 부탁한다고 말하기도 했으며, 본나에겐 규신이 어떻게 잘해주는지 궁금하다며 이것저것 캐묻기도 했다. 뭐, 물론 오지윤처럼 대뜸 찾아와 '오래 못 갈 거다' 는 악담을 퍼붓는 아이들도 있었다. 오래갈 거라 생각한 적 한 번도 없는 본나도, 그 소리엔 기분이 나빠졌다. '지가 뭔데 나한테?' 란 생각에 발끈, '너 보란 듯이 오래오래 갈 거야' 하며 약을 바짝 올려주었다. 하지만 역시 이런 일련의 주변 상황보다 더 많이 달라진 건 이규신의 태도였다.

확실히 달라졌다, 아주 많이. 너무 달라져서 본나가 흠칫흠칫 놀랄 정도로. '혹시 진짜로 날 좋아하나?' 하고 의심할 만큼 그는 남자친구 역할을 아주, 잘, 완벽하게 해내었다. 아니, 단순히 남자친구 역할을 해내고 있다고 말하기엔 표현이 너무 약하다. 뭐랄까. 신사다워졌달까? 부드러워졌달까?

딴사람 같다. 아니, 딴사람을 대하는 것 같다. 태권소녀, 하숙집 딸, 터프하고 남자다운(?) 구본나가 아닌 그냥 보통 여자아이를 대하는 듯했다. 그게 대체 무슨 차이가 있냐고 혹자는 물었지만 그 차이는 상당하다. 당사자인 본나가 확연히 느끼고 놀랄 만큼. 몇 가지 단적인 예를 들자면?

엊그제 체육 시간에 있었던 일이다. 친구들과 신나게 수다를 떨고 있는데, 갑자기 이규신이 다가와 뒤에서 허리를 감았다. 깜짝 놀라 이게 뭔 짓이냐며 주먹으로 녀석 뱃가죽을 강타했는데, 알고 보니 녀석이 제 점퍼를 그녀의 허리에 둘러준 거였다. 엉덩이 쪽에 붉은 핏자국이 얼핏 보였던 거다. 친구들은 너무 멋지다며, 저런 남자애랑 사귀어서 좋겠다고 생난리를 피웠지만, 본나는 어안이 벙벙한 채로 굳어버렸다. 아무렇지도 않게 허리를 감아 점퍼를 둘러준 것도 그렇지만, 아무 일도 없었다는 듯 무심히 스쳐 지나가 자연스럽게 운동하는 무리들에 끼어드는 녀석의 모습에서 따뜻한 배려심이 느껴졌고, 그래서 충격을 먹어버린 것이다.

이런 기분은 어제 쉬는 시간 복도에서도 똑같이 느꼈다. 동급생 남자 녀석 중 한 명이 어깨로 헤드락을 걸며 장난을 쳤는데, 본나는 여느 때와 마찬가지로 주먹을 휘저으며 녀석을 상대해 주고 있었다. 그런데 갑자기 쉽게 떨어지지 않을 것 같던 헤드락이 휙 풀어지더니 녀석이 바닥으로 꼬꾸라졌다. 놀라 고개를 들어보니 이규신이 옆에 버티고 서 있었다.

"내 여자친구 함부로 만지지 마."

꼬꾸라진 녀석을 향해 이규신이 던진 말이었다. 당연히 본나는 놀라 두 눈을 휘둥그레 떴고, 그는 멍해진 본나의 손을 낚아 채 유유히 교실로 들어갔다.

이런 일이 오늘 오전에도 한 차례 더 벌어졌었다. 남자애들끼리 무거운 물건을 운반하고 있기에 평소처럼 아무렇지 않게 끼어 같이 힘을 쓰고 있었는데, 갑자기 규신이 나타나 저지하며 말했다. '넌 여자잖아' 라고. 그리곤 너무나 부드럽게 그녀를 얌전히 자리에 앉히고는 자신이 대신 힘쓰는 일을 하기 시작.

순간 본나는 뭔가 상당히 잘못되어 가고 있음을 매우매우 강렬히 느끼고 말았다. 쿵, 심장이 바닥으로 떨어지더니 어딘가 많이 아픈 사람처럼 앓기 시작했다. 꾹꾹 미어지고 얼얼해지다가 급기야는 심각하게 빠른 속도로 뛰기에 이르렀다. 친구들은 부러워 죽겠다고 난리난리였지만 본나의 귀엔 하나도 안 들렸다. 자신의 빠르게 뛰는 심장 소리뿐.

이 시점에서 기가 막힌 건, 자신이 그의 방식에 점점 적응해가고 있다는 것이다. 점퍼사건 이후로 옷매무새를 신경 쓰게 되었고, 녀석이 있을 땐 웬만하면 소리치거나 주먹을 휘두르는 과격한 행동을 자제하게 되었다. 규신과 눈이 마주치면 시선을 피하게 되었고, 녀석이 자율학습 시간에 엎드려 자고 있으면 멍하게 몇 분씩 자는 모습을 구경하게 되었다. 수업을 잘 안 듣는 녀석을 위해 노트 정리를 해주는가 하면, 규신을 따라다니며 귀찮게 구는 오지윤 앞에서 보란 듯이 자진해서 팔짱까지 끼며 예의 애교 표정을 짓기도 했다.

녀석이 '넌 여자'라 규정하며 배려하는 행동들은, 예전이었다면 본나가 불쾌해하고 짜증냈을 일이었다. 여자라고 무시하지 말라며 버럭질하고, 오히려 더 과격하고 터프하게 주먹질을 했을 그녀였단 말이다. 한데 지금의 그녀는 180도 다르다. 화를 내기는커녕 오히려 생전 못해봤던 상전 행세를 하며, 좀 더 조신하고 여성스럽게 행동하려고 애를 쓰는 것이다.

본나는 자신이 무서워졌다. 이규신도 무서워졌다. 자신의 안에 쌓아놓았던 방어벽이 와르르 무너져 내리는 것 같아 두려워졌다. 그리고 급기야, '난 규신일 좋아하는 걸까?' 라는 문제에 미친 듯이 골몰하기 시작했다.

그런 와중에 시험이 치러졌고, 그날 오후 기다렸다는 듯이 고혜석이 찾아왔다. 채점까지 잘 매겨진 시험지를 들고.

"그러니까 네 시험지를 왜 나한테 보여주는 거냐고? 난 네 성적 관심없어. 어차피 보지도 않을 거니까 가져가."

"너한테 보여주기 위해서 열심히 공부했어. 그 어느 때보다도 미치도록 열심히."

"그러니까 이걸 왜 나한테 보여주는 거냐고. 네 공부를 너 위해서 해야지, 왜 날 위해서 하는 거야? 너네 엄마 보여 드려. 시험 성적 올랐다면 좋아하시겠네."

"전에 네가 말했잖아. 나랑 규신이 중 성적 더 좋은 놈이랑 사귈 거라고."

"뭐? 내가 언제?"

헛소리를 지껄이는 고혜석을 향해 본나는 도끼눈을 뜨고 부인했다. 아무리 머리가 달리기로서니 어떻게 그때 일을 그딴 식으로 곡해를 하는지. 규신과 자신 중 성적이 더 잘 나온 사람과 사귀는 걸로 하자고 제안했던 사람은 고혜석이었지 본나가 아니었다. 당연히 그녀는 거절했었고. 그런데도 저런 말을 하다니. 양심이 없는 건지 기억력이 형편없는 건지. 이건 뭐, 너무 제멋대로라서 할 말이 없네. 정말 유치하고 치졸해서 못 봐주겠다. 아, 왜 사내 녀석이 저따위야?

"기억 안 난다고 오리 발 내밀기냐?"

"네가 성적 운운한 거야 기억나지. 하지만 난 분명히 거절했잖아. 너, 내 성격 알지? 내가 그런 유치한 짓 엄청 혐오한다는 거 알고 있지? 내가 네 유치한 그 제안을 받아들일 사람으로 보이냐?"

"증거는 없다는 소리네."

"뭐?"

"없잖아, 증거. 거절했다는 증거가 어디 있냐?"

"헛! 너 완전 돌았구나? 막 나가기로 작정했냐?"

"억울하면 증거를 대. 아님 잔소리 말고 나랑 사귀든지."

뭐야, 이거. 제정신 아닌 거 맞네. 돌았나 봐, 진짜. 지금 이게 증거 운운할 사안이야? 애처럼 뭐하는 짓? 딱, 네 살짜리 꼬마가 가게 앞에서 뒹굴며 장난감 사달라고 떼쓰는 모양새이다. 아니, 네 살짜리도 이보다는 덜 유치하겠네. 혈압이 치솟자 심신 안정을 위해 본나는 씁씁후후, 숨을 들이쉬었다 내뱉기를 반복하곤 두 눈을 휙 치떴다. 난 남자가 남자답지 못하는 걸 보면 화가 치밀어.

"그래, 내가 동의했다 치자. 그래서 넌 네 성적에 자신이 있다는 거냐? 아직 이규신 성적이 어떻게 나왔을지는 너도 잘 모르잖아."

"지난번에도 이런 얘기했던 것 같은데. 이규신, 공부 안 하는 것 같더라는 말. 좋을 리가 없잖아. 아예 공부를 안 했는데."

"그건 두고 봐야지! 넌 왜 애가 제멋대로냐? 혼자 멋대로 룰 정해서 성적 좋으면 사귀는 거라고 우기더니, 이젠 아주 확인도 안 하고 결론을 내리는구나. 이규신이 공부를 했는지 안 했는지 는 모르겠지만, 성적표는 나와 봐야 아는 거지."

"보나마나 아니냐? 내 성적, 이번에 올랐어. 꽤, 아주 많이."

"전 과목 만점이라도 맞았나 보지? 엄청 자신만만하네. 그럼 이규신 성적이랑 비교하기 전에 나랑 한번 붙어보든지. 나보다 더 잘 나왔는지 어디 한번 보자."

"봐서? 내 성적이 더 좋으면 사귀어줄 거냐?"

"뭐— 그건 생각해 보고."

언뜻 긍정적으로 들리는 대답을 내놓았지만 당근 말밥, 본나 는 그딴 거 생각해 볼 마음 추호도 없었다. 미쳤나? 그딴 걸로 누군가를 사귀는 중차대한 일을 결정하게? 다른 애들이 얼마나 남자친구를 가볍게 사귀는지는 모르겠으나 본나는 아니다. 남 자다운 남자, 찌질하지 않고 믿을 수 있는 남자를 기다리며 보 낸 세월이 얼만데. 이런 찌질남의 대명사, 고혜석과 사귀기 위 해 바비들만 품에 안고 콧대 높였던 게 아니란 말이지.

"분명히 말했다. 너, 내 성적이 더 좋으면 나랑 사귀는 거다."

"야! 고려해 보겠다고 했지 언제 내가 사귄 댔어? 애 완전 웃 기는 애네."

또 우기기에 나서는 고혜석을 향해 본나가 척, 손가락을 찌 르며 소리를 칠 때였다. 뒤통수 뒤로 이규신의 목소리가 들려왔다.

"누구 마음대로 고려야?"

상큼한 녀석의 향내도 함께. 얌전하던 심장이 향기에 반응, 갑자기 펄떡거리기 시작했다. 상기된 얼굴로 본나는 휙, 뒤를 돌아보며 소리쳤다.

"이규신!"

지원군이다!

센스 만점 굿 잡. 흡사 영화 속 주인공이 결정적인 순간에 짠 나타나는 것처럼, 타이밍도 절묘하게 나타난다. 이렇게 반가울 수가 있나. 든든한 백 하나가 하늘에서 공짜로 떨어진 기분이다. 절로 어깨에 힘이 들어가고 찡찡거리고 있던 얼굴에 급, 화색이 돈다. 기분까지 상쾌해져 자동 텐션 업! 본나는 손을 높이 치켜들며 하이파이브를 청했다. 예아, 베베~ 왓츠업? 맨~

하지만 짝! 하고 손바닥을 마주쳐 줄 거란 '내 멋대로' 예상은 잔인하게 빗나가고 말았다. 환한 본나의 얼굴을 차갑게 굳어 있는 얼굴로 찌릿 째려보더니 이규신은 퉁명스럽게 대꾸했다.

"뒤로 가 있어."

놀라 두 눈을 휘둥그레 뜨는 그녀를 향해 이규신은 찬바람 쌩쌩 날리며 그녀를 지나쳐 고혜석 앞에 섰다. 본나는 당황했다. 요 며칠 감동스러울 만큼 배려있고 자상한 남자친구 역할을 충실히 잘해내고 있던 그가 갑자기 왜 이러는지 알 수가 없어 머리가 다 알딸딸해졌다. 학교에서 무슨 기분 나쁜 일 있었나? 생각하며 본나는 천천히 그를 돌아보았다.

규신은 고혜석과 마주 보고 서 있었다. 두 사람 다 아무 말 없었지만 본나는 알 수 있었다. 보이지 않은 기운이 팽팽하게 서로에 맞서 싸우고 있음을. 여느 남학생답지 않게 단정하게 차려입은 교복이 인상적인 규신은 뒷모습만으로도 혜석을 압도하고 있음을 알 수 있었다. 둘 다 큰 편이니까 실상 별 차이 없을 거라고 생각했던 두 사람의 키 차이는 붙여놓고 보니, 아니었다. 적어도 5~6㎝는 더 큰 것 같은 규신의 바디가 훨씬, 만 배 이상은 훌륭해 보였다. 잘나긴 잘났다, 이규신. 새삼 감탄스럽네.

"미안, 고혜석. 본나가 헛소리를 했어. 애가 가끔 남자친구가 있다는 사실을 망각하거든. 아직도 솔로인 줄 착각할 때가 많아. 그래서 내가 아주 골치지. 본의는 아닐 테니까 너무 약 올라 하진 마라."

"넌 뭔데 갑자기 나타나서 훼방이야? 빠져."

"나? 구본나 남자친군데. 너도 알잖아?"

"남자친구? 네가?"

혜석이 비아냥거리듯 묻더니 기분 나쁜 미소를 지으며 껄렁껄렁 고개를 흔들고 혓바닥으로 입안을 슥삭 훑었다. 그러고는 퉤, 바닥에 침을 뱉는다. 아니, 저게. 본나는 주먹을 불끈 쥐며 녀석을 노려보았다.

이건 엄연히 고혜석의 도발이었다. 녀석은 일부러 여차하면 싸움이라도 벌일 분위기로 몰아가고 있는 게 틀림없었다. 불행하게도 둘이 싸우면 규신 쪽이 불리했다. 혜석은 학교에서 운동 잘하기로 소문난 아이였고, 실제로 지난번 잠깐 힘겨루기를 해 본 결과 운동으로 다져진 근력이 대단했다. 반면 이규신은 동네 후진 불량배한테도 얻어맞고 무서워 벌벌 떨며 지방까지 쫓겨 내려온 불쌍불쌍, 연약연약한 녀석이었다. 상황이 이러니 둘의 대결은 안 봐도 뻔. 이규신의 떡실신으로 끝이 날 게 확실했다. 괜히 욱해서 싸움에 휘말리면 안 될 텐데.

본나는 걱정스런 눈으로 규신의 등을 바라봤다. 정말 여차해서 싸움이 벌어지면 자신은 무슨 일이 있어도 규신을 보호해 줘야 된다고 본나는 굳게 다짐하고 있었다.

"아, 뭐 그래. 애들 사이에서 너희 두 사람 얘기 흥하더라. 둘 이상만 모여도 쑤군쑤군 너네들 이야기 하던데. 미안하지만 다들 너희 둘 안 어울린대. 사귀는 사이가 아니라 강제로 끌려 다니는 것 같단다. 물론 구본나한테 네가. 본나가 힘으로 제압해서 억지로 데리고 다니는 거 아니냐고 다들 낄낄거리던데. 한 번도 못 들어봤냐?"

"그런 얘긴 네 귀에만 들리나 보지."

"하긴 누가 당사자가 들리도록 쑤군거리겠냐? 안 들리게 몰래 하겠지. 하여튼 너희 둘, 주변에서 다들 안 어울린다고 말한다는 거, 그건 제대로 알고 있어라. 여리여리해 계집애보다도 더 예쁘장하게 생긴 너. 남자보다도 더 남자다운 구본나. 최악의 조합이지. 이건 뭐 연인 사이가 아니라 병약한 도련님과 여자 경호원 같은 분위기잖아?"

"별로, 남들이 어떻게 생각하든 관심도 없고 관여하고 싶지도 않은데. 전혀 위협이 되지 않는 얘길 구구절절 내게 하는 이유가 있겠지?"

"……."

"아참. 너, 그 알량한 성적표 하나로 내 여자친구를 채갈 계획이었지? 어린애 칭얼거리는 것처럼 공부 잘하는 사람이 구본나 갖기, 뭐 그런 방식이었던 것 같은데. 너무 미개하고 무식하다고 생각하지 않아?"

"뭐? 미, 미개하고 무식해?"

"사람의 마음을 얻는 방식이 틀렸잖아. 본나가 좋아서 본나와 사귀고 싶어하는 건 이해돼. 나도 그랬으니까. 하지만 정말 본나가 좋아서 갖고 싶다면 본나의 마음을 움직이도록 해야지 이런 식으로 억지 룰 만들어서 그저 빼앗을 생각만 하는 건 너무 어린애 같잖아."

"내가 어린애면 넌 뭐야? 겉멋만 잔뜩 들어서는. 사람들 앞에서 멋있는 척만 하면 다야? 얘기 들어보니까 아주 신사인 척 쩔던데? 사람들 앞에서 챙겨주고 배려해 주고. 전시 연애 장난 아니라고 하더라만. 난 안 믿어. 네 가증스런 짓에 안 속는다고.”

“무슨 소릴 하는 건지 모르겠네. 전시 연애는 뭐고, 가증스런 짓은 또 뭐냐?”

“너, 성적 조작했잖아. 천재라느니, 서울 유명 모 고등학교의 전교 1등이라느니. 어디서 그딴 소릴 퍼뜨려서는. 다들 그 소문에 휩쓸려서 진짜인 줄 알았지. 공부 잘하고 얼굴 좀 생기고, 키도 큰데다가 서울이라는 프리미엄까지 붙으니까 다들 널 신기해하고 좋아했었어. 그러니까 기고만장해져서 어떻게든 더 잘난 척하고 싶었던 거 아니야? 남들 앞에서 멋진 남자가 되고 싶었겠지. 여자들의 관심과 인기, 싹 쓸어 담고 싶었을 거야. 그래서 선택한 게 구본나잖아. 여자들의 우상, 하지만 남자들에겐 제일 인기없는 무매력녀 구본나. 얘한테 친절하고 매너있게 사귀어주면 덩달아 네 인기도 올라갈 거라 착각하고 시작한 게임이잖아.”

“진짜 좋아해서 사귀고 있을 거란 생각은 조금도 들지 않는 거냐?”

“진짜 좋아…… 뭐? 풋!”

규신의 말을 잠깐 따라 하더니 어이없다는 듯 혜석이 헛웃음을 흘렸다. 분위기 봐서 여차하면 튀어나갈 생각으로 주먹을 꼭 쥐고 혜석을 노려보고 있던 본나는 눈썹을 찌푸렸다. 말도 안 된다는 듯 비웃는 혜석도 혜석이지만, 그전의 이규신의 말이 너무나 진짜처럼 들려서 말이다. 물론 절대로 녀석이 진심으로 한 말이라곤 생각지 않았다. 진짜 좋아하는 여자한테 저런 느끼하고 닭살스런 말을 할 줄 아는 녀석도 아니질 않은가. 당연히 그냥 혜석과 대적하기 위해 둘러댄 말이겠거니 생각하고 있다. 한데, 그런데도 불구하고 매우 불편했다. 녀석의 억양이며 어조가 진짜처럼 느껴져서. 역시, 아니겠지? 그냥 연기를 잘하는 거겠지?

"지금 네 말, 완전 폭소 수준이란 거 알지? 너무 웃겨서 웃음도 안 나온다. 구본나를 진짜 좋아한다는 게 말이나 돼? 도대체 어디가 어떻게 좋은데? 얼굴이 되냐 몸매가 되냐? 성격도 포악해서는, 마음에 안 들면 소리치고 깨부수고. 남자 애들 중 열의 아홉은 죄다 도망치는 게 구본나야. 동성 친구처럼 사귀는 건 몰라도, 이성 친구로 사귀는 건 다들 질색한다고."

"그거 듣던 중 반가운 소리네. 너도 그럼 동성 친구로서 사귀자고 하는 거냐?"

"뭐라고?"

"남자들한테 인기없는 무매력이라며. 얼굴 안 되고 몸매 안 돼서 열의 아홉은 도망친다는데, 넌 왜 본나랑 사귀지 못해 안달인 건데? 너도 본나와 사귐으로써 뭔가 얻어지는 타이틀이 고픈 거 아니야?"

"그, 그게 무슨 소리야?"

혜석이 말을 더듬으며 물었다. 뭔가 허에 찔린 듯한 표정을 보니 규신이 핵심을 제대로 짚었나 보다. 어쩐지 자꾸 들러붙는다 했지. 어휴, 한심한 것. 중 2병인가 보다, 이 녀석도. 허세 돋는 남자애들이 하는 짓이 딱 이런 거지. 남들 앞에서 잘난 척하고 싶어 환장해서는. 저러다 언제 한 번 큰코다치지. 쯧쯧, 혀를 차며 본나는 고개를 살랑살랑 흔들었다.

"네가 어떤 타이틀 때문에 이러는 건진 몰라도 더 이상 내 여자친구 건들지 마. 함부로 말하지도 마. 구본나는 엄연히 내 거야. 네가 이렇다 저렇다 평가하는 거 허락 못해. 그러니까 다시는 얼씬거리지도 말고, 억지 쓰면서 사귀자 강요하지도 마."

"내가 먼저야. 구본나한테 먼저 사귀자고 대시한 사람은 나라고. 네가 전학 오기 전부터 난 구본나랑 사귀려고 작정했었단 말이야."

"먼저 대시한 사람은 너일지 모르지만, 먼저 사귀고 있는 사람은 나야."

"너 아니었으면 구본나는 진작 날 받아들였어. 벌써 사귀고 있었을 거라고! 너 때문이야. 네가 나타나서 모든 걸 망쳤어!"

"그러게. 넌 지금도 계속 삽질 중인데 난 별로 힘 안 들이고 사귀게 됐네. 구본나는 죽어도 넌 싫지만, 난 죽도록 좋은가 보지. 눈에 들어오는 남자가 없어서 지금껏 남자친구도 한 명 안 사귀고 있는 구본나가 나한텐 쉽게 넘어왔어. 그럼 진정한 위너는 나인가? 근데 넌 어떻게 아직도 학교 킹카 자리에 앉아 있는 거냐? 양심도 없이."

"이, 이…… 이 자식이!"

살살 긁는 이규신의 말에 치명적인 내상을 입은 듯 혜석이 왈칵 달려들었다. 거칠게 멱살을 잡고 흔들며 혜석이 크르릉, 동물 울음과도 같은 소리를 냈다. 본나는 콧잔등을 찌푸리며 움찔했다. 아무래도 이건 이규신의 실수 같았다. 건드려도 너무 건든 거다. 고혜석이 킹카, 인기남 타이틀에 얼마나 목을 매는 녀석인데. 눈에 쌍불을 켜고 달려드는 것 좀 봐라. 안 되겠다 싶어 본나는 냉큼 달려가 두 사람을 뜯어말렸다.

"야! 넌 뭔데 우리 규신이 멱살을 잡아? 놔. 놔, 이거!"

"저리 비켜라, 다치고 싶지 않으면."

역시 근력 하난 짱인 듯. 혜석의 팔은 꿈쩍도 하지 않고 계속해서 규신의 목을 조르고 있었다. 규신은 우월한 키 때문에 고개를 든 채로 가만히 서 있을 수 있었지만 그것뿐. 혜석을 떼어 내질 못하고 있었다. 아마도 혜석과의 싸움에 자신이 없는 모양이었다. 바보 같은 놈. 자신이 없으면 건드리지 말았어야지, 왜 살살 약을 올려서 사태를 이 지경까지 만들어? 본나는 규신을 걱정스레 흘겨보며 더욱더 혜석에게 매달렸다.

"비킬 사람은 너지, 왜 남의 남자친구 멱살은 잡고 난리냐고. 네가 깡패야? 네가 조폭이야? 힘없고 약한 애를 왜 괴롭혀?!"

"괜히 옆에 있다가 한 대 맞지 말고 꺼져. 너 아무리 센 척해봐야 나한텐 안 돼."

"애를 괴롭히니까 그렇지. 우리 규신이 놓으면 나도 꺼져 줄게. 얼른 놔! 빨리! 애 숨 막혀 죽으면 네가 책임질 거야? 그러지 말고 규신인 놓고 얘기하자. 나랑 해결 봐. 나하고 얘기하면 되잖아. 어차피 나랑 생겼던 트러블이니까!"

"꺼지라고 했다? 안 꺼져? 진짜 한 대 맞고 싶어?"

"네가 때리면 난 못 때릴 줄 알아? 나도 킥 하난 자신있거든? 내 발차기 한 방이면 넌 끝장이야!"

"이게 진짜 어디서!"

고혜석이 발끈해 소리치는 순간이었다. 퍽, 소리와 함께 턱이 돌아갔다. 그리고 이 둔탁한 느낌의 정체가 뭔지 스스로 가늠해볼 틈도 없이 바닥으로 내동댕이쳐졌다.

아팠다, 엄청 많이. 12살 때, 생애 마지막 대련이 되었던 시합 때만큼이나 커다란 통증이 밀려왔다. 턱으로부터 날카롭게 파고드는 아픔에 인상을 찌푸리며 본나는 천천히 손바닥을 올려 턱을 쥐었다.

12살, 작은 키의 소녀였던 본나는 태권도장에서 연습 대련을 하다가 집중 공격을 받고 쓰러졌다. 대련의 상대는 2년이나 한결같이 짝사랑하던 오빠. 굉장히 잘생겼고 인기도 많았다. 잘생긴 아이가 운동도 발군이니 당연히 본나도 마음을 빼앗겨 2년을 끙끙 앓다가 겨우 좋아한다고 고백했었다. 하지만 고백하자마자 대답도 듣기 전에 대련이 시작되었고, 마지막 결승에서 그와 마주치게 되었다.

그리고 그녀는, 졌다.

남자는 인정사정 봐주지 않고 공격을 퍼부었다. 본나는 첫 공격의 매서움에 놀라 허둥거리다가 두 번째 공격도 놓쳤고, 연달아 쏟아지는 세 번째 공격에서 와르르 무너지고 말았다. 완전한 참패. 무참할 정도로 본나는 완패했다. 바닥에 쓰러져 깨질 것 같은 턱을 부여잡으니 아이들이 우르르 달려와 괜찮으냐고 물었다. 자존심 상했다. 도장에서 일인자였던 자신이 좋아하는 남자 앞에서 무너져 비실대는 꼴이 너무나 창피했다. 하지만 더 수치스러운 건 그 녀석의 시선. 비웃는 그 미소. 그리고 던지던 말 한마디.

"못생긴 게."

그 뒤부터 본나는 남자를 싫어하게 되었다. 자신이 여성으로서의 매력이 없다는 사실을 쿨하게 인정하고서 그에 대한 미련도 싹 다 버렸다. 핑크색과 레이스를 좋아하는 것 따윈 철저하게 숨기고, 터프한 척하며 남자답고 대인배인 척 굴었다. 강한 여자가 되고 싶었으니까. 상처 따위는 절대로 받지 않는 강철심장이 되고 싶었으니까. 지금의 진짜가 아닌 모습으로 중무장한 것은 어쩌면 12살 철부지 시절 드리워진 트라우마 탓인지도 몰랐다.

근데 왜, 하필 지금 그때의 기억이 떠오르는 거지?

'규신이.'

규신이를 지켜줘야 하는데. 지켜주기로 약속했는데……. 멍하게 생각하며 본나는 고개를 천천히 들었다. 그리고 그 순간, 충격적인 장면을 목도했다. 헉! 소리가 나올 정도로 놀라운 광경. 규신이 발부리로 혜석의 복부를 정통으로 걷어차고 있었다.

"억!"

"혜, 혜석아!"

고깃덩어리가 바닥으로 떨어지는 것과 같은 둔탁한 소리가 퍽, 나더니 혜석은 바닥을 뒹굴기 시작했다. 두 손으로 머리를 감싸 쥐고. 바닥으로 쓰러지면서 머리를 부딪친 모양이었다. 혜석은 너무나 고통스러운 듯 신음조차 제대로 내지 못하고 뒹굴기만 했다. 너무 놀라 본나는 재빨리 일어나 혜석에게로 달려갔다.

"야, 고혜석. 괜찮아? 정신 차려봐."

"으……"

"눈 좀 떠보라고. 도대체 어딜 다친 건데? 야, 많이 아파? 인마, 뭐라고 말 좀 해봐!"

"머리…… 머리가."

"머리? 머리, 어디? 뒤통수?"

고통스러워 눈도 제대로 못 뜬 채로 혜석이 고개를 끄덕인다. 세상에, 머리를 다치다니. 왜 하필 머리야? 본나는 기겁한 얼굴 그대로 번쩍 들어 규신을 올려다보았다. 규신은 차갑게 굳은 얼굴로 본나를 뚫어져라 지켜보고 있었다. 흐트러짐 하나 없는 자세였고, 놀라거나 당황한 기색도 전혀 없었다. 사람이 쓰러졌는데, 자기 때문에 사람이 뒹굴고 신음하는데 너무나 멀쩡한 얼굴이었다. 어이가 없어 본나는 버럭 고함을 쳐버렸다.

"너, 지금 제정신이야? 갑자기 옆에서 공격하는 건 어디서 배웠어? 싸움을 하려면 어찌 됐든 정정당당히 해야지, 이게 뭐야? 네가 깡패야, 그냥 막 때리게?"

"깡패?"

"아니야? 얠 좀 봐라. 바닥에 머리를 부딪쳤잖아. 얼마나 아프겠냐? 잘못되면 어쩌려고……!"

"아아아……!"

본나가 혜석의 머리를 받치고 있던 손을 들썩이자 녀석이 심하게 앓는다. 정말 많이 아픈가 보다. 어쩌면 좋지? 심하게 잘못됐으면 어쩌지? 괜히 이런 일에 연루되면 규신도, 자신도 좋을 게 하나도 없었다. 좋은 게 좋은 거 아니겠는가. 누구든 다치지 않고 둥글게 해결되는 게 가장 바람직했다. 가만히 있으면 내가 알아서 다 해결할 텐데 왜 나서서 일을 꼬이게 만들어? 힘도 없는 게, 센 척하느라 이게 뭐냐고.

"놔둬, 그 녀석은 다쳐도 싼 녀석이야."

"너, 그게 지금 할 소리냐? 사람이 다쳤는데."

"그 녀석이 너한테 방금 무슨 짓을 했는지 생각해 봐. 너, 벌써 턱이 부어올랐어. 그 턱을 해가지고도 그 녀석 역성이 들어지냐?"

"이, 이건……."

"이리 와. 거기 달라붙어서 간드러지는 소리 내지 말고."

"뭐, 뭐? 간드러지는 소리?"

"고혜석 옆에 앉아서 걱정되는 얼굴로 징징거리지 말고 이리 오란 말이야. 네 남자친구는 나지 고혜석이 아니야. 붙어서 콧소리 낼 거면 내 옆에서 나한테 해. 거기서 그러고 있지 말고."

"너, 지금 말 다했냐? 나한테 그렇게밖에 말 못해?"

어떤 포인트에서 화가 났는지는, 그녀 자신도 알 수 없었다. 그냥 욱한 감정이 불쑥 솟구쳐 참을 수가 없어졌다. 이 복잡한 감정을 어떻게 설명해야 할까. 너무나 많은 감정들이 머릿속에서 회오리쳐 혼란스러웠다. 실망, 놀람과 당혹스러움은 그렇다 치자. 대체 이렇게 마음이 아파오는 건 뭔데? 왜 아픈 건데? 눈물은 왜 나오려는 건데? 대체 이규신한테 뭘 기대한 거니?

그는 그저 3개월 시한부 남자친구일 뿐이다. 정말 좋아서 사귀는 게 아니라 남들에게 보여주기 위한 전시용 남자친구. 그런 그가 말 한마디 차갑게 했다고, 이렇게 아파하고 서운해하는 건 분명 오버였다. 착각하지 말자, 구본나. 이규신이 며칠 동안 친절하게 행동했던 건 자신의 역할에 충실하기 위해서였어. 그것뿐이야. 그는 네 것이 아니라고. 현실과 연극을 구별 못하는 바보짓은 그만하란 말이야.

"고혜석, 좀 일어나 봐. 병원에라도 가봐야지, 이러고 있으면 안 되겠어."

일시에 밀려드는 수많은 감정들을 저만치 밀쳐 두고, 본나는 혜석을 향해 무뚝뚝하게 말했다. 어찌 됐든 이규신한테 맞아 드러누워 있는 사람은 고혜석. 잘못되면 큰일이니 병원에 가서 엑스레이라도 찍어봐야 마음이 편할 것 같았다.

"아아— 머리가 계속 띵해서 일어나기도 힘들어."

죽는 시늉도 이렇게 심하게는 안 하겠다 싶을 정도로 혜석이 앓는 소리를 냈다. 너무 심하게 이러니 엄살 같단 생각도 들었지만, 그렇다고 이대로 무시할 수도 없는 일이었다.

역시 병원에 데리고 가봐야겠군. 대체 이규신은 얼마나 세게 걷어찼기에 애가 이 지경으로 뻗어버린 거냐? 비실비실 약골처럼 뵈는 녀석이 발길질 하나는 제대로 했네. 뇌진탕이면 어쩌지? 그럼 큰일인데.

"걷지도 못하겠어? 그 정도로 머리가 흔들려?"

"아무래도 뇌진탕인가 봐. 머릿골이 계속 울려."

"그럼 혼자서는 못 걷겠네?"

"아, 그렇다니까! 보면 몰라?"

신경질적으로 말하며 혜석이 두 손으로 머리를 감싸 쥔다. 으으, 아아, 앓는 소리의 강도도 더욱 높아지자 본나는 긴 한숨을 내쉬며 규신을 올려다보았다.

"너 때문에 생긴 일이니까 네가 책임져. 이리 와서 애 좀 업어봐."

"뭐?"

"업어보라고, 좀. 병원엔 가야 할 거 아니야. 많이 아프다는데

엑스레이라도 찍어봐야지.”

“나더러, 그 녀석을, 업으라고?”

규신이 조용히 물었다. 뚝뚝, 마디를 끊어가며 씹어뱉는 말투가 사뭇 살벌했다. 등골까지 오싹하게 만드는 서늘함에 본나는 잔뜩 긴장하고 말았다. 뭐지, 이 눈빛은? 전혀 약골스럽지 않은데. 학교 불량배들한테 괴롭힘당해 주눅 들고 상처받은 비실이의 모습이 전혀 아닌데. 오히려 눈빛만 두고 보면 17대 1로 싸워도 거뜬히 해치울 것 같단 말씀이지. 설마…….

“그럼 내가 업으리? 업을 사람이 너밖에 없잖아.”

“그거 좋은 생각인데. 네가 업어. 그럼 되겠네.”

본나의 눈에 차가운 시선을 흔들림없이 똑바로 내리꽂은 채로 그가 중얼거렸다. 살 떨리게 매서운 그의 목소리에 본나는 다시 한 번 놀랐다. 알고 지내는 동안 수많은 말씨름과 기싸움이 있었지만, 단 한 번도 그가 이렇게까지 무섭게 말하는 걸 본나는 본 적이 없었다. 그래서 너무나 낯설고 생경하고 어색해서 어안이 벙벙해지는 그녀였다. 그런 그녀를 향해 규신이 픽, 매정하고 비틀린 미소를 지어 올렸다. 그리고 그 어떤 때보다도 더 나긋하고 달콤하게 속삭였다.

“넌 남자보다도 더 남자다운 구본나잖아. 무등산 정기를 물려받은 태권소녀라는 타이틀로 방송까지 나와 널리 만방에 이름을 떨쳤던 바로 그 구본나. 학교에선 여자 괴롭히는 남자 녀석들 혼내주는 멋진 여자로 유명하고, 중성적인 매력 때문에 남자보다는 여자한테서 더 인기가 많은데다, 작년엔 학교 안으로 침입한 변태 성욕자를 직접 처단하기까지 하셨잖아. 그쯤이면 거의 영웅이나 다름없는데 이깟 쓰러진 남자 환자 한 명쯤 거뜬히 업고 뛸 수 있어야 맞는 거 아니야?"

"무…… 무슨 소리를 하는 거야?"

"너 혼자 다 해먹으란 소리야, 구본나."

아무리 생각해도 해석이 불가능한 말들. 대체 이게 다 무슨 소린지 당황스런 감정을 어떻게 추슬러 보기도 전에 그는 싸늘한 바람을 일으키며 집 안으로 사라지고 말았다.

쾅!

천둥보다도 더 큰 소리로 문이 닫히자마자 본나는 아직도 얼떨떨해 정신 못 차린 얼굴로 천천히 그를 삼킨 허름한 대문을 돌아보았다.

✳

"어머어머, 쟤네 뭐야? 왜 저래? 오지윤 좀 봐. 이규신이랑 팔짱 끼었어. 헐, 손도 잡고 있네. 게다가 저렇게 딱 달라붙어서 뭐하는 거임? 쟤 미친 거 아니야? 어디 꼬리칠 사람이 없어서 이규신한테? 이규신이 누군데. 구본나 여자친구라고 퉤퉤, 침 발라져 있는 규신이한테 저게 무슨 짓이야? 제정신 아닌 것 같은데?"

머릿속이 싸늘하게 식어가는 것을 느끼며 본나는 오른쪽 귀청을 짱알짱알 울리는 친구 혜원의 목소리를 듣고 있었다. 스포츠 캐스터라도 되는 양 혜원은 본나의 안구에 맺힌 영상을 입으로, 가혹하리만치 생생하게 묘사하고 있었다.

"저 여시처럼 생글생글 눈웃음치는 것 좀 봐. 아주 대놓고 유혹하는구나. 쟤 정말 저래도 되는 거니? 저거 저대로 놔두면 안 될 것 같은데? 내가 본 것만도 몇 번짼지 모르겠어."

"그만 좀 해, 시끄러워. 두 사람 듣겠다."

"들으려면 들으라지. 내가 뭐 틀린 말 한 거 있어? 이규신이 구본나 남자친구인 것은 우리 현대고 전교생이 다 아는 사실 아니야? 남자친구한테 다른 계집애가 붙어서 눈웃음 살살 치고 있는데, 어느 여자가 가만히 보고 있냐? 게다가 요즘 너희 사이, 안 좋아서 냉기류 형성 중이란 거 뻔히 아는데. 그 사이를 비집고 들어와서 저래야 되는 거야? 같은 여자끼리 오지윤, 저건 너무한 거지."

"……."

"솔직히 말해봐. 너희 진짜 아무 일 없어? 잠깐 다툰 거치곤 너무 오래가잖아. 게다가 이규신 태도도 이상하고. 아무리 너랑 싸웠다고, 다른 여자애랑 공개적으로 같이 다니는 거 진짜 웃기잖아. 오지윤 노골적으로 대시하는 건 열외로 치더라도, 이건 너무 이상해. 단순히 말다툼으로 잠시 틀어진 거라 하기엔 너무 너무……."

“막 나가고 있지.”

본나도 알고 있다. 지금 규신과 자신이 남들 눈에 어떻게 보일지. 며칠 전 혜석 때문에 벌어진 사건 이후 농담 한마디 제대로 나눠본 적이 없는 그들이었다. 뭣 때문인지도 정확히 모르는 상태로 그녀는 규신으로부터 외면당하고 거부당했다.

“저대로 둘 거야? 도대체 왜 그러는데? 뭣 때문에 싸웠는데? 싸웠으면 얼른 화해를 해야지 왜 더 싸울 건더기를 만드는 건데?”

“…….”

“뭐라고 말 좀 해봐. 넌 아무렇지도 않냐? 남자친구 옆에 저렇게 불여시가 딱 붙어서 떨어지질 않는데 넌 화도 안 나? 왜 바보처럼 가만히 보고만 있어? 네 거잖아.”

“그럼 뭐 어쩌라고. 화기애애, 하하호호, 웃고 즐기는 두 사람 사이 끼어들어 깽판이라도 치라는 거야 뭐야?”

“당근 그렇게라도 해야지. 이대로 두면 빼앗길 게 빤한데. 넌 네 남자를 다른 여자가 유혹하고 있는데, 아무렇지도 않아? 가서 확 머리끄덩이를 잡아버리든지, 네 특기인 돌려차기로 지구 밖까지 날려 버리든지 소유권 주장을 해야지. 저대로 두면 너, 영영 이규신 잃게 돼. 그래도 좋아? 억울하고 분하지 않아? 이대로 밀려나는 건 오지윤이 원하는 바잖아. 나 같으면 오기로라도 이규신 붙잡고 안 놔주겠다.”

“오기로 나 싫다는 남자를 붙잡고 있어야 된다?”

착잡한 얼굴로 본나는 천천히 중얼기렸다. 어딘지 텅 빈 듯한 그녀의 시선이 이규신과 오지윤의 뒷모습에 꽂혀 있었다. 말로 표현하진 않았지만 본나 역시 이 상황이 몹시도 분하고 화날 터. 혜원은 답답했다. 대체 뭣 때문에 하루아침에 둘 사이가 틀어졌는지. 분명 지난 주말까지는 완전 닭살커플이었는데.

사실 혜원은 이규신&구본나 커플의 최대 지지자였다. 처음엔 워낙 잘생겼고 스펙이 빵빵해서 이규신이란 녀석 자체에 관심이 많았었지만, 지금은 본나의 조력자, 지지자, 혹은 외조자 등 구본나 남자친구로서의 이규신을 좋아했다. 솔직히 정식으로 사귀기 전 두 사람은 외모적으로도, 성격적으로도 어울리지 않는다는 게 주변 사람들의 의견이었고 혜원 역시 그렇다고 생각했었다. 하지만 두 사람은 본격적으로 사귀면서 많은 사람들 앞에서 증명해 보였다. 자신들이 얼마나 잘 어울리고 서로 맞는 커플인지를.

규신은 본나를 여자로 대했다. 다른 여자아이들이 받아왔고, 지금도 받고 있는 여자로서의 대우와 배려를 규신은 본나에게 당연하다는 듯 자연스럽게 해주었다. 안타까운 일이지만, 사실 본나는 그런 것들과는 먼 인생을 살아왔었다. 스스로 남자다운 척, 남자들 무리에 끼어 활동했고, 남자들이 하는 일을 맡아 해왔던 탓에 대부분의 사람들은 본나를 여자보다는 남자처럼 대하고 있었던 것이다.

덕분에 규신과 사귄 이후 본나는 눈에 띄게 예뻐졌다. 표정도

밝아졌고 성격도 훨씬 쾌활해져 친구인 혜원의 눈엔 너무나도 좋아 보였다. 당근 열렬한 ‘규본커플’의 지지자가 되었고, 학교 내에는 자신과 같은 입장인 친구들도 꽤 많았다. 그리고 지금 그 친구들은 걱정의 눈길로 규본커플을 지켜보고 있었다.

“딱히 오기로 붙들라는 뜻은 아니고. 원래 남자들이 조금 유치한 구석이 있잖아. 여자들이 굽히고 들어와 주길 바랄 때가 있어, 가끔은.”

“그러니까 내가, 저 깨소금 진동하는 곳에 직접 걸어가서 제발 다시 돌아오라고 자존심 굽히며 애원해야 한다, 뭐 그런 소리야?”

“깨소금은 무슨. 저게 어떻게 깨소금이 진동하는 분위기냐? 상대 팔을 잡고 늘어지는 쪽이 어느 쪽인지 잘 봐라. 오지윤, 쟤 너무 심해. 갖은 아양을 떠는 게 규신일 잡으려고 안달 난 애처럼 뵈지 않아? 안달이 왜 나겠어? 제 손에 안 잡히니까 그러는 거지.”

“어쨌든 나더러 가서 빌라는 말이잖아. 내가 굽히고 들어가야 저 꼴을 안 볼 수 있다, 그 뜻 아니야?”

“그래야 한다면 그래야…… 하지 않겠냐? 이대로 두 눈 멀쩡히 뜨고 남자친구 빼앗길 순 없잖아. 저쪽은 작정하고 덤비는 것 같은데.”

“저쪽이든 그쪽이든! 내가 왜 빌어야 하는데? 난 잘못한 게 없어. 삐친 것도 이규신이고, 왜 삐친 건지 말 안 해준 사람도 이규신이야. 내게 기대하는 게 없으니까 아무 말 하지 않는 거 아니야? 아무 말 없이 그냥 떨어져 나간 거야. 내 잘못이 아니라 이규신 마음이 변한 거라고.”

“그건 네 생각이고. 내 보기엔 이규신이 너랑 헤어지고 싶어서 저러는 것 같진 않거든? 저걸 좀 봐. 오지윤은 자꾸 들이대는데 이규신은 무덤덤하니 가만있잖아. 별 생각이 없는 거지. 오지윤처럼 예쁜 애를 보고도 별 생각 없다는 건 아직 너를 좋아하고 있다는 거 아니겠어?”

“…….”

“이규신은 분명 너한테 꽁한 게 있어. 아직 그게 풀리지 않아서 저렇게 삐뚤어지고 있는 거지. 그러니까 네가 먼저 가서 화해를 청하면 의외로 게임은 쉽게 풀리게 되어 있는 거라고. 알겠냐? 빨리 가서 끼어들어. 네 남자친구, 다시 되찾아와!”

정상적인 상황이라면 혜원의 말이 다 맞다고 시인했을 것이다. 그리고 그녀의 등살에 못 이긴 척 움직여 먼저 대화를 시도했겠지. 어쨌든 본나는 누군가와 이렇게 어색한 관계를 지속하는 걸 좋아하지 않으니까. 하지만 아쉽게도 두 사람은 보통 남녀 사이와는 아주 많이 다르다. 서로 필요에 의해 묶여 있는 전략적 유닛.

좋아해서 만나는 게 아니다. 서로 호감이 있어 교제하는 게 아니란 말이다. 규신도 자신도, 그 사실만큼은 확실하게 인지하고 있지 않았던가. 그런데도 ‘내 것’임을 강조하며 오지윤과의 사이를 훼방 놓는다는 것은 본나의 입장에선 적지 않게 저어되는 일이었다. 규신이 불편해하는 거라면 모를까, 딱 봐도 별로 싫어하지 않는걸 뭐. 좋다고 찾아오는 여잘 평소처럼 딱 잘라 거절하지 않는 것만 봐도 마음이 확실히 변한 게 틀림없었다. 그렇다면, 자동으로 그들의 유닛은 깨지게 되는 건가.

'……우이씨!'

덤덤하게 상황을 받아들이다가도 이 대목이 되면 절로 욕설이 터지는 게 보통 사람의 당연한 반응. 화가 났다. 막말로 오지윤과 저렇게 나란히 걸어갈 정도면 이미 게임은 끝났다는 건데, 그렇다면 적어도 자신과의 관계는 정리해 줘야 하는 거 아닌가? 이도 저도 아닌 상태에서 저런다는 건 딱 '엿 먹어라, 구본나'지. 이렇게 쉽게 깨뜨릴 거면서 왜 그토록 사귀는 척이라도 하자며 매달렸는지 그것이 알고 싶다. 왜 하필 오지윤한테 넘어가서 사람 속을 뒤집는지 그것도 알고 싶다. 왜 실제 커플처럼 그토록 잘해줬는지, 그건 더더더 정말로 알고 싶다.

"나쁜 놈."

진짜 좋아하는 줄 잠시 착각했었다. 진짜 사귀는 사이라도 되는 양 가슴 부풀고, 행복했었다. 어떻게 진짜라고 착각하지 않을 수 있을까? 늘 도로 안쪽으로 걷게 하고, 밤엔 항상 같이 걸어주고, 운동장으로 나가기 전엔 주근깨 늘어난다고 꼭 얼굴에 자외선차단크림을 발라주는 이규신을 어떻게?

녀석이 무거운 물건을 대신 들어주면 괜히 어깨가 쫙 펴졌고,

친구들이 부러운 눈으로 바라보면 입가에 절로 미소가 지어졌었다. 연극이다, 그냥 남들 보여주기 위한 행동일 뿐이다, 머릿속으론 알고 있는데도 가슴은 자꾸만 이게 진짜, 현실이라고 말하는 듯했다. 그리고 지금도…… 단지 전략적으로 맺은 유닛 관계가 깨진 것뿐인데, 마치 진짜 좋아하는 사람으로부터 버림을 받은 기분을 그녀는 느끼고 있었다.

“나쁜 자식.”

“나쁜 건 오지윤이지 이규신이 아니라니까. 뻔히 네 남자친군지 다 알고 있으면서 일부러 접근하는 거라고 내가 말했잖아.”

“됐어. 유혹하는 오지윤이나 거기에 넘어가는 이규신이나 한 치도 다르지 않아. 내 눈엔 똑같이 비열해 보여.”

“어쭈, 이제야 본색을 드러내시네. 너도 쿨한 여자는 아니었구나?”

“쿨하고 자시고, 이젠 끝이야. 저런 남자, 한 트럭을 갖다줘도 싫다고. 아무나 꼬셔도 넘어가는 쉬운 남자, 내 쪽에서 사절이라고!”

어느새 헐크처럼 험악하게 일그러진 얼굴이 된 본나는 이미 이글이글 질투의 화신이었다. 무덤덤하게 뚱한 얼굴로 일관하던 방금 전까지와는 차원이 다른 모습을 보니 혜원은 오히려 웃음이 터졌다. 걱정했던 것과는 달리 희망이 보였다. 사실 너무 쿨하게 심드렁한 자세를 보이는 본나를 보고 잠시 의아했었다.

좋아하는 사람이 다른 여자와 함께 있는 장면을 보는데 이렇게 냉정하고 차분할 수는 절대로 없을 기라 생각했으니. 혹시 얘네, 뜨뜻미지근한 사이였나? 하고 잠깐 동안 의심까지 했었더랬다. 하지만 뭐, 이 정도의 반응이라면 의심의 여지는 없어 보였다.

"안 되겠다. 따라와."

혜원은 본나의 팔뚝을 덥석 쥐고 빠른 걸음으로 앞으로 걷기 시작했다. 그러자 당황한 듯 본나는 엉덩이에 힘을 주고 버티며 소리쳤다.

"뭐야? 왜 그래? 뭐하려고 이래?"

"내가 두 사람의 오작교가 되어주려고 그런다, 왜. 내 보기엔 두 사람 사이에 오해가 있는 것 같은데 그딴 걸로 헤어진다는 건 말이 안 되잖아. 너희 두 사람 하는 꼬락서니를 보니, 너네들 자력으로 해결 보긴 틀린 것 같고. 내가 해결해 줄게."

"네가 왜 나서겠다는 거야? 됐어."

"내가 답답해서 그래. 두 사람 보고 있으니 복창이 터져서 죽을 지경이라서 그런다고. 뭐가 그렇게 복잡해? 오해가 있으면 풀고, 서운한 거 있으면 서로 말해서 고치면 되지. 사귀는 사이라면 당연히 그래야 하는 거 아니야? 아무리 연애 초단이라지만 넌 너무 심해. 왜 그렇게 남자를 모르냐?"

"이규신이 아무 말도 하지 않는데 낸들 어쩌라는 거야? 무슨 오해인지도 모르는데 어떻게 풀어주라는 거냐고."

"그러니까 내가 물어봐 준다고. 중간에서 소통해 줄 테니까 나만 믿고 따라와."

한창 입씨름 실랑이가 벌어지고 있을 때였다. 뒤에서 본나를 부르는 우렁찬 남자의 목소리가 들려왔다.

"구본나! 같이 가!"

고혜석이 그 어느 때보다도 밝은 얼굴로 이쪽을 향해 손을 흔들고 있었다. 안 그래도 짜증나는데 쟤까지 나타나다니. 하늘이시여, 나에게 왜 이런 시련을 주시옵나이까.

"왜 혼자 그냥 가버려? 내가 데려다 준다고 했잖아."

유난히 큰 소리로 떠들며 달려오는 혜석을 본나는 한심스러운 눈으로 지켜보았다. 고혜석은 요즘 쉬는 시간마다 찾아오거나 하굣길에 진을 치고 기다리거나 자꾸 문자질을 해대며 본나를 귀찮게 하고 있었다. 그날 본나의 태도에서 실낱같은 희망을 보았다나 뭐라나. '네가 좋아서가 아니라 단순히 걱정되어서'라 말해보았지만 소용이 없었다. 아마도 최근 공개된 규신의 성적이 자신보다 월등히 높아, 새롭게 떠오른 열등감을 해소시킬 다른 무언가가 필요했을 듯. 하지만 당연하게도 본나는 혜석의 열폭을 해소시킬 그 무언가가 되고 싶진 않았다.

"됐다고 거절한 거, 기억 안 나냐?"

"에이— 왜 그래? 너희 집 골목 어둡잖아. 내가 같이 가주면 좋은 거 아니야?"

"너 왜 자꾸 이규신 흉내 내려고 해? 네가 언제부터 날 바래

다줬다고 이 난리를 피우는 거냐고?”

“누굴 흉내 내는 게 아니라, 너에 대한 내 마음이 그런 거지. 왜 자꾸 이규신이랑 연결하냐? 섭하다, 나. 그러지 말고 가자, 맛있는 거 사줄게.”

“네가 왜 나한테……!”

평소처럼 버럭질을 하려다 말고 본나는 주변을 힐끔거렸다. 혜석이 유별나게 목소리를 높여 말하는 덕에 주변 아이들의 시선이 이쪽으로 몰리고 있었다. 이런 톤이면 멀지 않은 곳에 있는 규신의 귀에도 들릴 판. 대체 이 녀석 왜 이래? 설마 진짜 이규신 들으라고 일부러 크게 소리쳐 말하는 건 아니겠지?

“몰라 물어? 넌 내 인어공주야. 다친 날 병원까지 데리고 갔던 사람이잖아, 너. 그날 내 보호자가 되어서 끝까지 옆에 있어 준 것도 너고. 우리 어머니께서 널 굉장히 좋게 봤더라. 한 번 집에 데리고 오라시더라고!”

그런 유치한 짓을 할 리가 없다고 생각했지만, 또다시 벼락같이 고함을 치는 고혜석을 의심하지 않을 순 없었다. 이 녀석, 일부러 이러는 게 틀림없었다. 희열을 느끼나? 이규신의 여자친구를 자신이 빼앗았다고 느끼는 거 아니야? 이런 미친. 주먹이 뻗어 나가길 소망하며 부들부들 떨었지만, 본나는 쓱쓱후후, 자체 심폐소생술을 시술하며 마음속에 참을 인 자를 새겼다.

“인어공주니 뭐니 헛소리 그만하고, 좋은 말로 할 때 그냥 지나가라. 나 지금 몹시 심기가 불편하시거든.”

"왜 그래? 무슨 일 있었어? 무슨 일인데? 내가 해결해 줄게. 뭐야? 무슨 일이야?"

"야, 고혜석!"

하지만 참을 인 자를 채 세 번도 쓰기 전에 본나는 폭발했다. 참을 수가 있어야 말이지. 분위기 못 맞추고 깐죽거리는 것도 짜증나고, 자꾸 큰 소리로 말하면서 주변 사람들 시선 끌어모으는 것도 짜증났다.

"본나야. 이규신."

본나가 어금니 사리물고 으르렁, 포효하기 직전. 잠자코 옆에 서 있던 혜원이 툭, 본나의 팔을 건들며 고갯짓을 했다. 그녀는 반사적으로 냉큼 그를 보았다.

오지윤과 팔짱까지 끼며 앞서 걷고 있던 그가 어느 틈에 뒤를 돌아 이쪽을 보고 있었다. 혜석의 우렁찬 목소리를 듣고 그녀의 존재를 알아챈 모양. 정말 이규신의 것이 맞는 것일까 의심스러울 정도로 차갑고 무표정한 얼굴이었다. 본나는 충격으로 인해 꼼짝도 할 수가 없었다. 감정이란 감정은 모두 사그리 죽어버린 듯한 그의 표정이, 그녀의 가슴을 후벼 파고 있었다.

왜 이런 감정이 되는 건지는 본나 스스로도 알 수 없었다. 보고만 있어도 정나미 뚝 떨어질 것 같은 얼굴인데, 왜 저 모습이 더 안쓰럽고 걱정되는 건지. 어리석게도 '혜석 때문에 화가 난 걸까? 혜석과 가까이 있어서, 친해 보이니까 그래서 화난 건가?' 하는 생각까지 본나는 하고 있었다.

"저 자식은 왜 또 저러는 거야? 오지윤이랑 먼저 붙어 다니던 게 누군데. 야, 가자."

혜석은 규신이 못마땅한 듯 혼잣말을 중얼거리더니 본나의 손을 덥석 붙잡고 끌어당겼다. 본나는 즉시 맹렬히 흔들어 녀석의 손을 떨궈냈지만, 이미 규신은 다시 제 갈 길을 가기 시작한 후였다.

빠르게 걸어가는 규신의 옆자리를 종알종알 귀엽게도 재잘거리는 지윤이 채우고 있었다.

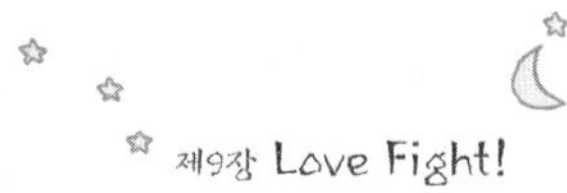

[톡톡 왔숑!]

탁자 위에 놓여 있는 핸드폰이 또다시 짧게 울렸다. 아까부터 계속해서 울리고 있는 채팅 메시지는 오지윤의 것이었다. 화장실에 가느라 휴대폰을 잠시 놓고 간 것이었는데, 누군가가 채팅을 시도하는지 아까부터 계속 쉴 새 없이 메시지 알림벨이 울리고 있었다. 벨소리가 언뜻 들으면 참새 소리 같은 여자 목소리라 생각에 빠져 있던 규신도 신경을 쓰지 않을 수 없었다. 하지만 그것도 잠시, 규신은 또다시 복잡하기 그지없는 자신만의 생각 속으로 빠져들었다.

"네가 깡패야?"

풋, 그는 자조적이며 시니컬한 웃음을 흘리며 피곤한 눈 주위를 손바닥으로 문질렀다. 며칠 동안 잠을 제대로 못 잤더니 피곤이 극에 달한 상태. 그날 본나가 자신에게 했던 말이 머릿속을 맴돌아 그의 인내심을 갉아먹고 있었다.

그런 말을 본나에게 들을 줄 규신은 상상도 하지 못했다. 그 뜻밖의 순간에 받았던 충격이란 이루 말로 표현할 수 없을 정도였다. 단지 실망이나 서운함과는 다른 그 무엇. 뭔가를 송두리째 빼앗겨 버린 듯한 그 기분. 그 커다란 상실감이 허리케인처럼 덮쳐 부수고 할퀴어, 단 몇 초 만에 그는 만신창이가 되어버려야 했다. 마치 심장이 칼에 베어 피가 뚝뚝 흘리는 것처럼.

충격과 아픔은 분노로 이어졌고, 그 분노는 지금도 이글이글 타오르고 있는 상태였다. 유치하게 그딴 걸로 화내지는 말자고 생각하면서도 본나의 얼굴을 보면 치미는 격분을 어찌할 수가 없었다. 휘몰아치듯 흔들리고 폭주하는 감정을 규신 스스로도 이해하거나 제어할 수 없었다. 후회하게 만들고 싶었다. 혜석을 걱정하고, 혜석의 편에 서서 그를 대변했던 그녀를 벌하고 싶었다. 자신이 아픈 것만큼 구본나도 아파 철철 피 흘리며 괴로워하는 모습을 꼭 보고 싶었다.

'빌어먹을.'

이런 유치한 생각이나 하고 있다니, 스스로 한심해 죽을 맛이지만, 이 끓는 분노는 좀체 가라앉을 기미가 보이지 않았다. 학교에서, 집에서 계속 마주치는 구본나는 전혀 괴로워하는 기색이 없으니까. 여느 때처럼 그녀는 태평하기 짝이 없었다. 집에서는 아무 일 없었던 것처럼 자신에게 웃으며 자연스레 대했고, 집 밖을 나오는 순간부턴 입을 봉하고 침묵으로 일관하고 있었다. 학교에선 뻔질나게 찾아오는 고혜석을 쫓아내기는커녕 같이 얘기하고, 얘기 들어주고, 급기야는 함께 다니기까지. 오늘 그 광경을 보고도 멀쩡한 얼굴로 뒤돌아올 수 있었던 자신에게 규신은 장하다, 칭찬의 박수를 쳐주고 싶은 심정이었다.

도대체 어디서부터 어떻게, 뭐가 잘못된 것일까? 난 이렇게 화나고 억울하고 분통이 터지는데, 원인 제공자인 구본나는 왜 아무렇지도 않는 거지? 내가 구본나를 미친 듯이 좋아해서? 질투에 눈이 멀어버려서? 좋다. 좋아해서 그런다 치자. 그럼 구본나는? 본나는 날 좋아하지 않는다는 건가?

분노의 또 다른 지점이 바로 이 부분이다. 자신이 고혜석을 질투할 만큼 미친 듯이 구본나를 좋아하고 있다는 사실보다, 본나가 자신을 좋아하지 않는다는 사실이 더 화가 났다. 거칠고 투박한 구본나가 실은 말랑말랑 감수성 예민하고 여린 소녀라는 사실은 이미 오래전에 알고 있었고, 그런 그녀를 지켜주고 싶다고 생각한 것도 이미 오래였다. 그런 마음이 들었다는 것부터, 그녀를 남달리 생각한다는 뜻이란 건 바보라도 알 수 있었다. 자신은 이렇듯 영리하게 자신의 짝을 알아봤는데, 구본나는 아직도 삽질 중이라니. 이 얼마나 기가 막힌 일인가.

[톡톡 왔숑. 톡톡 왔숑, 톡톡 왔숑.]

알림벨이 또다시 연달아 울렸다. 누군지 모르지만 뭔가 긴급한 사정이 있는 모양이었다. 규신은 카페 구석의 화장실 입구를 돌아보곤 휴대폰을 천천히 들었다. 화장실로 들어간 지 벌써 십여 분이 흐른 지금에도 나올 기미가 안 보이는 오지윤을 대신해 자신이라도 메시지를 수신해야겠다는 생각이 들어서였다. 그리고 막 거꾸로 눕혀져 있는 휴대폰을 들어 액정을 확인하는 순간, 규신은 확 미간을 끌어모으며 눈살을 찌푸렸다.

"……."

규신은 자신의 눈을 의심했다. 이…… 건……?

일 초, 이 초…….

시간은 느리게, 유난히도 천천히 흘러가는 것 같았다. 단 1분여의 짧은 시간이었지만 규신의 시선은 휴대폰에서 떨어질 줄을 몰랐다. 그리고 비로소 휴대폰을 탁, 소리 나도록 탁자에 내려놓았을 때 화장실에 갔었던 지윤이 돌아왔다. 대담하게도 연한 화장을 하고 나온 그녀는 당당하게 규신의 옆에 자리를 잡고 앉았다.

"오래 기다렸지? 화장실에 사람들이 너무 많아서 기다리느라 늦었어."

"……."

"향수 냄새 나지? 담배 피우는 사람들 때문에 옷에 냄새가 배일 것 같아서 갖고 있던 거 뿌렸어. 어때? 괜찮아?"

이목구비 반듯하고 예쁜 얼굴을 들이밀고 지윤이 해사하게 웃었다. 안타깝게도 지윤은 눈치가 꽝이어서, 규신의 기분을 단 한 번도 제대로 캐치해 낸 적이 없었다. 지금도 역시나 그렇고. 규신은 싸늘하게 식은 눈으로 그녀를 돌아보며 나직이 중얼거렸다.

"도대체 무슨 작당을 하고 있는 거냐?"

"응? 그게 무슨 소리야?"

"고혜석과 너. 무슨 짓을 모의하고 있는 거냐고."

"고, 고혜석?"

말을 더듬으며 지윤이 두 눈을 커다랗게 떴다. 규신의 눈빛이 여느 때보다도 몇 갑절 차갑다는 것을 이제야 눈치챈 그녀는 슬그머니 그에게서 떨어져 앉았다.

"그, 그게……."

"말해. 무슨 짓을 하려는 거야?"

"난 그냥…… 네가 좋아서 협조했을 뿐이야. 아무 잘못 없다고."

"협조?"

규신의 한쪽 눈썹이 휙 치켜 올라갔다. '협조'라는 단어가 지윤의 입에서 나왔다는 건 모종의 모의가 있었다는 증언이었다. 규신은 입술을 질끈 깨물며 덥석 지윤의 팔을 붙들었다. 슬그머니 꽁무니를 내빼려던 지윤이 흠칫 놀라며 규신을 바라봤다.

"뭘 협조했다는 건지 말해. 너희 둘, 무슨 모의를 하고 있었던 거야?"

"난 아무것도 안 했어. 진짜야! 난 그냥…… 네가 좋아서! 너랑 영화 한 편 보고자 했을 뿐이라고. 일은 다 혜석이가 꾸민 거란 말이야. 난 아무 잘못 없어."

"고혜석이 무슨 일을 꾸몄는데?"

"나도 잘 몰라. 내가 너를 맡는 사이에, 걔가 뭔가를 한다는 것밖에는."

"뭔가를 한다니? 그게 뭐야?"

"나도 모른다니까! 난 너랑 영화 보면서 좋은 시간을 보내려고 했던 것뿐이야. 혜석이가 무슨 짓을 도모했는지 알게 뭐야? 그 녀석 계획은 그 녀석 계획이고, 내 계획은 내 계획이야. 걔랑 나랑은 아무 상관 없다고. 난 그저 네 시선을 내게로 돌리려고 했을 뿐이란 말이야. 그게 죄니? 널 좋아해서, 네가 날 바라봐 주길 바란 것밖에 없는데 그게 죄야?"

"내 시선을 일부러 돌린 거라고?"

규신의 눈빛이 한층 더 싸해졌다. 지윤은 덤비듯 떠벌리던 입술을 파르르 떨었다. 뭔가 잘못되어 가고 있다는 생각이 본능적으로 들어서였다. 일부러 정신 사납게 마구 조잘거려 보았지만 헛수고, 규신은 사태를 제대로 꿰뚫고 있는 것 같았다. 아, 이를 어쩌지?

"무엇 때문에? 무슨 짓을 하려고 본나를 빼돌렸어?"

"빼, 빼돌리다니? 난 모르는 일이라니까."

"계획적이었잖아. 고혜석과 짜고 일부러 본나를 내 시야에서 거둬간 거잖아. 그게 빼돌린 거 아닌가?"

대답 대신 지윤은 입술을 삐죽거리며 시선을 피했다. 그것만으로도 충분한 대답이 되었다고 규신은 생각했다. 부정하지도 않고 시선조차 마주하지 못한다는 건 스스로 인정하겠다는 의미였다. 규신은 점점 차오르는 분노를 담아 두 눈에 힘을 주고, 한층 더 꽉 억눌린 목소리로 중얼거렸다.

"사실대로 말해. 지금 고혜석, 무슨 짓을 하려는 거야?"

"……나, 난 몰라……."

미친 듯이 눈을 깜빡거리며 지윤이 겨우 대답했다. 흔들리지 않고 침착함을 유지하는 자신이 대견해 짐짓 미소가 떠오르기도 했지만, 이내 그녀는 잔뜩 긴장한 채 마른침을 꼴깍 삼켰다. 죽일 듯 노려보는 규신의 검은 눈앞에선 그녀조차도 오금이 저려 아무 말도 할 수가 없었다. 심장이 오그라들고 입안이 바짝바짝 타들어가는 것만 같았다.

"마지막 기회야. 네 입으로 네 잘못을 실토해. 지금이라도 사실대로 말하면 용서해 주겠어."

"……."

"말해!"

쾅! 그가 벼락처럼 소리를 지르며 주먹으로 탁자를 내려쳤다.

갑작스런 굉음에 놀란 지윤이 비명을 질렀다.

"꺄악!"

탁자 위에 있던 그녀의 핸드폰이 공중으로 튀어 올라 바닥으로 떨어졌다. 찻잔이 흔들려 음료가 튀었고, 탁자 위의 유리는, 세상에! 쩍— 금이 가있었다.

놀란 지윤은 온몸을 움츠리며 손으로 입을 막았다. 이대로 있다가는 자신이 모든 걸 뒤집어쓸 것 같단 생각이 스치자 지윤은 파르르 입술을 떨며 재빨리 입을 열었다.

"내가 한 게 아니야. 이건 다 고혜석이 생각해 낸 일이라고. 사실은……."

호랑이굴에 잡혀 들어가도 정신만 차리면 살 수 있다는 말은 그저 옛말에 불과한 것인가. 이 순간 정신만큼은 그 누구보다도 더 바짝 차리고 있다고 자부하는 본나는, 그럼에도 불구하고 이 상황을 타계할 만한 뾰족한 수가 떠오르지 않았다. 하늘이 무너져도 솟아날 구멍은 있다는데. 도대체 어떻게 해야 그 '구멍'이란 걸 발견할 수 있을지 알 수가 없었다. 어쩌다 이런 일을 당하는 지경에 처하게 된 것인지조차 가물가물했다. 한 가지 확실한 건, 잘 짜인 시나리오처럼 모든 상황들이 딱딱 맞아떨어진다는 것. 자신은 그 함정에 빠져들었고, 여기까지 왔다는 것이다. 의심할 것들이 도처에 깔려 있었는데도 전혀 눈치채지 못한 채로.

'멍청한 구본나.'

왜 아무런 의심도 하지 않았던 걸까? 왜?

처음부터 이상했다. 돌이켜 보면, 도저히 우연이라고 하기엔 석연찮은 구석들이 참으로 많았다. 공부는 하지 않더라도 자율 학습을 빼먹은 적은 한 번도 없는 규신이 선생님께 알리지도 않은 채 말없이 사라져 버린 것부터 평소 그답지 않은 행동이었다. 하지만 본나는 무시했다. 또 오지윤 만나나 보지, 싶은 게 꼴도 보기 싫어서 연락이고 추궁이고 다 귀찮았다. 공부 따위 개나 줘버리라는 듯 행동해도 기본 성적은 되는 것 같으니, 더 이상 귀찮게 간섭하기도 싫었다. 참고로 녀석의 이번 성적은 반에서 3등. 물론 1등은 본나였다. 서울에서 1등만 밥 먹듯이 했다더니, 헛소문은 아니었나 보다. 그렇게 놀고먹었는데도 3등까지나 해내다니. 덕분에 본나는 부모님으로부터 새 핸드폰을 하사받기로 했다. 4G로다가.

하교를 할 때 혜석이 쫓아오지 않았던 것도 이상했다. 요 며칠 작정한 듯이 따라다니며 귀찮게 애정을 구걸하던 녀석이 오늘따라 뒤따르지 않았다. 절대로 쉽게 포기할 녀석이 아닌데도 본나는 이젠 지쳐 나가떨어졌나 보다며 신나했었다. 그리고 큰 사거리를 지나 한옥이 밀집되어 있는 그녀의 동네로 접어드는 길목에서, 문제의 그 계집애들이 등장했다.

'이게 누구야?' 로 시작된 그녀들의 횡포는 실로 남자 일진들

만큼이나 대단했다. 공포 분위기 조성하여 본나를 구석으로 밀어 넣고 거의 죽일 듯이 주먹을 휘둘렀다. 물론 그 정도에서 겁을 먹고 울 본나가 아니었지만 솔직히 여러 명에게 둘러싸여 있으니 두려운 마음이 들었던 것도 사실. 쏟아지는 욕설과 협박, 폭언에 시크하게 응수하며 맞서는 중, 때 맞춰 혜석이 등장했다.

혜석은 멋지게 세 명이나 되는 여자 불량배들을 물리쳤다. 그가 딱히 뭘 어떻게 한 것도 아닌 것 같은데, 여자아이들이 지레 겁먹고 물러난 것 같았다. 지금 생각해 보면 이 점이 가장 우습고 말 안 되는 부분이기도 하다. 껌을 씹고 주먹을 휘두르는 반 깡패 같은 여자아이들이 남자 한 명 나타났다고 꽁지 빠지게 도망갔다는 게 말이 안 되었다. 당근 의심스러워해야 할 부분이었지만, 당시 본나는 순진하게도 별다른 의심을 하지 않았다. 그냥 제3자가 나타났으니까 포기하고 다음을 노리나 보다, 했다. 그리곤 괜히 기운이 없어져 좀비 모드로 녀석이 이끄는 대로 걷기 시작했는데, 고개를 들어보니 여기였다.

여기가 어디냐고?

물론 모른다. 동네 골목 중 한 곳이라는 것밖에는.

원래 여긴 오랫동안 지역 개발에서 소외되어 왔으나, 최근엔 그러한 점이 오히려 장점이 되어 '근대화의 출발점' 이란 명분 아래 지역 자체적으로 보호 운동을 하고 있는 곳이었다. 덕분에 지금까지도 7, 80년대의 모습을 그대로 유지하고 있는 곳이 바로 이 동네다. 비록 본나는 아파트로 이사 가고 싶다고 노래를 부르고, 후미진 곳이라 너무 싫고 불편하다고 투정을 부리곤 했지만 간혹 관광차 둘러보러 오는 사람들, 영화 촬영을 위해 잠시 머무르는 사람들을 보고 있노라면 마음이 절로 뿌듯해진다는 사실을 부인할 순 없었다.

하지만 그 뿌듯함은 지금 이 순간엔 연기처럼 사라지고 없다. 오래된 한옥들이 다닥다닥 붙어 있는 동네이니 다들 짐작했겠지만, 이곳 골목은 마치 미로처럼 이리저리 세분화되어 넓게 퍼져 있었다. 그래서 한 번 잘못 들면 어딘지 찾기가 힘들 정도이고, 그 탓에 본나도 웬만하면 자주 다니던 골목길로만 다니는 편이었다. 물론 이 동네에서 십칠 년이나 살아왔으니 구석구석 모르는 곳이 없긴 하지만, 캄캄한 밤길인데다 상황이 상황인지라 즉각 가늠해 내지 못하고 있었다.

"너, 단단히 잘못 생각하고 있어. 이러는 거, 우리 사이에 하나도 도움 안 돼. 네가 이런다고 내가 널 좋아할 것 같아?"

머릿속으로 열심히 여기까지 왔던 길을 떠올리며 본나는 일부러 큰 목소리로 말했다. 누군가 근처에 있다면 들을 수 있도록.

"별로. 나도 네가 날 좋아할 거라곤 생각 안 했어. 내 보기에 넌 이미 이규신에게 너무 깊이 빠져 버렸거든. 내가 싫은 게 아니고 이규신이 좋은 거겠지. 알아, 왜 나를 거절하는지."

"너, 아직도 뭔가를 착각하고 있구나? 이규신이 좋아서 너를 거절하는 게 아니라고. 이규신만 아니면 널 선택할 수도 있었다는 착각, 이제 좀 그만하라고. 어디서 그런 자신감이 나오는 거냐? 난 그냥 네가 싫을 뿐이라고. 누구 때문도 아닌, 그냥 네가 싫어서 거절한 거라니까. 이렇게 억지로 뭘 해보려는 건 시간낭비일 뿐이야. 사람 마음 강제로 움직여지는 게 아니란 거 너도 잘 알잖아. 근데 왜 이래?"

"왜 이러냐고?"

씩, 기분 나쁜 미소를 흘리더니 혜석이 쿡 섬뜩한 소릴 내며 웃었다. 그리곤 나지막하고 부드러운 목소리로 속삭였다.

"난 네가 꼭 필요하거든."

소름 끼칠 정도로 느끼한 그의 목소리는 목덜미의 솜털이 쭈뼛 올라서게 했다. 아슬아슬하게 떠 있는 가로등을 등지고 서 있는 녀석을 보니 더욱 초조해졌다. 기분 탓인지 유난히 덩치가 커 보이고, 어둡게 그늘 진 얼굴은 어딘지 흉악스러워 뵈기까지. 본나는 긴장해 땀이 맺히는 손바닥을 천천히 교복 치마 위로 비볐다. 이렇게 된 이상, 최악의 경우를 생각하지 않을 수가 없었다. 예감이 아주 나빴다.

"아마 조만간 너도 내가 필요하게 될 거야. 남자친구한테 차여서 구질구질해진 상태가 되면 내가 아주 절실하게, 간절히 필요해지겠지."

"그게 무슨 소리야?"

"무슨 소린지 아직도 모르겠냐? 너, 왜 이리 눈치가 없어? 지금 이규신이 어디에 있을 것 같냐? 누구와 어디에서 뭘하고 있을 것 같아?"

"뭔가 알고 있는 스멜인데? 그렇게 비아냥거리지만 말고 용건을 말해. 무슨 말을 하고 싶은 거야?"

"이규신은 지금 오지윤이랑 함께 있어. 우리 학교 퀸가, 오지윤. 같이 영화 보러 갔다더라."

"너, 이규신 스토커야? 하루 종일 이규신이 뭐하는지 조사해? 요즘은 남자친구 위치가 어딘지 찾아주는 GPS서비스도 있다던데, 너 그거 달았니? 변태야?"

"미안하지만 난 이규신한테는 관심없어. 오지윤이랑 개인적으로 아는 사이라 전해 들은 것뿐이야. 학교까지 땡땡이 치고 데이트하러 간 걸 보면 게임은 끝난 것 같은데. 어떻게 생각하냐?"

"뭘 어떻게 생각해? 친구끼리 영화 한 번 보는 게 뭐 그리 큰일이라고. 난 그런 거 신경 안 써."

"대범한 척하지 마. 이규신은 널 버렸어. 다신 너한테 안 돌아가. 사실 그게 정상 아니냐? 네가 남자라면 너와 오지윤 중 누굴택하겠냐? 여자답지 못하고 주먹이나 휘두르는 너겠냐, 아니면 잘빠지고 예쁜 오지윤이겠냐?"

"그러는 넌, 왜 나한테 이러는 건데? 보통 남자라면 다 나처럼 여자다운 구석 하나 없는 여자, 거들떠도 안 본다면서. 왜 자꾸 내 앞에 나타나서 칭얼거리는 건데?"

"말했잖아, 난 네가 필요하다고. 그리고 너도 내가 필요할 테고."

느물거리며 혜석이 히쭉 웃는다. 그리곤 한 발자국 스윽 앞으로 다가오자 본나는 꿀꺽 마른침을 삼켰다. 극도의 긴장감이 그녀의 전신을 휩쓸었다. 양쪽으로 쥐고 있던 가방 끈을 더욱 꽉 쥐고 본나는 작게 심호흡을 했다.

"이규신한테 채였다는 소리보단 다른 킹카로 갈아탔다는 소리가 훨씬 너한테도 좋지 않겠냐? 윈윈. 서로 도움이 되는 조합인 거지."

"설마, 네가 말하는 그 '다른 킹카' 가 너는 아니겠지?"

발부리를 빠직, 힘을 주어 비틀며 본나는 비웃었다. 이미 두 주먹을 꽉 쥐고 갑작스런 상황에 대처할 만반의 준비를 마친 상태였다. 고혜석의 지난 전적으로 보아 충분히 오늘도 그런 짓을 시도할 가능성이 있었다. 미친 자식. 대체 머리에 뭐가 들었기에 이딴 싯을 계획하는 거야?

이해 안 된다. 아파 쓰러진 걸 겨우겨우 부축해 병원까지 가서 보호자 올 때까지 함께 있어주기까지 했던 자신에게 어떻게 이럴 수가 있는 건지. 금수만도 못한 놈이란 이런 경우를 두고 하는 말이지 싶다. 이런 놈을 다쳤다고 편들어주고, 아프다고 병원까지 데리고 간 자신이 한심스러워지는 순간이었다.

"왜 아니냐? 앞으로 너에게 떨어질 수많은 동정의 시선들 사이에서 널 지켜줄 수 있는 사람은 나밖에 없을 텐데."

"그래서? 낙동강 오리알이 된 내 신세를 네가 구해주겠다는 거야? 도대체 왜? 왜 네가 그딴 일을 자처하겠다는 건지 난 도무지 모르겠는데. 그만큼 내가 좋다는 거냐? 그렇게 날 좋아해?

너, 원랜 예쁜 애들만 만나고 다니지 않았냐? 대체 언제부터 네 취향이 나였는데?"

"그야 이규신이 너한테 관심 가지기 시작하면서부터지. 왜? 내가 너한테 팍 꽂히기라도 한 줄 알았냐?"

비릿하게 웃으며 고혜석이 한 발자국 더 다가왔다. 바지 주머니에 찔러 넣고 있던 손을 소리없이 빼더니 제 입가를 스윽 닦아내는 녀석은 소름 끼치도록 더럽게 느껴졌다. 이건 딱 겁 많은 소녀 위협하는 행동이질 않은가. 평소였다면 절대로 이딴 상황에 겁먹을 본나가 아니었지만 캄캄한 골목길은 본나에겐 취약이었다. 몰래 꼴깍, 침을 삼키면서도 본나는 아무렇지도 않은 듯 큰소리쳤다.

"이규신 전학 오기 전부터 들이댔었잖아, 너!"

"그건 그때 사정이 있었던 거고. 내가 친구들이랑 내기를 했었거든. 우리 학교 최고의 목석 구본나 사로잡기. 그때 네가 나 좋다고 매달리며 쫓아다녔다면, 난 내기에서 이기고 내 친구의 할리를 접수했었겠지. 하지만 넌 나한테 안 넘어왔어. 별의별 수를 다 썼는데도. 그래서 할리도 날아가 버렸고."

"미친. 그놈의 할린지 할밴지, 그거 때문에 이러는 거야? 그러게 누가 날 걸고 내기하래? 내가 내기하라고 억지로 등 떠밀었냐고. 네가 네 마음대로 내기 걸고 져놓고서 왜 나한테 떼를 쓰냐? 왜 이래? 내가 무슨 잘못인데? 왜 내 탓을 하는 건데?"

"네가 잘못한 건 없어. 탓이라면 하필 그 순간 나타나 내 꼴을 더 우습게 만든 이규신 탓이겠지. 내가 실패한 널 그 녀석은 아주 빠른 속도로 낚아채 갔으니까. 그 덕분에 난 학교 킹카 자리도 그 녀석한테 빼앗겼어. 화났지만 어쩔 수 없었어. 남자라곤 거들떠보지도 않는 네가 그 녀석 앞에만 서면 흐물흐물 녹아드는 모습은 내 보기에도 놀라웠으니까.”

“그래서 이런 일을 꾸몄니? 복수하려고?”

“명예 회복은 해야 하니까.”

“도대체 어떻게 하면 네 명예가 회복되는 건데? 아니, 회복해야 할 명예라는 게 있긴 있는 거냐?”

“한 가지만 해주면 돼. 별로 어렵진 않을 거다. 뭐, 어차피 이규신이랑 허구헛날 해봤을 테니까. 애들한테 인증할 수 있도록 사진만 찍어주면 지금 당장에라도 끼져 줄 수 있어.”

어둠 속에서도 녀석이 눈웃음을 흘리는 모습이 선명하게 보였다. 제기랄, 속으로 욕설을 중얼거리며 본나는 더욱더 꽉 가방 끈을 쥐었다. 언뜻 신발 끈이 풀어진 것 같았지만 다시 고쳐 맬 시간이 없었다. 녀석에게 선제공격을 퍼부어 당황한 사이 도망쳐서 이 골목을 빠져나가는 것만이 살 길이었다. 1:1로 정당히 싸우기에 고혜석은 너무 힘이 셌다.

“여기 어때? 근처에 다 쓰러져 가는 집들도 없고, 어둑어둑하니 분위기 죽이지? 내가 며칠 동안 열심히 물색해서 찾은 곳이야. 아마 사진도 꽤 근사하게 나올 거다.”

고혜석이 바지 뒤춤에 넣어두었던 작은 카메라를 꺼내 들며 히죽거렸다. 저 카메라로 뭔가를 찍을 거라고 생각하니 우욱, 토가 나올 것만 같았다. 뭐가 됐든 전혀 간단치 않은 문제인 것만은 확실. 본나는 어금니를 사리물고 쿵쾅거리는 가슴을 진정시켰다. 이럴수록 차분히 생각해야 했다.

"물색까지 하셨어? 아주 작정을 하고 나서셨구만?"

"그럼 우리가 이 시간에 여기에 온 게 우연이라고 생각했던 거냐? 너, 너무 순진한 거 아니야?"

"이젠 놀랍지도 않다. 네가 그렇지 뭐, 한심한 녀석 같으니라고. 네가 남자라면 이딴 짓은 안 해야지! 비겁하게 이게 무슨 짓이냐? 자존심을 세워? 명예 회복? 이딴 걸로 네 무너진 자존심이 회복될 것 같아? 진짜 명예를 생각했다면, 이런 유치하고 치졸한 계획은 안 세웠을 거다. 넌 인마, 남자도 아니야."

"말, 잘하네. 많이 해, 할 수 있을 때. 대신 카메라가 켜지면, 알지?"

혜석이 뺀질거리는 목소리로 깐죽거리며 대답하고는, 다시 스윽 한 발 가까이 다가왔다. 보기만 해도 토악질이 나올 것만 같은, 비위 도는 미소를 입가에 달고 있었다. 자긍심과 뿌듯함이 물씬 묻어 있는 걸로 봐서 그는 자신의 계획이 99.9% 성공했다 확신한 듯했다. 하지만 어림없어, 고혜석. 내가 순순히 당할 것 같아? 나쁜 자식!

"가까이 오지 마. 후회하게 될 거야."

"후회? 야야, 넌 네가 엄청 힘이 센 줄 아는 모양인데. 웃기지 좀 마라. 남자애들이 네가 진짜 무서워서 피하는 줄 알아? 귀찮아서 피하는 거야. 괜히 까분다고 한 대 쥐어 패서 나중에 문제 생길까 봐 그냥 너한테 져주는 거라고. 센 척하면서 까불거리는 네가 귀여워서 그냥 봐주는 거란 말이야. 알아? 네가 아무리 발차기 고수라고 해도 넌 여자야. 남자한텐 안 된다고. 주제를 알아라, 좀. 어?"

"가까이 오지 말라고 했다앙? 비켜!"

호통에 가까운 큰 소리로 소리치며 본나는 옆으로 한 발자국 움직였다. 하지만 이미 승리자의 만족감에 푹 빠져 있는 혜석은 본나의 움직임을 전혀 눈치채지 못했다. 그의 눈에 본나는 독 안에 든 생쥐였다. 빠져나갈 구멍이 원천 봉쇄되었으나 부질없이 발버둥 치는 어리석은 중생.

"아~ 귀야. 귀청 떨어지겠네. 여자애 목청하고는. 그러니까 이규신한테 걷어차이지. 여자라면 자고로 다소곳하니 내숭도 좀 떨어주고 얌전하고 고분고분한 맛이 있어야지. 하긴 뭐, 너무 얌전해도 재미없지. 적어도 앞으로 우리가 할 몸의 대화는 좀 거친 게 스릴 만점이지. 가만! 너도 은근히 그런 쪽을 원해서 이러는 거냐?"

"더러운 소리 그만 지껄이고 썩 꺼져. 안 그럼 가만 안 둘 거다. 너, 내가 누군 줄 알지?"

"아, 태권소녀? 방송까지 타고 무등산 정기 어쩌고, 광주 지역 명물로 소문났었던 그 꼬맹이? 나도 익히 들어서 알고 있지.

그 얘기 했더니 우리 엄마가 아주 좋아하시더라. 그것 때문에 너, 우리 엄마한테 점수 엄청 땄어. 너 어렸을 땐 꽤 예뻤다던 데. 꾸미면 괜찮을 거라고도 하더라. 기대해, 우리 엄마 그런 쪽 으론 엄청 감각적이시거든. 널 아주 쫙— 탈바꿈시켜 줄 거야. 재투성이에서 공주님으로, 어때? 멋지지?”

"기가 막히네. 인어공주드립도 모자라 신데렐라드립이냐? 아주 왕자님 납셨구만. 됐거든? 난 네 엄마한테 점수 따고 싶은 마음도 없고, 네 여자친구가 될 생각은 더더욱 없어. 그러니까 제~ 발 우쥬 플리즈! 꺼져 줄래?”

"앙탈은. 너도 여자라고 꽤 귀엽네. 지금은 그렇게 말해도 결 국 넌 날 좋아하게 되어 있어. 내 실력이 좀 출중하거든. 제아무 리 이규신이 인기 많고 잘났어도, 어디 나만큼 실력이 좋겠냐? 내가 괜히 인기 많은 게 아니야.”

혜석이 손키스를 날리며 느끼하게 웃었다. 그리곤 저벅, 한 걸음 내딛어 본나의 사정거리 안으로 들어섰다. 이때닷! 본나는 본능적으로 공격 타이밍을 잡고 녀석의 턱을 조준, 냅다 다리를 뻗었다. 퍽.

예상대로라면 혜석은 바닥으로 쓰러져야 했다. 공격이 제대 로 들어갔다면 그렇게 되었을 것이다. 하지만 빌어먹게도 방금 전 들려왔던 '퍽' 소리는 혜석에게 공격이 먹힌 소리가 아니라, 그녀의 발이 녀석의 손에 잡히는 소리였다. 혜석은 이미 그녀가 공격해 올 것을 알아채고 기다리고 있었던 것이다. 당황한 본나의 눈이 휘둥그레졌고, 혜석은 본나의 발을 높이 들어 뒤로 거칠게 밀어 그녀를 쓰러뜨렸다.

"태권도 유단자라며 내 앞에서 뼈기더니. 너무 약한 거 아니냐?"

철푸덕. 뒤로 넘어진 본나는 바닥으로 나뒹굴었다. 덕분에 시멘트 바닥에 손이 쓸려 나가 피가 나기 시작했다. 쓰라린 손을 다른 손으로 쥐고, 본나는 혜석을 째려보았다. 분해서 눈물이 나올 것만 같았다. 저딴 쓰레기 같은 자식한테 자신의 수가 읽혔다는 사실이 너무나 분했다. 게다가 골반 뼈가 잘못됐는지 엉덩이가 욱신거리고 다리가 말을 듣지 않았다. 당장 일어나야겠는데 움직일 수가 없으니 꼼짝없이 당하는 수밖에 없었다.

"하긴 뭐, 네가 아무리 날고 기어봤자 여자지. 여자인 네가 어떻게 남자인 날 이길 수 있겠냐? 힘에서부터 밀리는데. 태권도 잘하는 건 어렸을 때잖아? 지금도 계속 수련을 했다면 모를까. 넌 결코 운동 덕후인 날 이길 수 없어. 알겠냐?"

"잘난 척하지 마. 네가 뭘 안다고……!"

"그 말은 내가 할 말이다, 구본나."

혜석이 저벅저벅 걸어와 본나의 앞에 쭈그리고 앉으며 히죽 웃었다.

"잘난 척하지 마, 내 앞에서. 세상사는 아무도 장담 못하는 거다. 누가 알아? 앞으로 5분 뒤 네가 내 앞에서 제발 한 번만 더 해달라고 애원할지?"

"웃기지 마. 절대로 그럴 일은 없어!"

"너, 이규신이랑 몇 번 해봤냐? 물론 키스는 자주 해봤겠지? 다른 건 어때? 그건…… 해봤으려나?"

바르르 떨고 있는 본나를 불쌍한 듯 내려다보며 혜석이 싱긋 웃었다. 그리곤 손끝으로 본나의 가녀린 턱 선을 훑어 올렸다. 즉시 탁, 본나가 그의 손을 싸늘하게 내쳤다. 혜석은 쿡 웃음을 터뜨렸다. 도발하면 할수록 구본나한테 끌리는 건 무슨 심보? 어떻게든 손안에 쥐고 말겠다는 욕심과 목표가 더욱더 단단해졌다. 원래 남자란 쉽게 얻을 수 없는 것에 안달하는 법이니까.

"손끝 하나라도 대봐. 가만두지 않을 거야."

"더 해달라고 칭얼대지나 마."

"변태 자식."

"내숭공주. 이제 그만하시지?"

"꺼져."

"꺼져 줄게. 인증샷 찍고 난 후에."

능글맞고 더러운 말이 떨어진 직후였다. 녀석이 카메라를 만지는가 싶더니 렌즈를 자신 쪽으로 돌리고는 갑자기 훅, 그녀의 머리를 잡아당겼다. 본능적으로 본나는 녀석에게 끌려가지 않기 위해 버텼다. 하지만 자칭 '운동 덕후'인 남자 녀석답게 녀석은 쉽게 포기하지 않았다. 카메라를 들고 있는 덕에 한 팔만 사용하고 있는데도 불구하고 녀석은 본나를 빠르게 제어하기 시작했다. 안간힘을 버티는데도 서서히 녀석 쪽으로 끌려가는 것을 본나는 스스로도 느낄 수 있었다.

본나는 이를 악다물었다.

고혜석이 무슨 짓을 하려는 건지는 바보멍청이가 아닌 이상 누구든 눈치챌 수 있는 상황. 땀이 솟구치고 눈에 눈물이 고였다. 힘줄이 튀어 오르고 피가 거꾸로 솟아 안면이 붉게 물들었다.

그럼에도 속절없이 조금씩 녀석의 품으로 들어가는 자신을 느끼는 본나의 눈은 핏발마저 서리고 있었다. 이대로라면 녀석의 품에 안기는 것은 시간문제. 녀석이 원하는 대로 키스당하고, 사진 찍힐 것이 틀림없었다. 동영상이 남을 가능성도 없지 않다. 고혜석의 지금 행태로 보아 더한 짓도 할 것 같았다.

상황이 이러고 보니, 놀랍게도 초인적인 힘이 솟구쳤다.

"크아아아아—"

괴성을 지르며 본나는 있는 힘껏 녀석에게 머리를 들이받았다. 그리고 뒤로 밀리는 녀석을 곧바로 힘껏 걷어찼다.

카메라를 들고 있던 탓에 한 손이 묶여 있는 고혜석이 순식간에 균형을 잃고 뒤로 나가떨어졌다. 본나는 언제 골반이 아팠나 싶은 모습으로 멀쩡하게 자리를 털고 일어나 툭툭, 교복 치마를 털어냈다. 그리곤 일어나려 발버둥 치고 있는 고혜석의 가슴에 척, 발을 올렸다.

"야, 5분 지났다. 근데 발밑에서 버르적거리는 녀석은 내가 아니라 너네? 이게 어디서 까불어? 너, 내가 괜히 '본나 선배' 인 줄 알아? 괜히 '태권소녀' 인 줄 아냐고. 지금까지 날 아주 물로 봤나 본데, 너 오늘 아주 제대로 걸렸어.”

“구본나, 이건 좀 너무한 거 아니냐? 발은 내려놓고 얘기하지.”

혜석은 털썩 머리를 바닥에 뉘곤 헐떡이며 대구했다. 있는 힘을 다하다가 본나에게 밀리고 나니 기운이 빠지는 모양이었다. 꼴에 남자라고 자존심은 있어서는. 아오, 한심한 녀석. 본나는 저질, 변태, 쓰레기 같은 고혜석을 꾹꾹 밟아 눌러주며 주먹을 부르르 떨었다.

“내가 왜? 내가 이겼는데 내 마음이지. 넌 네가 한 짓은 생각 안 하냐? 사내새끼가 부끄럽지도 않아? 다친 사람 기다려 줄 줄도 모르고, 아파 죽겠다는 사람 앞에서 카메라나 들이대고. 양심없는 놈 같으니라고. 너 이런 짓, 몇 번이나 했어? 몇 명이나 괴롭혔어? 어?”

“아얏! 야, 밟지 말라니까!”

“왜? 여자한테 밟히니까 자존심 상하냐? 기분 나빠? 가오 죽어? 나쁜 자식. 너 같은 건 더 밟혀봐야 해. 지근지근 밟혀서 혼쭐이 나야 정신을 차리지. 뭐? 실력이 출중해? 괜히 인기있는 게 아니야? 아주~ 자랑이다, 자랑이야. 인물 났다! 네 엄마 아시면 덩실덩실 춤을 추시겠다, 이 한심한 놈아! 여자한테 지고도 쪽팔린 줄도 모르고 입만 살아서 나불나불. 나 같으면 동네 창피해서 쥐 죽은 듯이 누워 있다 사라지겠네. 에라, 이 자식아!”

“아, 밟지 말라고! 어디, 여자 같지도 않은 게 여자라고!”

"어쭈? 이젠 자연의 섭리까지 무시하고? 아주, 남자자식이 자존심 때문에 별걸 다 하는구나. 잘 봐라, 이 시베리아 벌판에서 귤이나 까 먹을 놈아. 똑똑히 봐! 난 여자야. 난 여자라고. 만날 주먹 휘두르고 남자처럼 말하고 행동한다고 감성까지 남자인 줄 알아? 내 성을 마음대로 바꾸지 말라고, 이 재수없는 자식아. 넌 부정하고 싶겠지만, 네가 지금 여자한테 한 방 먹고 쓰러져 있는 건 절대 바뀌지 않는 사실이야. 알겠냐? 이 현실 부정하다 뇌에 과부하 걸릴 녀석아."

"아아아—!"

창피하지도 않는지 본나가 꾹꾹 밟을 때마다 녀석은 오버스러운 고함 소릴 질러댔다. 하긴, 수치가 뭔지 알고 있는 녀석이라면 이딴 짓을 벌이시도 않았겠지. 미친 자식, 요즘 애들 왜 이러니? 나도 요즘 애들이지만 정말 말세다, 말세. 큰일이야. 도대체 뭘 보고 다니기에 이딴 짓들을 서슴없이 하고 다녀? 이래서야 어디 여자들 마음 놓고 다닐 수야 있나. 와씨, 또 열받네. 내 이놈을 그냥!

"야, 찍어봐. 찍어! 찍어서 인터넷에 올려. 제목은 '여자한테 걸려 뒤지게 얻어터진 남고생.swf' 어떠냐?"

"너 때문에 카메라 다 망가졌는데 뭘 찍으라는 거야?!"

"와, 안타깝다! 카메라 망가졌으면 아까 네가 나한테 한 방 먹는 장면도 사라졌을 거 아니야. 희대의 명장면이었는데. 내 트위터에 쫙 퍼뜨리려고 했는데. 와~ 너 진짜 운 좋다. 짱이다, 짱."

"그만하라고!"

"그래. 내가 너 불쌍해서 그만해 준다. 학교 가서 소문내지는 않을게. 마음 같아선 학교방송에 구구절절 사연 보내 쫙— 읊어 주고 싶지만, 너도 소셜 포지션이라는 게 있을 테니까. 대신 한 번만 더 내 앞에서 까불어봐라. 그날은 네 제삿날인 줄 알아. 알았냐?!"

거칠게 소리치는 본나에게 가타부타 대답도 없이 녀석은 한 팔로 제 얼굴을 가리곤 혼자 맹렬히 욕설을 내뱉고 있었다. 얼른 본나가 사라져 주길 바라는 모양인데, 그걸 보면 스스로 쪽 팔린 건 아는 듯. 쯧쯧, 혀를 차주고 본나는 뒤로 돌았다. 그리고 조도 낮은 가로등이 서 있는 골목 끝을 향해 걷기 시작한 순간이었다.

아까 부딪친 골반뼈가 욱신거렸다. 긴장이 풀린 탓인지 잊고 있었던 통증이 한꺼번에 밀려들어 왔다. 절로 한쪽 다리가 질질 끌리기 시작하자 본나는 아픔을 참기 위해 숨을 몰아쉬었다. 몇 걸음 절뚝절뚝 걷다가 걸음을 멈춘 것은 그때, 운동화 끈이 밟혔다. 본나는 천천히, 최대한 아프지 않게 조심스레 앉아 운동화 끈을 매기 시작했다.

뒤가 수상쩍다고 느낀 것은 그때였다.

"야아아아—!"

고혜석이 괴성을 지르며 달려들었다.

반사적으로 주먹을 뻗었던 것 같다.

그것이 어둠 속에서 헐크처럼 으르렁거리며 달려드는 고혜석을 보고 가장 빨리, 즉각적으로 취할 수 있는 방어였다. 쪼그리고 앉은 자세에서 다리까지 다쳐 정상적이지 못한 상태인 그녀로선 최선이라 할 수 있었다. 물론 결과를 긍정적으로 예상할 수 있는 상태는 아니었다. 어쩌면 혜석의 비겁한 일격이 성공할지도 모른다는 두려움이 이미 그녀의 반사 신경을 지배하고 있었던 건지도. 어쨌든 본나는 주먹을 뻗은 직후 두 눈을 질끈 감아 버렸다. 그리고 시간이 정지되어 버린 듯 길고 긴 1초가 지났다.

해일처럼 밀어닥칠 거라 예상했던 고통 대신, 잔인할 정도로 선명한 '퍽!' 소리가 들려왔다. 그것도 연달아. 남자의 신음 소리와 함께. 눈을 감은 채인 본나에겐 마치 영화나 드라마에 삽입되는 효과음처럼 비현실적으로 들렸다. 대체 이게 어떻게 된 일이관데? 의문이 들 만큼 정신이 가다듬었을 때, 본나는 천천히 눈을 떴다. 그리고 보았다, 어둠 속에서 뒤엉킨 두 사람의 형체를.

일방적으로 한 사람이 죽도록 맞고 있었다. 그게 고혜석이란 것은 두말하면 잔소리. 누군가, 긴 그림자를 가진, 그래서 아주 눈에 익은 모습으로 혜석을 죽일 듯이 때리고 있었다. 잔인하게, 자비심 따윈 없어 뵈는 단호한 움직임으로. 정확하고 익숙한 몸놀림으로 보아 그는 싸움에 있어서 초보는 아닌 듯했다. 그 어느 때보다도 현실적이며 생생한 장면이지만, 동시에 그 어느 때보다도 비현실적으로 느껴지는 상황. 본나는 마치 영화관에서 멋진 결투 장면 하나를 관람하듯 가만히 넋을 놓고 지켜보았다.

그렇게 얼마나 지났을까. 총 시간 10분도 되지 않아 게임은 끝이 났다. 줄기차게 얻어맞은 혜석은 바닥으로 널브러져 축 처져 버렸고 게임에서 살아남은 승자가 천천히 뒤로 돌았다. 멍하게 입까지 벌리고 바라보던 본나는 희미한 빛에 노출되기 시작하는 '싸움의 달인'을 두 눈으로 똑똑히 확인했다.

"규, 규신이……?"

"괜찮아?"

그림자가 물어왔다. 규신의 목소리였다. 본나는 두 눈을 깜빡깜빡, 미친 듯이 감았다 뜨며 쩍 벌렸던 입을 천천히 움직였다.

"너, 너…… 네가 어떻게?"

"비명 소리가 어찌나 크던지 천 리 밖에서도 들리겠더라. 난 동물원의 맹수가 풀려난 줄 알았다."

천천히 걸어와 본나의 앞에 쭈그리고 앉은 규신은 확실히 규신이 맞았다. 자신이 알고 있는, 바로 그 이규신이었다. 학원 폭력의 희생자. 어릴 때 잔병치레 잦았던 허약 체질의 아이. 천재라 불릴 정도의 우등생, 공부벌레 엄친아. 광주로 내려온 이후 쭉 자신이 지켜주어야 할 존재라 생각했던 바로 그 이규신.

"어떻게 이럴 수 있어? 어, 어떻게……?"

"왜? 허여멀건 허약 체질 시울 도련님이 너무 터프해서 놀랐냐?"

"너, 너 싸움 못하잖아! 서울에서도 뒈지게 언어맞고 도망 온 거 아니야?"

"얻어맞기만 했다고 한 것 같진 않은데."

"포, 폭력배들한테 괴롭힘당해서 왔다며. 학교도 무서워서 못 다닌다고, 그래서 여기까지 도망쳐 왔다고, 그렇게 알고 있었는데?"

"네가 어떻게 알고 있든 난 그렇다고 말한 적 없어. 여기까지 내려온 건 내 부모님 의사였지 내 의사가 아니었고."

"그, 그럼……? 그럼!"

"무엇이든 물어보세요. 궁금증 풀어드리겠습니다, 아가씨."

그가 씩 웃으며 중얼거렸다. 그윽하게 내려다보는 그의 눈동자를 바라보며 본나는 바람 빠진 헛웃음을 흘렸다. 물어보나 마나. 상황이 이런데, 아직도 앞뒤 파악이 안 될 구본나가 아니었다. 자신은 지금까지 자기 스스로는 물론 다른 사람까지 지켜줄 능력이 충분한 녀석을 지켜주겠다고 생난리를 피웠던 것이다.

세상에, 이런 일이. 폭력배들한테 괴롭힘당해 너무 괴롭고 힘들어 지방으로 쫓기듯 내려온 불쌍한 녀석이라 생각했던 이규신의 실체가, 실은 싸움짱이었다니. 폭력배들한테 맞고 피해 내려왔다는 녀석의 눈빛이 전혀 기죽은 기색 없이 날카롭고 당당하던 이유가 이거였구나. 버스 안에서 추행범을 잡고 윽박지르던 기세가 보통이 아니다 싶었더니, 이래서였구나. 골목길에서 갑자기 혜석을 걷어차던 게, 상당히 생뚱맞다 싶었는데 아니었구나. 별의별 생각이 본나의 머릿속을 스쳐 지나갔다.

"일어날 수 있겠어? 집에 가자, 이제."

어깨 밑으로 팔을 집어넣으며 그가 부드럽게 말했다. 본나는 천천히 그에게 체중을 실으며 조심히 몸을 일으켜 세웠다. 아직 엉덩이 쪽 상태가 좋지 않아 움직임이 조심스러웠다. 느릿느릿 한쪽 다리를 끌다시피 하며 본나는 최대한 빨리 걸었다. 하지만 결국, 몇 걸음 떼지도 못하고 그의 등에 업히는 신세가 되고 말았다.

잠시 후 본나는 그의 목을 끌어안고 그의 등에 뺨을 댄 채 눈을 감고 있었다.

"근데 너 어떻게 왔어? 영화 보고 있었잖아."

"재미없어서 도중에 나왔어. 집으로 돌아가는 중이었고."

"정말이야? 어떻게 그 타이밍에 딱……?"

"운명인가 보지. 언제 어디서든, 떨어져 있어도 결국은 만날 수밖에 없는."

헐. 운명이라니. 이규신이, 입에 발린 소리 절대 못하는 월드 대표 무뚝뚝남 이규신이 '운명'이란 단어를 입에 올리다니. 이게 꿈이야, 생시야?

본나는 저도 모르게 두 눈 휘둥그레 뜨고 녀석의 뒤통수를 노려보았다. 이딴 닭살스런 소리 지껄이는 녀석은 평소 구타유발자로 분류, 죽어라 구박해 주는 그녀였지만 지금 이 순간만큼은 꿀 먹은 벙어리처럼 아무 말도 할 수가 없었다. 숨이 턱 막히는 기분이었으니까. 이딴 소리 아무렇지도 않게 지껄일 녀석이 아닌데, 무슨 의도로 이런 소릴 하는지 혼란스러웠다. 그리고 당연하게도, 가슴이 두근거렸다.

"다신 그 녀석 만나지 마라. 내가 다 알아서 하겠지만, 혹시라도 고혜석이 정신 못 차리고 또 너한테 뭔가 시도할 수도 있으니까."

"다…… 알아서 한다니? 뭘?"

떨리는 걸 겨우 참아가며 조심스럽게 물었다. 그리곤 조심스럽게 손을 말아 입을 막는다. 행여 숨소리가 거칠게 들릴까 걱정하며. 언제부턴지 모르겠지만 녀석 앞에서는 뭐든 조심스러워지는 것도 같았다. 말도 행동도.

"몰라도 돼. 말해봤자 넌 또 저 자식 두둔할 거잖아. 정정당당하게 싸울 생각 안 하고 갑자기 나타나 기습 공격했다는 둥, 사람 다칠 정도로 패면 안 된다는 둥."

"그때 그 일은……."

"됐어. 너한테 불평불만 접수하려는 거 아니니까 아무 말 마. 전생에 대천사 가브리엘이었는지 마더 테레사였는지, 고혜석 같은 쓰레기한테도 자비를 베푸는 너, 분명 마음에 안 들고 내 스타일 아니지만 이미 이해하고 받아들였어. 그랬으니까 저 녀석이 오늘 목숨 부지하고 살아 있는 거지. 안 그랬으면 내 손에 죽었다."

"……."

"너랑 사귀는 한 달이 17년 내 인생에서 제일 버라이어티하다. 네가 학교 최고 유명 인사라 그런지 하루하루가 날마다 히트네. 처음 보는 애들한테 질문세례를 받질 않나. 여자 후배들한테는 너한테 잘하라는 협박도 당해보고. 이젠 저런 쓰레기 같은 녀석도 처치해야 하다니. 힘들다, 힘들어."

"그, 그런 일도 있었어? 미안. 신경 쓰지 마. 개들은 개들이고 우린 우린데 뭐. 어차피 넌 3개월만 있다가 다시 서울로 돌아갈 거잖아. 나머진 내가 다 알아서 할게. 넌 신경 쓰지 말고 올라가서 예전처럼 잘 지내면 돼. 공부 열심히 하고……."

"그게 문제다."

"어?"

"곧 돌아가야 한다는 거, 그게 문제라고. 이렇게 옆에 있어도 불안한데, 떨어져 있으면 걱정돼서 미쳐 버릴지도 모르겠어서."

간당간당 붙어 있던 숨이 멎어버린 것은 그때였다. 더 이상은 숨을 쉴 수가 없었다. 아무 생각도 할 수가 없었고, 그 어떤 말도 귀에 들리지 않았다. 그의 쿵쾅거리는 숨소리만 심장 가득 느껴졌다. 혼란스러워 정신을 차릴 새도 없는 와중인데도 그 역시 긴장하고 있다는 것을 뚜렷이 인지할 수 있었다. 와와, 이게 대체 무슨 일이니. 이게 대체 무슨 말이니. 걱정돼서 미쳐 버릴지도 모르겠다니. 이게 대체 무슨 뜻이다니!

와글와글한 머릿속이 채 정리도 되기 전에 그녀는 그의 등에서 스르르, 내려왔다. 땅바닥에 발을 딛고 설 때서야 본나는 정신을 차릴 수 있었다. 현기증마저 느껴지는, 아직도 몽롱한 상태에서 본나는 그가 자신을 향해 다가오는 것을 느꼈다. 그리고 얼마 지나지 않아 그의 찬 손이 본나의 뺨을 가만히 감싸 쥐었다.

털썩, 낮고 허름한 벽에 등이 부딪쳤다. 동시에 본나의 손에 들려 있던 가방도 함께 바닥으로 떨어졌다.

본나는 멍하게 뜨고 있던 눈을 천천히 감았다.

✳

"물론 모의고사도 중요하고 과제도 중요하지. 왜 그걸 할아버지가 모르겠냐. 이 할아버지가 너희 학교 교장이야. 당연히 잘 알지. 하지만 성적보다 더 중요한 게 있어. 바로 내 손녀 건강이지. 요새 너무 공부에 치중해서 운동도 소홀히 하고 잘 쉬지도 못하는 것 같더니만 결국 이렇게 체력이 문제되지 않니."

"할아버지는. 제 체력은 지금 아무 문제 없어요. 멀쩡해요. 잘 아시면서."

도서관으로 향하다 할아버지에게 딱 걸린 본나는 집에서 쉬라는 할아버지의 말씀이 도무지 이해가 안 되었다. 시험을 앞둔 손녀에게 공부를 하지 말고 쉬라니. 맛있는 거 먹으면서 놀라니. 이게 무슨 말도 안 되는 말씀이신가. 교장 선생님께서 학생에게, 시험 공부 절대 하지 말고 쉬라고 강요한다는 게 말이나 되는 일인가? 이제 겨우 1등으로 올라선 손녀한테, 공부하지 말고 푹 쉬라고 말씀하시는 할아버지가 어디 있다고? 대체 왜 이러신담.

"알긴 뭘 알아. 그럼 엊그제 규신이 등에 업혀온 사람은 귀신이냐? 삐쩍 마른 주제에 아무 문제 없기는."

"아, 그땐 그럴 만한 사정이 있어서 그랬고요. 절대 체력이 달려서 그랬던 건 아니라고요. 쓰러졌던 것도 아니고, 어디가 잘못되어서 그런 것도 아니었어요. 그냥 넘어져서, 다리가 다쳤던 거라고요. 말씀드렸잖아요. 제 체력 짱이란 건 할아버지가 더 잘 아시면서 왜 이러세요?"

"그건 네 생각이고. 규신이한테 업혀 들어온 주제에 무슨 체력이 짱이야? 내 눈엔 약하디약한 비실이더구만. 말이야 바른말이지, 그냥 넘어져서 살짝 다친 거면 그렇게 규신이한테 업혀왔을 리가 없잖아? 네가 어떤 앤데."

"아, 그거야 그렇지만……."

"어릴 때는 꾸준히 태권도도 하고 야외 활동량도 많아서 체력이 좋았다지만 지금은 아니지. 만날 공부한답시고 실내에 틀어박혀 있기만 한데 체력이 좋을 리가 있나?"

"아니에요, 할아버지! 저, 완전 체력 좋다니까요. 저 학교 변태도 물리친 애예요. 아시잖아요, 할아버지도."

"그래. 알지, 아주 잘. 그때는 내 손녀가 이렇게 장한 일도 했다 뿌듯하고 기분 좋았는데, 지금 생각해 보니 아주 위험천만한 일이었다 싶다."

"에~?"

이건 또 무슨 말씀이신가? 그 일은 이미 1년 전의 일이고, 당시 용감한 학생이라며 학교에서도 집에서도 잘했다고 칭찬받은 일인데. 뜬금없이 위험천만한 일이었다고 회고하시다니, 이게 무슨 조홧속이냔 말이다. 도무지 할아버지의 심중을 알 수가 없어 본나는 멍하게 할아버지를 쳐다보았다. 그런 손녀를 할아버진 측은한 듯 바라보시더니 인자하기 그지없는 미소를 스리슬쩍 입가에 띄시곤 부드럽게~ 타이르듯 말하였다.

"그런 일, 앞으론 나서서 하지 마라. 그냥 경찰 불러. 네가 무

슨 동네 수호대도 아니고. 남자아이들도 꺼려하는 일을 네가 굳
이 나서서 할 필요는 없지. 그런 위험한 일은 다른 사람한테 맡
겨도 된다. 그때 네 발차기가 정통으로 맞아 들어가서 망정이
지, 실패라도 했으면 어쩔 뻔했어? 큰 봉변을 당했을 수도 있지
않았겠어?"

"봉변은 무슨, 제가 그딴 변태한테 당할 사람이에요? 할아버
지가 절 그렇게 키우셨어요?"

"그렇게 안 키웠지. 그래서 내가 아주 후회하는 중이다."

"후, 후회요? 왜요?"

"내가 널 어려서부터 강하게 키우려고 했던 것은 너 자신을
위해서였다. 한 인간으로서 남에게 도움이 되고 스스로를 지킬
줄 알며 주변의 압력에 제 뜻을 굽히는 비겁한 사람이 되지 않
았으면 해서 운동을 시켰던 거지, 네가 우리 집안의 기둥 노릇
하길 바라서가 아니었어. 아들을 바란 적도, 네가 아들이었다면
좋았을걸 하고 생각한 적도 없었다. 나나 네 부모 모두 널 아들
대신으로서가 아닌 본나 너로서 사랑하고 있는 거야. 알겠니?"

"할아버지……."

"네가 혹여 착각하고 있는 게 아닐까 싶어서 그냥 해본 말이
다. 특별히 다른 뜻이 있어서 한 말은 아니니까 크게 마음에 담
아두진 말거라."

이쯤 되면 감동보다는 의구심이 들 수밖에 없다. '아들 대신
이 아닌 너로서 사랑한다'란 말은 너무나도 감동스럽고 마음 찡

한데, 그래서 감격스러운데. 아무리 생각해도 이런 얘길 꺼내기엔 타이밍이 너무 뜬금없었다. 규신이 등에 업혀오는 자신을 보고 갑자기 이런 생각을 하셨다는 건 너무 억지스럽지 않은가? 명탐정 코난이 아니고서야 어찌 그 모습을 보고 본나가 '남자 콤플렉스'에 걸려 있다는 걸 알아챌 수 있겠는가.

뭔가가 있다. 확실히 다른 계기가 있어서 이런 말씀을 하시는 거다. 대체 뭐지? 혹시…… 내 바비들을 본 건가?

"큼! 그런 의미에서 오늘은 내 말대로 그냥 쉬어. 규신이 따라서 운동하러 갔다 오든지, 아니면 같이 영화나 한 편 보고 오든지. 규신이 지금 아침 일찍 일어나서 동네 약수터 갔으니까 돌아오면 뭐라도 같이 해."

"할아버지는. 왜 꼭 규신이랑 뭘하래요? 저 혼자서도 잘 쉴 수 있어요."

"혼자보다야 둘이 낫지. 심심하지도 않고. 왜? 엊그제 보니 많이 친해진 것 같던데 아니야?"

"친해진 거야 뭐……."

"널 업고 집에 들어서는데, 확실히 규신이가 듬직해 보이더라. 제 아비를 닮아서 말은 별로 없는데 그게 또 믿음직스러워 보이고. 진국 같은 느낌이 들어."

"참, 할아버지도. 아니, 왜 자꾸 이규신 애길 불편하게……."

"불편하긴 뭐가 불편해? 업히고 업은 사이에."

"아, 진짜 할아버지!"

거참 이상하기도 하지. 평소엔 잘 하지도 않던 규신이 얘길 왜 자꾸 꺼내신대? 이렇게 자꾸 기억을 되살려 주지 않아도 충분히 잊히지 않은 기억 때문에 괴로운 걸. 며칠 동안 잠도 제대로 못 잤구만. 자꾸만 떠오르는 이규신 생각을 머릿속에서 쫓아내기 위해 수단과 방법을 가리지 않고 별의별 짓을 다했단 말이다. 그런데도 하루가 다르게 늘어만 가는 녀석에 대한 망상이 본나를 쥐어짜고 있었다. 폐인 되기 일보 직전.

모든 게 그 키스 탓이었다.

생애 첫 키스. 남자의 입술이 자신의 신체 부위에 닿은 건 처음이었다. 하물며 볼도 아닌, 이마도 아닌 입술에 한 키스였다. 그냥 입술만 마주 댔어도 충분히 찌릿하고 충격적이었을 키스. 한데 그의 입술은 본나의 입술 사이를 밀고 들어와, 단단한 치아를 더듬고, 얼떨결에 열어버린 입안으로 침투…….

'오 마이 갓!'

키스가 그리 사람을 잡는 행위인 줄은 본나도 처음 알았다. 키스한 지 자그마치 4일이나 지났는데도, 아직까지 본나는 입안이 얼얼했다. 이규신을 떠올리면 얼굴이 붉어지고, 그가 어떤 식으로 입술을 문질렀는지 떠올리면 온몸이 뜨거워졌다. 그가 어떤 식으로 치아를 쓸었는지, 그의 뜨거운 혀가 얼마나 매끄럽게 입안을 파고들었는지를 생각하면 온몸을 부르르 떨게 된다. 어디 그뿐인가. 쓰러질 것처럼 후물거리는 자신을 그가 얼마나 단단하게 붙잡고 있었는지, 어떤 식으로 자신을 끌어안고 어떤

식으로 밀어붙였는지는 굳이 떠올리려고 하지 않아도 아무 때
나 부지불식간에 떠올라 그녀를 괴롭혔다. 단순히 첫 키스였기
때문에 민감한 거라고 하기엔 핑계가 너무 약했다. 자신이 보이
고 있는 일련의 반응들이 스스로를 납득시키기엔 너무 과했다.

　상황이 이러니 이규신 볼 낯이 없는 건 당연한 일. 그녀는 몇
날 며칠을 어색한 인사 '하이!' 한마디로 때우고 있었다. 학교에
서도 눈 한 번 제대로 마주치지 않았고, 하교할 땐 멋대로 혼자
달려와 버리고. 며칠을 그렇게 보내고 나니 이젠 진짜 얼굴 마
주치는 것도 무서워졌다. 얘기하는 건 더 어색할 조짐. 주말이
니 쉬라는 할아버지의 당부를 흔쾌히 받아들이지 못하는 이유
는 시험이 코앞이라는 명분 외에 이러한 속사정도 개입되어 있
는 것이었다.

　"그러지 말고 이따 규신이 오면 둘이 잠깐 놀다가 와. 기분 전
환도 할 겸."

　장독대에서 된장을 퍼 그릇에 담아오던 박송자 여사가 한마
디 거든다. 내내 구 교장과 본나의 실랑이는 듣고 있지 않는 듯
태연히 행동하더니 웬일? 실은 토시 하나 안 빼놓고 자세히 듣
고 있었던 스멜. 본나는 인상을 팍 쓰며 퉁명스럽게 대꾸했다.

　"엄만 또 왜 그래?"

　"아무리 학생의 본분이 공부라지만 어떻게 24시간 내내 공부
만 하니? 가끔 쉬고 놀기도 해야 공부할 때 기운내서 열심히 하
는 거지. 규신이도 쉴 거 쉬고 놀 거 놀면서 공부하더라. 그래도

성적 좋은 걸 보면 가끔 쉬는 것도 나쁘지 않은 거지. 그리고 너도 이제는 남자친구도 사귀어봐야 할 거 아니야. 언제까지 그렇게 선머슴처럼 하고 다닐 거니?"

본나 쪽으론 고개도 안 돌리고 슥 지나가며 박 여사가 한 말이다. 아니, 이게 대체 무슨 밑도 끝도 없는 소리람? 남자친구를 사귀라니? 고등학교 2학년이면 사귀던 남자친구도 끊고 공부에 열중해야 할 시기이거늘. 웬 교제장려정책? 말끝마다 약속이나 한 것처럼 규신이 노래를 부르는 것도 수상하고, 선머슴처럼 하고 다니지 말라는 것도 이상하다.

'뭐야, 대체? 진짜 뭔가 알고 있는 거 아니야?'

예를 들면 규신이랑 내가 키스했다는 사실 같은 거. 아니면 바비 상자를 발견했다던가. 안 되는데. 둘 다, 절대 타인에게 들키고 싶지 않은 비밀이자 치부이다. 규신과의 키스는 아직까지 서로 언급을 꺼리고 있어 정리가 안 되었고, 바비 콜렉트에 대한 진실은 자신이 가지고 있던 트라우마와 콤플렉스의 결정체이다. 규신에게 들킨 것만으로도 충분히 당혹스럽고 쪽팔렸는데 가족들이 죄다 알게 되면 그땐…… 죽음이다.

"다녀왔습니다."

본나가 초조하게 입술을 뜯으며 열심히 생각에 빠져 있을 즈음이었다. 대문이 열리더니 규신이 들어섰다. 약수터 갔다더니 벌써 돌아오는 모양이었다. 운동복 차림에 손에 물이 가득 찬 약수통을 들고 마당으로 들어서는데도 이규신은 여전히 막 세

수한 사람처럼 상큼하고 산뜻해 보였다. 땀을 흘리는데도 왜 비누향이 나냐. 덕분에 심장이 멋대로 두근거리잖아. 짜증나게.

"어, 왔구나."

구 교장이 함박웃음을 지으며 한 손에 들고 있던 아령을 다른 손으로 옮겨 들었다. 보기만 해도 배가 부른 얼굴이시다. 본나는 마음에 안 드는 할아버지를 흘낏 한 번 보곤 입을 꾹 다물었다. 녀석을 못 본 척 외면해 볼 생각이었다. 인사 따위 해보았자 키스의 기억이 홍수처럼 밀려들어 올 게 뻔하고, 그럼 얼굴 빨개지고 말 더듬기 시작할 텐데. 그런 모습은 규신에게 절대로 보여주고 싶지 않았다. 하지만…….

"……."

"……."

이규신은 가던 길, 마저 가기는커녕 그녀의 앞에 서서 가만히 자신을 내려다보고 있었다. 미치 그녀가 말을 건네주길 바라는 듯. 뭐야, 왜 이래? 그냥 지나쳐. 항상 그랬잖아. 오늘도 그냥 눈 마주치지 말고 지나치자. 그러자, 제발. 응?

"애, 이거 한번 해봐라."

속으로 열라 주문을 걸고 있는데, 갑자기 박 여사의 손이 다가와 본나의 이마를 덮은 머리카락을 걷어 올렸다. 으엥? 놀라 정신을 차려보니, 박 여사가 손에 반짝반짝 빛나는 핀 하나를 들고 본나의 머리에 찌르고 있었다.

"이, 이게 뭐야, 엄마?"

"뭐긴 뭐야. 핀이지. 내가 어제 마트 가서 하나 샀어. 요즘 네 머리가 길어서 답답해 보이더라고. 지금이 딱 어중간한 길이잖니. 다시 자르기는 아깝고, 내 생각엔 이대로 좀 길러보면 어떨까 싶어서. 너도 어릴 땐 머리 길어서 땋고 다녔어. 네 이마랑 두상이 엄청 예뻐서 얼마나 잘 어울렸었는데~ 머리 길면 지금보단 훨씬 더 여성스럽고 예뻐 보일 거야. 그렇지, 규신아?"

"어, 엄마!"

갑자기 규신이한테 이딴 건 왜 묻는 건데? 기겁을 해 소리쳤지만 규신의 대답을 가로막을 수는 없었다.

"상상은 안 가지만, 예전에 예뻤다면 지금도 예쁘겠죠."

"예뻤지~ 정말 예뻤지. 그땐 치마도 잘 입고 다녔었어. 태권도 시범단에만 안 들어갔었어도 애가 이렇게 선머슴처럼 크진 않았을 텐데. 아, 뭐 이제 와서 돌이킬 순 없는 거고. 난 지금이라도 본나가 여자답게 꾸미고 다니면 누구 못지않게 예쁠 거라고 봐. 키도 크고 얼굴도 이만하면 예쁘지. 이 핀도 얼마나 잘 어울리니?"

"어울리긴 개뿔. 바가지머리에 주근깨 얼굴, 거기에 핀까지 꽂으면 딱 딸기소녀이구만, 무슨!"

"모르는 소리. 안 하던 거 하니까 어색하고 적응 안 돼 그렇게 느끼는 거야. 내 눈엔 예쁘기만 하다, 뭐. 규신이 생각은 어때? 우리 본나 예쁘지?"

"엄마!"

“네, 귀엽네요.”

버럭질을 시작하는 본나를 무시하고 규신이 피식 웃으며 대답했다. 본나의 얼굴은 순식간에 홍당무가 되어버렸다. 이건 완전 옆구리 찔러 절받기였으니까. 누가 들어도 그의 대답은 억지로, 예의상, 어쩔 수 없이 한 말이었다.

“거봐. 귀엽다잖아.”

하지만 답답한 딸의 마음을 아는지 모르는지 박 여사는 샐쭉거리며 뿌듯한 눈으로 본나의 머리를 쓰다듬었다. 박 여사님, 순진하신 거예요, 순진한 척하시는 거예요? 애가 귀여워서 귀엽다고 하겠수? 그냥 물으니까 그렇다고 대답한 거지. 애가 귀엽다면 귀여운 게 되는 거냐고요. 아, 쪽팔려.

“나 도서관 갈 거야, 잡지 마요.”

더 이상 실랑이하기도 싫은 마음에 본나는 툭 내뱉곤 규신과 박 여사 사이를 뚫고 지나갔다.

“오늘은 그냥 쉬라니까. 구본나! 본나야!”

“어허. 저 녀석이! 쯧쯧쯧쯧……”

할아버지의 혀 차는 소리까지 들려왔지만 본나는 뒤도 돌아보지 않고 대문 밖으로 나와 버렸다. 두 분이 저러지 않으셔도, 키스 사건 때문에 규신과 얼굴도 제대로 못 마주칠 정도로 어색한데 대체 왜 저러시는 건지. 아니, 그 엄마가 자기 딸 예쁘냐고 묻는데 당근 그렇다고 하지. 대체 엄만 왜 그딴 걸 물어봐서 사람을 창피하게 만드시는 거람? 왜 자꾸 규신이한테 예쁘지 않느냐고 묻는 건데?

"구본나."

신나게 투덜거리며 터벅터벅 짜증스런 걸음을 열심히 옮기고 있을 때였다. 묵직한 저음이 본나의 발목을 잡아챘다. 본나는 반사적으로 우뚝, 그 자리에 서고 말았다.

"몸은 어때?"

그가 뒤에서 물었다.

"어? 어, 뭐, 그냥저냥……."

본나는 차마 뒤를 돌아볼 용기가 나지 않아 그대로 서서 얼버무렸다. 그리곤 얼굴을 잔뜩 일그러뜨렸다. 무슨 일이지? 왜 불렀지? 무슨 말을 하려고? 설마 그때 그 일을 얘기하려는 건 아니겠지? 뭐라고 말할 건데? 설마 없었던 일로 하자, 그냥 실수였다, 뭐 그런 소리? 아아, 아니야. 그럴 리가 없어. 그런 말을 할 거면 진즉 했겠지.

아아아아, 아니야. 열심히 생각해 보고 결론 내린 게 그거겠지.

아아— 모르겠어, 모르겠다고. 뭣 때문에 그가 자신을 부른 건지 도무지 모르겠다고!

"도서관 가서 언제 돌아와?"

혼자 미친 듯이 삽질을 하고 있는 사이, 그가 또다시 물어왔다. 본나는 신중하게 생각하고 또 생각해서, 천천히, 차분히 대답을 내놓았다.

"……그건 왜 묻는 건데?"

"일찍 왔으면 해서. 할 얘기가 있거든."

"그, 그냥 지금 얘기해. 나 원래 공부할 땐 밤늦게까지 하는 편이라 일찍 못 와."

"할 게 얘기만 있는 건 아닌데."

날아온 대답이 이상하다. 얘기만 할 게 아니라니, 그럼 뭘하겠다는 거야? 본나는 주저하며 머뭇거리다 천천히 뒤를 돌아보았다. 이규신은 멀지 않은 곳에 서서 그녀를 가만히 지켜보고 있었다. 당연히 그와 시선을 마주할 수밖에 없었고, 본나는 결국 근 일주일 만에 그를 똑바로 바라보게 되었다. 생각보다 그는 덤덤해 보였다. 적어도 본나처럼 혼란스러워 어찌할 바를 몰라 우왕좌왕하는 것 같진 않았다. 쿨한 녀석 같으니라고. 넌 키스가 그리 쉬웠니?

"방금 한 말, 무슨 뜻이야?"

"해석이 필요해? 그게 그리 어려운 말인가? 말 그대로, 얘기만 할 거 아니라는 뜻."

"얘기만 안 하고, 뭘 할 건데?"

"뭘 할 건지 미리 예고까지 해야 해?"

"뭐, 꼭 그렇다는 건 아니지만……."

"아침부터 이런 공개적인 장소에서 할 만한 행동은 아니니까, 궁금하면 일찍 집에 들어와."

"뭐?"

공개적인 장소에서 할 만한 행동이 아니라니. 그건 또 무슨 말이야? 본나는 난데없는 말에 커다랗게 두 눈을 떴다. 아무리 곱씹고 또 곱씹어보아도 도저히 이해가 안 되는 말이었다. 대체 뭘하려는 건데?

"집에서 얘기하자는 말이야."

본나의 머릿속에 무슨 생각들이 들끓고 있는지 다 알고 있는 듯, 그가 피식 웃으며 말했다. 별거 아니란 듯이 대수롭지 않은 말투였지만 듣고 있는 본나는 더욱 긴장했다. 아무리 건전하게 생각해 보려고 해도, '아침 댓바람부터 공개적인 장소에서 하면 안 되는 행동' 이란 딱 한 가지밖에 없었으니까. 머리에 뭐가 들었냐. 어린 게 벌써부터 그딴 야시시한 생각이나 하고 말이야. 때끼! 혼자 스스로에게 호통까지 쳐보았지만. 미쳤나 보다, 계속 녀석과의 키스 장면이 머릿속을 둥둥 떠다녔다. 하하하, 아닐 거야. 공개적인 장소와 어울리지 않는 행동들은 의외로 생각해 보면 많다고!

상식적으로 근 일주일이나 지난 일을 이제야 이러쿵저러쿵 논할 이유가 없다. 지금까지 모르는 척한 거면 없었던 일로 하겠다는 뜻 아닌가? 그녀는 그렇게 해석했고, 불만없었다. 키스는 물론 좋았지만, 그 키스가 두 사람의 사이를 근본적으로 뒤집을 수 있을 거라곤 생각하지 않았다는 뜻. 어쨌든 그날의 키스는 순간의 충동으로 인해 벌어진 해프닝에 불과하다고 그녀는 생각했다.

"잘 다녀와."

복잡한 머리를 열심히 굴리고 또 굴려 생각하고 또 생각하는 그녀를 빤히 바라보며, 그가 말했다. 순간 띵, 뒤통수를 한 대 맞은 듯한 기분에 본나는 멍하게 그를 응시했다. 이건 마치 새 신부가 신랑 배웅할 때 하는 말투여서 기분이 묘해졌다.

나 신랑? 얘 신부?

생각하지 않으려 해도 이미 머릿속으론 앞치마 예쁘게 매고 샤방샤방 반짝거리는 예쁜 미소로 손을 흔드는 이규신과 남자 양복에 넥타이까지 매고 짧은 머리 올백으로 넘겨 잘생긴(?) 모습으로 녀석의 볼에 키스하는 자신의 모습이 랑데부되고 있었다. 돌겠네잉.

"어, 어……."

본나는 미친 망상질에 여념없는 머릿속을 재빨리 정리하고는 냉큼 뒤를 돌았다. 그리곤 저벅저벅 씩씩하게 열심히 걸어가…… 보려고 했다. 하지만 왠지 어색해 자꾸만 스텝이 엉키고. 뒤에서 녀석이 보고 있다고 생각하니 특유의 팔자걸음도 자꾸만 안으로 접히고, 터덜거리던 발걸음도 조신해지고, 꾸부정하던 허리도 절로 펴져 온몸이 꿈틀꿈틀. 마치 오징어 몸이 되어버린 기분이었다. 그러다 녀석이 뒤에서 부드럽고 달달한 어조로 부르니, 온몸에 소름이……!

"구본나."

"……어?"

머리부터 발끝까지 전기가 흐르는 듯 찌르르, 짜릿함이 훑고 지나갔다. 본나는 숨도 제대로 쉬지 못하고 머뭇거리다가 겨우 억지로 쥐어짜 대꾸했다. 그러자 그가 마지막 한 방을 날렸다.

"너, 그 머리핀 어울려."

*

"그 머리핀 어울려."

그의 말은 진심이었다. 빗질도 잘 하지 않는 것처럼 늘 흐트러져 있는 그녀의 바가지머리는 박 여사가 동네 마트에서 사 온 작은 핀 하나로 싹 정리가 되어버렸다. 슬쩍 보이는 둥그렇고 흰 이마와 예쁘게 굴곡진 눈썹, 꽤 길게 휘어진 속눈썹이 광대뼈 위에 자잘하게 흩뿌려진 주근깨와 어울려 독특한 분위기를 자아냈다. 말괄량이 삐삐나 빨강머리 앤이 연상되어서 웃음이 쿡쿡 나온달까. 우스꽝스러울 정도로 볼품없는데 그게 규신의 눈엔 사랑스러워 보였다. 말이 씨가 된다더니, 정말 눈에 콩깍지가 씌어 버렸나 보다.

그게 언제부터인지는 정확히 꼬집어 얘기할 수가 없다.

처음엔 자꾸 보호자를 자청하며 센 척하는 그녀가 우습고 같잖아서, 재미 삼아 놀려주기 시작했었다. 그러다가 가상 연애라는 것을 하게 되었고, 점점 실제와 연기가 구분되지 않을 만큼 깊이 빠져들게 되어버렸다. 남들에게 보여주기 위해 시작한 남자친구 역할이 점점 실제처럼 느껴지게 되어버린 거다. 스스로 인지하기도 전에, 그는 역할에 몰입하여 정말로 그녀를 '내 여자'로 여기기 시작했으며 그러는 사이 점점 감정까지 생겨나 어찌할 수 없는 지금의 수준까지 올라와 버렸다.

뭉게뭉게 피어오르던 감정이 폭발한 것은 버스에서의 변태사건이 계기. 단지 변태 녀석을 경찰서에 넘기지 않아서, 자신의 호의를 그녀가 무시하는 것 같아서 삐친 정도가 아니라 그는 진심으로 분노했다. 그녀의 무신경함과 스스로를 귀하게 여기지 않는 듯한 가벼운 대처에 짜증이 났었다. 귀애받아 마땅한 존재임에도 불구하고 자신을 하찮게 대하고 있는 것 같아 화가 치밀었었다. 그 분노는 그날 이후부터 그를 그녀의 수호자로 만들어버렸다. 그녀가 궂은 일 못하게, 거친 일도 못하게 옆에서 챙겨주고 지켜봐 주게 되었다. 정확히 고혜석 때문에 사이가 틀어지기 전까지 분명 그는 그녀의 수호천사였었다:

혜석과 규신이 투덕거리다 혜석이 뒤로 나가떨어져 다치는 사건이 생기자, 본나는 혜석에게 달려갔다. 그 모습을 보는 순간 규신은 이성을 잃지 않기 위해 기를 써야 했다. 너무나 화가 나서 소리조차 지를 수 없었다. 피가 싸늘하게 식는 기분을 그는 일생 처음으로 느꼈다.

그 일을 계기로 규신은 깨달을 수 있었다. 자신이 구본나를 남달리 여기고 있음을, 단지 조금 좋아하고 있는 정도가 아니라 '내 것'이라는 감정, 즉 소유욕까지 생겨난 매우 위험한 수준임을. 그러니까 결론은, 그날의 키스가 결코 충동적으로 일어난 일은 아니라는 것이다. 계획을 짜 의도를 넣어 실행한 사건은 아니었지만, 그렇다 해서 아예 없었던 일처럼 기억에서 지워 버리고 모르는 척 외면하고 싶은 생각도 없었다. 그럼에도 지금껏 일주일이나 되는 시간 동안 입 닫고 아무 일도 없었던 듯 행동해 준 것은 본나를 위한 배려 차원이었다.

당황해서 얼굴도 못 드는 그녀에게 적응할 시간을 주고 싶었다. 인정하고 받아들일 시간을 벌어주고 싶었다. 그녀도 생각이 있다면 일주일이란 시간 동안 이성적이고 현실적인 결론을 내릴 거라고 그는 생각했었다. 그리고 드디어 오늘, 그는 담판을 짓기 위해 그녀에게 경고 메시지까지 미리 살포시, 다정하게 던져 주었다. '그 핀 어울려' 라고.

그때까지만 해도 규신은 모든 게 자신의 뜻대로 일사천리 진행되고 있다 생각했었다.

핀이 어울린다는 규신의 말에 넋이 나간 듯한 그녀의 표정은, 그녀 역시 규신을 좋아하고 있음을 시사하는 거였으니까. 그는 반쯤 홀린데다 마음의 준비까지 다 마친 그녀를 손에 넣으면 끝이었다. 한데 예기치 못한 변수가 갑작스럽게, 아주 갑작스럽게 생겨 버렸다.

'잘도 자는군. 얄미운 자식.'

규신은 자신의 옆자리에서 코까지 골며 잘 자고 있는 동생을 흘낏 곁눈질로 바라보곤 한숨을 푹 내쉬었다.

　정오쯤에 갑작스레 나타난 현신은 하루 종일 본나와 규신 사이에 끼어서 훼방을 놓았다. 하루 동안 당장에라도 녀석의 엉덩이를 걷어차 서울로 쫓아내 버리고 싶은 충동을 얼마나 느꼈는지 이루 셀 수도 없다. 짜증스럽게 혀를 쯧, 차며 규신은 어두운 천장을 세차게 노려보았다. 그러자 오늘 이현신이 저지른 만행들이 눈앞으로 차례차례 영화처럼 지나갔다.

　"누나! 누나는 왜 이렇게 귀여워요? 볼 때마다 볼이 빵빵해지는 것 같아요."
　"어? 아하, 내가 좀 요새 많이 먹어서 그래. 많이 쪘니?"
　"아니요. 딱, 귀여운 정도요. 보기 좋아요."
　"말이라도 고맙다, 야. 사실 요즘 살이 좀 쪄서 고민이었어. 만날 앉아서 공부만 해서 그런가 봐. 운동을 다시 시작해야겠어."
　"우리 형, 조깅 좋아하는데. 아침에 일찍 일어나서 동네 한 바퀴 같이 돌아요. 데이트도 하고 운동도 하고, 일석이조. 좋은 아이디어죠? 근데 만약 형이랑 같이 운동할 거면 단단히 각오해야 할 거예요. 우리 형이 좀 배려심이 부족하거든요. 옆 사람 생각 않고 혼자 막 뛰어가서, 같이 조깅할 맛이 안 나요. 알죠? 운동은 원래 주변 사람들이랑 어울리면서 폭풍 수다도 좀 떨어줘야 재미 붙여 더 열심히 하는 거. 근데 형은 딱 운동, 한 가지만 해요. 얼마나 재미가 없는지. 저도 그래서 같이 안 하잖아요. 누나도 형이랑 운동하면 엄청 심심할걸요?"

현신과 본나가 버스 타러 가면서 나누던 대화 내용이다. 둘은 규신보다 앞서 나란히 걸으며 조잘조잘 쉴 새 없이 수다를 떨어 댔다. 대부분 쓸데없는 신변잡기적인 내용들이었고, 그런 잡담 들 중 대부분은 규신의 흉을 보는 것이었다. 자연히 규신은 소 외될 수밖에 없었고 떫은 감 씹은 표정이 될 수밖에 없었다.

"근데 형은 대체 무슨 생각으로 누나한테 구봉서란 별명을 지 어줬는지 모르겠어요. 아무리 애칭이라지만 여자친구한테 봉서 라니. 너무 컨트리한 이름 아닌가요? 게다가 남자이름이잖아 요."

"못난이와 구봉서, 둘 중에 하나 고르래서. 그나마 구봉서가 낫잖아."

"못난이라고요? 어떻게 여친 별명을 못난이라고 지어요? 저 한텐 있을 수도 없는 일이에요. 왜 못난이도 아닌데 못난이래? 예쁘고 사랑스런 여친한텐 그에 걸맞은 별명을 불러줘야죠. 제 이전 여친 애칭은 예삐였어요."

"예, 예삐……?"

무언가 애완동물 이름 뻴이 난데다가 여친에게 '예삐'라고 부르는 닭살스런 상황이 저절로 떠올라 본나는 꽤나 당황한 것 같았다. 하지만 그녀는 곧 천상유수로 쫠쫠 둘러 붙이는 현신의 말발에 금세 현혹되어 고개를 끄덕이기 시작했다. 누가 봐도 현 신의 페이스에 말린 상황이라 규신은 그저 헛웃음만 너털너털

나왔다. 하지만 그래도 이때까지는 어느 정도 이해도 되었고, 참을 만도 했었다.

"누나, 좀 덥죠? 우리 어디 앉아서 시원한 거라도 마실까요?"
격년제로 열리는 현대미술설치전시회가 있는 전시관, 시립박물관을 차례로 돌던 도중이었다. 지친 기색이 역력한 본나가 마음에 걸리는 듯 현신이 먼저 말을 걸어왔다. 본나는 당연히 그러자고 했고, 딱히 가까운 곳에 그럴싸한 카페가 없었던 터라 그들은 근처 벤치로 향했다. 그리고 음료수를 사 오겠다며 현신이 사라지자 순식간에 규신과 본나는 두 사람만 덩그러니 남겨지고 말았다.
"계속 그런 식이면 힘들 텐데."
"으, 응?"
불쑥 내뱉는 규신의 말에 본나가 흠칫 놀랐다. 반사적으로 고개를 틀어 그를 돌아보았지만, 그것도 잠시. 그와 눈이 마주치자마자 그녀는 다시 고개를 틀어버리고 말았다. 마치 못 볼 걸 봤다는 듯한 그녀의 반응에 규신의 기분은 한층 더 다운되었다. 그는 퉁명스럽게 말했다.
"현신이, 생각 외로 눈치가 빠른 녀석이야. 계속 그런 식으로 행동하면 조만간 눈치채고 말 거다. 우리 둘 사이에 뭔가 특별한 일이 일어났다는 걸."
"어…… 미안."

"미안하단 말 들으려는 게 아니야. 네가 어색해하는 건 이해해. 그럴 수 있다고 생각해. 그날 이전까지는 우리 모두 서로 좋아한다는 거, 못 느꼈잖아."

"어?"

놀란 듯 본나가 눈을 들어 규신을 올려다보았다. 규신은 잠자코 그녀를 마주 본 채 침묵을 지켰다. 굳이 말할 필요 없이 눈빛만으로도 충분히 설명될 수 있을 거라 생각했다. 구구절절 미사여구 덧붙여 설명하는 것보다 진실한 눈빛 하나면 다 해결될 거라고 여겼다. 그리고 숨 막히는 몇 초가 지난 후, 정말로 본나는 머뭇머뭇 조심스럽게 입을 열었다.

"너, 그 말……."

"……."

"네가 날 좋아한다는 뜻……?"

맑디맑은 두 눈을 반짝이며 묻는 구본나는 그 어느 때보다도 귀여웠다. 바람결에 나풀거리는 바가지머리를 잔뜩 헝클어뜨리고 싶을 만큼. 규신은 뭔지 모를 뿌듯함에 씩 입술을 끌어올리며 미소 지었다. 그리고 막, 그녀가 기다리는 대답을 해주려는 찰나.

"누나! 본나 누나!"

한껏 진지했던 분위기가 단번에 빠직 깨져 버리고 말았다. 저만치, 음료수 사러 갔던 녀석이 손에 아무것도 없는 채로 달려오고 있었다. 시간을 따져 보면 음료수 자동판매기가 있는 건물까지 갔다 온 것 같지도 않은데, 왜 벌써 뛰어오는 건가 싶어 규신은 눈살을 찌푸렸다.

"왜 그냥 와?"

"헥헥! 가다가 생각해 보니까 뭘 사다 드려야 하는지 안 물어봤더라고요."

"그걸 물어보려고 다시 왔단 말이야? 전화라도 하지. 괜찮아? 엄청 급하게 뛰어왔나 봐."

헉헉거리는 현신이 걱정되는지 본나가 현신의 어깨를 잡으며 물었다. 무릎에 손을 짚고 힘들어하는 현신은 아무리 봐도 엄살처럼 보였다. 상식적으로, 얼마 되지도 않은 저 짧은 거리를 뛰었다고 이리 헉헉거리는 게 말이 되나. 초등학교 시절 육상부였던 녀석인지라 너녀욱 믿기지 않는 규신이었다.

"조금요. 간만에 뛰었더니 저질 체력이 됐나 봐요. 뭐 드실 거예요?"

"어? 어, 난 이온음료."

"형은?"

"아무거나."

깜찍하기 이를 데 없이 웃으며 묻는 동생을 향해 규신은 툭 내뱉었다.

"오케이, 아무거나. 사 올게."

무뚝뚝한 규신의 대답에도 불구하고 현신은 역시나 밝고 맑고 깜찍하게 대답했다. 하지만 그게 더 눈에 거슬린다는 거. 유독 본나 앞에서만 착하고 예의 바른 보통 남자아이가 되는 현신이 걸려도 너무 걸린다는 거. 이현신이 겉으론 저리 순둥이에 착한 남자처럼 뵈도, 사실은 여자아이들 사이에서 악명이 높은 바람둥이라는 사실을 떠올려 보자면 무리도 아니었다.

"저, 근데 누나. 저랑 같이 가주면 안 돼요?"

이것 봐라. 현신이 또 천사 같은 얼굴로 방긋 웃으며 본나에게 묻는다. 규신의 눈썹은 일순 세차게 꿈틀거렸다.

"혼자 가려니까 힘들고 심심해서요. 가만 보니까, 어차피 형이랑은 얘기도 잘 안 하는 것 같고. 저랑 같이 가면서 수다나 떨어요. 그래도 되지, 형?"

"……."

아무 대답도 하지 않았지만 그의 침묵을 Yes의 의미로 받아들인 듯 둘은 신나게 함께 걸어가기 시작했다. 기분이 뭣 같았지만 참았다. 뒤따라가서 훼방을 놓는 짓도 하지 않았다. 묵묵히 서서 둘의 뒷모습을 노려볼 뿐. 비록 기분은 상했지만 뭐, 그때까지도 나름 참을 수 있었으니까.

"저 잠깐 화장실 좀 다녀올게요."

카페에 앉아 쉬고 있을 때였다. 현신이 양해를 구하고 자리를 떴다. 영화 관람 시간이 30분쯤 남아 있어 차라도 한잔 마시면서 쉬자는 의미로 들어온 카페였다. 손님들이 별로 많지 않았고 자리도 구석이어서 또다시 두 사람은 덩그러니 남겨져 버렸다.

"음, 저……."

이번엔 그녀가 먼저 말을 꺼냈다. 얘길 꺼내기가 어색한지 그녀는 앞에 놓인 음료수잔을 초조하게 더듬으며 눈동자를 이리저리 굴리고 있었다.

"할 말이 있는데……."

"뭔데."

"어…… 그게…… 말이야."

"말해."

라고 했지만 규신은 알았다. 그녀가 쉽게 입을 떼지 못할 거라는 것을. 아무렇지 않게 말할 수 있을 아이였다면 키스사건을 지금까지 함구하지도 않았을 것이다. 규신은 느긋하게 마음먹고 그녀를 가만히 바라보았다. 그녀가 제 입으로 직접, 그 얘길 언급할 때까지 규신은 나서고 싶지 않았다.

"어…… 아까…… 네가 했던 말……."

"……."

"그거, 무슨 말이야?"

"무슨 말이냐니?"

"네, 네가 그랬잖아. 우리가 사실은 서, 서, 서, 서로……."

"서로?"

"서로…… 조, 조, 조……."

본나가 드디어 얘기의 핵심에 근접했다. 규신은 그녀의 입술을 뚫어져라 바라보며, 그녀가 문제의 코어에 도달하는 짜릿함을 맛볼 만발의 준비를 하고 있었다. 그리고 막 그녀의 입에서 '좋아한다'는 말이 흘러나오려는 순간, 미친 듯이 이 상황에 몰입해 있는 규신의 귀에 또다시 불청객의 음성이 들이닥쳤다.

"본나 누나!"

고요함 속에서 촘촘하게 조여오던 긴장감은 순식간에 공기 중으로 흩어져 버렸다. 입술을 축이며 '좋아한다'는 말을 하기 위해 용기를 끌어모으고 있던 본나는 퍼뜩 정신을 차리고 현신을 돌아보았고, 그녀에게 온 신경을 집중시키고 있던 규신도 신경질적으로 현신을 쏘아보았다. 현신은 자신이 무슨 짓을 저지른 건지 전혀 모르는 얼굴로 그 어느 때보다도 더 밝게 웃으며 이쪽으로 다가오고 있었다.

저 악마 같은 자식!

규신은 속으로 하나밖에 없는 동생에게 저주를 퍼부어야 했다.

꾹꾹 차곡차곡 눌러 담아놓고 있었던 분노를 한꺼번에 터뜨린 건 영화관에서였다. 현신과 규신 사이에 앉은 본나는 너무나 자연스럽게 현신과 팝콘을 공유했다. 거기다 서로 귓속말까지 하며 영화를 관람하는 것은 아무리 봐주려고 노력해도 봐줄 수가 없는 광경이었다. 급기야 규신은 영화를 보기 시작한 지 30분 만에 벌떡 일어나 버렸다. 물론 본나의 손목을 그러쥔 채로.

"야, 왜 그래? 아직 반도 못 봤는데. 무슨 일 생겼어? 무슨 일인데? 왜 갑자기 나와 버리는 건데? 엉?”

다른 관람객들을 의식해서인지 영화관 내에서는 조용히 아무 말 없이 따라 나온 본나는, 나오자마자 종알종알 규신을 추궁하기 시작했다. 물론 규신은 대답없이 계속 걷기만 했다. 영문 모른 채로 끌려 나온 본나는 계속 규신이 이끄는 대로 걷는 수밖에 다른 길이 없었다.

“말을 해. 어딜 가는 건데?”

“…….”

“이유를 알아야 할 거 아니야! 현신이는 아직 영화관에 있잖아. 가더라도 말은 하고 가야지.”

현신의 이름이 튀어나오자 규신은 반사적으로 우뚝 걸음을 멈추었다. 그 바람에, 빠르고 큰 보폭에 맞춰 신나게 종종걸음을 치고 있던 본나는 규신의 등판에 코를 박고 말았다. 코를 부여잡고 본나는 신경질적으로 소리쳤다.

“아, 뭐야!”

“너, 현신이 좋아해?”

본나가 짜증내는 소리를 귓등으로 흘리며 규신은 대뜸 물었다. 그리곤 휙 고개를 돌려 본나를 내려다보았다. 자신의 귀를 의심하는 듯 본나는 멍하게 규신을 쳐다보고 있었다.

“그게 무슨 소리야?”

“좋아하냐고, 현신이.”

“헛! 아, 그야 당연히 좋아하지. 귀엽잖아. 네 동생이고.”

"내 동생으로서 좋아한다는 거야? 단지 그것뿐?"

"또 다른 이유가 필요해?"

"아니."

더 이상 묻지도, 따지지도 않고 규신은 다시 걷기 시작했다. 그에게 잡힌 손목 때문에 그녀는 자연스레 딸려왔다. 다다다, 빠르게 뒤따라 뛰어오며 본나는 숨을 헐떡거렸다.

"그럼 그건 왜 묻는 건데? 야, 말 좀 해봐. 갑자기 뜬금없이 현신일 좋아하냐고 물은 이유! 심심해서 물어본 건 아닐 거 아니야."

"몰라도 돼."

"몰라도 되는 게 어디 있어? 그런 황당한 질문을 해놓고선. 야, 귀찮으니까 얼른 말해. 난 그 질문의 의도가 뭔지 꼭 들어야 겠으니까 얼른얼른 빨리빨리 말해. 나도 알 권리가 있다고."

"……."

"설마 너…… 진짜 그런 거야?"

"……."

"정말 나를 조, 좋아하……?"

올 것이 오고야 말았다의 느낌이 이런 걸까. 그녀가 말까지 더듬으며 문제의 본질에 대해 물어오자 규신은 초조해지고 말았다. 그녀가 자신을 좋아하고 있다고, 자신 역시 그녀를 좋아하고 있다고, 확신하고 있는 상태였는데도 왠지 모르게 두려워졌다. 자신이 예상했던 반응이 아닐까 봐, 그녀가 혹시라도 웃음을 터뜨리며 사안을 초딩들의 장난 키스쯤으로 몰고갈까 봐 잠시 걱정이 되었다. 하지만 그런 위기감에 긴장한 것도 잠시.

"형! 누나!"

둘의 결정적인 대화에 또다시 훼방꾼, 이현신이 끼어들었다. 녀석은 뒤늦게나마 둘을 쫓아 나와 열심히 달려오고 있었다. 다시금 아까와 같은 상황에 처하게 되자 규신은 짜증스럽게 본나의 손을 뿌리쳤다. 녀석이 함께 있는 한 깊은 대화는 무리였다. 규신은 두 사람이 뒤따라오든 말든 집에 가겠다는 생각으로 맹렬히 걷기 시작했다.

불과 몇 시간 전의 일을 떠올리며 규신은 벌떡 몸을 일으켰다.

아무리 생각해 봐도 이대로 잠을 청하는 건 찜찜했다. 하던 얘기가 마무리되지도 못했고, 나름 좋았던 분위기도 망쳐 버린 채 이렇게 하루를 마감하긴 싫었다. 그건 그녀도 마찬가지일 게 분명했다.

규신은 침대에서 빠져나와 천천히 어둠 속을 걸었다. 끼이익, 방문을 열고 나가니 시원한 밤공기가 온몸을 에워쌌다. 토방 위에 놓여 있는 신발을 신고 바닥으로 내려서니, 불이 꺼진 본나의 방 창문이 그의 눈에 들어왔다. 규신은 깊게 숨을 들이쉬고 천천히 그녀의 방문 앞으로 다가섰다.

제11장 꿈결 같은 세상

본나는 무의식 상태에서 어렴풋이 인기척을 느꼈다. 공중 부양한 듯 몽롱한 의식 속에서도 누군가가 자신의 방으로 들어왔다는 것을 그녀는 느끼고 있었다.

누굴까, 이 오밤중에.

눈을 뜨기조차 귀찮을 정도로 축 늘어진 몸을 슬쩍 뒤척이며 본나는 작은 한숨을 내쉬었다. 그리고 갑작스럽게 찾아든 현실감에 꿈틀, 미간을 찌푸렸다.

"......!"

도둑이다.

오밤중에 자신의 방에 들어와 조용히 숨죽이고 있을 사람은 아무리 생각해 봐도 도둑밖에 없었다. 원래 이 동네가 큰 사고 한 번 없이 조용하게 흘러가는 곳이라 그렇지, 주택 구조상 마음만 먹으면 누구든 쉽게 담을 넘을 수 있었다. 게다가 본나의 집은 안채와 바깥채가 마당 하나 사이로 떨어져 있어서 바깥채에서 일어난 일을 안채에서 쉽게 알아채지 못하는 약점이 있었다.

스윽스윽, 바짓단이 서로 스치는 소리가 소름 끼치도록 조용히 귓전을 울렸다. 본나는 어둠 속에서 바짝 긴장했다. 눈으로 확인하진 못하지만 느낌으론 분명 도둑이 자신을 향해 다가오고 있었다. 최대한 자연스럽게 숨을 죽이며 본나는 미친 듯이 머리를 굴려보았다. 도둑이 대체 왜 자신을 향해 다가오는 것인지. 다가와 뭘 어쩌려는 것인지. 머릿속으론 벌써 해괴망측한 광경들이 휙휙 지나가고 있었지만 본나는 두 주먹을 꽉 쥐었다.

어찌 됐든 너무 크게 두려워할 건 없다고, 그녀는 스스로를 열심히 다독하고 있었다. 자신은 어떤 상황에서도 자기 몸 하나쯤 방어할 능력이 충분히 있으니까. 혹여 불의의 일격을 당한다 하더라도 옆방에는 건장한 사내 녀석들이 둘이나 자고 있었다. 현신은 몰라도 규신은 생각보다 예민한 성격이라 한바탕 소동이 일어나면 결코 눈치채지 못하고 넘어가는 일은 없을 것이다. 물론 녀석이 도와주기 전에 일은 해결되고 말 것이다. 늘 그래왔듯이. 본나는 서서히 평정심을 되찾아가며 천천히 심호흡을 했다. 그리곤 협탁 옆에 놓여 있는 스탠드를 향해 손을 뻗기 시작했다.

바로 그 순간, 끼익— 소리와 함께 침대 가장자리가 주저앉는 것을 그녀는 느꼈다. 침입자가 침대에 걸터앉은 것이었다. 본나의 머리털이 쭈뼛 곤두섰다. 소름이 등줄기를 타고 온몸을 돌아다니자, 본나는 잠시 호흡을 정지하고 눈을 감았다. 당장에라도 주먹을 뻗어 후려갈겨 주고 싶었지만, 아무런 대비도 없이 무작정 덤벼들 수는 없었다. 단 한 번의 시도로 상대에게 치명타를 날리려면 좀 더 확실한 기회를 노려야했다. 기다려, 기다려. 초조하게 속으로 중얼거리며 본나는 더욱 꼭 주먹을 거머쥐었다.

침입자가 좀 더 느리게 몸을 앞쪽으로 기울였다. 어두워서 더욱 거대하게 느껴지는 강도의 상체가 본나의 얼굴 위로 그늘을 만들었다. 조금만 더. 조금만 더…….

점점 더 가까이 다가오는 침입자의 체온을 느끼며 본나는 마음속으로 카운트를 세었다. 하나. 둘…….

"셋!"

카운트를 입 밖으로 크게 소리치며 본나는 몸을 들어 재빨리 스탠드를 거머쥐었다. 그리고 이얏! 하며 있는 힘껏 바운드하여 튀어 올라 침입자를 향해 몸을 날렸다. 하나, 놀랍게도 침입자는 예상했던 것보다 훨씬 더 민첩했다. 어떻게 해볼 새도 없이 그녀는 엎드린 채 침입자의 거대한 몸집에 납작하게 짓눌려 버렸다. 손에 스탠드를 쥔 채였지만 이미 거의 포박 상태. 입까지 틀어막혀 비명조차 지를 수 없는 상태였다. 이쯤 되면 긴장하지 않을 수가 없었다. 침입자는 힘이 세고 공격과 방어에 능한 자임이 틀림없었으니까. 아이씨, 고수잖아! 무슨 좀도둑이 이래?

"당신, 지금 실수하는 거야. 이러면 안 된다고. 내가 누군지 알아? 나한테 이러다가 나중에 크게 후회하는 수가 있어. 좋은 말로 할 때 그냥 사라지시지. 이대로 물러나면 이번 일은 조용히 묻어줄 테니까."

남자의 손에 입이 틀어 막혀 웅얼거리는 말투였지만, 의미만은 제대로 전달된 듯 침입자는 핏 콧방귀를 뀌었다. 아무런 반격도 할 수 없는 상태에서도 큰소리치는 그녀의 허세를 비웃는 것. 본나는 어금니를 꽉 깨물고는 더욱 암팡지게 입술을 놀렸다.

"이 구역 짱은 나거든? 내가 태권도 몇 단인 줄 알아? 나, 무등산 태권소녀야. 설마 모른다고는 하지 않겠지? 도망갈 기회 줄 때 순순히 꺼져라, 응? 괜히 섣부른 짓해서 죽도록 맞고 후회하지 말고. 너 이러다가 내일 아침 경찰서 유치장에서 깨어나는 수가 있어."

"……."

"너, 내가 여자라고 우습게 아는 모양인데, 괜히 사람 물로 봤다가 코 깨지지 말고 좋은 말로 할 때 사라져. 바람을 가르고 땅을 다스리고, 마른하늘에 비를 내리게 하고 땅을 접어 달리며 검을 바람처럼 휘둘러 천하를 가르고, 그 칼을 꽃처럼 다룰 줄 아는 사람이 전우치뿐인 줄 알아? 너 정도는 나도 한 손으로 해치울 수 있거든? 네 인생이 불쌍해서 참아주는 거니까 당장 손 떼고 꺼져 버려!"

"우습게 안 봤는데."

열심히 협박의 말을 줄줄 늘어놓는 순간이었다. 그녀의 몸을 짓누르고 있던 거대한 남자의 몸이 슬쩍 들리는가 싶더니 귓가로 나지막한 속삭임이 들려왔다. 일순 본나는 두 눈을 정신없이 깜빡거렸다. 잠깐. 이 목소리는?

"널 여자라고 우습게 본 적, 한 번도 없어."

본나의 눈썹이 순식간에 가운데로 확 몰렸다. 이 목소리는. 이 목소리는?!

"야!"

본나는 즉시 녀석의 손목을 확 걷어내며 소리쳤다. 기막히게도 그녀를 꽁꽁 붙들어 매고 있던 녀석의 손이 너무나도 스르르 떨어져 나갔다. 단번에 입술도 손목도, 자유로워진 순간이었다. 비록 또다시 그에게 덮쳐진 자세가 되어버렸지만. 이번엔 바로 누운 채로. 본나는 녀석의 몸을 주먹으로 세차게 치며 짜증스럽게 소리쳤다.

"너 뭐야? 깜짝 놀랐잖아."

"쉿, 조용. 현신이 잠귀 밝아."

"지금 조용하게 생겼어? 왜 소리없이 방에 들어오고 난리야? 완전 깜짝 놀랐잖아. 애 떨어지는 줄 알았네."

"물어볼 게 있어서 잠깐 들른 거야. 근데 너 원래 이렇게 깊이 잠드는 타입이냐? 사람이 들어오는 줄도 모르고 코까지 골면서 잘도 자더라."

"내가 언제 코를 골았다고? 웃겨, 아주. 남의 방에 함부로 막 들어오고서는."

"방문이나 걸어 잠그고 자던지. 진짜 강도가 들어왔으면 어쩔 뻔했냐?"

"어쩌긴. 이걸로 확 때려잡는 거지."

여전히 한 손에 들고 있는 스탠드를 들어 올리며 본나는 두 눈을 매섭게 부릅떴다. 물론 속으론 가슴을 쓸어내리고 있었다. 강도가 아니라서 정말 다행이지 뭔가. 말이야 바른말로, 강도 까짓것 때려잡으면 그만이라고 했지만 그게 어디 쉬운 일인가. 운 좋게 스탠드 따위로 강도를 때리는 데에 성공하더라도, 그다음에 무슨 일이 생길지는 아무도 장담 못하는 것이었다.

"그걸로 잘노 때러집겠다."

"너 나 무시해? 나, 태권소녀야. 이거 왜 이래?"

"그놈의 태권소녀 타령. 어릴 때 잠깐 출연했던 지방 예능프로 하나가 사람 하나 제대로 버려놓았네. 넌 네가 무슨 지구를 지키는 '옵티머스' 쯤 되는 줄 아는 모양인데. 넌 그냥 평범한 학생일 뿐이야. 무술인도 아니고 경찰도 아니고, 바람을 가르고 땅을 다스리는 전우치는 더더욱 아니라고."

"야, 그건 그냥 한 말이지. 뭘 또 그렇게 진지하게 듣고 난리야?"

"어쨌든. 나서지 마. 제발 위험한 일엔 몸 좀 사려. 네가 나서지 않아도 집안, 학교, 사회, 다 멀쩡하게 잘 돌아가. 도대체 이

집에 남자가 몇인데 네가 나서려고 해? 왜 위험하게 강도랑 맞
짱을 뜨려고 하느냐고.”

“너, 그 말 뭐야? 무시하는 거 아니라면서.”

“무시하는 게 아니라 걱정되어서 하는 말이야.”

“그게 그거 아니야? 내가 여자라서 못 미더운 거고, 못 미더
우니까 걱정되는 거잖아.”

본나는 험상궂게 표정을 일그러뜨리곤 규신을 노려보았다.
여자라서 차별 대우받는다고 생각을 하니, 내내 가라앉아 있던
성질머리가 또다시 발동되는 것 같았다. 다른 건 다 양보하고
참아도, 여자라고 무시하는 건 도저히 못 참는 그녀다. 지금까
지 어떻게 살아왔는데. ‘정말 진지하게 성전환을 권유한다’ 는
말까지 들어가며 악으로 깡으로 버텨온 그녀인데, 이제 와서 여
자이기 때문에 차별받는다면 너무 억울하지 않은가.

아이러니하지만, 어려서부터 본나는 자신의 중성적인 외모가
싫었다. 같은 친구들 사이에서도 혼자 유독 톡 튀어나온 키하
며, 떡 벌어진 어깨하며, 예쁘단 말보다 잘생겼다는 말이 나오
게 하는 이목구비하며, 트레이드마크인 것처럼 항상 입고 다녔
던 반바지에 멜빵까지. 다 싫었다. 흰 얼굴에 긴 머리, 치마를
입은 여자아이들만 보면 부러워 미칠 지경이었다. 너무 부러워
서 그런 아이들만 보면 넋 놓고 한참씩 구경하고 자신을 그녀들
에게 대입해 보기까지 했었다. 그랬던 본나이니 바비인형 수집
에 몰두하게 된 건 어쩌면 당연한 수순인지도. 인형처럼 예뻐지

고 싶은 건 그녀의 내면 깊숙한 곳에 오랫동안 똬리를 틀고 있는 원초적 욕망이었으니까.

하지만 본나는 예뻐지는 꿈 따위 꾸지 않았다. 헛된 꿈이란 걸 어린 나이에도 잘 알고 있었으니까. 아무리 예쁘게 꾸며도, 너털거리는 걸음걸이와 투박한 말투, 구부정한 어깨 등과 같은 사내스러운 모습들이 사라질 리 없다는 걸 본나는 알고 있었다. 고치려 노력해 봤지만 안 고쳐졌고, 그러는 사이 사람들의 편견과 고정관념도 심해졌다.

예를 들면 이런 거다.

본나가 수줍은 보통의 여자아이들처럼 눈을 내리깔고 말하면, 남자들은 '땅에 동전이라도 떨어졌냐' 고 물었다. 상대가 권하는 음식을 조금이라도 사양할라 치면, 집에서 뭘 얼마나 먹고 왔기에 깨적거리냐고 말했다. 조신하게 보이려고 다리를 모으고 걷기라도 하면, '화장실은 저기' 라고 말하질 않나. 다소곳이 웃으며 애교있게 눈꺼풀을 깜빡거리면, '눈병 났냐' 고 물어오기 일쑤였다. 치마 입고 나가면 여지없이 왜 트레이닝복을 껴입지 않았냐고 하고, 헤어스타일 좀 바꿔보려 머리에 핀이라도 하나 꼽을라 치면 '머리가 길어서 귀찮으면 얼른 자르지 그게 뭐냐' 는 핀잔이 날아왔다.

혹자들은 뭐 이런 게 대수냐고, 신경 쓰지 말고 계속 노력하라 말하겠지만, 그녀의 입장에선 결코 쉬이 흘려버릴 수 있는 말이 아니었다. 솔직히 이런 반응을 대할 때마다 스트레스가 보

통 쌓이는 게 아니었다. 결국 일종의 반작용으로 더욱더 남자답
고 거칠게 행동하게 되어버렸다. 그러다 결국 이 지경. 말이 '보
이시'지, 선머슴아 같단 말이 제격. 이제는 그녀의 이미지가 수
습할 수 없을 만큼 고정되어 버려서 아예 포기 상태였다.

"아니야."

그가 어둠 속에서 조용히 속삭이듯 중얼거렸다.

"아니라고."

또다. 엊그제 키스사건이 벌어졌던 그날처럼 그가 또, 또 부
드러운 목소리로 말하고 있다. 사포를 삶아 먹은 듯 평소엔 까
칠까칠 따갑기 그지없던 목소리가 또다시 두부처럼 말랑말랑,
콩고물처럼 보들보들, 참기름 냄새마냥 고소고소하게 들린다.

"내가 널 걱정하는 이유는 네가 연약한 여자라서가 아니
라……."

본나는 정신을 바짝 차리기 위해 두 눈을 꾹 감았다 떴다. 이
대로라면 제 입술을 자진해 헌납할 수도 있겠다 싶어서 정말,
기를 쓰고 두 주먹을 불끈 쥐었다.

"내가 좋아하는 여자라서야."

"……뭐?"

일순 본나의 심장이 쾅 내려앉았다. 그러더니 그 자리에서 미
친 듯이 쿵쾅쿵쾅 뛰기 시작했다. 두 눈은 당장에라도 튀어나올
것처럼 휘둥그레졌고, 입은 반쯤 넋이 나간 현재 상태를 증명하
듯 쩍 벌어져 있었다. 하지만 100만 톤 이상의 충격을 받은 그녀

에 비해 규신은 사뭇 여유로워 보였다. 피식, 가볍디가벼운 웃음
한 번 흘리곤 스윽, 고개를 끌어내려 그녀의 코앞까지 다가왔다.

"정신줄 좀 제대로 잡아. 내가 무슨 말을 하는지 아직도 모르
겠냐?"

"너…… 방금 그 말, 무슨 뜻이야?"

"너처럼 둔한 애는 처음이다. 여자애가 왜 그리 눈치가 없
냐."

"너, 너, 너…… 네가? 나를?"

"그럼 좋아하지도 않는 여자애한테 키스를 하겠어?"

"그, 그건 사고였잖아."

"작정하고 사고치는 사람도 있냐?"

"자, 자, 작정?"

"멀리서 들려오는 네 비명 소릴 알아듣는 순간 작정했지. 연
극 같지도 않은 연극, 이젠 집어치워야겠다고. 나, 너 좋아한 지
꽤 됐어. 남자친구인 '척' 해야 하는데 어느 순간부터 가짜와 실
제가 구분 안 되더니, 나중엔 아예 실제 남자친구처럼 생각하며
행동하게 되었지. 이젠 좋아하는 척하고 싶어도 못하겠다. 실제
로 좋아하게 되어버렸으니까."

"그, 그게 정말이야?"

숨을 헐떡거리며 겨우겨우 본나가 물었다. 심장이 당장에라
도 터질 것 같았다. 너무 빨리 뛰어서, 되레 숨이 막혀 버릴 것
만 같았다. 이, 이게 다 뭐야? 내가 이규신의 아래에서 이규신의

고백을 듣고 있다니. 대체 이게 무슨 일이야?

"너도 날 좋아하지?"

"어?!"

"셋 셀 때까지 대답 안 하면 Yes로 안다."

워메! 나 미쳐. 말을 못하겠네잉. 말이 안 나와. 이거 실어증 아니여? 왜 입을 두고 말을 못하니!

"하나."

"……."

"둘?"

커허허헉! 숨 막혀 죽겠네. 답답해 죽겠당께! 말하고 싶어. 무슨 말이든 하고 싶다고. 싫든 좋든, 뭐라 답을 해주고 싶당께롱. 근데 말이 안 나와. 심장이 마구 뛰어. 나 지금 Danger. 떨리는 마음 주체 못해. 현기증마저 일어나 꼴까닥할 것 같아. 누가 나에게 산소 좀 공급해 줘유—!

"셋."

헉. 셋이다.

"그럼 너랑 나, 진짜 사귀는 거다."

말도 안 돼. 아직 대답도 안 했는걸. 상대가 아직 대답을 못했는데, 뭘 사귀고 말고야? 안 돼. 안 된다고. 절대로 이대로는 못 사귄당께!

"키스해."

그가 입술이 닿을 듯 말 듯 가까이 다가와 속삭였다. 나지막

하고 부드러운 콩고물 목소리. 본나는 저도 모르게 꼴까닥 침을 삼키고 말았다. 심장은 이미 제한 속도를 넘어 빛의 속도로 뛰고 있었고, 현실 감각은 너갱이를 잃고 넘실넘실 춤을 추었다. 이성이란 놈을 간신히 붙들고 숨을 쉬기 위해 천천히 폐를 열었지만, 그 순간 신선한 공기 대신 그녀의 폐 속을 가득 채운 건 규신 특유의 향긋한 내음이었다.

기다렸다는 듯 아찔함이 몰려왔다.

"키스, 해."

재차 그의 속삭임이 나른하게 들려오자, 본나는 어지러운 머리를 들었다. 그리고 최면에 걸린 사람처럼 그가 시키는 대로 규신의 입술에 키스했다.

"야, 너 어떻게 된 거야?"

국어 선생님이 엄청난 분량의 수행평가 과제물을 내주고 퇴장하시자마자 아이들 입에서 앓는 소리와 한탄에 가까운 탄성이 터져 나오는 가운데, 혜원은 냉큼 몸을 틀어 뒷자리에 앉은 본나를 돌아보며 다그치듯 속삭였다. 규신인 이미 볼일이 있는 듯 자리를 뜬 이후. 눈으로 규신의 뒷모습을 훑으며 혜원은 두 눈을 빛냈다.

"뭐가?"

"너희 둘, 지난 주말까지만 해도 한랭 기류였잖아. 서로 말도 않고 등하교도 따로 하고. 규신인 지윤이 그 계집애랑 데이트까지 했었잖아. 근데 오늘은 완전 맑음이네?"

"데이트는 무슨 데이트. 할 얘기가 있대서 잠깐 만났대."

"잠깐 만난 거였대? 규신이가 그렇게 말해? 그럼 두 사람, 화해한 거야?"

"어…… 그렇지 뭐."

본나는 어색하게 웃으며 얼버무렸다. 자신이 어젯밤 이규신과 어떤 식으로 화해를 했는지를 떠올리니 민망하고 부끄러워, 얼굴이 절로 화끈거려 왔다.

당시엔 그저 딴생각 없이 건전하고 순수하게 키스했었지만, 되새김질해 떠올려 보는 지금엔 절대로 순수한 마음 따윈 들지 않는 본나였다. 사실 순수했었다고 회고하는 것 자체가 말 안 되는 게, 두 사람이 키스했던 장소가 바로 본나의 침대였다. 본나는 누워 있었고, 규신은 그 위에 몸을 겹친 상태. 거기에 입술과 입술이 만나고, 혀와 혀가 부딪쳤었다. 아무리 생각해 봐도 그 장면은 19금 딱지 붙을 만큼 야한 장면이었던 것이다.

"다행이다! 난 너희, 꽤 심각하게 틀어진 줄 알았었거든. 근데 딱히 그런 것만은 아니었나 봐? 이렇게 금방 화해한 걸 보면. 하긴, 너희가 어디 보통 사이였냐. 아주 알아주는 닭살커플이었지."

"우, 우리가 무슨 닭살을 떨었다고. 우리처럼 시크하고 쿨한

커플 없다고 보는데.”

“그거야 니들 생각이지. 우리 눈엔 엄청 닭살이었거든? 아, 물론 대놓고 스킨십 쩌는 스타일은 아니었지. 근데 묘한 타이밍에 옆 사람들 뜨악시킬 만큼 초닭살신공을 발휘해서 말이야. 그왜 ‘어디선가 누군가의 무슨 일이 생기면 짜짜짜짜 짜짱가~’ 처럼, 규신인 네가 힘든 일 할 때마다 나타나서 못하게 막았잖아. 그게 얼마나 초닭살인데. 완전 잉꼬야, 잉꼬.”

“오버하기는. 우리가 부부냐?”

“말이 그렇다는 거지. 아, 그리고 부부 못 될 것도 없잖아. 지금은 못하더라도 나중에 하면 되지, 부부가 뭐 별거냐. 결혼하면 부부지.”

“뭐라는 거야. 너 미쳤냐? 갑자기 웬 결혼?”

“왜?! 내 말이 틀렸어? 솔직히 네가 언제 또 규신이 같은 1등급을 낚겠냐. 매너 좋고 성격 좋아. 머리 좋아서 공부도 잘해. 얼굴, 완전 꽃미남 종결자야. 교육자 집안이라 시댁 식구 걱정도 없겠다. 이런 신랑감 또 없다. 지금부터 잘 구슬려서 나중에 장가오게 만들어. 난 네가 규신이랑 결혼하는 거 대박 찬성이야.”

“이러다 규본커플 결혼시키기 대책위원회 본부장이라도 맡으실 기세네.”

“오! 그거 굿 아이디어다. 나 시켜줘, 내가 책임지고 너희 둘 결혼시킬게.”

“됐거든.”

본나는 인상을 팍 쓰며 혜원의 주책바가지 같은 발언을 탁 털
어냈다. 지금 나이가 몇인데 결혼 얘기냐. 진심 남의 일이라고
농담 참 아무렇지도 않게 한다. 말이 씨 된다고 했음. 이러다가
진짜 결혼이라도 하게 되면 어쩌려고. 뭐, 결혼식이야 볼 만하
겠네. 신부보다 더 예쁜 신랑이라니, 화제 만발이겠구만.

'⋯⋯.'

일순 생각하지 않으려고 했으나, 그녀의 머릿속으로 두둥실
상상의 나래가 펼쳐졌다. 바가지머리에 주근깨, 송충이눈썹을
한 새까만 얼굴의 자신과 하얀 얼굴, 우월한 기럭지, 화려한 꽃
미남 비주얼을 한 이규신이 나란히 서서 하객들의 축하를 받고
있는 장면. 세상에서 가장 잘생겼을 법한 얼굴로 그는 그윽하게
본나를 내려다보며 미소를 짓고 있었다. 본나는 아주 환하게 웃
으며 송충이눈썹을 찡긋 세웠다. 그리고 최대한 여성스럽게, 아
름답게 보이기 위해 눈꺼풀을 살포시 내리떴다. 그렇게 한껏 행
복한 순간을 만끽하고 하객들 사이를 걸어가기 시작하는데⋯⋯.

철푸덕!

쓸데없는 상상은 본나가 높은 힐과 치렁치렁한 드레스, 특유
의 팔자걸음을 감당 못해 버진로드 위에 대자로 뻗어버린 것으
로 끝이 나버렸다. 그럼 그렇지. 내 주제에 예쁘게 마무리될 리
있남. 푹 한숨을 내쉬며 본나는 고개를 절레절레 가로저었다.
그리곤 시무룩한 얼굴로 멍하게 앉아 있는데, 불쑥 혜원이 물어
왔다.

"너, 근데 그거 알아? 나도 건너 건너 들었는데. 고혜석, 전학 간다더라?"

"뭐? 전학을 가?"

"그래, 야! 전학 간대. 그래서인지 오늘 학교도 안 나왔어. 이상하지 않아? 지난 주말까지만 해도 전학 간다는 말 전혀 없었잖아. 전학이란 게 그렇게 쉽게 결정되는 것도 아닌데. 그리고 솔직히 걔, 너 좋다고 계속 쫓아다녔잖아. 전학 갈 거면 왜 그랬대? 난 아무리 생각해도 이해가 안 돼. 너무 뜬금없어."

"너, 그거 확실한 거야?"

"그럼. 걔랑 완전 친한 애가 내 친구의 친구의 남친이잖아. 오토바이 걸고 내기도 하고, 종종 어울리는 것 같던데."

"내기?"

불쑥 잠시 잊고 있었던 주말의 일이 떠올랐다. 친구들과의 내기 때문에 본나에게 대시하기 시작했다는 고혜석의 망언. 정말 마지막 남은 자비심마저 박박 긁어 없애 버리는, 구타유발성 발언이었으나 상황이 상황인만큼 당시엔 흐지부지 넘어갔었던 그 일. 진짜 그런 쓰레기 같은 녀석이 실제로 존재할 줄이야. 정말 그딴 내기를 하겠다고 나선 녀석들을 죄다 잡아다 족쳤으면 속이 시원할 것 같다. 토 나오는 그 녀석 면상을 더 이상 안 봐도 되는 건 잘됐는데…….

어째 기분이 묘하다. 다른 건 몰라도 뻔뻔함으로 치자면 전국에서 1등 할 것 같은 고혜석이 아닌가. 이렇게 쉽게 전학을 가겠다고 할 녀석이 아니었다. 그 정도로 양심적이거나 부끄러움이 뭔지 아는 녀석이라면 그런 짓을 저지르지도 못했겠지. 도대체 왜 이토록 빨리 도망치듯 전학을 가겠다는 것일까? 혹시……?

"아무튼 좀 많이 이상해. 고혜석 친구라는 내 친구의 친구의 남친도, 이해 못하겠대. 어떻게 갑자기 그렇게 전학을 결정했는지. 들어보니까 당분간은 고모 집에서 지낸다는데? 이사 계획도 없었다는 거지."

"잠깐만."

"응?"

"나, 잠깐만 나갔다 올게."

본나가 벌떡 일어나자 혜원은 하던 말을 중단했다. 얘기 도중에 어딜 가겠다는 건지 물으려고 했으나, 본나는 뭐에 쫓기는 사람마냥 쏜살같이 달려나가 버렸다. 뒤도 돌아보지 않고. 혜원은 사라지는 친구의 뒷모습을 보며 헛웃음을 지었다. 뭐가 어떻게 되어가는 건지 도무지 알 수가 없다고 생각하면서.

횡하니 비어 유난히 넓어 보이는 옥상 한가운데에서 두 사람은 서로를 마주 보고 섰다. 그리고 대화를 나누기 시작한 지 단 몇 초, 규신은 본나의 질문에서 정확하게 핵심을 짚어냈다.

"그러니까 날 여기까지 끌고 온 이유가, 겨우 고혜석 때문이었다는 거야? 내가 고혜석에게 해코지라도 했을까 봐 걱정되어서?"

"아니지? 혜석일 때리거나 협박한 거, 아니지?"

"……."

"아닐 거야, 물론. 네가 그렇게 바보 같은 애라고는 생각지 않아. 걔가 어떤 앤데? 얼마나 치졸하고 유치한 앤데. 처음엔 무서워서 납작 엎드릴 테지만 그 두려움이 조금씩 사라지고 나면 무슨 짓을 할지 모르는 애야. 그런 애들은 건드려서 좋을 거 없어. 너도 잘 알잖아. 괜히 여기서 문제 일으키면 너만 손해야. 종훈 아저씨가 괜히 우리 집에 널 맡겼니? 이런 일이 생기지 않도록 보호해 줄 거라고 믿었기 때문이잖아."

"한 가지만 해, 헷갈리게 하지 말고. 고혜석을 걱정하든 날 걱정하든, 한 가지만 하라고."

한 가지만 하라고? 너무 황당한 그의 말에 본나는 할 말을 잃고 말았다. 지금 누가 누구 걱정을 하고 있다는 거야? 설마 내가 고혜석을 걱정하고 있다고 생각하는 건가? 이런, 망할. 어떻게 날 그런 식으로 오해할 수가 있담? 언어가 1등급이면 독해는 제대로 해야 하는 거 아니야?

"때렸어."

"뭐? 때렸다고? 그날 이후, 그러니까 밤에 있었던 사고 이후에 말이야?"

"정확히 며칠 후 일요일 새벽. 운동 갔다 오는 녀석을 노렸지."

"노렸다니? 그, 그게 무슨 말이야? 너 그날, 약수터 갔다고……?”

“갔다 오긴 했지. 그 녀석 집 앞을 들러서.”

“너, 진짜 걔를 팼어?”

허억. 이런 기막힌 일이!

본나는 두 눈을 휘둥그레 뜨고 그를 올려다보았다. 일요일 아침이라면 지금도 선명하게 기억났다. 약수터 갔다 들어오는 그의 표정은 정말 태평하기 그지없었는데. 얼굴 표정 하나 흔들리지 않고 평온했던 그 모습이, 한바탕 진탕 뒹굴고 온 모습이라니. 아아, 물론 허세돌이인 고혜석을 상대하는 일이 그리 힘들었던 건 아니었겠지만. 뭔가 무서웠다. 누군가를 혼내주는 일을 이렇게 아무렇지 않게 해낼 수 있는 이 녀석의 능력이. 이런 녀석을 한때나마 병약하고 공부만 아는 ‘허여멀건이’ 라 불렀었다니. 아놔, 진짜 고수는 따로 있었군.

“왜?”

“확실하게 쐐기를 박아둬야 할 것 같아서. 난 네가 그 녀석을 보면서 계속 그날의 악몽을 되새김질하는 건 원치 않았거든.”

“그래서 전학 가라고 한 거야? 순순히 가겠다고 해?”

“최대한 빨리 가겠다고 하던데.”

진정 고혜석이 그렇게 말했다면, 약속 하나는 끝내주게 잘 지킨 셈이었다. 약속한 다음날 곧장 전학 수속을 밟게 된 것이니까. 일이 이렇게 쉽고 수월하게 끝을 맺게 되다니 믿어지지 않았다. 고혜석이 누군가. 지난 몇 개월 동안 끊임없이 본나의 주위를 맴돌며 괴롭혔던 녀석이 아닌가. 절대로 떨어져 나갈 것 같지 않던 녀석이 규신의 말 한마디에 단번에 나가떨어진 꼴이었다.

본나는 모든 게 얼떨떨했다. 멍하게 넋을 놓고 생각해 보니 조금 기분이 좋은 것도 같았다. 아니, 좋다. 확실히 속이 개운했다. 좀 더 생각해 보니 후련한 기분인 것도 같았다. 10년 묵은 체증이 훅 내려간, 그런 기분!

"이제 어쩔 거냐?"

"어? 뭐, 뭘?"

멍 때리며 썩은 동태눈으로 허공을 바라보던 본나는 날카롭게 물어오는 규신의 질문에 퍼뜩 정신을 차렸다. 녀석을 돌아보니, 양손을 교복 바지 주머니에 푹 쑤셔 넣은 채 서 있는 녀석의 표정이 심상지 않았다. 어전히 본나가 혜석을 걱정하는 걸로 오해하는 게 틀림없었다. 한심스러운 자식. 왜 여자 마음을 이렇게 모르는 거니? 다른 건 척척박사면서.

"내가 그 녀석을 때렸다고. 그 녀석을 결석하게 하고, 전학 가게 한 사람이 바로 나라고. 그게 궁금해서 날 찾아온 거 아니야?"

"그건 그런데……."

"너, 바보냐? 그 녀석이 너한테 무슨 짓을 했는지 그새 잊었어? 기억력 삼 초야? 뇌청순이야? 그 녀석이 얼마나 비열한 녀석인지 난 이렇게 생생하게 기억하는데, 어떻게 당사자인 넌 벌써 다 잊고 그 녀석 걱정에만 열을 올릴 수 있어? 착한 거냐, 멍청한 거냐? 너그러운 거냐, 배알없는 거냐?"

"뭐? 뇌청순? 멍청?"

"그래. 넌 착한 게 아니라 멍청한 거야. 마음이 넓은 게 아니라 뇌가 청순한 거라고. 그런 일이 있고도 녀석 걱정이 된다는 것 자체부터가 정상은 아니지. 네 자신을 그만큼 하찮게 여기고 있다는 증거이니까. 네가 자신을 귀히 여길 줄 아는 애라면, 적어도 그 녀석을 옹호하진 않을 거다. 나에게 찾아와 그 녀석을 어떻게 한 거냐고 따져 묻지도 않았을 거야. 그 녀석을 두들겨 팬 게 그렇게 큰 문제가 되는 거냐? 그 녀석이 아파 쓰러지는 게 그토록 안타까워? 하해와 같은 마음씨 오죽하겠냐만. 네가 걱정되어서, 네가 힘들어할까 봐 그 녀석을 죽도록 패준 내 생각은 눈곱만큼도 해줄 수 없는 거야?"

"이, 이규신……."

"난 그 녀석, 용서 못해. 그날은 안 그래도 놀란 너, 더 놀랄까 봐 어쩌지 못했지만. 그냥 둘 수 없었어. 널 해하려 한 녀석이야. 단순히 인증사진 찍겠다고 달려들었다지만, 사람 일이란 게 그렇게 단순하지만은 않아. 무슨 일이 어떻게 전개가 되었을지는, 그 누구도 쉽사리 장담 못하는 거다. 최악의 상황까지 갈 수도 있었어. 그때 내가 나타났으니 망정이지, 안 그랬다면……."

규신은 현기증이라도 일어난 듯 시선을 흩뜨리며 앞 머리카락을 손으로 훑어 올렸다. 본나는 멍하게 그를 바라본 채로 입술을 연신 벙싯거렸다. 뭐라 말을 해야겠는데, 뭐라 해야 할지 알 수가 없었다. 그가 그 일을 그토록 진지하게 생각하고 있었다니, 놀라울 따름이었다. 부모님을 제외하고 타인으로부터 이렇게까지 걱정과 배려를 받아본 적이 처음이라 더더욱 어찌할 바를 모르겠는 그녀다.

본나는 천천히 그에게 한 걸음 다가갔다. 감정이 북받친 듯 그의 숨결은 격했다. 본나는 가만히 손을 뻗어 녀석의 갈 곳 잃은 손을 붙들었다. 그러자 허공을 길 잃은 야수처럼 맴돌던 그의 시선이 딱 멈춰 본나에게 집중했다. 본나는 그의 눈빛이 주는 편안함과 설렘을 동시에 느끼며 빙그레 웃었다. 그리곤 엄지를 쭉 앞으로 내밀며 비장하리만치 진지하게 말해주었다.

"잘했어."

"……."

"그따위 녀석 쫓아내 줘서 진짜 고맙다, 이규신. 넌 역시 내 하나뿐인 남자친구야."

뭔가 미심쩍다 생각했는지 규신의 눈썹이 꿈틀거렸다. 귀엽네. 속으로 중얼거리며 본나는 피식 웃었다. 그리곤 손가락으로 푹, 규신의 날씬한 볼을 찍어 눌렀다.

"그만 뿔내라잉. 자꾸 그렇게 어울리지도 않게 귀여운 질투를 해대면, 이 누나가 콱 잡아먹을지도 모른당께."

"무슨 짓이야, 이게?"

"혼자 넘겨짚고 혼자 결론 내리는 짓 좀 하지 말라고요, 도련님아. 내가 언제 고혜석 걱정한다고 했습니까요? 네? 난요, 이 세상에서 비열하고 치졸한 사람을 제일 싫어해요. 그리고 고혜석은 내가 본 사람 중에서 제일 비열하고 치졸한 사람임.”

“너, 지금 말 몇 마디로 이 순간을 모면하려는 모양인데.”

“좋아해.”

“뭐?”

“나도 너 무진장 좋아한다고.”

“……”

“어젯밤엔 얼떨결이라 제대로 대답 못한 것 같아서…… 그래서 지금 말하는 거야. 나 고혜석 걱정되어서 이러는 거 아니야. 네가 걱정되어서지.”

쿵쿵 심장이 마구마구 뛰는 안쪽 상황과는 정반대로, 본나는 멀쩡한 얼굴로 빙긋 웃음까지 띤 여유로운 얼굴이었다. 오히려 갑작스런 고백에 놀란 듯 규신이 할 말을 잃고 멍하게 서 있었다. 한 번도 이런 모습을 보인 적 없는 이규신이라 그런지, 당황해 얼빠진 얼굴도 귀여워 보인다.

아이고, 귀여워 죽겠네잉. 그냥 막 콱 주머니에 넣고 다니고 싶구마잉. 바비인형들 남친 맹그러준다고 이리저리 사이트 돌아다니면서 쇼핑하는 것과는 별개로, 또 다른 재미가 있음둥. 바비사랑카페에 들러 자랑하고 싶다. 이 ‘뤼챠~아드’ 닮은 잘난 남자가 바로 내 남친이랑께요잉, 하고.

“안아봐라.”

이규신을 얼게 만들었다는 뿌듯함에 어깨를 쫙 펴고 본나는 거드름 잔뜩 든 목소리로 명령했다. 고개까지 이리저리 꺾으며 근육을 푸는 그녀를 규신은 이해 못한 듯 빤히 내려다보며 물었다.

"뭐?"

"안아보라고. 지금이 딱 그 타이밍이잖아. 어제 내가 한 것처럼 너도 사랑 인증 고고."

"인증을, 하라고? 여기서?"

"왜? 난 키스도 했는데. 너도 공평하게 키스로 인증해야 하지만, 봐주는 거야. 여긴 학교니까. 그냥 날 안아주기만 해도 인정하겠쓰. 그 정도 용기는, 물론 있겠지?"

저도 모르게 깐족거리며 본나는 예쁜 여자라도 되는 것처럼 깜빡깜빡 눈꺼풀을 나풀거렸다. 순간 규신이 '눈병 걸렸냐?' 고 묻는 환청이 들려와 우뚝 숨을 멈추어야 했지만, 것도 잠시. 규신이 두꺼운 팔뚝을 불쑥 내밀어 본나의 머리통을 붙들었다. 허러러, 놀라 두 눈을 훌쩍 뜨며 본나는 규신을 올려다보았다.

"그 정도의 용기도 없을까? 상대가 무등산 정기를 물려받은 태권소녀 구본나인데."

핏, 웃는가 싶더니 그가 중얼거렸다. 그리고 곧, 그녀에게서 요구받은 애정 인증을 몸소 시전하시기 시작하시었다.

"입술이나 열어."

입술이 겹쳐지기 직전 그가 속삭인 말이었다.

제12장 **오늘의 날씨 : 흐림**

"엄마. 나 오늘 좀 늦어요. 시험이 코앞이라 독서실 가서 빡세게 공부 좀 하려고. 도시락 싸가지고 갈 건데, 두 사람분 싸줘!"

부엌으로 들어서며 본나는 평소보다 더 활기차게 소리쳤다. 한참 말도 없고 기운이 쭉 빠져서 다니더니만 어쩐 일인지 요즘은 펄펄 날아다닐 기세다. 정확한 이유는 알 수 없지만, 그게 뭐든 규신과 관련이 있다는 것만큼은 박 여사도 확실히 캐치하고 있었다. 규신이 조용하면 본나도 같이 조용하고, 규신이 웃으면 본나도 같이 방방 뜨고 시끄러워지니까. 아무리 봐도 규신일 좋아하는 본새라니까.

"친구랑 같이 가니?"

"어, 규신이랑."

아니나 다를까. 얼굴 가득 웃음을 띤 채 본나가 말한다. 맞네, 딱 맞아. 어째 수상쩍다 했더니만. 박 여사는 조심스럽게 웃고는 모르는 척 하던 일을 계속했다. 솔직히 말하자면, 대충의 스토리는 이미 넘겨짚고 있던 터였다. 규신이 본나를 업고 들어온 날부터 느낌이 이상야릇했었기 때문에 눈치를 안 챌 수가 없었던 거다.

본나는 어려서부터 대가 세고 괄괄했었던 데다가 태권도까지 오랫동안 배워서 어디서든 기죽는 법이 없었다. 꼬마 때도 남자아이들 휘어잡고 다니는 골목대장이었고 성장한 이후에도 남자애들을 패면 팼지, 맞고 다닌 적은 전혀 없었더랬다. 당연히 집에서는 본나가 어디 가든 제 몸 하나 지킬 줄 아는 아이라 철석같이 믿었었고, 그래서 귀가가 늦더라도 걱정 같은 건 전혀 하지 않았었다. 하지만 그날 본나를 본 순간, 박 여사는 깨달았다. 자신이 뭔가 잘못 생각해도 한참 잘못 생각하고 있었음을.

박 여사는 엊그제 우연히 방청소를 하다 발견한 핑크빛 인형 상자를 떠올리며 깊게 한숨을 내쉬었다. 처음 발견했을 때의 그 충격이란. 대체 이게 뭐람? 다 큰 애가 왜 이런 걸 사? 것도 여자다운 거라면 질색하는 본나가. 공부를 너무 많이 하다가 정신이 어떻게 된 거 아니야? 오만 가지 생각들이 머릿속을 날아다녔었다. 하지만 종국엔 '별것 아님, 공부 스트레스로 일탈 행위

하는 것임'으로 대충 일단락 지었었고, 그렇게 그 일은 까맣게 잊혀져 가는 듯했었다. 규신의 등에 딸이 업혀온 그날 그 순간까지는.

밤중에 다리를 다친 채 남자의 등에 업혀 들어온 딸은 혼란스러운 얼굴, 놀라서 어안이 벙벙한 모습이었다. 그럴 수밖에. 본나는 지금까지 밖에 나가 누군가에게 맞고 들어온 역사가 없는 아이였으니까. 게다가 규신의 등이 어색해 얼굴까지 빨개진 걸 보니, 얘가 진짜 내가 아는 내 딸 맞나 싶었다. 그리고 확실히 깨달았지. 본나는 보통 또래 여자아이와 전혀 다를 바 없는, 감수성 예민한 사춘기 소녀라는 걸. 예뻐지고 싶은 욕심. 사랑받고 싶은 욕망. 사랑하고 싶은 욕구. 어느 것 하나 빠짐없이 갖고 있는, 그냥 보통 소녀.

그런 아이더러 '딸이 아니라 아들 같다'며 뿌듯해했으니. 몰래 숨어서 인형을 수집하게 만든 건 어미인 자신이었다. 제 뱃속으로 난 딸애 마음조차 헤아려 주지 못했던 자신이 어찌나 한심스럽던지.

"요새 규신이랑 많이 친해진 것 같다?"

"어, 뭐. 은근히 착한 구석이 있더라고. 남 도와줄 줄도 알고 배려심도 있고. 생각보다 괜찮은 녀석 같아."

"그래? 하긴, 지난번 일도 규신이가 도와준 거지. 근데 규신이, 싸움은 잘하니? 아무리 생각해도 미스터리다. 싸움의 '싸'도 모르게 생긴 애가 어떻게 널 도와줬어? 서울에선 덩치들한테 맞다가 견디다 못해 여기까지 왔다는데. 아무리 생각해도 이해가 안 돼."

"엄마, 그 서울에서 맞고 왔다는 말의 출처는 대체 어디야?"

본나가 꽤나 진지한 얼굴로 찬찬히 박 여사의 얼굴을 뜯어보며 물었다. 그녀가 아무리 생각해도 이해 못하겠는 건 이규신이 아니라 박 여사였으니까. 멀쩡한 이규신을 여리여리, 힘없고 가녀린 병약 소년이라 오해하게 만든 사람이 바로 박 여사였다. 대체 왜? 왜 엄마는 규신을 서울에서 동네 찌질이들한테 괴롭힘을 당하다 어쩔 수 없이 광주로 내려온 아이로 소개한 걸까?

"그야……."

"그거 엄미 혼자 추측한 거 아니야? 아무도 그렇게 말하지 않았는데, 엄마 혼자 소설 쓴 거 아니냐고. 맞지? 그렇지?"

"……아, 아니. 그, 그게……."

"맞구만."

표정을 보니 딱 혼자 북 치고 장구 치신 품이심. 그럼 그렇지. 처음 만날 때 이규신이 얼마나 시건방졌는데. 그건 결코 된통 이지메당하고 도망쳐 온 녀석의 태도와 눈빛이 아니었던 말이지. 어디 한 군데 찌그러진 구석도 없었고, 기죽어 시무룩한 모습도 전혀 아니었다. 오호라— 이제야 그 날 선 눈빛이 이해되는구나. 그랬어. 그랬던 거야. 그때 맞은 사람이 누군지는 모르지만 나쁜 짓하다가 이규신한테 걸려서 반 죽다 살아났을 게 분명하다고 생각하며, 본나는 고개를 힘차게 끄덕였다.

“잘해. 싸움 엄청 잘해. 레알 고수야. 한, 내 앞에 얼쩡거리던 녀석 단박에 전학 가게 만들 정도쯤?”

“허. 그 정도야? 멋지네!”

“음. 쫌.”

“그럼 그렇지. 반할 만하니까 내 딸이 죽고 못 살겠지. 네 눈이 어디 보통 눈이니? 날 닮아서 눈이 이마에 붙어 있는 너잖아.”

“뭐, 내 눈이 높긴 하지. 반할 만한 녀석이 아니고서야 내가 죽고 못 살 이유가…….”

가만. 이게 지금 무슨 시추에이션이지? 본나는 두 눈을 휘둥그레 뜨고 박 여사를 돌아봤다. 능청스럽게 술술 본나의 말에 맞장구를 쳐주던 박 여사는 싱긋, 눈웃음을 한껏 치며 본나를 향해 웃고 있었다. 자비로움이 물씬 묻어나는 표정이었으나 본나의 등골은 오싹. 헐, 이게 뭐야? 어떻게 된 거람? 나님은 누구에게도 규신이 좋아한단 말을 흘린 적이 없는데, 엄마님은 어떻게 알고 있는 것이냔 말이더냐!

“역시 맞구나?”

벙쪄 있는 본나를 향해 박 여사가 나긋하게 속삭였다. 그리곤 확인 사살 끝났으니 자기 할 일 다 했다는 듯 자연스레 하던 일을 마저 하기 시작했다. 본나는 여전히 몽롱한 정신을 가다듬기 위해 퍽, 손바닥으로 얼굴을 때리곤 눈을 꽉 감았다 번쩍 떴다. 퍼펙트 KO패. 엄니한테 낚이다니! 이 바보!

"다른 사람은 몰라도 난 찬성이다. 규신이, 내 보기에도 착한 것 같더라. 할아버지 어깨 주물러 드리고, 바둑 상대해 드리는 걸 보면서 친손녀인 너보다 더 낫다고 느꼈던 게 한두 번이 아니었어. 사실 처음 봤을 땐 뭔가 다가가기 힘든 타입이라고 생각했었는데, 사람은 역시 곁에 오래 두고 봐야 그 진가를 알게 되는 것 같아."

"애가 서늘하긴 하지. 처음 겪는 사람은 좀 당황스러울 정도로. 난 서울 애들은 다 그런 줄 알았어. 근데 현신인 정반대잖아."

"아마 현신인 제 엄마를 닮아서 그럴걸. 규신인 딱 제 아버지 국화빵이잖아. 성격뿐 아니라 머리도 제 아버지 닮았으면 앞으로 크게 될 거야."

"크게 되긴, 공부도 안 하는데."

"걔가 여기 와서 적응 못해서 그렇지. 그 머리 어디 가겠니? 네가 잘 대해줘. 적응만 잘하면 예전 성적으로 돌아올 테니까."

"나도 알아. 그래서 오늘도 억지로 녀석 끌고 도서관 가려는 거고. 틈틈이 자고 있나 감시하면서 공부하도록 도와주려고."

"어쭈, 벌써부터 내조하니?"

"에?"

내조라니. 이 얼마나 오글거리는 단어인가! 당장에라도 온몸에 벌레들이 기어다닐 것만 같다. 본나는 질색하며 험상궂게 인상을 썼다. 짐짓 섬뜩하고 듣기만 해도 오한이 밀려오는 오그리토그리 단어를 손수 내뱉으신 박 여사께서는 다 안다는 듯 느물거리는 얼굴로 딸아이를 위아래 훑어보았다.

"그러고 보니까 우리 딸, 오늘 신경 좀 썼네."

"내, 내가 뭘?"

"그래, 그래야지. 좋아하는 남자랑 데이트, 는 아니고 도서관이지만. 아무튼 단둘이 가는 거니까 예쁘게 꾸미고 가야지. 일단 이 청바지, 좋아. 통이 좀 넓어서 유행과는 동떨어져 있지만, 네 트레이드마크인 추리닝을 벗었다는 게 중요한 거니까. 게다가 양말. 네가 양말을 신었다는 건 운동화나 구두를 신을 거란 뜻이잖니? 도서관이 가깝다고 늘 삼선슬리퍼 쫙쫙 동네 마실 가듯 끌고 다녔던 예전에 비하면 엄청난 발전이다. 또 그 핑크색 티셔츠. 반티 단체복임에도 불구하고 핑크색은 닭살이라며 절대로 안 입던 네가—어쩔 수 없이 입더라도 그 위엔 항상 점퍼나 조끼를 껴입었었지—지금은 이렇게 단정하게 입었잖니?"

"이, 이건 입고 갈 티셔츠가 마땅히 없어서 그런 거⋯⋯."

"듣던 중 반가운 소리다. 내일 당장 백화점 가서 옷 몇 벌 구입하자. 일 년 사시사철 추리닝만 입고 다니는 널 보는 나도 썩 즐겁지만은 않았어. 이젠 평상복도 예쁜 게 필요할 테니까, 가서 직접 입어보고 너한테 어울리고, 네가 좋아하며, 요즘 유행인 '핫핑크' 색으로 쫙— 빼입어보자. 알았지?"

"하, 하, 핫핑크?"

이 오마니 좀 보시게. 핫핑크라니. 내가 핑크색 왕덕후라는 건 어떻게 알았지? 핑크색 완전 좋아하지만 남들 눈이 무서워 조심조심, 혼자서 거울 앞에서 입어보고 사진 찍어보는 것으로 만족. 바비들한테 핑크색 옷만 주야장천 사서 입혀놓고 헤— 입 벌리고 좋아하는 것으로 완전 대만족하였던 그녀다. 규신 이외 엔 아무도 모르는 그녀의 핑크홀릭을 엄마가 대체 어떻게 아셨 지? 설마…… 규신이가 엄마한테?

"핑크색 좋아하지 않니?"

"어, 어……?"

"숨길 필요 없어. 여자들은 대부분 핑크색 좋아해. 뭐 그게 흠 이라고 숨기려고 해? 레이스는 좀 유행 타는 아이템이니까 핑크 색 셔츠로 하자."

"레, 레이스……?"

이런. 진짜 뭔가 알고 있는 것 같은데? 진짜 규신이가 말해 버린 건가? 아니, 왜?

이해불가의 상황에서 본나는 아연한 얼굴로 멍 때리고 서 있 었다. 안방에서 '여보!' 하고 박 여사를 부르는 아버지의 외침이 들려온 것은 그때, '왜요!' 하고 대답하곤 박 여사는 본나를 향 해 싱긋 웃으며 말했다.

"핀으로 앞머리 좀 올리고 가지 그러니? TV 보니까 바가지머 리도 핀으로 장식하면 예쁘던데."

"그, 그런 거 아무나 어울리는 거 아니거든. 연예인이 하면 귀엽고 깜찍하지만, 내가 하면 촌닭이지.”

“네가 왜? 어디가 어때서? 내 보기엔 예쁘기만 하구만.”

고슴도치도 제 새끼는 예뻐 보인다더니, 박 여사가 딱 그 짝. 본나는 촌닭의 심벌인 새까만 얼굴을 천천히 일그러뜨렸다. 그 사이 아버지가 안방에서 또다시 뭐라 뭐라 외치신다. 아무래도 또 건망증이 도지셔서 물건을 못 찾으시는 모양. 박 여사는 손에 끼고 있던 비닐장갑을 빼며 소리쳤다.

“잠깐만 기다려요!”

그리곤 여전히 찝찝한 표정으로 멀뚱히 서 있는 본나의 앞머리를 슥 매만지며 말한다.

“전에도 말했지만 넌 예전부터 이마가 예뻤어. 머리를 기르면 분명 분위기가 달라질 거야. 이제 너도 남자친구 사귀어야지. 인형보단 남자, 오케이?”

“인형보다 남자?”

본나는 더욱 확 인상을 찌푸리곤 종종걸음으로 부엌을 빠져나가는 박 여사의 뒷모습을 획 돌아보았다. 인형보다 남자라니. 자신이 지금껏 남자보다 인형에 집착해 애지중지해 왔다는 사실을 전혀 모르는 박 여사가 어떻게 이런 말을 할 수가 있단 말인가. 노노, 모르고선 절대로 할 수 없는 말이다. 그럼 다 알고 있다는 건데. 어떻게?

정말로 이규신이가……?

“해.”

본나가 뿔이 잔뜩 난 채 이규신을 호출, 뒷마당으로 끌고 와 두 눈 부릅뜨고 노려보았으나 지은 죄가 한가득인 이규신은 뻔뻔하게도 태연히 서서 우뚝 한마디 내뱉었다. 너무도 떳떳한 녀석의 반응에 기가 차 본나는 코웃음을 흥, 쳐주곤 두 손을 허리에 척, 올리며 도전적으로 녀석을 올려다보았다.

“너, 왜 이렇게 당당해? 나한테 지은 죄 없어? 안 찔려? 너 이러면 안 돼. 설설 기면서 잘못했다고 이실직고해도 모자랄 판에 이렇게 뻔뻔하게 나오면 나도 용서 못해주지. 너한텐 하찮은 일일지 모르지만, 나에겐 엄청 중요한 문제거든? 주위 사람들한테 왜 지금껏 비밀로 했겠냐? 말하더라도 내가 말해. 사람들한테 공개하더라도, 내 입으로 내가 직접 말할 거라고. 네가 뭔데 나서? 아무리 네가 내 남자친구라지만 이건 아니지. 서로 건드려도 되는 게 있고 안 되는 게 있는 거 아니야? 너 프라이버시 좋아하잖아. 이건 엄연히 프라이버시 침해야.”

요로코롬 쌈빡하게 반박, 정리해 주었건만. 이규신은 여전히 죄의식 따위 전혀 느껴지지 않는 태평한 얼굴로 중얼거렸다.

“키스하고 싶어서 날 불렀던 거 아니야?”

“뭐라고?”

이렇게 황당한 얘긴 생전 처음 들어보는 본나이시다. 아무리 녀석과의 키스가 좋았다지만, 매번 너무 좋아 뻑이 갔었다고는 하지만, 또 하자면 거부하기가 쉽지 않을 것 같다고는 하지만!

그래도 이건 아니지. 사람을 뭘로 보고? 키스 못해 환장한 사람 취급을 해도 유분수지. 지금이 어떤 상황인데, 이런 상황에서 키스가 하고 싶겠냐고요. 내참.

본나는 훅, 바람을 불어 흘러내린 앞머리를 넘겼다. 그리곤 더럽게 인상을 확 구기고는 당장에라도 헐크처럼 으르렁거릴 기세로 녀석을 노려보았다.

"너! 지금 그게 할 소리야? 내가 겨우 키스 따위 하려고 여기까지 널 끌고 온 줄 알아? 앙?"

"아닌 것 같긴 하다. 그래, 그럼 무슨 일인데?"

"너, 뭔가 엄청나게 착각하고 있는 것 같은데. 난 네가 딱히, 막, 미치도록, 환장하게 좋진 않아. 그저 그래. 너, 그저 그렇다는 말뜻 알지? 언어 영역 점수도 톱이니까 당연히 알겠지만, 똑똑히 밝혀두자면 난 그냥 네가 싫지 않을 뿐이야. 좋아서 만나는 게 아니라, 딱히 거절할 이유도 없고 싫지도 않으니까 그냥 만나보기나 해야겠다 싶어서 만나는 거라고. 알겠냐? 내가 너한테 정신줄 놓고 간이고 쓸개고 다 빼줄 것같이 보이는 모양인데, 사람 우습게보지 마. 난 예전부터 남자들은 안 믿었어. 너도 안 믿고, 앞으로 어떤 남자들이든 믿지 않을 거야. 하여간 좀 괜찮다— 싶은 애들은 꼭 이래요. 여자들이 자기 얼굴 보고 뽕 갈 줄 알고 아주 기고만장, 제멋대로라니깐. 짜증나."

당장에라도 한 대 칠 것처럼 눈을 부라리며 녀석의 야코를 팍 죽여놓고 나니 속이 다 후련. 본나는 카리스마 넘치는 동작으로 휙 머리카락을 쓸어 넘기며 규신을 쪽 째려보았다. 본나의 제법 센 공격을 받고도 녀석은 멀쩡한 얼굴이었다. 내공이 장난 아닌 듯. 뭐, 그래도 할 말은 다 했으니까. 본나는 녀석의 혀를 꼼짝 못하게 묶어둔 자신의 말발에 만족하며 생긋 미소를 지었다. 그리곤 막 녀석을 다시 추궁하려는 찰나.

"좋아한다고 했던 것 같은데. 기억 안 나나?"

규신의 나른한 목소리가 귀에 착 감겨들어 왔다. 흠칫 놀랄 만큼 나지막하고 부드러운 목소리였다. 순간이지만 온몸을 휘감아 저릿저릿하던 쾌(快)의 감각이 팟, 하고 본나의 뇌리를 스치고 지나갔다. 본나는 두 눈을 깜빡이며 미간을 구겼다.

"난 대답을 강요한 적도 없고, 내 감정을 주입시키려 한 적도 없어. 네가 자발적으로 네 마음에서 우러나와 한 말이야. 날 좋아한다고 똑똑히 말했다고. 혹시 고백 이후 가졌던 키스 타임 때문에 모든 기억이 지워져 버린 건가? 그 정도로 키스가 좋았다는 뜻? 뭐, 그렇다면 이해가 아주 안 되는 건 아닌데."

"무, 무슨 소리야? 그깟 키스 때문에 무슨 기억까지 상실? 벼, 별로 좋지도 않았거든? 누가 들으면 네가 무슨 키스의 달인 쯤 되는 줄 알겠다? 하지만 실상은 '그저 그렇다' 거든. 말했잖아. 난 너 그저 그래. 그저 그런 사람과의 키스가 그저 그렇지 어떻게 '굿 잡!' 이 되겠냐? 여자들은 원래 화학적인 작용에 별로 휩쓸리지 않거든? 키스에도 상대에 대한 감정이 녹아 있는 거라고. 반응도 마찬가지."

"그래? 그렇다면……."

갖가지 이론을 설파하는 본나의 말에도 끄떡하지 않고 가만히 서 있던 그가, 갑자기 천천히 움직였다. 본나는 자신을 향해 걸음을 떼는 규신을 향해 눈살을 찌푸렸다. 그렇다면 뭐? 어쩌겠다는 거지? 왜 다가오는 건데? 이, 이 반응은 뭐냐고.

"지금 이 자리에서 다시 해보면 되겠네."

천천히 계속해서 다가오며 그가 중얼거렸다. 그리곤 싱긋, 샤방샤방 눈웃음까지. 본나는 저도 모르게 뒷걸음질을 치며 중얼거렸다.

"뭐, 뭘 다시 해보겠다고……?"

"키스지 물론."

"미, 미쳤어? 여긴 우리 집이라고."

"싫거나 그저 그렇다고 생각되면 그냥 거절하면 돼. 여자들은 화학적인 작용에 별로 휩쓸리지 않는다며. 키스에도 상대에 대한 감정이 녹아 있는 거라면, 나한테도 그저 그런 반응을 보이면 되는 거야."

"가까이 오지 마. 난 키스 안 해. 난 너한테 따져 물을 게 있어서 왔단 말이야."

"그게 뭔진 모르겠지만 일단 보류하지. 지금 중요한 건 그게 아닌 것 같으니까."

"넌 그럼 키스가 중요하다는 거니?"

"나한텐. 그리고 너한테도."

시크한 그의 말투가 끊김과 동시에, 규신의 꽃처럼 화사하던 미소도 우뚝 멎었다. 잘생긴 녀석의 얼굴에 표정이 사라지자 덜컥 본나의 심장이 내려앉았다. 또다시 컥컥 숨이 막혀와 본나는 입술을 살짝 벌리고는 날아다니는 공기를 폐 속 가득 머금었다. 그리곤 바짝 타기 시작하는 아랫입술을 핥으며 꼴깍, 마른침을 삼켰다.

"그저 그런 너의 반응, 어디 한번 볼까?"

"어, 어……!"

뭐라고 답해야 할지 몰라 어버버거리고 있을 때였다. 규신의 입술이 천천히 내려왔다. 찬기가 감도는 그의 손이 천천히 다가와 그녀의 목덜미를, 뒤통수를 쥐고 끌어당기기 시작했다. 그가 이끄는 대로 멍하게 끌려 들어가는 구본나의 눈동자에 그의 따뜻한 동자가 맺혔다. 어라? 여자를 깔보는 캐싸가지 눈빛이 아니다. 여자를 마음대로 휘두를 수 있다는 자신감과 승리를 자축하는 세레모니 눈빛이 아니다.

따스하다. 다정하다. 조용히 설득하는 눈이다.

"키스는 거짓말을 안 해."

입술과 입술이 닿은 순간 그가 가만히 속삭였다. 은은한 그의 향기가 폐 안으로 가득 스며들어 왔다. 머릿속이 어질어질, 혼미해지는 것을 느끼며 본나는 더욱 격하게 가슴을 들썩였다. 공기가 모자라다고!

마음속의 아우성은 촉촉한 덩어리가 입술을 적시자마자 사라져 버렸다. 형언할 수 없는 흥분감이 정수리에서 발끝까지 전신을 단번에 찌르르 꿰뚫고 지나갔다.

자신이 무엇을 원하는지조차 자각하지 못한 채 무언가를 간절히 갈망하게 된 채로, 그녀는 그의 입술 사이에서 쓰다듬어지고 빨아 당겨졌다. 작은 신음이 어설프게 입술을 뚫고 흘러나올 것만 같아 본나는 꽉 입술을 다물었다. 하지만 이미 그의 것에 의해 벌려져 무장해제당한 그녀는 무자비할 정도로 달콤한 입술의 공격을 고스란히 감당해야만 했다. 감정이 담긴 키스, 화학적 작용 따위의 잡설은 이미 안드로메다로 날려 버린 후.

그녀의 머릿속에는 아무것도 없다. 부드럽게 들어와 달큼하게 휘젓고, 아릿한 감각을 입안 곳곳에 선사하는 그의 키스에 흐느적거릴 뿐. 미친 것 같지만, 솔직히 말하면 이 순간이 영원하면 좋겠다는 생각이 들었다.

더 취하고 싶다. 더 깊게 알아가고 싶다. 구석구석 빈틈없이 모두 사수하여 내 것으로 만들고 싶었다.

"여보세요."

저 깊숙한 곳까지 뻗어 그를 훑고 있을 때였다. 갑자기 그가 입술을 떼더니 전화를 받았다. 현실 감각을 잃어 몽롱한 채로 더, 더를 외치던 본나는 한순간 기운을 모두 소진한 인형처럼 축 처져 그의 품에 안겼다. 다리가 해파리처럼 흐물흐물해져 제

힘으론 서 있을 수가 없는 지경이었다.

기를 빨렸어. 이 자식한테 다 빨렸어. 하, 미치겠다. 이 무슨 해괴한 짓이냐. 여긴 우리 집 뒷마당인데!

"뭐?"

아직까지 키스의 여운이 남아 있는 그의 목소리가 날카롭게 곤두섰다. 웬만해선 표정 하나 흔들리지 않는 그가 웬일로 눈살을 찌푸리고 있었다. 본나는 고개를 들어 천천히 그를 바라봤다. 부드럽게 각이 진 그의 턱이 섹시하게 움직였다.

"자세히 설명해. 그게 대체 무슨 소리야?"

빠르게 그가 물었다. 특유의 느릿느릿 태평한 말투가 아니었다. 본나는 잔뜩 긴장한 채 얼어붙어 버렸다. 본능적으로 그녀는 뭔가 잘못되고 있다는 것을 캐치했다. 분명 일이 생긴 것이다, 그것도 우리 두 사람에게.

"전학? 다시 서울로?"

본나는 천천히 그의 품에서 빠져나왔다. 다리는 여전히 후들거렸지만, 키스의 탓만은 아니었다. 로미오와 줄리엣이 그러하듯, 춘향이와 이몽룡도 그러했듯, 러브스토리엔 항상 존재해 왔던 먹구름이 자신들에게도 닥쳤음을 본나는 깨닫고 있었다. 21C에도 이런 일이 벌어지다니…….

털썩.

현기증이 나 본나는 그 자리에서 주저앉고 말았다.

＊

상황은 빠르게 흘러갔다.

현실은 갑작스럽게 들이닥쳤고, 그 누구도 거부할 수 없는 단호한 명령이었다. 규신은 말이 없었다. 모든 걸 덤덤히 받아들이는 것 같았다. 뭔가, 거부를 뜻하는 강렬한 제스처가 있을 거라 기대했던 본나는 실망하지 않을 수 없었다. 자신이 받은 충격만큼이나 규신도 타격받을 거라 생각했던 그녀의 예측은 턱없이 빗나가 버렸다.

그는 아무렇지도 않았다. 조용히, 예견했던 것처럼 그저 가만히 현실을 받아들였다. 녀석의 입장은 이해한다. 규신은 처음부터 이곳으로 온 자신의 처지가 싫다고 확실히, 자기 입장을 밝혔으니 딱히 배신감 따위 느낄 건더기도 없다. 하지만…….

하지만 말이다. 그와 자신은 좋아하는 사람과 헤어지게 됐다. 지금처럼 날마다 얼굴 보고, 날마다 얘기 나누고, 날마다 키스할 수 없게 된다는 말이다. 물론 지금은 '미국에 사는 페이스북 친구와 얼굴 보고 실시간으로 무료 통화까지 할 수 있는' 21C라는 거 잘 알고 있다. 세상 어디를 가든 인터넷은 있고 전화선은 있다. 고속철로 3시간이면 도착하는 게 서울 광주 구간이다. 화상 통화가 일반화되어 있는 현대에 295.54km가 무에 그리 큰 장애가 되겠는가.

하지만 이 모든 유리함에도 불구하고 낙담하게 되는 이유는,

어찌 됐든 결국엔 떨어져 있어야 하기 때문이다. 로미오와 줄리엣이 살았던 16세기에도, 춘향이와 이도령이 살았던 17세기에도, 본나와 규신이 사는 21C에도 만고의 진리는 '사랑하는 사람과 떨어지는 건 불행'이라는 것이었다.

"잠, 안 자?"

밤이 되도 여전히 멍한 정신을 가누기 위해 잠시 마당에 나와 새까만 하늘을 올려다보고 있는 본나에게 누군가 말을 걸어왔다.

본나는 위로 쳐들었던 고개를 끌어내렸지만 뒤를 돌아보진 않았다. 돌아볼 수가 없었다. 아직은 그를 마주할 용기가 나지 않았다. 아직은. 파르르 떨려오는 아랫입술을 슬그머니 깨물며 본나는 두 주먹을 꼭 쥐었다.

"잠이 안 오는구나?"

아무렇지도 않은 음성으로 규신이 재차 물어왔다. 본나의 미간은 꿈틀거렸다. 당장에라도 그에게, 진짜 아무렇지도 않은지 묻고 싶어졌다. 서울로 가게 된 게, 그냥 이대로 헤어지게 된 게 정말 그에겐 아무것도 아닌 일인가? 영원이 될지도 모를 이 헤어짐이 그에겐 편하게 받아들일 수 있는 그저 그런 '일상'인 건가? 좋아한다면서. 키스까지 해놓고서. 이대로 무책임하게 떠나버리면 다인가? 정말 격하게 따져 묻고 싶었지만, 그럴 수는 없었다. 왜냐하면 규신에겐 그 어떤 것도 책임질 의무가 없으니까.

엄밀히 따져, 이 모든 상황은 이미 예정되어 있었다. '교육감 선거가 마무리되는 2~3개월 동안만'은 규신의 광주 생활에 전재되어 있던 조건이었다. 물론 지금은 선거가 마무리된 시점도 아니고 예상했던 것보다 훨씬 빨리 돌아가게 되었지만. 중요한 건 본나는 이미 그가 떠날 사람이란 걸 인지하고 있었다는 거다. 서울의 제자리로 돌아갈 사람이란 걸 뻔히 아는 마당에, 이 상황을 자연스레 받아들이는 그에게 너무하다, 서운하다 토로할 수는 없었다.

"우리, 말이야."

한참이나 말이 없던 규신이 입술을 뗐다. 동시에 본나의 옆 자리에 앉았다. 일순 왈칵 눈물이 솟구쳐 본나는 재빨리 고개를 틀었다. 규신의 앞에서 눈물을 보이고 싶진 않았다. 80년대 신파극에 나오는 비련의 여주인공도 아니고. 한양 가는 이 도령 앞에서 눈물짓는 성춘향마냥 이게 무슨 유치뽕짝이란 말인가.

"생각해 봤는데. 아무래도……."

아무래도? 눈물을 흘리지 않기 위해 두 눈을 부릅뜨고 있던 본나의 미간이 절로 접혔다. 아무래도 뭐? 뭘 생각해 봤는데? '아무래도' 뒤에 올 수 있는 말은 부정적인 말뿐인데. 설마 헤어지잔 말은 아니겠지?

"아무리 생각해도 우린 아직……."

"아참, 축하해! 너 조만간 방송 출연한다며?"

본나의 입술은 반사적으로 녀석의 말을 가로막았다. 그가 무슨 말을 할지 궁금하지 않았다. 아니, 듣고 싶지 않았다. 불길한 예감이 온몸을 휘감아와 제정신이 아니었는지도 모른다. 어쨌든 심정과는 정반대로 그녀는, 두 손바닥을 해맑게 짝 부딪치며 그를 향해 환히 웃고 있었다.

"엄마한테 들었어. 네가 친구를 구해주었던 일화들이 기사화되었다며? 요즘 인터넷에서 화제가 되고 있다던데. 그래서 종훈 아저씨에게 표심이 몰리고 있다고. 그것 때문에 예정보다 빨리 돌아가게 된 거라더라. 되게 좋겠다, 너. 조만간 인기스타 되겠다? 종훈 아저씨도 교육감님 되시겠고."

"……."

"올라가더라도 현신이처럼 자주 내려와. 나도 시간 될 때마다 서울 갈게. 워낙 거리가 있어서 남북 횡단하는 기분이겠지만 그게 뭐 대수냐. 보고 싶은 사람 만나러 가는데 그 정돈 껌이지. 그리고 꼭 자주 만나면서 사귀어야 한다는 법도 없잖아. 내 주위에도 장거리 연애하는 사람들 많아. 돈도 시간도 부족하지만 뭐 어때? 좋아하면 그만이지. 휴대폰도 있고, 메일도 있고 메신저, 미니홈피, 트위터, 연락하고 대화할 방법은 무궁무진해."

"구본나."

"아! 서울 올라가기 전에 메일주소랑 트위터 주소 좀. 팔로잉할게."

“너, 아무렇지도 않아?”

고요한 눈빛으로 본나를 바라보며 그가 물었다. 시종일관 쾌활하게 수다를 떨었던 본나는 하던 말을 멈추고 반짝 두 눈을 크게 떴다. 무슨 말인지 전혀 못 알아들은 사람처럼 천연덕스럽게.

그래, 차라리 못 알아듣는 척해 버리자. 어차피 당분간은 만나지 못할 거라는 둥, 그러니 만날 수 있게 되기까지 잠시 헤어져 있자는 둥, 듣기 괴로운 얘기만 할 게 아닌가. 그딴 말을 그의 입으로 직접 듣고 싶진 않았다. 왠지 거부하고 외면하려 했던 현실을 직접 맞닥뜨린 기분이 될 것 같아서. 자주 보지 못하게 되더라도 그의 여자친구라는 자리는 놓고 싶지 않았다. 그건 규신에 대한 권리를 주장할 수 있는 본나의 유일한 근거이니까.

“정말 아무 감정 없어?”

“어? 무슨 감정?”

“내가 이대로 서울로 가면, 우린 당분간 자유롭게 만날 수 없어. 그래도 괜찮은 거냐고.”

“아, 그거? 어떻게 괜찮냐? 당연히 서운하고 기분 꿀꿀하지. 때가 되면 서울로 돌아갈 거라 생각은 하고 있었지만, 그 ‘때’ 라는 게 이렇게 갑자기 앞당겨질 줄은 몰랐잖아.”

“그런데?”

“달리 피할 길이 없잖아.”

재차 물어오는 그에게 본나는 대수롭지 않은 듯 말하곤 빙긋 웃었다. 가슴속은 이미 전쟁터이고 기분은 말할 수 없을 만큼 참담했지만 웃을 수밖에 없었다. 속상하다며 징징대는 것보다 이 편이 훨씬 낫다고 생각했으니까. 속내를 털어놓아 봤자 돌아오는 건 아무것도 없을 테니까.

"피할 수 없으니까 즐기는 거지, 뭐. 그냥 기분 좋게 헤어지는 게 현명한 거라고 생각해. 이번에 헤어지는 게 영원히 헤어지는 건 아니잖아. 멀리 외국으로 가는 것도 아닌데 뭘. 그럼 됐지."

"……."

"원한다면 언제든지 볼 수 있는 거리야. 직행버스 타면 3시간 반 만에 만날 수 있어. 좀 피곤하긴 하겠지만. 정말 보고 싶다면 피곤한 게 대수야? 지구 반대편에 있는 사람과도 얼굴 보며 실시간 통화가 가능한 요즘인데. 하물며 같은 대한민국 하늘 아래잖아. 대체 뭐가 걱정이야?"

"……."

"뭐가 걱정이냐고. 응? 대답해 봐, 이규신."

"그럼 넌 그 정도로도 만족할 수 있다는 거야?"

추궁에 가까운 질문을 날렸건만 대답 대신 또 다른 질문이 날아온다. 무슨 뜻일까? 그는 만족할 수 없다는 뜻인가? 만족하지 못하면 어쩌자는 건데? 정말 헤어지기라도 하잔 건가?

점점 굳어지는 얼굴로 본나는 그의 표정을 살폈다. 하지만 아무 감정도 드러나지 않은 규신의 얼굴에선 그 어떤 낌새도 포착할 수 없었다. 딱히 화가 난 것 같지도, 기분이 상한 것 같지도 않다. 단순히 그저 '질문'을 한 것뿐이라는 듯 눈곱만큼의 변화도 느껴지지 않는, 완전무결한 무표정이었다.

"쏘쏘."

떨리는 마음을 다잡고, 본나는 애써 웃음 지었다. 모르쇠가 콘셉트인 양.

"솔직히 우리 지금 굉장히 중요한 시기잖아. 이번 학기만 지나면 고3이야. 입시가 코앞이라고. 어차피 서로에게 집중할 수 있는 시간은 별로 없을 것 같지 않아? 그게 그거잖아. 같이 있으면서 못 보는 거나 떨어져 있으면서 못 보는 거나. 차라리 아예 떨어져 있는 게 더 나을지도 몰라. 그 편이 더 공부에 집중할 수 있을 테니까."

"그게 네가 내린 최종 결론이란 말이지?"

차분히 가라앉은 목소리로 그가 진지하게 물어왔다. 어두워 보이는 그의 표정 때문에 잠시 멈칫했지만, 이내 본나는 씩씩하게 대답했다.

"쓸데없는 데 신경 덜 쓰면 좋은 거지, 뭐."

"그렇군."

"대학 가서 마음껏 만나자. 내가 '인 서울' 할게. 지금 성적만 유지해도 충분히 수도권 대학 입학 가능해. 어느 대학으로 in하느냐가 문제지. 서울에 가까운 친척이 없어서 그게 걱정이긴 한데, 구더기 무서워 장 못 담그는 것도 아니고. 뭐, 정 지낼 곳이 없으면 학교 앞에서 자취를 하든지 하면 되니까.”

“…….”

“아니다! 이제 보니까 너네 집이 있었다. 너희 집에서 하숙하면 안 돼? 어차피 현신이랑도 친하니까 어색할 것 같진 않은데. 그치, 그치? 설마 종훈 아저씨가 반대하실 것 같진 않고. 어머니께서 반대하실까? 설마 안 된다고 하시진 않겠지?”

“글쎄.”

“그럼 되게 좋겠다. 일단 날마다 볼 수는 있잖아. 따로 시간 내지 않아도 늘 데이트하는 기분일 거 아니야. 대학생이 되면 훨씬 프리해지니까, 같이 지내는 시간도 더 많아질 거고. 어때, 내 상플이? 그럴싸하지?”

“그럴싸하네.”

“같은 학교, 같은 과라면 더더욱 좋겠지만. 뭐, 내 실력으론 어림없는 얘기란 거 아니까. 근데 넌 언제부터 그렇게 공부를 잘했어? 얘기 듣기론 어릴 때부터 날렸던데. 막 당신 애제자네 아들이 영재라고, 울 할아버지께서 온 동네 소문을 자자하게 내고 다니셨었지. 덕분에 나만…….”

“늦었다.”

무뚝뚝하기 그지없는 음성이 뚝 떨어져, 본나는 횡설수설 수다를 끊었다. 그리고 곧 뒤이어 벌떡 조금은 거센 기세로 그가 자리에서 일어났다. 덕분에 찬 기운이 횡 일어 머릿결을 흩뜨린다. 뒤끝이 느껴지는 움직임. 본나는 고개를 쳐들고 그를 올려다보았다.

"그만 들어가자."

무언가 적절한 해명이나 답변을 바랐지만 그는 무겁도록 싸늘한 말 한마디만을 후둑 본나의 머리 위에 떨어뜨렸다. 그와 동시에 소름 돋는 어색함과 침묵이 찾아들었다.

"저, 저기……."

그의 기에 눌려 나오지 않는 목소리를, 억지로 쥐어짜 내 겨우 입을 열었다. 쿵. 쾅. 쿵. 쾅. 크고 세차게 심장이 두방망이질을 해댔다.

내가 뭔가를 잘못 말했나? 실수했나?

"규신아."

"내일 보자. 잘 자."

소심하게 작은 목소리로 그를 불렀지만 규신은 뒤도 돌아보지 않고 가버렸다. 하아— 긴 한숨을 토해내며 본나는 긴장감에 높이 솟아 있던 어깨를 축 늘어뜨렸다. 그리고 시큰거리는 눈가를 양손으로 꾹 누르며 눈을 감았다. 뜨거운 안구에 습기가 차오르는 것 같다.

어리석은 눈물 따윈 좀 집어쳐라, 구본나. 유치하게시리.

조용히 마음속으로 중얼거리고 그녀는 다시 눈을 떴다.

하늘은 여전히 새까맣고, 밝은 달과 촘촘하게 빛나는 별들을 품은 채였다. 누구를 향한 건지조차 알 수 없는 막연한 원망의

감정을 담은 눈으로 본나는 말똥말똥 하늘을 쳐다보았다. 오늘
따라 유별나게 맑고 드높구나, 중얼거리며 한참이나 쭉.
  밤공기가 참 좋다.

제13장 **연애전선 이상무**

"야, 구본나. 너 왜 이러고 있어? 이렇게 천하태평으로 앉아 있어도 되는 거야? 몰라서 이러는 거야, 알면서도 이러는 거야?"

다음날 아침, 새벽같이 일어나 작별 인사도 하지 않고 등교한 본나. 꽤 오랫동안 책상에 코를 박은 채 책장을 노려보고 있는 그녀의 정신을 흔들어 깨운 이는 혜원이었다. 이제 막 등교했는 지 혜원은 아직 어깨에 가방을 메고 있었다. 본나는 전날 밤 잠 을 이루지 못해 잔뜩 충혈된 눈자위를 손바닥으로 슬쩍 누르며 중얼거렸다.

"뜬금없이 그게 무슨 소리야?"

"무슨 소리긴. 몰라서 묻냐? 이규신 말이야. 그 녀석, 오늘 서울 간다며."

소식 한번 빠르구나. 하여간 입방아 찧는 솜씨들은 하나같이 만렙이라니까. 작게 한숨을 내쉬며 본나는 별일 아니라는 듯 심드렁하게 물었다.

"어떻게 알았어?"

"어떻게 알긴. 오늘 아침 등굣길 메인디쉬였는데. 벌써 소문이 쫙 퍼졌어. 내일 TV에 나온다며? 그래서 서울 간다는데. 진짜 맞아?"

"엉."

"그럼 아예 안 올지도 모른다는 말도? 다시 전학 간다는 소문이 있던네, 그것도 진짜야?"

"맞아."

"헐. 근데도 너 지금 이러고 있단 말이야?"

"그럼 어쩌라고."

"못 가게 막아야지. 지금 글자가 눈에 들어와? 너 제정신이야?"

"왜 막아야 되는데? 왜 그냥 보내면 안 되는데?"

"그걸 질문이라고 하니? 당연한 거잖아. 너, 이규신 여자친구야. 규신이 그냥 보내면 안 된다고. 너희 둘, 지금 찢어지면 영영 못 만날 수도 있어. 우리 같은 학생 신분으로는 장거리 연애, 그딴 거 절대로 불가능하단 말이야."

"뜻이 있는 곳에 길이 있다고 했어. 무슨 수가 나겠지."

"수는 무슨. 사람은, 특히 남녀 사이는 안 보면 멀어지게 되어 있어. Out of Sight, Out of Mind. 모르냐?"

"규신인 그렇게 쉽게 변할 애 아니야. 난 걔 믿어."

"얘가 얘가, 아직도 정신을 못 차렸네? 어디 믿을 게 없어서 남자를 믿냐? 너, 내가 어떻게 당했는지 몰라서 이런 말을 해? 남자라는 것들은 죄다 똑같아. 규신인 다를 줄 알아? 걔도 남자야. 본능에 충실한 '남자' 라는 동물. 알아?"

혜원의 말에 본나는 희미하게 눈살을 찌푸렸다. 가만히 듣고 있자니 은근히 기분이 나빠지고 있었다. 본능에만 충실한 남자란 동물이 왜 꼭 이규신인데? 아무것도 모르면서 함부로 말하는 친구 때문에 본나는 욱했다.

"규신인 달라!"

"다르긴 뭐가 다르냐? 걘 뭐 남자 아니야? 걔도 똑같아. 예쁜 여자 보면 마음 동하고, 떨어져 있으면 마음 식는 보통 남자라고. 너, 잊었어? 오지윤이 옆에서 살랑살랑 꼬리 치니까 홀딱 넘어갔던 거."

"홀딱 넘어가긴 누가 넘어갔다는 거야?"

"그럼 아니냐? 두 사람, 같이 영화 보러 다니고 집에 갈 때도 늘 함께였어. 쉬는 시간에도 뻔질나게 우리 반 드나들었고. 규신이 옆에 네가 있는데도 불구하고 아무렇지도 않게 다가와 규신이 데리고 나갔던 거, 내가 똑똑히 기억해. 어떻게 그럴 수 있냐? 아니, 아무리 오지윤이 들러붙어도 그렇지. 어떻게 네가 옆에 있는데 오지윤 말 한 방에 바로 일어나 따라 나갈 수 있냐고. 네가 화해하고 그 일 묻은 것 같아서 나도 그냥 입 다물고 말았는데, 그건 아니지. 그러면 안 되는 거지, 널 두고.”

“그때 일은 왜 꺼내는데? 이미 지나간 일 지금 말해 뭐하냐고. 그땐 그럴 만한 사정이 있었어. 난 이해했고, 하나도 서운하지 않아.”

“내 말은, 아무리 규신이라 해도 남자는 믿으면 안 된다는 말이야. 생각해 봐. 이규신이 좀 괜찮니? 누가 봐도 욕심나게 생겼잖아. 저런 애를 여자애들이 그냥 놔두겠냐? 나 같아도 무대뽀 정신으로 한 번쯤 대시해 보겠네. 이규신은 네 인생 최고의 로또다. 절대로 안이하게 생각해서 놓치면 안 된단 말이지.”

“……”

“붙들어. 이렇게 손 놓고 가만히 있지 말고 가서 잡으란 말이야, 바보야. 안 잡히면 춘향이처럼 찜이라도 해놓던가. 내 남자 표식이라도 붙여. 만약을 생각해야지. 너 대학, 서울로 못 가면 어떡할래? 공부 잘하기로 유명한 이규신이 내려올 리도 없고. 그럼 더 오래 떨어져 있게 되는 거잖아. 넌 규신일 서울로 보내선 안 돼. 왜냐고? 그럼 끝이니까. 지금 보내면 그 녀석과는 진짜 끝장나는 거야. 규신이랑은 그냥 빠이빠이해야 하는 거라고.”

"알았으니까 그만해."

"넌 부인하고 싶겠지. 멀리 떨어져 있어도 충분히 사귈 수 있을 거라고 믿고 싶겠지. 하지만 현실은 달라. 그게 가능할 것 같니? 얼마나 오래갈 것 같아? 직장인도 아니고 학생 신분이야. 공부하기도 빠듯한 시간에 걔가 너 만나려고 여기까지 아까운 시간 내서 내려올 것 같니? 너 같으면 그럴 수 있겠어? 결국 파토 나는 거야."

"그만하라고."

"이규신 없어도 잘살 수 있어? 이규신이 다른 여자 만나는 거 용납돼? 그럴 수 있다면 보내. 전처럼 네 아가들만으로 충분히 만족할 수 있으면 그렇게 해! 그냥 이렇게 있어. 상처받지 않을 자신 있으면 안 잡아도 돼. 남자야 얼마든지 많으니까. 세상에 널리고 널린 게 남자니까. 이규신만 한 남자, 찾아보면 어디 없겠냐?"

"아, 그만하라니까!"

끝내 터지고 말았다. 참아야겠다, 절대로 흔들리지 않겠다, 마음먹었던 게 불과 몇 분 전이었는데. 결국은 참지 못하고 분통을 터뜨리고 말았다. 본나는 양쪽 귀를 손으로 틀어막으며 두 눈을 질끈 감았다. 도리질까지 하며 현실을 외면했다. 혜원의 말을 무시해야 한다고, 무시하고 싶다고 마음속으로 맹렬히 속삭이면서.

"그만하라고! 이제 그만하란 말이야, 그만해!"

"본나야……."

"이씨. 붙잡고 싶어, 나도. 못 가게 바짓가랑이라도 붙들고 싶은 심정이라고. 그런데 못해. 못 잡겠어. 못하겠는데 어떡하라고. 나더러 어떡하란 말이야!"

외치는 그녀의 눈가는 벌써부터 시큰거리고 있었다. 서럽고 서러워, 눈물이 왈칵 솟구친 거다. 어젯밤 배포 좋게 '잘 가라, 대학 가서 만나자' 하고 규신에게 웃으며 작별 인사를 건넸던 구본나가 맞나 싶게 절망적인 얼굴이었다. 부인하고 싶지만, 혜원의 말은 틀린 게 하나도 없었다. 하나같이 다 맞는 말이고, 그렇다는 걸 본나도 알고 있었다.

그녀의 말대로 본나는 지금, 붙잡고 매달려도 시원찮을 상황에 처해 있었다. 그에게 가지 말라고 매달려야 했다. 절박한 지금의 이 솔직한 심정을 모두 다 고백하고, 가지 말았으면 좋겠다고 사실대로 털어놓아야 했다. 못 가게 다리라도 부러뜨리고 싶은 게 진짜 마음이라고 고백해야만 했다. 하지만 그게 과연 잘하는 짓일까? 규신에게 부담 주는 게 아닐까? 붙잡아서 뭘 어쩌려고? 네가 무슨 권리로 돌아가려는 그를 막겠다는 거니? 스스로 구차해지기보다 차라리 현실을 받아들이는 게 낫지 않겠어?

확신이 서지 않았다. 그를 막아서는 짓이 과연 옳은지 가늠하기 힘들었다. 그를 혼란스럽게 하는 짓일 것 같았다. 괜히 붙들고 늘어져 스스로 구질구질해지고 싶지 않았다. 쓸데없는 일에 미련을 보이는 멍청한 짓도 하고 싶지 않았다. 신파스토리의 주인공처럼 굴어, 소중했던 기억들을 망치는 일은 더더욱 할 수 없었다.

"보, 본나야……."

"……."

혜원이 못 볼 걸 본 사람마냥 식겁한 목소리로 자신의 이름을 부르자, 본나는 그제야 자신이 무슨 짓을 저질렀는지 깨달았다. 어느덧 고요해진 교실 안. 숨소리 하나 들리지 않는 침묵이 내려앉아 있었다. 고개를 들어 확인해 보지 않아도 수십 개의 눈동자가 자신을 바라보고 있다는 것을 알 수 있었다. TV 속 정지화면처럼 얼어붙은 채 말이다. 아침 등굣길에서부터 오르내리던 소문이 사실임을 본나 스스로 직접 확인시켜 준 꼴이었다. 이렇게 다 드러낼 생각은 없었는데…….

본나는 두 눈을 찔끔 감은 채로 입술을 악물었다. 그리고 고통스러워질 게 뻔한 침묵의 순간순간을 온몸으로 받아낼 마음의 준비를 끝마쳤다.

"잡아."

바로 그때였다. 규신의 목소리가 환청인 것처럼 윙— 하니 날아들어 귓가에 꽂혔다.

믿을 수 없는 얼굴로 본나는 번쩍 두 눈을 떴다. 슬그머니 고개를 드니 두 눈을 휘둥그레 뜬 혜원이 눈에 들어왔다. 본나의 어깨 너머 어딘가를 바라보고 있는 혜원의 눈은 마치 유령을 실시간으로 목격한 사람 같았다. 말도 안 돼. 규신인 지금 서울로 가고 있는데. 내일 방송 출연하기로 되어 있잖아. 아버지 선거 운동에 동원될 거잖아. 제자리로, 서울의 명문고라는 모교로 되돌아갈 거잖아. 그런 그가 어떻게 여기에?

본나는 빠르게 휙, 뒤를 돌아보았다.

"잡고 싶으면 잡으면 되잖아."

"규신아."

그가 저벅저벅 걸어오고 있었다. 잔뜩 흐트러진 머릿결. 대충 걸쳐 입은 듯한 셔츠와 재킷, 낡은 청바지와 하이탑을 신고 있는 그는 완연히 이방인이었다. 차원을 뛰어넘어 현실 세계로 걸어 들어오는 미래인 같달까. 주위 교복을 입은 학생들을 모조리 압도하는 아우라가 그에게 후광처럼 딸려 들어왔다.

"너 여기 어, 어쩐 일이야? 아침 일찍 서울로 출발한다고 했잖아. 왜 아직도 여기…… 아얏!"

말까지 더듬으며 물었지만, 그녀는 아무런 답을 들을 수 없었다. 대신 녀석의 힘찬 손길에 이끌려 순식간에 교실 밖으로 딸려 나갔다. 어찌나 놀라고 당황했는지 본나는 딱히 저항할 생각도 하지 못한 채였다.

"왜 이래? 무슨 일이야?"

"……."

"무슨 일이냐고. 왜 고속도로 위에 있어야 할 사람이 여기에 있는 거냐고. 대답해!"

본나가 소리쳤지만 그는 대답해 주지 않았다. 불만 가득한 사람처럼 그는 입을 꾹 다문 채 어딘가를 향해 저벅저벅 빠르게 걸었다. 슬리퍼를 질질 끈 채여서 본나는 녀석의 빠른 걸음을 따라 거의 뛰다시피 걸어야 했다.

옥상 문을 쾅 소리 나게 열어 재낀 규신은 꽉 틀어쥐고 있던 본나를 던지듯 밀어 넣었다. 넓고 환하고 탁 트인 공간 안으로 거칠게 떠밀려진 본나는 쓰러질 것만 같았던 몸을 가까스로 수습하여 휙, 뒤로 돌았다. 화가 머리끝까지 난 듯 굳은 표정의 규신이 저벅저벅 걸어오고 있었다.

"너, 정말 왜 이러는 건데? 갑자기 나타나서 이게 무슨 짓이냐고!"

이 상황에선 당연히 해야 할 질문이었다고 생각했는데, 규신의 생각은 달랐나 보다. 코앞까지 저돌적으로 걸어오던 그가 거칠게 본나를 벽 쪽으로 밀어붙였다. 짧은 비명 소리가 본나의 입술을 뚫고 터져 나왔다. 저도 모르게 그녀는 두 눈을 찔끔 감았다. 뭐가 어떻게 돌아가고 있는 것인지 열심히 가늠해 보려 했지만 아무리 생각해도 알 수가 없었다. 울고 싶을 만큼 답답했다. 그가 왜 여기 있는지, 왜 화가 났는지, 모든 걸 다 알고 싶었지만 그런 그녀에게 닥친 현실은 이것.

그가 본나를 꼼짝 못하게 포박한 뒤 입술을 부딪쳐 왔다.

"야, 너 뭐하는 거야……!"

제지하기 위해 입을 열었으나 열린 입안으로 그의 혀가 가차

없이 쳐들어왔다. 빈틈없이 그녀를 꼭꼭 채워오는 그것은 그녀의 평정심을 앗아갔다. 짜릿한 쾌감과 아릿한 통증이 동시에 일더니, 단번에 최고의 속도로 전신에 곳곳이 뻗혀 있는 혈관을 타 온몸으로 퍼졌다. 너무나 순식간이었고, 너무나 강렬한 감각이었다. 겁이 덜컥 날 정도로. 본나는 불에 덴 듯 화들짝 놀라 그를 밀어내며 소리쳤다.

"너, 미쳤어? 왜 이래?"

"말해, 네가 진짜 원하는 게 뭔지."

입술을 떼고 고개를 든 그가 무뚝뚝하게 중얼거렸다. 모든 걸 들어버린 게 틀림없었다. 혜원 앞에서 진상 부리던 모습을, 이 녀석도 봐버린 것이다. 본나는 아랫입술을 지그시 깨물었다. 다른 사람은 몰라도 이규신만은 진실을 모르고 지나가길 바랐는데. 본나는 손등으로 입술을 훔치며 그를 가만히 바라보았다.

"내가 떠나는 게 싫지? 속상하지? 보내고 싶지 않지?"

"……."

"이기적이라 해도 좋으니 못 떠나게 막고 싶지? 내 발목을 부러뜨려서라도 주저앉히고 싶지? 태권도로 내 턱을 부숴놓아서라도 날 곁에 두고 싶잖아. 아니야? 잡고 싶으면 잡아. 떠나보내기 싫으면 싫다고 해. 말 안 들으면 억지로라도 주저앉혀."

"그럼 어떻게 되는데?"

"……."

"너, 서울 안 갈 거야? 이미 다 가기로 예정되어 있던 건데,

내가 가지 말란다고 안 갈 수 있어? 아니잖아. 어차피 갈 거잖아. 그런데도 매달리는 건 바보 같은 짓 아니야? 난 어리석은 짓은 안 해. 사람들은 노력하면 안 되는 게 없다지만, 그건 다 말 좋은 사람들이 지어낸 소리이고, 안 되는 건 안 되는 거야. 안 되는 게 노력한다고 해서 되진 않아. 넌 어차피 서울로 가게 되어 있었고, 그건 내가 아무리 널 붙잡아도 소용없다는 뜻이야.”

“그래서, 안 잡겠다는 거냐?”

“달라지는 게 없으니까.”

딱딱하게 대답하고 그녀는 규신을 똑바로 바라보았다. 흔들림없이 단단한 시선으로. 규신은 아무 대꾸가 없었다. 본나의 말에 충격을 받지도, 놀란 것 같지도 않았다. 무덤덤하니 본나의 반응쯤 이미 예상하고 있었다는 듯 차분하게 시선을 내리까는 게 반응의 전부. 반쯤 감기는 그의 눈을 바라보며 본나는 작게 한숨을 내쉬었다. 이제 다 끝난 건가? 이대로 이규신은 서울로 가겠지?

‘…….’

본나는 천천히 두 눈을 감았다 떴다. 모든 것이 다 정리되었다고 생각했는데, 막상 이별의 순간이 되니 가슴이 먹먹해져 왔다. 이래서 아침밥도 거르고 새벽같이 학교로 뛰어와 버린 건데. 바보 같은 이규신 때문에 모든 게 헝클어져 버렸어. 씹어 먹어도 시원찮을 이규신. 왜 다시 나타나서 사람 피곤하게 하는 거야? 사람 약 올려? 장난쳐? 남겨진 사람을 조금이라도 생각한다면, 뒤돌아보지 않고 단번에 떠나줘야지.

본나는 부글부글 와글거리는 속내를 꾹꾹 눌러 참으며 빠르게 녀석을 지나쳐 갔다. 제2차 폭발이 일어나기 전에 빨리 이곳을 떠야 했다. 또다시 이규신 앞에서 추태를 보인다면 차도녀 코스프레는 끝장나는 거니까. 여기서 무너지는 건 '감정 질질 흘리는 구질구질한 여자'로 완전히 이미지 굳히는 거니까. 절대로 그렇겐 못해. 본나는 고개를 힘껏 내저으며 더욱 빠르게 걸어나갔다. 다행히 그는 본나를 잡지 않았다. 옥상 문턱을 넘을 때까지는.

"구본나."

턱. 어느새 다가온 그가 본나의 팔뚝을 붙잡았다. 그리고 날아온 그의 목소리. 부드럽다. 다정하다. 말랑말랑하다.

우뚝 제자리에 멈춰 선 본나는 뒤를 돌아보고 싶은 충동을 간신히 참아내며 아랫입술을 천천히 깨물었다. 하지만 규신의 말 한마디 한마디가 가슴 속에 와 박히자 뒤를 돌아보지 않을 수 없었다.

"너, 바보냐? 달라지는 게 왜 없어? 달라질지 달라지지 않을지 네가 어떻게 알아? 왜 속단하고 미리 포기해?"

"……."

천천히, 머뭇머뭇 본나는 고개를 돌려 그를 보았다. 머릿속이 와글와글 시끄러웠다. 뛰뛰빵빵, 교통정리 안 된 사거리처럼 번잡스럽고 혼란스러웠다. 대체 이게 다 무슨 말? 달라질 게 있다니. 그녀가 붙잡으면 서울로 돌아가지 않을 거라는 뜻인가? 어떻게? 어떻게 그럴 수 있는데? 이해 안 된다. 말이 안 된다고 생각하니까. 그럴 가능성이 전혀 보이지 않으니까.

"그게 무슨 말이야?"

"……."

"너, 안 갈 거야?!"

왕방울만 하게 두 눈을 크게 뜨고 본나가 버럭 큰 소리로 물었다. 순간, 규신의 입에서 헛헛한 웃음이 터지고 말았다. 이거거든. 절대로 기죽지 않아. 무슨 일이 있어도 빠샤! 파이야— 이런 모습이 바로 구본나거든.

규신은 절로 떠오르는 미소를 숨기지 않은 채 한 손으로 이마를 짚고 한숨을 푹 내쉬었다. 이제야 한시름 놓은 기분이었다.

"웃지 말고 대답해. 진짜 안 갈 거야?"

"네가 가지 말라는데, 내가 어떻게 가?"

"아저씨가 그래도 된대?"

"내가 안 가는 거야. 아버지와는 상관없어."

"부모님이 올라오라는데, 네 마음대로 개기겠다는 거야?"

믿을 수 없다는 듯 뜨악한 얼굴로 본나가 물었다. 아마도 어른들의 결정에는 무조건 따라야 한다고 생각하는 모양이다. 그녀가 평생 어떻게 살아왔는지 알 수 있는 단적인 예. 원하는 바가 아니면 늘 거부하고 투쟁해 왔던 이규신의 삶과는 정반대인 듯. 규신은 한숨을 내쉬곤 가만히 두 손으로 그녀의 볼을 감쌌다. 그리고 멍멍이 눈망울처럼 반짝반짝, 동글동글, 새카만 그녀의 눈동자를 가만히 들여다보며 조용히 속삭였다.

"너한테 개길 수는 없잖아? 그럼 끽일 테니까."

"그건 그렇지."

덤덤하지만 짐짓 아주 진지하고 중요한 답인 듯 심각하게 그녀가 대답한다. 고개까지 끄덕이며.

"남자친구가 말 잘 들으니까 좋지?"

"뭐, 나쁘진 않네."

"뭐 없어? 부모님 말보다 네 말을 더 잘 듣는 남자친구라면, 그만한 대우를 해줘야지."

"키스하고 싶으면 하고 싶다고 말해. 비비 꼬지 말고."

"키스해라. 타이밍이다."

"좋아."

쿨내 나는 즉각적인 반응. 본나는 산뜻하게 고개를 끄덕이더니 아주 가까이 다가와 있는 그의 입술에 척, 제 입술을 갖다 대었다. 키스라기보다 입 박치기에 가까운 센스없는 제스처. 그리곤 1초도 넘기지 않아 얄짤없이 머리를 떼려 하자 규신은 빠르게 본나의 입술을 파고들었다. 그리고 마치 자신의 것인 양 그녀의 안으로 자연스럽게 미끄러져 들어가며, 그는 투정 아닌 투정을 부렸다.

"대우가 너무 짜잖아."

"닮은도형의 넓이의 합을 구하는 문제는, 닮음비를 이용하면 돼. 한 변의 길이가 1인 정사각형의 각 꼭짓점에서 반지름이 1인 사분원을 그렸을 때 만나는 교점 A_1, B_1, C_1, D_1으로 이루어지는 사각형은 정사각형이다. 알지?"

"어."

"이 그림에서 보면, 점 B_2에서 선분 C_1D_1에 내린 수선의 발을 H라 할 때, $\overline{C_1H}=\frac{1}{2}$, $\overline{B_2C_1}=1$이야. 그럼 $\overline{B_2H}=\frac{\sqrt{3}}{2}$이 되겠지?"

"……."

"따라서 정사각형 $A_2B_2C_2D_2$의 대각선의 길이는 $\frac{\sqrt{3}}{2}-(1-\frac{\sqrt{3}}{2})=\sqrt{3}-1$, 한 변의 길이는 $\frac{\sqrt{3}-1}{\sqrt{2}}$이야. 자, 그럼 정사각형 $A_2B_2C_2D_2$의 넓이는?"

"$2-\sqrt{3}$."

"맞아. 그럼 수열 $\{S_n\}$은 초항 1, 공비가 $2-\sqrt{3}$인 등비수열이고, 무한등비급수의 합 S는 얼마지?"

"$\frac{\sqrt{3}+1}{\sqrt{2}}$."

"잘하네."

"……."

잘한다는 칭찬이 떨어졌지만 구본나의 표정은 여전히 썩어 들어가고 있었다. 어찌어찌하여 답은 나왔지만, 그건 순전히 규신이 식을 세우고 문제풀이까지 조목조목 길잡이해 준 덕이었으니 너무도 당연한 반응이다. 도대체 왜, 그녀는 도형만 보면 눈앞이 아찔해지는 걸까? 뭐가 모자라서? 잘나신 이규신이 도와주기까지 하는데 왜, 어째서, Why 명쾌하게 답이 안 나오는 걸까?

"표정이 왜 그러냐? 어려워?"

이딴 게 뭐가 어렵다는 듯한 말투로 그가 불쑥 묻는다. 쳇. 잘난 척하기는. 그래, 너야 잘하겠지. 못하는 게 뭐겠니, 전교 1등이신데. 얄밉고도 얄미운 녀석의 질문에 구본나의 입술은 저절로 쭉 튀어나와 버렸다.

"어려우니까 너한테 과외까지 받는 거지, 쉬우면 내가 왜 이 시간까지 너한테 선생님 소리 해가면서 붙들려 있냐?"

"잘하는데 왜? 공식은 모조리 외웠잖아. 공식만 제대로 외우고 있어도 문제의 반은 풀고 들어가는 건데 뭐가 문제야?"

"공식을 외우면 뭐하냐고. 문제에 적용을 못 시키는데."

"문제를 이해 못하니까 그러는 거지. 내가 설명해 주는 건 제대로 알아먹잖아."

"어쨌든! 도형 어려워. 짜증나게 어려워."

"그럼 도형 관련 문제는 다 포기하겠다는 거냐?"

"당근……!"

그러고 싶다는 대답이 목구멍까지 치밀어 올랐다. 사실 수능이 코앞으로 다가온 지금, 수학 문제를 붙들고 아까운 시간을 허비하고 있는 것 자체가 바보짓 같아서 참을 수가 없었다. 뭐, 규신이야 이미 합격 통지를 받아놓은 상태이니 천하태평한 심정이겠지만, 본나는 아니질 않나. 그녀는 어떻게든 가능성있는 과목에 매달려 파고 또 파, 점수를 끌어올려야 했다. 이렇게 아무리 봐도 모르겠는, 블랙홀 과목을 들여다볼 시간에 논술 문제집 하나를 더 풀면 마음이라도 더 편안해질걸.

하지만 결국 본나는 아무 말도 못하고 축 늘어지고 말았다. 그에게 수학 과외를 받기 시작한 열 달 전, 철석같이 약속한 게 생각나서다. 그녀는 '공부는 혼자 해야 하는 거다' 라며 거절하는 그에게 손까지 들어 절대로 포기하지 않겠다, 끝까지 그를 믿고 따르겠다, 최선을 다하겠다, 등의 선서를 했었다. 당시엔 규신이라면 자신의 도형 몰이해병을 고쳐 줄 수 있을 것 같았다. 우연히 듣게 된 문제 해설이 귀에 쏙쏙 박히고, 이해가 완전 잘되어서 방송 강좌보다도 훨씬 도움이 되었으니까. 그녀에게 규신은 수학의 神, 수신으로 보였었다. 규신의 도움이라면 취약이었던 도형조차 정복할 수 있을 줄 알았는데 이게 뭐임?

"이 시험지에서만도 도형이 네 문제야. 점수로 환산하면 얼마인지 알지? 마지막 30번 문제 점수 배당이 얼만지 알아?"

"알지, 알고말고. 근데 아무리 해도 늘지가 않아. 점수가 두 달째 제자리걸음이잖아. 시험이 이제 얼마 남지도 않았는데. 남들은 수학 포기하고 다른 거 파는 중인데, 난 계속 이것만 붙들고 뭐하는지 모르겠다 싶으니까…….”

“남들 다 한다고 똑같이 하면 안 되지. 넌 너야. 네 성적, 다른 과목은 나올 만큼 나오잖아. 수학이 제일 뒤처지는 거 아니야? 더 매진해서 점수를 끌어올릴 수 있는 과목은 수학밖에 없는데 선택의 여지가 어디 있어? 그리고 지난 주 모의고사 성적을 보니까 아주 가망없는 것도 아니던데.”

“지난 주 모의고사라니. 그게 무슨 말이야? 네가 내 모의고사 점수를 어떻게 알아? 너, 내 성적표 봤어?!”

두 눈을 부라리며 본나가 큰 소리로 외쳤다. 밖은 이미 새까만 어둠이 깔려 있고, 가을 별이 총총 하늘을 빛내고 있는 새벽이라는 사실도 잊은 채.

“봤는데. 뭐, 문제있어?”

“있지! 당연히 있지! 남의 성적표를 왜 보는 건데? 아, 아니 그보다, 어떻게 봤어? 그거 엄마한테만 살짝 보여주고 내가 문제집 사이에 고이고이 넣어두었었는데……. 서, 설마 너 내 문제집 뒤졌냐?”

“뒤진 게 아니라 그냥 눈에 띄었을 뿐이야. 문제집이 펼쳐져 있었거든. 그리고 내가 못 볼 건 또 뭔데? 엄연히 난 네 선생님이야. 수학 선생님. 얼마나 올랐는지 눈으로 확인할 수 있는 기회를 놓칠 순 없잖아.”

“야! 아무리 그래도 그렇지. 넌 프라이버시도 모르냐? 보여도 무시하고 지나쳐야지. 그래야 매너남이지! 창피하게 그걸 왜 보냐고! 별로 잘 보지도 못한 시험이구만.”

“시끄럽다. 아주머니 깨실라.”

본나의 책상에 시집을 펼쳐 놓은 채로 태연하게 중얼거리는 이규신. 대한민국에서 최고 레벨의 대학, 최고 레벨의 학과에 철커덕 ‘수시합격’이란 결과물을 얻어낸 직후라 그런지 아주 천하태평이시다. 좋겠다, 넌. 공부 잘해서 신나겠어. 이 몸은 어떻게든 규신이 들어간 대학에 합격해야 된다는 강박관념에 시달리다 거의 죽을 지경인데, 넌 걱정 따위 전혀 없는 노잼, 노스트레스구나. 수능이 코앞인데 한가로이 시집이나 펼쳐 읽고 있는 저 여유! 캬—

“야, 됐어. 나 그만둘 거야.”

한껏 짜증난 목소리로 본나가 선언했다. 활자를 훑던 무심한 그의 시선이 슥, 움직여 본나를 바라보았다.

“뭐?”

“과외 말이야. 그만둔다고. 앞으로 애써 시간 빼서 날 가르치러 올 필요 없어.”

“그 말은, 수학 과목 자체를 포기하겠다는 말로 들리는데.”

“포기해야지 뭐. 어차피 더 공부해도 성적이 오를 것 같지도 않고, 새벽에 잠도 제대로 못 자면서 공부해 봤자 기력만 낭비하는 꼴이니까. 능률 제로잖아. 차라리 한 시간 더 자고 수면 보충한 후 다른 과목 공부에 더 힘쓰는 게 낫겠어.”

“능률이 오르지 않는다고?”

"물론 너랑 공부하기 시작하면서 수학 성적이 오른 건 사실이야. 2학년 성적보다 3학년 1학기 성적이 더 올랐고, 1학기 성적보다 2학기 성적이 더 올랐어. 그런데! 딱 거기까지야. 더 이상은 안 올라. 실제로도 그렇고, 앞으로 더 오를 것 같지도 않아. 이만하면 됐다고 봐, 난. 더 이상은 시간 낭비야. 이젠 의미없는 공부, 집어치울래."

"……."

"물론 지금까지 날 지도해 준 건 고맙게 생각해. 고마워. 너 때문에 수학 성적이 사람다워졌어. 근데 여기까지인 것 같아. 더 이상은 무리야."

"능률이 오르지 않는다?"

"너도 이제 그만 신경 꺼. 입시 때문에 그동안 못해본 것들이나 하나씩 해보도록 해. 괜히 나 때문에 귀한 시간 빼앗기지 말고 알차게 쓰라고. 나중에 나 때문에 못해봤다고 핑계대면 나, 화낼 거다."

"좋아."

탁. 손에 들고 있던 시집을 그가 바닥에 내려놓았다. 상황 종료를 선언하는 듯 섬뜩하게 울리는 소리에 본나는 흠칫 놀랐다. 그가 손을 뗀다는 건, 이제부터 시험일까지 외롭게 혼자만의 레이스를 달려야 한다는 뜻이니까. 원래 고3 수험생의 인생이란 외롭고 험난한 게 정석이긴 하나, 지금까지 그녀는 그가 옆에 있어줘서 든든하고 외롭지 않았었다. 비록 당근보다 채찍질이 더 잦은 그였지만, 러닝메이트로서는 최고였다는 걸 그녀도 인정하고 있었다.

근데 솔직히 너무 쉽게 수락하는 거 아니야? 너무 빨리 오케이하니 뭔가 기분이 꼬깃꼬깃하다. 은근히 이런 날을 손꼽아 기다린 건 아닌가 의심스럽기까지. 만약 그런 거라면 조금, 아니, 많이 서운할 것 같다. 그동안 과외랍시고 자기 시간 할애해서 공부 가르쳐 준 게 실은 탐탁지 않았다는 뜻이 아닌가. 칫! 그랬으면 진작 말할 것이지. 치사하게 이게 뭐람.

"그럼 수업 방식을 바꿔보자."

어라? 포기한 건 아닌 모양이네.

당장 그만두겠다고 으름장 놓던 구본나는 어느새 씩 웃고 있었다.

"뭘 어떻게 바꿔?"

"좀 더 능률적인 방법으로. 공부에 대한 열의를 최대한 끌어올릴 수 있는 1공부, 1대가의 방식. 어때?"

"1공부 1대가? 그게 뭐야?"

"자고로 뭐든 손에 넣기 위해선 떡밥이 필요한 법이니까. 성과대로 지급하기. 문제 하나 푸는 데, 하나씩."

"떡밥?"

"문제를 제대로 잘 풀면 너한테 떡밥을 하나씩 푸는 거야. 예를 들면 바비인형이라든지."

"오!"

급 당긴다.

"또는 핑크색 공구세트라든지."

"정말 줄 거야?"

"아니면 '그거' 라든지."

"그게 뭐야?"

"대학 가기 전까지 당분간 자제하자 했던, 바로 그것."

그것이라 함은, 학기 초 학구열에 불타 충동적으로 결의해 전면 차단되었던 바로 그것? 키스를 떡밥으로 투하하겠다는 건가, 지금? 본나는 두 눈을 홀쩍 크게 뜨고 입을 떡 벌렸다. 어쩜 이리 혹할 만한 제안만 내놓는 건지. 넌 진심 천재인 모양이다, 이규신. 본나는 입술이 바짝 타들어가는 기분을 느끼며, 슥 아랫입술을 혓바닥으로 훑었다.

"문제 하나 풀면, 키스 한 번 하기?"

"효과 만점이겠지?"

"그, 글쎄."

당근이지! 라고 외치고 싶은 충동을 가까스로 누르며 본나는 중얼거렸다. 냉큼 시선을 회피하는 것은 물론이다. 진정해라, 구본나. 키스 얘기 나온 지 불과 몇 초잖아. 그새를 못 참아서 안달복달하는 걸 보면 규신이 퍽이나 좋아하겠다잉.

"걱정 마, 사람은 원래 성취감이 클수록 더 열심히 뛰게 되어 있으니까."

"공부에 방해되지 않을까? 애초에 그래서 금지된 거잖아."

해, 해! 하자, 지금! 지금 키스하자!

라고 아우성치는 본능을 꾹 눌러 참으며 본나는 태연하게 대답했다. 내숭 떠는 여인네마냥.

"방해가 되는지 안 되는지는 아직 모르잖아. 확인된 바가 없으니."

"그렇긴 하지만 뻔하잖아. 공부하려고 앉았는데 눈앞에 네 입술이 둥둥 떠다니면 어떡해? 무슨 색녀처럼 책상 앞에 앉아서 공부는 하지 않고 키스할 생각만 하게 되는 거잖아. 그럼 시험 완전 망치는 거지. 인생도 덩달아 쫑나고."

"키스가 생각나면 더 열심히 공부해야지. 공부해야 키스할 수 있으니까."

사악한 자식. 사람을 조련하려고 작정을 했구나. 이건 숫제 돌고래 조련이잖아? 으으, 괜히 화나고 짜증나고, 당장 거절하고 싶지만. 키스라는 떡밥은 너무 꿀 같다. 정말이지 너무 하고 싶었다. 그와 키스하지 못한 지 벌써 반년이 넘었다는 사실만 머릿속에서 삑삑 경보기처럼 울려대는 것이다. 아주 주책이구나, 구본나. 미쳤어, 미쳤어.

"뭐, 그럼…… 해보든지."

미쳤다면서, 하겠다고 나서는 이 심리는 뭘까? 하여튼 본나는 입술을 연신 핥으며 꼼지락꼼지락 꿈틀거리고 있었다. 그런 그녀를 빤히, 뚫어져라 내려다보고 있던 그가 슬쩍 고개를 반대쪽으로 기울이더니, 불쑥 중얼거렸다.

"지금?"

"어?"

"말 나온 김에 지금 해보든지."

"……."

대답을 할 수가 없었다. 꼴깍, 침만 삼켜질 뿐. 그의 커다란 손이 다가와 부드럽게 자신의 턱을 쥐어올 때까지, 다른 손으로 뒤통수를 감아쥐고 끌어당길 때까지, 그래서 입술과 입술이 부딪칠 때까지. 그저 그의 까만 눈동자와 그에게서 풍기는 기분 좋은 향취, 뜨겁게 살갗을 데워오는 입김에 녹아들어 갈 뿐. 저도 모르게 본나는 입술을 벌리고 그의 혀를 기꺼이 받아들이고 있었다.

"맛보기야."

잠시 입술이 떨어진 사이 그가 속삭였다. 낮고 그윽한 목소리가 귓가를 적시자, 저르르 온몸이 떨려왔다. 전율이 발끝에서부터 머리끝까지 관통했다. 뇌의 정중앙까지 울리는 은은하면서도 강력한 파장은 그녀를 달아오르게 했다.

다리 사이가 저릿저릿해지고 팔다리에 힘이 풀리는 것 같았다. 아랫배에 통증이 일기 시작하더니, 심장이 오그라들 것처럼 바짝 긴장했다. 뜨거운 기운이 다리 사이로 몰려들었다. 찌릿찌릿, 불편한 기운이 은밀한 부위를 공략하고 있었다. 온몸 한가운데로 자꾸만 몰려드는 화한 기운이 뜨거워, 그녀는 냉큼 그의 팔을 붙들었다. 하지만 그는 천천히 입술을 떼며 말했다.

"성적이 오르면 이보다 더한 것으로 보상해 줄 수 있어, 학
생."

낙지처럼 흐물흐물해진 채로 본나는 멍하니 그를 바라보기만
할 뿐이었다.

"그때 진짜 깜짝 놀랐었지. 우리 아이 임신 소식을 알리려고 나간 자리였는데 네가 먼저 폭탄을 터뜨렸으니, 내가 얼마나 놀랐게. 그때 자네, 혼인하기 전이기도 했잖은가. 샌님 같은 자네가 혼인도 하기 전에 떡하니 아이를 가졌다고 하니, 내가 기절초풍할 뻔하지 않았겠나?"

"여보! 이이는, 벌써 취했나. 왜 그런 말을 해요?"

"아, 여기서 이런 말 하긴 좀 그런가······?"

"괜찮네. 뭐, 큰 죄를 지은 것도 아닌데 감출 이유가 없지. 애들도 다 컸고, 애 엄마가 그런 얘기에 부끄러워할 만큼 숙맥도 아니고. 뭣보다 그때 우리 규신이를 가진 덕에 내가 우리 애 엄마와 혼인을 할 수 있었으니 부끄러워하기보다 기뻐하고 기념해야 할 일이지."

오랜 친구, 구경석의 말에 이종훈은 화통하게 웃어넘기며 흐뭇한 눈으로 아내를 돌아보았다. 종훈의 아내, 강미정은 아들 둘을 키우며 박봉이었던 교직자 남편을 뒷바라지해 왔던, 꽤 녹록치 않았음이 확실한 근 20년의 세월이 무색하게 여전히 젊고 아름답고 이지적이었다. 현재 언론 홍보사에서 근무하며 여전히 바쁜 나날을 보내고 있는 것을 감안하면 젊음의 근원이 바로 '열정'에 있는 것이 아닌가 생각되기도 했다. 인생에서 가장 잘한 일이 있다면 아마도 이런 아내를 만나 사랑을 하고 결혼한 게 아니었을까, 이종훈은 잠시 생각했다. 그리고 그다음으로 잘한 건 바로 이 친구, 경석과 그의 부친이자 자신의 은사이신 구 교장님을 알게 된 것이었다.

"네, 개의치 마세요. 저희 부부는 그때 일 별로 부끄럽게 여기지 않아요. 아이들 앞에서도 자주 얘기하곤 하는데요, 뭘."

미정이 경석과 그의 아내인 박송자를 향해 부드럽게 웃으며 말했다. 그들과는 결혼 전부터 알아왔고 쭉 친분을 쌓아왔던지라 따로 격의가 없었다. 특히 송자와는 언니, 동생 하며 허물없이 개인적인 일도 함께 논의하는 사이였다.

"그나저나 정말 축하해. 아들을 어쩌면 그리 잘 키웠어? 어떻게 그 대단한 학교, 대단한 과에 철커덕 단번에 붙을 수 있는지 정말 놀랐다니까. 공부하는 걸 보면 절대로 길게, 무리하게 하지는 않더라고. 잠깐 하는 것 같은데. 집중력이 진짜 좋은가 봐. 성적이 너무 좋아서 깜짝 놀랐잖아. 진짜 천재구나, 했다니까.”

“천재는 무슨. 그냥 조금 남들보다 머리가 좋을 뿐이지, 뭐. 걔가 천재였으면 겨우 의대 들어가고 말았겠어?”

“겨우 의대라니! 우리나라에서 문턱이 제일 높은 곳인데. 난 우리 본나가 무슨 과라도 상관없으니, 민주대에만 합격했으면 원이 없겠어. 그럴 수만 있다면 뭐든 할 것 같아. 광화문 한복판에서 승무라도 추겠다니까. 얼마나 좋아, 두 아이가 나란히 한 학교에 들어갔으면.”

박송자는 정색을 하며 말했다. 솔직히 그녀는 본나가 어떻게든 민주대에 들어길 수 있을 거라 막연히 생각했었다. 본나야 주야장천 '민주대 들어갈 실력은 못 돼, 엄마도 포기해' 라 말했지만 입시일 직전까지 가파른 속도로 치솟던 모의고사 성적을 감안하자면 충분히 가능할 거라 여겼었다. 그래서 내심 기대하고 또 기대했거늘. 결과는 '망했다' 였다. 어찌 된 일인지 본나의 성적은 기대했던 것에 훨씬 못 미치게 되었고, 결국 민주대가 아닌 경제대로 진로를 수정해야만 했다.

민주대에 합격했더라면 좋았을걸. 이래서야 어디 마음 놓고 규신일 욕심낼 수 있겠는가. 출신 학교부터 차이가 나니, 저쪽에서 본나를 탐탁지 않게 여겨도 할 말이 없게 생기지 않았나. 내심 규신일 장래 사윗감으로 점찍어놓은 송자의 마음은 그래서 더욱 불편하고 초조해지는 참이었다.

"왜? 경제대도 좋은 대학인데. 식영과면 과도 좋잖아. 규신인 뭐, 이제부터 공부만 주야장천해야지. 6년 동안 제대로 연애나 한 번 할 수 있을는지 모르겠어."

"공부는 공부고 연애는 연애지. 그 인물에 의대생인데 쫓아다니는 여자 하나 없을까? 걱정도 팔자네, 규신 엄마는."

"우리 규신이가 겉보기엔 여자친구가 많을 것 같지만 실은 좀 숙맥 같은 데가 있거든. 따라다니는 여자아이들은 좀 있는 것 같은데 여자엔 별로 관심이 없나 봐. 사귀어보라면 귀찮다면서 싫다고만 해. 한때는 그 문제로 심각하게 고민한 적도 있다니까."

"생각보다 여자친구가 없는 것 같긴 하더라. 내가 데리고 있어보니까 알겠더라고."

"역시 그렇지?"

"여자아이들이 찾아오거나 전화한 적은 거의 없었던 것 같아. 사귄다는 소리도 들어본 적 없고. 그 인물이면 여자들이 꽤나 따라다닐 텐데, 희한하더라니까."

"그것 봐, 내 말이 맞지. 녀석이 진짜 여자에게 관심이 없는 것 같아서 정말 걱정이야."

"벌써부터 걱정하는 거야? 규신인 노총각으로 늙어 죽을 일은 없을 테니 걱정하지 마. 저런 알짜배기를 못 알아보면 여자들이 바보인 거지."

“여자들이 알아보면 뭐해? 저 녀석이 관심을 안 보이는데.”

“걱정 말라니까. 본나랑 별 트러블 없이 잘 지내는 걸 보면 여자를 싫어하는 건 아닌 것 같으니까 그냥 지켜봐 줘. 좋아하는 사람 만나면 어련히 잘하겠지.”

“하긴.”

송자의 말에 미정은 고개를 끄덕이며 중얼거렸다. 시선은 자연스레 2층 계단 근처에 서서 무언가 대화를 나누고 있는 규신과 본나에게 고정되어 있었다. 아까부터 그들은 계단 근처에 선 채로 뭔가 심각하게 얘기를 하고 있었다. 언뜻 봐선 뭔가 마음에 안 드는 표정들이었고, 그래서 정말 서로 트러블 없이 잘 지낸다고 생각하기에 무리가 따른다 생각할 수도 있지만 미정은 송자의 말에 이의를 달지 않았다. 아들을 아주 잘 알고 있기에. 규신은 친하지 않는 사람과는 언쟁을 하지 않는다.

“어쩜 저리 번듯하니. 진짜 네가 아들 하나는 제대로 키워났다, 애.”

“왜? 욕심나?”

부러움이 잔뜩 들어간 목소리로 말하는 송자에게 미정은 슬쩍 미소를 띠운 채 장난스럽게 물었다. 그러자 속내를 들킨 사람처럼 송자는 흠칫 놀라며 두 눈을 크게 떴다.

“어?”

“뭘 그리 놀라? 뭐 찔리는 거 있어?”

"무, 무슨 소리니? 내가 뭘 어쨌다고?"

"이 언니 좀 봐. 진짜 우리 아들, 욕심나나 보네. 생각있어?"

"엉? 새, 생각?"

송자가 말까지 더듬으며 되묻는다. 의외로 꽤 당황하는 송자를 보고 있자니 미정은 웃음이 절로 나오는 것 같았다. 왜 저렇게 당황해하는 거람? 못할 말한 것도 아닌데.

원래 두 사람은 자주, 나중에 사돈이나 맺자고 말하곤 했었다. 딱히 진심이 담긴 말이었다기보다 농담처럼 스치듯 한 얘기들이었다. 아이 키우면서 조크로 그런 얘기쯤 다들 해보지 않나? 임신 기간도 비슷했고, 아이도 같은 시기에 낳아 길렀기 때문에 서로 공유하는 기억과 정보들이 꽤 많았던 그들이니 더더욱 거리낌없이 말할 수 있었다고 본다. 그런데도 이리 놀라고 당황하는 송자의 모습을 보니 미정은 더욱 느낌이 이상야릇해지는 것 같았다. 몇 개월 전 본나의 대학 합격 소식을 전해 듣고 규신이 보인 반응이 오버랩되는 것이…….

"본나가 우리 집에서 학교를 다닌다고?"

"당연한 거 아니야? 나도 본나네 집에서 다녔잖아."

"그건 어쩔 수 없는 사정 때문이었잖니. 처음엔 아버지 선거 때문에 어쩔 수 없었고, 나중엔 네가 그냥 있겠다고 해서 그랬었고."

"본나한테도 어쩔 수 없는 사정이 있어. 친척 중에 서울 사는 분들이 없으시대. 아무리 하숙비 내고 지냈다지만, 내가 1년 넘게 신세진 집이잖아. 당연히 우리도 본나 사정 봐줘야 하는 거 아니야?"

"그, 그거야 그렇지. 근데…… 넌 괜찮니? 본나가 우리 집에서 너랑 같이 지내도 괜찮겠어? 나나 다른 식구들은 상관없지만, 넌 원래 불편한 거 못 참잖니. 남이랑 함께 지내는 거 제일 싫어하는 사람이 너잖아."

"이미 같이 지내고 있는데 뭘."

"그러게, 불편했을 거 아니야. 이제 겨우 집에서 편안하게 다른 식구들 눈치 안 보고 지내게 됐는데. 본나를 우리 집에 들이게 되면 그게 다 소용없어지는 거잖아. 그래도 상관없어?"

"별로. 구본나가 없는 게 더 불편할 것 같은데?"

"뭐?"

가볍게 대답하는 아들을 보고 휘둥그레 놀랐던 기억이 난다. 어찌나 놀랐던지 눈동자가 튀어나올 것만 같았더랬다. 이규신이 누군가? 아들이지만, 징그러울 정도로 차갑고 무뚝뚝하고 깔끔한 녀석이 바로 규신이지 않은가. 다른 사람 간섭받는 거 굉장히 싫어하고, 자기 시간 방해받는 걸 가장 못 참아하며, 자기만의 세상에 익숙지 않은 뭔가가 끼어드는 걸 극도로 경계하는 녀석이었다. 그런 녀석이 학교생활은 참 잘한다 싶지만, 그건 또 별개의 문제. 규신은 개인과 사회를 각별히 구별해서 생각하기 때문에 대인관계는 꽤 원만한 편이었다. 아무튼 녀석이 '개인'으로 구분하고 있는 '집'이라는 공간에 타인이 비집고 들어올 수 있는 틈을 스스로 내어주고 있다는 사실은 부모인 미정에게도 꽤나 충격적이었다.

"원래 옆에 있다가 없으면, 그게 더 이상하게 느껴지는 거야."

충격으로 할 말을 잃은 미정에게 규신이 씩 웃으며 한 말이었다. 그땐 아들이 확실히 광주 생활에 익숙해지고 마인드도 개선되어졌다고 생각했지만, 지금은 아니었다. 단순히 마인드 '만' 개선된 게 아닌 것 같았다. 설마 두 사람이 벌써 사귀는 건 아니겠지? 미정은 조심스럽게 계단에 서 있는 두 아이들을 훔쳐보았다.

168cm의 결단코 작은 키가 아닌 본나가 규신의 앞에 서니 땅꼬마 같다. 20cm나 차이가 나는 바람에 규신은 본나를 꺾어 내려다보고 있었는데, 두 사람의 실루엣을 찬찬히 감상해 보자니 은근히 어울린단 생각도 들었다. 본나는 미정이 작년 여름 광주로 내려갔던 차에 처음 만나보았었는데, 그때에 비하면 지금은 머리도 길렀고, 얼굴도 하얘졌고, 옷차림도 꽤 여성적이 되어 있었다. 작년엔 그저 미소년쯤으로 보였다면 지금은 확실히 숙녀티가 난다고나 할까. 리본 달린 공단 블라우스와 핑크빛 치마, 쭉 뻗은 다리를 보니 몸매도 괜찮아 보였다. 성격은 꽤 쾌활하고 괄괄했었던 것 같은데, 과연 규신이랑 트러블이 전혀 없었

을까?

생각하다 보면 의구심은 끝도 없이 이어진다. 아무리 봐도 두 사람은 서로의 타입이 아닌 것 같아서 말이다. 까다롭지만 섬세한 성격의 규신. 괄괄하고 터프한 성격의 본나. 접점이란 단 하나도 뵈지 않는 두 사람이 서로 좋아하거나 이미 사귀고 있을 가능성이란 거의 제로처럼 보였다. 하지만 규신의 태도에는 딱 꼬집어 결론 내릴 수 없는 그 무언가가 있었다. 미정은 아들을 아주 잘 안다. 절대로 녀석의 그, 무심한 듯 무심하지 않는 태도는 '단순 친구'를 대하는 투가 아니었다.

'역시 사귀는 건가?'

두 아이가 뭔가 의견이 맞지 않은 듯 옥신각신하는 모습을 가만히 지켜보며 미정은 고개를 갸웃거렸다. 사귀는지 아닌지는 정확히 구분하기 힘들었지만 확실한 건, 아들이 본나를 대학 4년 동안 자기 집에 머물러야 한다고 주장했다는 것이다. 생전 처음 보는 아들의 모습이 신기해서 미정 또한 허락하였고, 지금은 본나의 가족들을 초청해 입주파티를 하고 있는 중. 기분은 마치, 아들딸 결혼시켜 집들이행사를 치르는 것 같았다.

"왜, 우리 애들 어렸을 때 사돈 맺자는 말 가끔 했었잖아."

미정은 빙그레 웃으며 슬그머니 운을 띄웠다. 그러자 송자는 역시 놀란 얼굴로 눈썹을 치뜬다. 미정이 갑자기 이런 얘길 꺼내는 이유가 무척 궁금한 듯. 이 언니, 정말 눈치없네. 언니

딸을 보세요. 다 컸어. 시집보내도 되겠구만 뭘 그리 놀라시나?

"사, 사돈?"

"난 본나, 내숭 안 떨고 착해서 좋더라. 언닌 우리 아들 어때?"

"어? 나야……."

당연히 좋지! 송자는 두 눈을 깜빡거리며 멍하니 속으로 중얼거렸다. 이런 말을, 미정한테서 먼저 듣다니 그저 놀랄 따름이었다.

"우리 규신이가 좀 까칠하긴 하지? 애가 좀 냉정한 편이야. 현신인 안 그러는데, 규신인 유독 제 아버지를 닮아서. 그게 매력이긴 하지만, 그것도 좋아하는 사람 눈에나 매력이지 모르는 사람에게 규신인 완전 밥맛, 재수탱이잖아."

"그런가? 난 규신이 까칠한 거 잘 모르겠던데. 말없는 성격이란 건 너한테 이미 들어서 잘 알고 있었고, 그 외에는 뭐. 버릇없이 굴었던 적도, 특별히 까다롭게 굴었던 적도 없어서 잘 모르겠다. 본나랑도 엄청 잘 지냈거든."

"본나랑 엄청 잘 지냈다고?"

미정이 목소리를 한층 더 낮추며 속삭였다. 무슨 대단한 비밀 정보를 전해 들은 스파이마냥 매우 진지한 모습. 송자는 미정을 유심히 내려다보며 미간을 찌푸렸다. 아무것도 모르는 듯한 송자를 흘낏 보곤 미정은 천천히 다가가 귓속말로 속삭였다.

"아무래도 우리, 애들에 대해 좀 더 진지한 대화를 나눠야겠어, 언니."

한편, 이층 계단 중간에 서서 티격태격 다투고 있는 두 사람. 본나와 규신은 계단 통로를 막은 채 서로 마주 보고 서 있었다.

"왜 그래야 하는데? 이미 다 정해졌는데, 왜 갑자기 바꾸라는 건데? 난 저 방 마음에 들어. 벽지도 마음에 들고, 방 구조도 괜찮은 것 같아. 창문을 열면 바깥 광경이 고스란히 다 보인다는 점도 좋고. 딱 명당인데, 내가 왜 다른 방으로 옮겨야 해?"

"옮기라면 옮겨. 잔말하지 말고."

"아니, 그러니까 왜 옮기라는 거냐고. 이유가 있을 거 아니야."

"네가 저 방에서 지내는 게 싫어."

"그게 무슨 억지야? 도배도 했고, 책상이며 침대까지 다 들여 놓았는데 이제 와서 무슨 소리야? 이럴 거면 짐 들어갈 땐 왜 아무 말도 안 했는데? 내가 저 방에서 지내는 게 싫다면 처음 도배할 때 미리 말했어야지. 저 방은 안 된다, 다른 방으로 해라, 말했으면 됐잖아. 왜 꽃무늬 분홍 벽지 붙일 땐 아무 소리 없다가 이제 와서 헛소리야?"

"당연히 저 방은 아닐 줄 알았지. 네가 저 방에서 지낼 거라고 생각 못했어."

“당연히 아닐 줄 알았다는 말은 또 뭐야? 저 방에서 살면 안 돼? 왜 안 되는데? 귀신이라도 나와?”

“……”

“말해봐. 왜 말을 못해? 왜 저 방에서 내가 지내면 안 되냐고. 양지 바른 곳이고 크기도 적당하고, 얼마 전까지 아주머니께서 서재로 쓰셨다니까 관리도 잘되어 있을 거고. 다 좋은 것 같은데 뭐가 문제야, 도대체?”

“어머니가 서재로 쓰던 방을 너한테 줄 거라고 생각 못했어. 그뿐이야.”

“그게 말이 된다고 생각해? 겨우 그뿐이라니, 겨우 그런 이유로 도배에 짐까지 다 들여놓은 방을 빼라는 거야? 무슨, 말이 되는 소릴 해야 이핼 하고 넘어가지.”

“이해 안 해도 돼. 그러니까 다른 방으로 옮겨. 옮겨달라고 어른들한테 가서 말해.”

“못해. 난 저 방이 마음에 들어. 괜한 걸로 어른들 번거롭게 해드리기도 싫고.”

“그래? 그럼 좋아. 내가 말씀드리지.”

“야!”

규신이 너무나 태연자약하게 몸을 돌리며 계단을 내려가려 하자, 본나는 급하게 녀석의 팔뚝을 거머쥐었다. 말도 안 되는 소리였지만, 그 말도 안 되는 소릴 녀석은 하고도 남을 것 같았다. 핫차. 이삿짐이 다 들어온 마당에 다시 짐을 빼라니. 얘 진짜 왜 이래? 이유가 뭐야? 왜 이렇게 막무가내야? 돌겠다, 진짜.

"두 사람 뭐해요?"

인상을 잔뜩 찌푸리고 속사포 잔소리를 한 바가지 퍼부을 작정을 하고 있는데, 위층에서 현신이 내려오며 알은 체를 해왔다. 본나는 규신을 붙들고 있던 손을 슬그머니 놓으며 현신을 향해 배시시 웃었다.

"어, 안녕."

"안 내려가요, 누나?"

"내려…… 갈 거야."

"표정이 안 좋으신데, 두 분 또 싸웠어요?"

"아, 아니야."

"에이, 얼굴 보니 싸웠네. 혹시 방 때문에 싸우신 거예요?"

"엉?"

싸운 게 아니라고 부인했던 게 불과 몇 초 전이었거늘. 현신의 넘겨짚는 질문에 본나는 '싸운 게 맞다'는 뜻을 여실히 드러내며 멍 때렸다. 두 사람이 싸우는 이유를 현신이 어떻게 알고 있는지 깜짝 놀란 얼굴이었다. 역시 그렇군. 그럴 줄 알았다니까. 하여간 형은, 쯧쯧. 현신은 웃음을 터뜨리며 본나의 어깨를 살며시 토닥토닥 두드려 주었다. 진심 측은지심을 담아.

"힘내세요. 다 누나를 좋아해서 그러는 거니까."

"그게 무슨 소리야?"

"기억 안 나세요? 저랑 처음 만났을 때 제가 형에 대해 해드린 말. 고생 좀 하실 거예요."

"아……."

기억은 났다. 여자의 과거에는 쿨한 편인데 현재에 대해선 엄격하고 고지식하다고 했던가? 자신이 지키는 선만큼 자신의 여자도 지켜야 된다고 생각하고, 그러지 않을 시엔 가차없다고 했던 것 같기도 하다. 근데 지금 이 상황에 그 얘기가 왜 나와? 무슨 상관이 있다고?

영문을 몰라 어리둥절해 있는 사이, 현신은 하늘하늘 당장에라도 상대를 녹여 버릴 것처럼 달콤한 눈웃음을 지으며 본나의 어깨를 부드럽게 쥐었다.

"혹시라도 힘드시면 절 찾아주세요. 언제든지 환영이니까. 어차피 바로 옆방이니까 무슨 일 생기면 곧바로 저한테 달려오실 수 있겠네요. 누나라면 언제라도 전 오케이니까, 노크하세요. 아셨죠?"

"어? 어, 그래."

얼떨결에 고개를 끄덕이며 본나는 대답했다. 무슨 말인지는 모르겠지만 일단 뭐든 힘든 일이 있으면 도와주겠다는 뜻이니까 고맙게 받아들이는 것이었다. 온화하고 다정한 미소까지 띠우며 현신에게 화답하고 있는데, 갑자기 불쑥 규신이 끼어들더니 본나의 팔목을 세차게 그러쥐고 계단을 오르기 시작했다.

"아얏!"

본나는 자신의 의도와는 상관없이, 오로지 넘어지지 않기 위해, 다다닥, 빠르게 계단을 올라가야 했다. 홀로 남겨진 현신은 형과 본나의 모습을 바라보며 피식 웃음을 터뜨렸다. 이 얼마나 흥미진진한 상황이냐. 형이 이렇게 전전긍긍하는 모습은 살다 살다 처음이다. 결국 이층 코너를 도는 둘의 모습을 끝까지 지켜보다, 현신은 배꼽을 쥐고 말았다.

"도대체 왜 이래?"

코너를 돌자마자 본나는 규신의 팔을 힘차게 뿌리쳤다. 도무지 이해할 수가 없었다. 갑자기 다 정해진 방을 빼라지 않나, 동생 앞에서 이상한 짓을 하질 않나, 대체 뭐야? 왜 이러냐고? 정말이지 화가 났다. 이유도 말하지 않은 채 길길이 날뛰는 규신 때문에 더 화가 났다. 대체 얜 왜 이유도 말 않고 짜증을 부리는데?

"뭣 때문인지 말을 해. 아무 설명도 없이 갑자기 이렇게 화를 내면 나더러 어쩌라는 거야?"

"내가 왜 이러는지, 정말 몰라?"

"그럼 알 거라고 생각하는 거야? 나, 관심법 같은 거 못하거든. 내가 궁예냐? 말을 안 하는데 어떻게 알아? 마음에 안 드는 게 있으면 말로 해야지. 다짜고짜 사람을 끌고 말이야, 사람 무안하게. 현신이가 뭐라고 생각하겠어?"

"넌 내 기분보다 현신이 생각이 더 중요해?"

"뭐?"

잠깐. 이건 또 뭐야? 이, 이 말은 설마……?

본나는 두 눈을 크게 뜨고 천천히 규신을 올려다보았다. 훌쩍 열린 그녀의 눈동자 속으로 규신의 뚱한 표정이 들어왔다. 이 상황이 '열라' 마음에 안 든다는 뜻을 제대로 표출하고 있는 얼굴이시다. 본나는 슬그머니 눈매를 찌푸리며 규신을 찬찬히, 관찰하듯 집중해 살폈다. 그래, 옛말에도 있잖아. 설마가 사람 잡는다고. 천하의 이규신도 동생한테 질투를 느낄 수 있는 것이다. 본나는 곁눈질로 야릇하게 규신을 찔러보며, 넌지시 캐물었다.

"너 혹시……."

"뭐."

무뚝뚝한 대답이 날아왔다. 여전히 그는 딱딱하게 굳은 얼굴로 본나를 내려다본 채였다. 아깐 답답하고 짜증스럽게만 보이던 그 표정이 사정을 알고 보니 꽤 귀엽게 보였다. 고혜석 때도 그러더니 또 이러네. 이규신은 질투할 때가 가장 귀엽다니까. 씩, 웃으며 본나는 불쑥, 아주 불쑥 물었다. 아주 캐발랄한 목소리로.

"질투하니?"

"뭐?"

"현신이한테 질투하는 거냐고. 질투해? 질투하지? 질투하는 거 맞지?"

"무, 무슨 소리야?"

"솔직히 말해, 다 알아챘으니까. 내가 묵을 방도 현신이 옆방 이라서 빼라는 거잖아. 맞지? 현신이랑 더 가까워질까 봐 걱정 되고 안달 나서 이렇게 방 빼라 성화 부리는 거지?"

"그런 유치한 발상은 대체 어디서 나오는 거냐?"

그딴 생각은 절대 한 적 없다는 듯 규신이 인상을 팍 찡그리 며 중얼거렸다. 명백한 부인의 말이었지만, 그의 말을 곧이곧대 로 믿을 본나가 아니었다. 이미 싹 굳어버린 규신의 표정만 봐 도 딱 답이 나오지 말입니다. 본나는 그의 말 따윈 아예 듣지도 않은 척, 턱을 45도 각도로 끌어올려 허공을 바라보곤 눈꺼풀을 나풀나풀 파닥거리며 큰 소리로 외쳤다.

"뭐, 사실 현신이가 좀 귀엽긴 하지. 어찌나 애교가 넘치고 '누나, 누나' 잘 따르는지. 귀여워서 막 깨물어주고 싶을 지경이 라니까. 내가 혼자 커서 그런지, 그런 동생 예전부터 갖고 싶었 거든. 잘생기고 키 크고, 애교까지 철철 넘치니 완전 금상첨화 잖아. 아웅~ 콱 껴안아줄까 보다."

"질투하는 거 아니다. 오버하지 마."

"어쩌면 형제인데 그렇게 다르냐. 형이란 사람은 유머도 꽝, 데이트 센스도 꽝, 할 줄 아는 건 잔소리에 선생질이 다인데. 동 생은 재미도 있고, 애교도 만점, 말도 잘 들어, 항상 방실방실 웃어줘. 가끔은 연하 남친도 현신이 같기만 하면 괜찮을 것도 같다, 하는 생각도 든다니까."

"질투하는 거 아니라고, 글쎄."

"누가 뭐래?"

"그러니까 현신이 얘기 그만하란 말이야."

"싫어. 왜 현신이 얘길 하면 안 되는데? 사실인 걸 어쩌라고. 솔직히 너랑 만나서 어찌어찌해 사귀게 되긴 했지만, 만약 너보다 현신일 더 먼저 만났더라면 난 지금쯤 현신이랑 사귀고 있을지도 몰라. 처음 만났을 때부터 현신인 나랑 좀 필이 통했거든."

"필?"

"그래, 필. 내가 따로 말하지 않아도 갠 내 기분을 척척 맞춰내더라고. 어찌나 배려 돋는지. 여자한테 인기있는 이유가 다 있지. 어떤 여자가 현신이 같은 앨 마다하겠어? 입안의 사탕처럼 구는데."

"입안의 사탕? 그게 네가 원하는 거냐?"

정말로 어처구니없다는 듯이 시크한 웃음을 흘리며 그가 물었다. 천천히, 느릿느릿, 오묘한 표정을 지은 채로. 신나게 재잘거리던 그녀의 입술이 일순 딱 정지했다. 무언가 심상찮은 기운을 감지한 것이다. 어째 불길한 기운이 이글이글 다가오는 것 같았다. 저도 모르게 뒷걸음질을 치며 그녀는 억지웃음을 지어 올렸다.

"아, 뭐 딱히 내가 원한다는 게 아니라 그냥 난…… 현신이의 장점을 마, 말하려던 것뿐이었는……."

뒤늦게 수습하려 입을 열었지만 몇 마디 내뱉지도 못하고 본 나는 말문이 턱 막혀 버리고 말았다. 이 녀석, 이럴 때면 은근

무섭다니까. 100번 져주다가 딱 한 번 이렇게 작정하고 덤빌 때면 간담이 다 서늘해질 정도다. 지금도 재밌자고 한 말인데 사생결단, 죽자고 달려드는 꼴이 되지 않았나. 괜히 건드렸나?

솔직히 말하면, 현신이 아무리 입안에 사탕처럼 굴어도 본나에겐 그저 '이규신의 동생', 그 이상으로도 그 이하로도 느껴지지 않았다. 딱 귀여운 동생 이미지라서 그런지 남자란 느낌이 들지 않는다. 딱히 현신뿐 아니라 다른 모든 남자들에게 느껴지는 공통적인 느낌이지만. 어쨌든 규신이 이렇듯 현신일 잔뜩 경계하거나 신경 쓰는 모습은 너무나도 불필요한 감정 소모에 불과했다.

"좋아, 원한다면."

야 올리는 걸 그만두겠다고 마음먹은 순간이었다. 갑자기 규신이 뭔가 결단을 내린 듯한 말투로 무뚝뚝하게 중얼거렸다.

"그동안 네가 내 애정 표현 방식에 불만이 많은 모양인데, 여자친구인 네가 문제라면 문젠 거겠지."

"어?"

"네 말 일리있어. 애인이라면 애인답게 굴어야지. 가만히 돌이켜 보니까 지난 일 년 동안 공부한답시고 애인 노릇을 제대로 못해주긴 했다. 고3은 고3이고, 애인은 애인인데 말이야."

"어…… 난 딱히 그렇다고 느낀 적은……."

"적어도 자기 마음쯤은 상대에게 제대로 전달해야지. 오해가 없도록, 아주 정확히."

"오해 안 한 것 같은데. 난 널…… 오해한 적 없어!"

두 눈을 동그랗게 뜨고 어깨까지 으쓱해 보였지만 이규신의 눈빛은 더욱 깊어만 갔다. 나른하기 짝이 없는 눈, 슬쩍 흘리듯 입가를 수놓는 미소, 눈부시게 잘난 얼굴. 무엇보다 이성을 마비시킬 만큼 늘 그녀를 혼미하게 만드는 그의 향취. 눈앞이 어지러워지는 것 같아 본나는 두 눈을 꽉 감았다가 번쩍 떴다. 고개까지 살짝 흔들며 훌쩍 뜬 눈동자 속에는 성큼 다가온 그의 얼굴이 떠 있었다.

"입안의 사탕. 그게 네가 원하는 거라며."

"어……?"

"앞으로 제대로 된 연인이 되어주겠다고, 입안의 사탕처럼 달콤한."

"사, 사탕?"

"사탕."

멍하게 중얼거리며 묻는 본나를 향해 그가 간단명료하게 대답했다. 그리고 천천히 더 가까이 다가오기 시작했다. 본나는 얼이 빠진 얼굴로 규신이 자신을 향해 다가오는 모습을 맹하게 지켜보았다. 그가 지금 무엇을 할 것인지는, 막연히 그녀도 감지하고 있었다. 그게 키스라는 것도. 과외 이후 몇 달 만에 재개하는 키스이니 간단히 몇 초만으로 끝나지 않을 거란 것도. 저도 모르게 본나는 꼴깍 침을 삼키고 있었다. 간만에 긴장되네.

쓰읍후후, 숨을 들이쉬었다 내뱉다를 반복하며 그녀는 천천히 다가오는 그의 목을 두 팔로 감았다. 그리고 다가오는 그를 맞이하기 위해 핑크빛 립글로스가 반짝반짝 칠해진 입술을 뾰족하게 내밀며 발꿈치를 들었다.

그의 강건한 두 팔이 본나의 허리를 느슨하게 감았다. 엉덩이 근처에 안정감있게 자리한 그의 손이 부드럽게 그녀를 끌어당겼다. 찰싹 붙은 하체 사이로 그의 허벅지가 천천히 밀려들어왔다. 절로 들어진 다리가 그의 허벅지 위에 아슬아슬하게 걸쳐졌다. 그리고 그 사이를 그의 손이 느릿느릿 배회하며 그녀를 흥분시키고 있었다.

본나는 얕은 숨을 내쉬며 그의 목을 더욱 꽉 끌어당겼다. 어서 와. 빨리 내게로 오라고. 재촉하는 제스처.

"원해?"

그가 허스키한 목소리로 그녀의 귓가에 속삭였다. 본나는 낭떠러지에 내몰린 기분으로 열렬히 고개를 끄덕였다. 지금 당장, 빨리.

"주인이 원하는데 지니가 별수있나. 들어드려야지."

그의 손이 아래로, 위로, 다시 아래로, 다시 위로, 움직이며 마법을 부렸다. 본나는 점점 더 가쁜 숨을 내쉬며 허리를 들썩였다. 뭐하는 거야? 얼른 키스해!

"근데 말이야. 난 1문제, 1대가의 규칙을 꼭 지키고 있거든? 내가 한 가지 주면 너도 한 가지 내놔야 해."

"뭐, 뭔데?"

숨을 뜨겁게 몰아 내쉬며 본나는 간신히 물었다. 지금 같아선 뭐든 녀석이 원하는 일이라면 다 들어줄 수 있을 것 같았다. 열기에 잔뜩 둘러싸인 본나의 눈을 무심하게 내려다보며 규신은 차가울 정도로 시크하게 딱 잘라 말했다.

"방 빼."

"콜."

그의 말이 떨어지자마자 본나가 대답했다. 그리곤 규신이 뭐라 대답하기도 전에 덥석, 녀석을 끌어당겨 입술을 겹치고 말았다.

21C 어느 날, 서울 이규신의 집 이층 복도였다.

[야! 네가 안 오면 어떡해? 제일 친한 친구면서. 누구보다도 너의 축하를 받고 싶단 말이야.]

"나도 가고 싶어. 제일 친한 친구의 졸업식인데 당근 가서 축하해 주고 싶지. 근데 어떻게 하냐? 사정이 이런데."

[이것아. 나, 졸업식 끝나고 곧바로 유학 가. 졸업식에 안 오면 내 얼굴 당분간 볼 수 없다고. 너, 그건 알고 못 온다는 거야? 친구가 되어가지고서 배웅도 제대로 안 해줄 셈? 네가 그리고도 친구냐? 친구가 뭐 이래? 엉? 야! 구본나!]

친구의 징징거리는 소리를 들으며 본나는 한숨을 푹 내쉬었다. 아무래도 또 알코올을 섭취하셨나 보다. 술과 모혜원은 떼려야 뗄 수가 없는 불가분의 관계이지만, 어째 요즘 부쩍 주정이 늘어가는 것 같다. 남자 때문에 속앓이를 제대로 하고 있는 모양.

혜원이 최근 만나고 있는 남자는 대한민국 최고의 과학 인재들만 다닌다는 최고 대학의 교수님. 나이 차이는 혜원과 무려 13살 차이인데다가 비주얼도 그다지 볼 것 없는, 잘난 거라곤 머리 좋은 거 하나밖에 없는 평범한 아저씨였다. 지방 교대 출신으로 나름 잘나가던 상큼발랄 여대생 혜원과 교수님은, 아주 우연한 기회로 서로를 알게 되어 정말로 우연히 다른 곳에서 재회, 두 번의 우연이 인연이 되어 일사천리로 빠르게 연인 사이가 되었다. 하지만 두 사람은 얼마 안 가 남자 쪽 집안의 반대에 부딪쳐야 했고, 이후 1여 년간 혜원은 꽤 심한 마음 고생을 겪었다. 그쪽 부모님이 반대하는 이유가 혜원이 학벌과 집안이 많이 달려서라나 뭐라나.

아니, 13살이나 어린 여자를 사귀면서 집안과 학벌까지 따지는 남자가 어디 있음? 혜원이 지방대 출신이긴 해도 공부를 못 했던 아이도 아니었는데. 교대 가는 게 목표였지만 서울로는 도저히 갈 성적도, 형편도 못 되어서 그냥 주저앉았을 뿐이었는데. 그런 혜원더러 학벌이 달린다니. 어이가 내 뺨을 때립니다.

거기다 혜원의 남자친구인 박 교수는 가족들한테 휘둘려 갈팡질팡. 헤어지잔 말도 수십 번, 다시 만나달라고 간청하기도 수십 번. 정말이지 제3자인 본나가 보기에도 어찌나 짜증이 나는지, 당장 헤어지라고 말하고 싶을 지경이었다. 하지만 혜원은 나이만 많은 아저씨가 뭐가 그리 좋은지, 모질게 털어내지 못하고 질질 끌다가 결국 얼마 전 남자네 가족들과 합의를 보았다고 한다.

함께 유학을 가서 학위를 따기로.

"알아, 안다고. 근데 어떻게 해? 꼼짝없이 붙잡혀 있는걸."

[그러게 임신까지 해서 웬 철딱서니없는 영웅놀이야? 그 짓만 안 했다면 네가 제주도 별장에 묶여 있을 일은 없잖아. 그랬더라면 지금쯤 나랑 오순도순 수다 떨고 있었을 텐데. 푸헐헐!]

"그건 어쩔 수 없었거든? 내 눈에 그 소매치기가 정통으로 딱 뜨였는데 어떡하라고. 할머니 쌈짓돈 털어가는 그 파렴치한을 그냥 두고 보냐? 내가 누군데. 나? 무등산 정기를 이어받은 태권소녀, 구본나야. 이거 왜 이래!"

[누가 뭐래냐. 멀쩡한 정상 몸이었다면 너 그런 거, 나 자랑스러워해. 하지만 넌 임산부였다고. 넌 아직도 네가 결혼해서 애까지 가진 유부녀란 걸 자각하지 못했냐? 나라도 마누라가 너처럼 천방지축이면 가둬둔다. 가만두면 또 무슨 짓을 할지 모르는데 어떻게 그냥 둬? 이건 규신이 잘못이 아니라 네 잘못이야.]

"얘가 진짜. 너 누구 편이냐? 친구가 남편한테 감시당하고 있는 판에, 뭐? 천방지축? 내가 천방지축인 거 알면서도 결혼에 목맨 녀석이 이규신이야. 결혼해 달라고 죽자 살자 매달린 녀석은 내가 아니라 이규신이라고. 내가 불의를 보면 못 참는 성격인 거 다 알면서도, 그래도 좋다고 결혼한 녀석이 이제 와서 소매치기 한 마리 잡았다고 이러는 게 더 우스운 거잖아. 안 그래? 그리고 그땐 나도 내가 임신한 거 몰랐었거든? 알았으면 나도 그런 위험한 짓 안 했어.”

[그것도 우스운 일 아니냐? 어떻게 임신한 지 7주가 넘어가는데 아무것도 못 느낄 수가 있냐? 말이 되냐? 넌 빨간 거 체크도 안 해? 한심하다, 한심해. 그런 너라도, 예쁘고 소중하다고 알뜰살뜰 아껴주고 보살피는 이규신이 참 대단하지 싶다.]

“그래, 너~ 무 알뜰살뜰 보살펴 줘서 이렇게 갇혀 지내는 신세다. 이게 뭐니? 다시는 그딴 일에 안 끼어들 거라고 약속하고 도장 찍고 복사하고 코팅까지 했는데, 어떻게 꼼짝 못하게 제주도 별장에 떨궈놓고 꼼짝 못하게 감시까지 할 수가 있어? 이건 뭐, 별장이 아니라 전쟁 포로 수용소 같다니까. 내가 이러고 산다. 응? 좀 알아주길 바라, 친구야.”

[하긴, 규신이가 좀 유난스럽긴 하지. 어찌나 애틋하고 애절한지, 눈물없이는 볼 수가 없어. 사랑, 사랑, 사랑. 내 사랑이야~ 사랑이로구나, 내 사랑이야~]

“이이이이이이— 내 사랑이로다~”

술까지 먹고 주정 아닌 주정을 하며 사랑가를 걸쭉하게 뽑아내는 혜원. 친구 장단에 맞춰 본나도 한 곡조 거하게 뽑고 깔깔거렸다.

‘사랑가’는 본나가 친구들로부터 놀림받을 때 자주 듣는 노래이시다. 학교 졸업할 때까지 못 참고 대학 3년차에 결혼으로 골인한 두 사람의 애절하고 뜨거운(?) 사랑이 10대 청소년, 춘향이와 이 도령의 사랑처럼 발칙하기 짝이 없다나 어쩐다나. 규신이 본나를 조금 과하달 정도로 싸고돌 때 친구들 입에서 흘러나오는, 일명 '규본커플 러브 테마'이기도 하다.

[아무튼 넌 나한테 고마워해야 해. 남편 하난 제대로 잡았잖아. 내가 너희 둘 연결시켜 줬다는 거 기억하지? 내가 이규신만 한 남자, 어디 없으니까 꽉 붙잡고 놓아주지 말라고 했잖아. 내 말대로 하니까 좋지? 행복하지?]

"그래그래. 고맙다, 이것아. 너 때문에 내가 이 나이에 결혼해서 애까지 갖고, 남들 다 하는 졸업도 못하고 별장에 갇혀 있다. 규신이가 결혼하자고 그 난리를 쳐도 꿈쩍하지 않던 내가 네 말발에 확 넘어가서 이렇게 유부녀 신세가 된 거 아니냐. 일찍 결혼하면 편하다는 둥, 규신이 같은 애 그냥 뒀다가는 누군가에게 빼앗긴다는 둥 별의별 소릴 다 하니 내가 안 넘어가고 배겨?"

[솔직히 말해서 내 말 틀린 거 하나 없지. 지금까지 결혼 안 했어봐. 이규신이 여전히 네 옆에 있었을 것 같아? 여자들이 얼마나 들러붙었을 텐데. 솔직히 지금도 안심하면 안 되는 거야. 생긴 걸 봐. 여자들이 혹할 외모잖아. 모르긴 몰라도, 노리는 여자들이 엄청 많을걸?]

알딸딸하게 취한 목소리로 혜원이 나른한 어조로 조잘조잘 쉴 새 없이 떠들어댄다. 남의 남편 얘길 왜 이리 진지하게 하나 싶은 생각이 들 만도 하건만, 듣는 본나의 기분은 딱히 나빠지지 않았다. 어릴 때부터 이것저것 의논해 온 가까운 사이인데다가, 규신에 대한 건 혜원도 거의 모르는 게 없는 친구였다. 다만 한 가지, 결혼을 앞둔 행복한 예비 신부의 입에서 이런 말이 나온다는 사실이 매우 찝찝할 뿐.

술까지 먹고, 박 교수랑 무슨 일 있었나?

마음속에선 걱정이 스멀스멀 끓어올랐지만 본나는 최대한 가볍고 발랄하게 대꾸했다.

"그래 봤자 이규신은 법적으로도, 실질적으로도 빼도 박을 수도 없이 내 남자야. 이규신이 아무리 욕심난다 한들 유부남인데 지들이 뭘 어쩌겠어?"

[유부남도 유부남 나름이지. 네 눈엔 이규신이 유부남처럼 보이디? 내 눈엔 아직도 파릇파릇 젊고 섹시하던데. 그런 유부남이면 백 번도 더 만나겠다. 얼마나 좋아~ 젊고 전도유망한데 잘생기기까지 하니.]

"너, 왜 자꾸 젊다는 걸 강조하냐? 수상해. 박 교수랑 싸웠어?"

[싸우긴. 내가 그 남자랑 싸움이 되니? 싸움 걸면 10분도 안되어서 곧바로 발리는데. 그 논리와 객관성과 박식한 이론들을 무식한 내가 어떻게 당해내니. 난 못한다. 절대로 못해. 꺽!]

남자친구 얘기가 나오니 갑자기 취기가 오르나 보다. 딸꾹질까지 하며 혜원이 옹알거린다. 찝찝한 느낌이 더욱 강렬해져 본나는 미간을 잔뜩 찌푸렸다. 남자친구와는 싸움이 안 된다는 말은 혜원이 평소에도 성격 깔끔하고 딱 부러진 남자친구 자랑하느라 자주 하던 말인데, 이게 오늘은 이상하리만치 꿀꿀하게 들렸다. 억양 탓인가, 기분 탓인가. 아무리 좋은 쪽으로 해석하려 해도 칭찬이나 자랑의 차원으론 안 들린다. 본나는 누워 있던 몸을 일으켜 세우며 천천히 심각하게 물었다.

"모혜원, 뭐야? 무슨 일인데?"

[내가 뭘.]

"너, 거기 어디야?"

[어디긴 어디야, 계집애야. 우리 집이지. 아무도 찾지 않는 바람 부는 언덕. 언덕 위에 하얀 집~ 불이 나면 빨간 집~ 타고 나면 까만 집~ 아무튼 하얀 집⋯ 아하! 속 탄다. 푸우—]

가슴이 답답한지 혜원은 요상야릇한 가사를 읊어대며 노래를 하더니 숨을 잔뜩 몰아 내쉬었다. 숨소리가 어찌나 리얼하신지, 술 냄새가 여기까지 날아오는 느낌에 본나는 인상을 팍 찡그리며 손으로 코를 막았다. 아무래도 깡소주 세 병은 족히 위 속으로 쓸어 담은 듯하다. 분명 무슨 일이 있긴 있었던 것 같은데, 대체 뭐지?

"너 설마, 이상한 일 벌이려는 건 아니겠지? 너 만화 덕후잖아. 가끔 만화랑 현실이랑 구분 안 되기도 하는. 내 충고하는데, 해괴망측한 짓은 상상으로만 하고 절대로 실행엔 옮기지 마라. 괜한 객기로 결혼식장에 안 나타난다거나 도망을 친다거나 하는 일은 없길 바라. 알겠냐?”

[그럴 깡이라도 있으면 얼마나 좋겠냐만, 미안하다! 이제 네 친구 모혜원은 그럴 기백도, 모험심도 없어졌어. 옛날의 모혜원은 다 죽었다! 어쩌다 내가 이렇게 됐는지…….]

“죽긴 뭐가 죽어? 왜 또? 그쪽 집안에서 또 뭐라고 해? 대체 그쪽 집안은 왜 그렇게 널 못 잡아먹어서 안달이래? 원하는 대로 유학도 가겠다는데 뭐가 또 불만이어서, 결혼식 코앞에 두고 잔소리야?”

[우리 시댁이 대한민국에서 최고로 콧대 높은 집안이잖니. 어떻게 해도 내가 성에 안 차니 곱게 보일 리가 없으시겠지. 온갖 것이 다 마음에 안 들고, 어디 내놓기도 창피하실 거야. 나도 힘들다. 뱁새가 황새 따라가려니 죽을 지경이야. 어쩌다 내가 그 노땅 아저씨한테 꽂혀서 이 모양 이 꼴이 됐는지 모르겠어. 마음 같아선 당장 이 결혼 무르고 그딴 늙은 아저씨 걷어차 버리고 싶은 심정인데. 그런데…….]

거참, 빨리도 깨닫는다. 아무리 남자가 좋아도 그런 시댁에서는 버텨내기 힘들다고, 다시 생각해 보라고 그리도 옆에서 충고했거늘. 그동안 단 한 번 흔들린 적 없던 혜원이 제 입으로 결혼 무른단 말까지 한 걸 보면 이번엔 꽤 센 드립이 나온 모양. 대체 무슨 소릴 어떻게 들었기에 술이 떡이 되게 마셔서 주정질인지 원. 속이 부글부글 끓는 기분에 본나는 당장에라도 끝내라고 말하고 싶었지만 꾹 참았다. 남의 인생 함부로 끼어들어 가타부타

결정짓는 건 그야말로 무책임하고 위험한 일이니까. 고작 한다
는 말이,

"너 이렇게 힘들어하는 거, 박 교수도 아니? 알고 있는데도
계속 이런 일이 반복되는 거야? 그렇다면 진짜 이건 말도 안 되
는 일이거든? 결혼이 결정됐는데도 이렇게 힘들게 하는 거, 이
건 엄연히 그분들 잘못이잖아. 그럼 당연히 남자가 나서서 조율
해야 하는 거지."

[그래서 걱정돼, 본나야. 우리 그이, 이런 일 있을 때마다 잠
수 탄다. 힘들어하는 나, 위로해 주기는커녕 자기도 연락 끊고
사라져 버려. 나더러 어떡하라고. 대체 무슨 생각인 건지 모르
겠다니까. 결혼하기 전에도 이런데 결혼하고 나면 더할 거 아니
야.]

"연락이 두절됐다고? 잠수를 자기가 왜 타?!"

너무 황당해 본나는 침대에서 벌떡 일어나며 버럭 고함을 질
러 버렸다. 흑흑, 본격적으로 울기 시작하는 혜원의 목소릴 듣
고 있자니 혈압이 끓는 것 같았다. 이건 도저히 가만히 듣고 있
을 수 없는 문제였다.

남자가, 자기 사람 하나 온전히 지켜내지 못한다면 남자 자격
없지 말입니다. 세상사 살아가는 거 수월치 않고, 거기에 여자들
은 시댁이라는 최대 난코스를 넘어야 하는데 남편이란 작자가
힘든 일 있을 때마다 어린애처럼 숨기나 하면 아내들은 어쩌란
말입니까? 정말 너무하지 말입니다. 혼자서 감당하기엔 媤(시)월

드는 해운대 쓰나미만큼이나 커다란 장애물인데, 그거 하나 막
아주지 못하는 남편이 남편입니까?

　박 교수, 가만두지 않겠다. 정의의 용사 구본나가 응징하리
니.

　몇 분 후, 조용히 통화를 끝낸 본나는 빠르고 날렵한 동작으
로 옷가지를 챙겨 입었다. 규신이 잠깐 외출한 사이이니 지금을
이용해 탈출해야 했다. 몰래 빠져나간 걸 알면 규신이 노발대발
하겠지만, 친구의 원만한 애정 생활을 위해서 이 한 몸 희생하
지 뭐. 가서 요절을 내주고 말겠다. 아저씨가 진짜 남자라면 내
친구 눈에서 눈물 빼는 일은 만들지 말아야 한다고, 따끔하게
경고해 줄 것이다. 하여간 남자들이란 어째 하나같이 그 모양인
지. 규신이 같은 애가 없어요.

　삐꺽, 본나는 최대한 조용히 현관문을 밀고 열린 문틈으로 고
개를 빼 골목 끝을 살폈다. 다행히 아무도 없었다. 시간상 외출
한 규신이 벌써 올 것 같지도 않고. 좋았어. 본나는 천천히 발
하나를 밖으로 내밀고 소리없이 문틈을 빠져나왔다. 그리고 막
안전하게 대문을 빠져나왔다 안심하며 중얼거렸다.

　"아휴, 내 팔자야. 이게 다 무슨 짓이냐."

　"도둑고양이 짓."

　한데, 순간 머리맡으로 귀에 익은 목소리가 사뿐히 착지했다.
그윽하기 그지없는, 부드럽고 다정한 목소리. 지옥에 떨어져도
알아들을 수 있을 만큼 익숙한 음성. 일순 본나는 동작 그만을

명받은 이병마냥 그 자리에 우뚝 멈춰 서고 말았다.

"어딜 도망가?"

소름 끼치도록 감미로운 남편 목소리에 본나는 두 눈을 훌쩍 키우며 천천히 고개를 뒤로 젖혔다. 그리고 짠, 규신과 눈이 마주치자 본나는 본능적으로 씩 눈웃음을 지어 올렸다. 살기 위한 몸부림이었다. 그나마 이규신의 약점이라곤 본나의 깜찍 살벌한 애교뿐이었으니까. 다른 이들은 차마 눈 뜨고 볼 수 없다며 치를 떠는 애교를 좋다고 보아주는 이는 규신뿐이었다. 본나는 파딱파딱 눈꺼풀을 빠르게 깜빡거리며 헤벌쭉 웃는 얼굴로 물었다.

"우리 낭군님, 벌쩌 돌아오셨쩌여?"

성우가 더빙한 섯 같은 가느다랗고 혀 짧은 애기 목소리는 구본나표 애교의 끝. 제대로 '주먹을 부르는 애교'의 종결자 납시었다. 듣고만 있어도 소름이 돋아 대패를 찾아 산기슭을 어슬렁거리는 한 마리 하이에나가 될 것만 같은 목소리이건만, 이 가관을 보고도 규신은 늘 항상 멀쩡하게 살아남아 주변 사람들로부터 '유 윈, 네가 최고'란 소릴 듣고 있었다.

"하루라도 얌전히 있으면 몸에 가시라도 돋냐?"

못마땅한 듯 규신이 툭 내뱉듯 무뚝뚝하게 물어왔다. 간드러지는 구본나표 애교 목소리를 듣고도 표정은 여전히 꽁꽁. 하지만 속은 이미 해빙기로 접어들었음을 본나는 알고 있었다. 몇 년 같은 집에서 지지고 볶고 산데다가, 결혼한 지 벌써 6개월째로 접어든 부부지간이 아닌가. 웬만한 감정 라인쯤은 목소리 톤만으로도 알아맞힐 수 있을 정도로 둘은 서로에게 익숙해져 있었다.

본나는 냉큼 몸을 반듯이 돌려 규신을 마주 보며 어깨를 으쓱했다.

"내가 뭘? 난 그냥 심심해서 잠깐 마실 나온 거야. 딴생각은 전혀 없었다고."

"마실이라고? 동네에 아는 사람 한 명 없는 네가?"

"아, 뭐 좀 사 먹으려고. 알잖아! 임신하면 갑자기 생각지도 못했던 게 막 먹고 싶어지는 거. 내가 먹고 싶은 게 아니라 애가 먹고 싶은 거지. 구구절절 설명하지 않아도 알고 있지, 예비 닥터?"

"먹고 싶은 게 있으면 나한테 말하라고 했잖아."

요즘 최고 무기인 아기를 슬그머니 들이미니 규신의 말투도 서서히 누그러진다. 아기를 가졌다는 걸 아직도 실감 못하는 철부지 임산부 본나로서는 그저 신날 따름이다.

다른 건 몰라도 이규신에게 결혼과 아기란 굉장한 의미가 있는 듯했다. 어쩌면 여자인 본나보다도 더 '가정'과 '책임'에 대해 진지하게 생각하고 있는 것도 같았다. 남자들은 결혼해도 철이 없어서 아내 속을 썩인다던데, 둘은 그 반대였다. 결혼만 해도, 이규신은 아주 진지하게 프러포즈한 데에 비해 본나는 '그렇게 원한다면 까짓것, 해주지 뭐'라는 식으로 아주 간단하게 결정해 버렸다. 아기 문제도, 규신은 학생 신분으로 육아까지 감당하기엔 벅차다는 주의였고 때문에 늘 조심했던 데에 반해 본나는 별다른 기준이 없었다. 그러던 차, 덜컥 예정에도 없이 임신을 해놓고도 공부는 나중에 하면 된다며 쿨하게 휴학을 결정해서 규신을 어이없게 만들기도 하였다. 물론 그렇다고 규신이 아기를 반기지 않았던 건 아니다. 단지 그는 본나가 아기 때문에 공부를 중단해야 한다는 사실에 대해서 미안한 마음이 들었던 모양이다.

핏, 그딴 게 뭐람. 난 좋은데. 난 상관없는데. 공부도 좋지만 아기도 좋은데. 좋지 아니한가? 사랑하는 남자의 아기를 가졌다는 사실이 너무 신기하고 행복하지 않은가?

본나는 그렇다. 다른 여자들이 어떻게 생각하든, 본나는 자신이 행복하면 그만이라고 생각했다. 꼭 다른 여자들처럼 공부와 커리어에 집중해야만 하는 건 아니지 않을까? 태어날 아기와 이규신 생각만으로도 행복하고 좋은데, 지금은 오직 그 생각만 하면 안 되나? 공부는 언제든 다시 할 수 있잖아. 뭐, 이런 마인드라서.

"됐어, 야! 넌 공부하느라 바쁘잖아. 그런 건 내가 알아서 할 수 있어."

"의대생이 무슨 공부하는 기계냐? 아무리 바빠도 할 일은 다 하면서 살아. 그리고 지금은 방학이야. 난 임신한 아내 돌보려고 별장에 와 있고."

"됐어. 나한테 신경 써달라고 안 할 테니까 넌 네 몸이나 걱정하셔. 내가 무슨 애냐? 먹고 싶은 건 내가 알아서 사 먹고, 하고 싶은 것도 내가 알아서 다 할 수 있어. 난 아기를 가진 거지 아기가 된 게 아니라고. 네가 돌봐줘야만 사는 존재가 아니란 말이야. 내 몸이 힘들다면 모를까. 아직까진 멀쩡하니까 내 걱정 붙들어 매고 넌 그냥 공부나 하셔."

"그래서. 뭐가 먹고 싶었던 건데? 가, 사줄게. 네가 아기를 가져서 사주는 게 아니라 내가 사주고 싶어서 사주려는 거니까 오해하지는 말고."

어라, 난감하다. 지금은 먹고 싶은 게 없는데. 방금 전까지 열심히 주전부리를 했더니만 지금은 배가 빵빵하다. 게다가 한시라도 빨리 서울로 가야 하는데. 혜원이 울린 그 노땅 아저씨를 만나 담판을 지어야 두 다리 뻗고 잘 수 있을 것 같단 말이지. 사실대로 말하면 절대로 규신이 보내주지 않을 텐데. 어쩌지? 어떻게 빠져나가지? 이규신 녀석을 어떻게 속여 넘기지?

"뭐해? 가자니까."

망설망설, 머뭇머뭇. 평소의 구본나답지 않게 어정쩡한 모습으로 서 있는 아내를 빤히 바라보며 규신은 미간을 슬쩍 찌푸렸다.

본나는 곧 변명거리를 찾으려는 듯 눈동자를 이리저리 굴리며 말끝을 애매하게 늘어뜨렸다. 에, 또— 그리곤 두 눈을 불안하게 깜빡거리며 배시시 의미없는 웃음을 짓는다. 이렇게 과하게 생글거리는 건 뭔가 켕기는 게 있다는 뜻. 이미 구본나에 대해서라면 하나부터 열까지 속속들이 다 알고 있는 이규신이 그런 단순한 공식을 모를 리 없었다.

"에— 사실 말이야. 내, 내가 먹고 싶은 건 말이야, 다른 게 아니고……."

"다른 게 아니고?"

"돈 주고 살 수 있는 게 아니라, 어— 그러니까—"

"돈 주고 살 수 없는 거라고?"

"음—"

딴엔 열심히 핑곗거리를 생각하느라 머리를 쥐어짜는 듯. 이쯤 되면 본나가 무슨 생각을 하고 있는지 훤히 다 알 수 있을 정도. 뻔하다. 또 본나의 주변인들 중 한 명에게 힘든 일이 생긴 게지. 누군가 전화 걸어 힘들다 징징댔을 거고, 해결사 정신 투철한 구본나는 도와주겠다 호언장담하며 나서려는 게 틀림없었다.

한 며칠 조용히 지내나 싶더니만, 못 말리는 구본나. 홀몸도 아니면서 왜 남의 일에 하나하나 상관하고 해결하려 하는지. 한숨이 한 바가지 나오는 이규신이었다. 하지만 달리 별수있나. 그게 본나의 매력인걸. 그 모습에 낚여서 여기까지 온걸. 며칠 동안 남편 뜻에 따라 쥐죽은 듯 얌전히 지내준 것만도 고마울 따름이었다.

픽, 웃으며 규신은 아내의 우스꽝스러운 모습을 물끄러미 내려다보았다. 허겁지겁 옷을 입었는지 외투 단추가 하나씩 밀려 잠가져 있다. 모르긴 몰라도 안에 입은 핑크 스웨터는 앞뒤가 거꾸로 뒤바뀌어져 있을 것이다. 규신은 바지 주머니에 쑤셔 넣어두었던 두 손을 꺼내 본나의 외투 단추를 하나씩 천천히 풀었다.

"나구나?"

"응?"

외투 단추를 풀어내는 규신의 손을 내려다보며 본나가 순진하게 반문했다. 바보. 힌트를 줘도 못 받아먹는군. 규신은 짧은 시간 동안 단추를 두 개나 풀어내며 쯧쯧, 마음속으로 혀를 찼다.

"돈 주고는 못 사는 거. 그런데 아주 먹고 싶어 죽겠는 거. 그거, 나 아니야?"

"어?"

본나는 잠시 무슨 말인지 못 알아들은 듯 멍하게 그를 쳐다보았지만, 곧 눈동자를 번뜩이며 열렬히 고개를 끄덕였다. 이제야 알아들은 모양이다. 하여튼 눈치없기는 우주 최고다.

"어, 어! 맞아, 너야! 어떻게 알았어?"

"우리가 요새 좀 뜸했잖아."

"아— 그렇지."

입이 째지는 걸 꾹 참으며 본나는 연신 고개를 끄덕였다.

번뜩이는 재치와 순발력! 역시 난 천재야.

이규신의 눈을 피해 여기를 나갈 수 있는 방법은 딱 하나, 미인계뿐이란 걸 단번에 캐치했지 말입니다. 흐흐흐. 일단 자신의 마력에 그가 허우적거리도록 만든 다음, 한창 달아올랐을 때 거절할 수 없을 만큼 달콤하게 부탁을 할 생각이었다. 그럼 백발백중 OK. 지금까지 규신이 그런 부탁을 거절했던 적은 단 한 번도 없었으니, 분명 이번에도 홀딱 넘어갈 게 분명했다. 이건 지난 수년간 그녀가 개발해 온 유일무이 최강 파워 필살기였다.

"자, 그럼 들어가실까요?"

본나는 개화한 듯 활짝 편 얼굴로 아파트 문을 향해 손을 펼쳐 보였다. 아주 신이 났구만. 규신은 속으로 중얼거리며 피식 웃어버렸다.

일굴은 다 자라 성숙한 숙녀에 곧 있으면 아기 엄마가 될 녀석이, 아직도 고등학생 시절의 모습을 버리지 못하고 있었다. 덕분에 시간이 지날수록 외모와의 갭이 점점 커지고 있었고, 그는 매일매일 신선한 충격을 받고 있는 중. 생각해 보면 한심스럽기 짝이 없는데, 또 이런 일련의 일들이 딱히 귀찮거나 싫진 않은 그였다. 아니, 오히려 어느새 이런 우스꽝스러운 해프닝들이 점점 재미있어지고 있었다.

지금도 보라. 아내에게 상상도 못할 떡밥을 던져 놓고, 낚이는 걸 즐겁게 관람하고 있질 않은가. 아무래도 자신은 평생 이러고 살지 싶었다.

"본격적인 시식에 돌입하기 전에는 항상 맛보기가 있었는데."

“맛보기?”

“맛을 봐야 먹을지 말지 결정을 하지.”

“아.”

무슨 뜻인지 겨우 알아듣고, 본나는 잠시 꼼짝 않고 서서 자신의 앞에 서 있는 남자를 가만히 바라보았다.

이규신(23, 의대생).

세상에서 가장 잘생긴 남자. 그리고 이 구본나의 남자.

작년 여름 해변으로 여행을 떠났다가 낭만적이고 아름다운 와인파티에 취해 넘어서는 안 될 선을 넘은 이후 줄기차게 결혼하자 쫓아다니던 남자. 불굴의 의지로 결혼에 성공, 4개월 만에 본나를 엄마로 만들어 버린 남자. 감정없는 듯 무심한 표정, 덤덤한 눈빛, 금욕적인 입술을 가졌지만 사랑을 나눌 때만큼은 세상에서 가장 탐욕스럽고 뜨겁게 변하는 녀석.

오케바리. 이 남자가 바로 내 남자입니다. I got it!

“자, 간다잉.”

본나는 전쟁터에 싸우러 가는 전사마냥 다부지게 선언하고 뚜벅뚜벅, 거침없이 걸어갔다. 자신의 남편, 자신의 남자, 자신의 이 도령을 향해.

“입술을 여시오. 냉큼 여시오. 당장 여시오!”

우스꽝스럽게 소리치며 본나는 그 어떤 때보다도 더 터프하게 휙, 팔을 휘둘러 남편의 목을 감았다. 웃음이 터지는지 규신이 킥킥거렸다. 로레알 애틋하고 로맨틱해야 할 순간에 사극 톤의 말투라니, 이게 무슨 코미디인가 싶었던 것이다. 하지만 빵 터진 그의 웃음소리는 곧 뜨겁게 휘감겨 오는 아내의 혀끝에 녹아 신음 소리로 바뀌었다.

"……맛이 아주 좋은데."

규신은 작은 소리로 속삭이며 힘차게 대문 안으로 발을 밀어 넣었다.

The End

이 글의 후기를 쓰는 날이 드디어 왔군요. 절대로 올 수 없을 것 같던 기나긴 수정시간이 막을 내렸네요.

사실 이 글은 "수정했다"기보다 "다시 썼다"는 표현이 더 어울리는 글입니다. 초고와 수정본의 주인공 캐릭터가 180도 달라져서 느낌이 전혀 다르거든요. 작가에게 캐릭터를 바꾼다는 것은 쉽지 않은 일입니다. 같은 상황이라도 '새침한 모범생 구본나' 와 '보이시한 태권도 유단자 구본나' 의 대처는 사뭇 다르기에, 모든 글을 처음부터 끝까지 손봐야 하기 때문이지요. 혹자의 말대로, 누가 시킨 것도 아닌데 왜 이렇게까지 다시 하느냐는 질문의 대답은 역시 '작가 본인이 흡족하고 만족한 글' 을 위해서.

그것이야말로 가장 최선, 최고의 결과물이 아닐까요? 물론 100퍼센트 완벽한 글이랄 수는 없겠지만, 저는 스스로 만족한 글이 나왔다는 점에서 꽤 보람찬 작업이었다고 말하고 싶습니다.

우리의 주인공 구본나는, 여고생이었던 적이 있는 사람이라면 누구나 한 번쯤 만나보았을 법한, 보이시한 소녀입니다. 키 크고 공부도 잘하고 성격도 좋은, 남학생들과의 경쟁에서도 결코 지지 않는 멋지고 쿨한 친구, 혹은 선배. 그래서 이성보다는 동성에게 인기가 많은 여자.

어디서든 당당하고 척척박사에, 남자들과 견줘도 하나 꿀릴 것 없어 보이는 그녀에게는 단 한 가지 비밀이 있었습니다. 그것이 바로 이 이야기의 발단이자 구본나라는 호기심 상자를 여는 열쇠, 일명 '애기들'이지요. 이 운명의 열쇠를 우연찮게 손에 쥔 사람이 바로 꽃미남 규신입니다. 사실 여자보다도 더 예쁜, 꽃 같은 미남은 제 취향이 아니에요. 지금까지 제가 써왔던 소설 속의 남자주인공들도 거의 대부분 샤프하고 이지적인 스타일의 냉미남들이었는데요. 그럼에도 불구하고 여자의 보호본능을 자극하는 예쁘장한 꽃미남인 규신이 남자주인공으로 낙점되있지요.

솔직히 말씀드리자면, 초고의 규신은 은근히 아닌 척하면서도, 미초적인 구석이 있는 남자였습니다. 평소 제가 선호했던 주인공 스타일에서 크게 벗어나지 않았던 것 같아요. 그랬던 규신의 이미지가 홀랑 뒤바뀌게 된 것은, 아무래도 21C에 대표적 인기 남성캐릭터가 "꽃미남"이어서가 아닐까요? 갑자기, 후기를 쓰는 지금 궁금해지는군요. 대체 왜 현대 여인네들은 꽃미남에 열광하는 것일까?

정답은 각자 알아서(웃음).

어쨌든 전통적인 여자와 남자의 이미지를 뒤집어 버린 두 사람의 이야기. 21C가 배경이니 가능한 [21세기 사랑가]. 본나와 조금이라도 마음이 통하셨다면, 여러분도 그녀의 이야기를 즐겁게 읽으셨을 거라 생각합니다. 그러셨기를 간절히 바라며 저의 부족한 이야기도 여기서 마치겠습니다. 읽어주셔서 감사합니다.

몸이 편찮으신 부모님, 쾌차하시고 하루 빨리 건강한 모습으로 뵐 수 있기를 기원합니다. 가족 모두에게 행운이 있기를, 이수진 작가님 건강 회복하시길, 김희진 작가님 하시는 공부 더 잘 되시길 바라고, 바쁜 와중에도 꾸준히 글을 쓰고 계시는 이승연 작가님, 김이한 작가님 더욱더 글 잘 써지길 기원합니다.

또 가장 소중한 독자 여러분께도 즐거운 일만 가득하시길 바라며, 마지막으로 간 덜된 음식처럼 매가리없던 스토리를 다듬을 수 있도록 조언해 주신 유경화님, 이수민님, 이하 청어람 편집부 여러분께 심심한 감사의 마음을 전합니다.

간만에 고즈넉한 오후를 즐기며,

☆ 홍윤정